СУВОРІ ЧОЛОВІКИ

УДК   821.111(72)-3
Ґ 47

Елізабет Ґілберт

Ґ 47   Суворі чоловіки [Текст] : роман / Елізабет Ґілберт; переклад з англ.
Ганни Лелів. — Львів : Видавництво Старого Лева, 2023. — 424 с.

ISBN 978-966-679-987-9

«Суворі чоловіки» — дебютний роман Елізабет Ґілберт, авторки світових бестселерів «Їсти, молитися, кохати», «Природа всіх речей» і «Місто дівчат».

Уже кілька поколінь між жителями двох маленьких островів триває ворожнеча за право ловити омарів у спільних водах. На цих землях діють свої закони і традиції, не підвладні прогресу чи впливу сучасності. Чоловіки заробляють на життя, жінки займаються домом та господарством. У кожного з острів'ян — своя історія, свої сімейні проблеми. Хтось мріє вирватися на велику землю, а когось — як головну героїню — навпаки, тягне на рідний острів. Вісімнадцятирічна Рут нехтує порадами рідних переїхати на материк і вступити до коледжу. Вона мріє продовжити справу своїх пращурів і займатися риболовлею. До того ж закохується у хлопця з ворожого острова, та сподіватися на примирення двох спільнот — марна справа. Але Рут в особливий спосіб виборює право бути щасливою там, де її справжній дім, і встановлює свої правила гри у світі, де споконвіку все було скроєне за суворими чоловічими правилами.

УДК 821.111(72)-3

ISBN 978-966-679-987-9 (укр.)
ISBN 978-0-7475-9824-4 (англ.)

елізабет ґілберт

СУВОРІ ЧОЛОВІКИ

З англійської переклала *Ганна Лелів*

Львів
Видавництво Старого Лева
2023

Сарі Чалфент.
За все.

Улітку 1892 року в океанаріумі у Вудз-Гоулі черевоногого молюска помістили в один акваріум із самицею омара, яка мала майже двадцять п'ять сантиметрів завдовжки і перебувала в неволі приблизно два місяці. Кілька днів самиця омара не надокучала молюску, середньому завбільшки, та врешті-решт, не витримавши голоду, таки напала на нього, шматок за шматком проламала його панцир і швидко розправилася з м'якою плоттю.

«Американський омар:
дослідження звичок і розвитку»
Френсіс Гобарт Геррік, кандидат наук, 1895 р.

Пролог

За тридцять кілометрів від узбережжя штату Мен розташовані один напроти одного два острови — Форт-Найлз і Курн-Гевен: два старі поганці, які змагаються у «хто перший кліпне» і завзято пильнують один одного. Поблизу них нічого нема. Нічого і нікого. Такі собі кам'янисті картоплини, ці острови утворюють архіпелаг на двох. Знайти ці острови-близнюки на мапі — те саме, що наткнутися на міста-близнюки серед прерії, на поселення-близнюки в пустелі чи на хатини-близнюки в тундрі — такого геть не сподіваєшся. Острови Форт-Найлз і Курн-Гевен ізольовані від решти світу, а один від одного відокремлені морською протокою — каналом Ворзі. Під час відпливу канал Ворзі, півтора кілометра завширшки, так сильно міліє, що той, хто знає, що робить — але твердо знає, — задумується, чи не перейти його збрід, без каное.

Коли йдеться про географічні особливості, Форт-Найлз і Курн-Гевен такі дивовижно схожі, що їхній творець був, мабуть, або великим простаком, або великим жартівником. Вони подібні як дві краплі води. Обидва острови — дві останні вершини древнього гірського хребта, що пішов під воду, — сформовані з прошарку добротного чорного граніту, захованого під пелериною з пишних ялин. І той, і той острів приблизно шість кілометрів завдовжки і три кілометри завширшки. І той, і той має з десяток невеликих печер, кілька ставків із прісною водою, декілька галькових пляжів, один піщаний пляж, один високий пагорб і одну глибоку гавань, яку кожен із них ховає за спиною, наче торбу з грошима.

І на тому, й на другому острові є церква і школа. Уздовж гавані тягнеться центральна вулиця (і там, і там названа Мейн-стріт) із групкою громадських будівель: пошта, крамниця, таверна. Ні на тому острові, ні на тому нема брукованих доріг. Тамтешні будинки дуже схожі між собою, а човни у гаванях — однаковісінькі. Обидва острови мають цікавий клімат: узимку тут значно тепліше, а влітку значно холодніше, ніж у будь-якому прибережному містечку. Часто ті острови — і той, і той — потрапляють у пастку зловісної смуги туману. На обох островах ростуть ті самі види папороті, орхідей, грибів і дикої рожі. І населяють обидва острови ті самі види птахів, жаб, оленів, щурів, лисиць, змій і людей.

Перші людські сліди на островах Форт-Найлз і Курн-Гевен залишили індіанці з племені пенобскот. Там вони знайшли розкішні запаси яєць морських птахів. У деяких печерах досі можна натрапити на стародавню кам'яну зброю цих ранніх гостей. Далеко від суходолу пенобскоти довго не протрималися, зате роками припливали на острови порибалити. На початку сімнадцятого століття цю звичку підхопили французи.

Першими поселенцями Форт-Найлзу і Курн-Гевену стали брати-голландці Андреас і Вальтер ван Гьовели: у червні 1702 року вони перевезли своїх дружин, дітей і худобу на острови, поділивши їх за принципом «одна родина — один острів». Свої поселення вони назвали Бетел і Канаан. Фундамент будинку Вальтера ван Гьовела достояв до нашого часу — поросла мохом груда каменюк серед поля на острові, що його господар назвав Канааном. На тому ж місці всього через рік після прибуття Вальтер загинув від рук свого брата. Того дня Андреас убив і Вальтерових дітей, а його дружину забрав на острів Бетел до своєї сім'ї. Кажуть, нібито Андреас сердився, що його дружина не народжує йому дітей так швидко, як би йому хотілося. Він волів мати більше нащадків і забрав собі ще й ту жінку. Через кілька місяців Андреас ван Гьовел зламав ногу, коли будував стайню, і помер від зараження. Жінок і дітей незабаром забрав британський сторожовий корабель, що пропливав мимо, і привіз їх до в'язниці у Форт-Пемаквід. Обидві жінки були вагітні. Одна народила здорового хлопчика, якого назвала Найлз. Друга втратила дитину в пологах, але її життя врятував лікар-англієць Таддеус Курн. Сталося так, що ця подія дала назви обом островам: Форт-Найлзу і Курн-Гевену — двом прегарним місцинам, які ще п'ятдесят років стояли пусткою.

Потім туди прибули шотландці з ірландцями — вони затрималися на довше. 1758 року на Курн-Гевен приплив такий собі Арчибальд Бойд разом із дружиною, сестрами та їхніми чоловіками. За наступні десять років до них приєдналися Коббси, Поммерої та Страчени. 1761 року Данкен Вішнелл із родиною заснував на Форт-Найлзі овечу ферму, і незабаром у Вішнелла з'явилися сусіди — Делґлейші, Томаси, Аддамси, Ліфорди, Кардові і О'Доннелли, а ще дехто з Коббсів, які перебралися з Курн-Гевену. Дівчата з одного острова виходили заміж за хлопців з другого — і родинні прізвища плавали туди-сюди між островами, мов незакріплені буї. У середині 1800-х років разом із новоприбулими з'явилися нові прізвища: Френд, Кешіон, Єль і Кордін.

Ці люди мали спільних предків. А що на островах тих людей було не так уже й багато, не дивно, що з часом місцеві мешканці ставали все більше й більше схожі одне на одного. Шлюби між родичами процвітали — і якраз вони до цього й спричинилися. Якимось дивом Форт-Найлзу і Курн-Гевену вдалося уникнути долі Малаґи — жителі й жительки того острова переженилися одне з одним, аж держава мусила втрутитись і вивезти усіх звідти, — але кревні зв'язки геть потоншали. З часом мешканців Форт-Найлзу і Курн-Гевену можна було розпізнати за характерною статурою (низькі, мускулисті, міцно збиті) й рисами лиця (бліда шкіра, темні брови, делікатне підборіддя). Через кілька поколінь можна було спокійно сказати, що кожен чоловік схожий на свого сусіда, а кожну жінку її предки впізнали б із першого ж погляду.

Усі вони були фермерами й рибалками. Пресвітеріанцями й конгрегаціоналістами. Політичними консерваторами. Під час війни за незалежність остров'яни були патріотами-колоністами, а під час Громадянської війни відправили хлопців у блакитних вовняних жилетах у далеку Вірджинію воювати за Федерацію. Вони не любили, щоб ними керували. Не любили платити податки. Не довіряли знавцям і не цікавилися ні думками, ні зовнішністю чужинців. З плином років острови — за різних обставин і з різних причин — входили до складу кількох округів на суходолі, то до одного, то до іншого. Ці політичні об'єднання завжди закінчувалися погано. Кожна домовленість зрештою переставала задовольняти остров'ян, аж поки 1900 року Курн-Гевен і Форт-Найлз утворили окремий район. Крихітний округ Скіллет. Але й ця домовленість була тимчасова. Врешті-решт округ розпався. Чоловіки на одному й на другому острові, схоже, почувалися найліпше, найбезпечніше й найсамостійніше тоді, коли їх лишали самих.

Населення островів далі зростало. І шугнуло вгору наприкінці дев'ятнадцятого століття, коли почали торгувати гранітом. Молодий промисловець Джулс Елліс із Нью-Гемпширу облаштував на обох островах гранітодобувну компанію Елліса і заробив статок на видобутку й продажу цієї блискучої чорної породи.

1889 року Курн-Гевен побив рекорд: на острові мешкало аж шістсот вісімнадцять людей. Серед них — мігранти зі Швеції, яких гранітодобувна компанія Елліса найняла на роботу в кар'єрах. (Граніт на Курн-Гевені бував такий потрісканий і грубий, що годився хіба для бруківки — робота якраз під силу шведам-чорноробам.) Того ж року Форт-Найлз міг похвалитися товариством із шестиста вісімнадцяти душ, серед яких були мігранти з Італії, досвідчені різьбярі. (На Форт-Найлзі траплявся добротний граніт, який годився для склепів; з таким чудовим гранітом могли достойно впоратися тільки італійські ремісники.) Для уродженців острова у гранітних кар'єрах завжди бракувало роботи. Гранітодобувна компанія Елліса воліла наймати мігрантів, бо ті просили менше грошей і ліпше слухалися. Робітники-мігранти й місцеві мало що спілкувалися. На Курн-Гевені кілька місцевих рибалок одружилися зі шведками — і відтоді серед населення острова траплялися блондини. Натомість на Форт-Найлзі ніщо не заплямило шотландського типажу — блідолицього й темноволосого. З італійцями на Форт-Найлзі ніхто не одружувався. Це було неприпустимо.

Минали роки. Змінювалися риболовецькі віяння — від волосіні до сітки, від тріски до хека. Удосконалювалися човни. Ферми застаріли. На Курн-Гевені звели будівлю магістрату. На Форт-Найлзі спорудили міст через Мердер-крік. 1895 року з'явився телефонний зв'язок (кабель проклали під водою), а 1918 року кілька будинків уже мали електрику. Видобуток граніту занепав, а з появою бетону взагалі вимер. Населення скоротилося — майже так само швидко, як свого часу зросло. Молоді чоловіки покинули острови в пошуках роботи на великих заводах і у великих містах. Старі прізвища одне за одним зникали з переписів і канули у воду. 1904 року на Курн-Гевені помер останній із Бойдів. Після 1910 року на Форт-Найлзі не стало О'Доннеллів. З кожним десятиліттям двадцятого століття родин на Форт-Найлзі й Курн-Гевені все меншало. Колись малолюдні острови знову стали малолюдними.

Насправді обидва острови потребували добрих зв'язків — зрештою, вони потребували їх завжди. Мешканці Курн-Гевену й Форт-Найлзу, такі далекі від решти земляків і такі схожі за вдачею, походженням та історією, мали б бути добрими сусідами. Вони потребували одне одного. Їм треба було старатися допомагати одне одному. Ділитися ресурсами і клопотами й користати з усілякої можливої співпраці. Можливо, тоді вони були б добрими сусідами. Можливо, конфлікти не визначали б їхньої долі. Перші двісті років після заселення між островами панував мир. Якби чоловіки з Форт-Найлзу й Курн-Гевену залишилися простими фермерами чи рибалками, цілком можливо, з них вийшли б чудові сусіди. Але сказати точно ми не можемо, бо врешті-решт ці чоловіки стали ловцями омарів. І тоді добросусідству настав кінець.

Омари не визнають кордонів, отож і ловці омарів їх не визнають. Рибалки вишукують омарів всюди, де ті істоти швендяють, тобто полюють на здобич по всій мілині і у прибережних холодних водах. А це значить, що ловці омарів повсякчас змагаються один з одним за добрі місця для ловлі. Вони заважають один одному, заплутують волосінь, що веде до пасток, шпигують за чужими човнами і крадуть один в одного інформацію. Ловці омарів воюють за кожен кубометр моря. Омар, який для одного чоловіка пійманий, для іншого — втрачений. Ловля омарів — підла справа, і займаються нею підлі люди. Адже те, якими ми стаємо, залежить від того, чим ми займаємось. Чоловіки, які розводять худобу, стають спокійними, надійними і врівноваженими; ті, що полюють на оленів, — тихими, спритними й чутливими; а ті, що ловлять омарів, — підозрілими, хитрими й безжалісними.

Перша омарова війна між островами Форт-Найлз і Курн-Гевен розпочалася 1902 року. Між іншими островами в інших затоках штату Мен теж точилися війни за омарів, але ця почалась найраніше. 1902 року ловля омарів ще не вийшла на рівень промислу, а омари ще не вважалися рідкісним делікатесом. 1902 року омари траплялися повсюди, нічого не коштували і взагалі всім надокучали. Після сильного шторму хвилі викидали на узбережжя сотні, тисячі цих створінь, і люди мусили братися за вила й тачки і все розчищати. Закон забороняв заможним господарям годувати слуг омарами частіше, ніж три дні на тиждень. На тому етапі історії ловля омарів була для остров'ян хіба підробітком до основного заняття — фермерства чи риболовлі. На той час чоловіки з Форт-Найлзу і Курн-Гевену ловили омарів якихось тридцять років — і рибалили в пальтах і краватках. То був новий промисел. Тому дуже дивно, що хтось аж так ним зацікавився, що почав через нього війну. Але саме це сталося 1902 року.

Перша омарова війна між Форт-Найлзом і Курн-Гевеном почалася зі славнозвісного хуліганського листа, якого написав містер Велентайн Аддамс. 1902 року Аддамси жили на обох островах. Велентайн Аддамс належав до Аддамсів із Форт-Найлзу. Чоловік розумний, він мав слабкі нерви і птаха в голові. Велентайн Аддамс написав листа навесні 1902 року. Він заадресував його голові Другої міжнародної риболовецької конференції в Бостоні — престижної події, на яку Аддамса не запросили. Охайно написані копії листа він розіслав у кілька чільних газет для рибалок на Східному узбережжі. І ще одну відправив поштовим судном на острів Курн-Гевен.

Велентайн писав:

Шановне панство!

З великим сумом мушу повідомити вас про жахливий злочин, що його коять брехливі представники нашої місцевої громади омароловців. Я назвав цей злочин заготівлею омарів-коротунів. Так я кажу про діяльність деяких безсовісних ловців омарів: уночі вони тишком піднімають горщики для омарів, поставлені чесними ловцями, забирають великих омарів і підкладають замість них нічого не вартих молодих коротунів. Уявіть собі, яке замішання відчувають чесні рибалки, коли витягають удень горщики, а там — нікчемні омари-коротуни! Мене не раз збивав з пантелику такий підступ з боку моїх сусідів з поблизького острова Курн-Гевен! Прошу вас скористатися своїми повноваженнями і затримати й покарати цих бандитів — заготівельників омарів-коротунів із острова Курн-Гевен. (Нижче перелічую їхні прізвища до відома ваших інспекторів.)

З удячністю, ваш інформатор

Велентайн Аддамс

Навесні 1903 року Велентайн Аддамс написав листа голові Третьої міжнароднсї риболовецької конференції, яка знову відбувалася в Бостсні. У цій конференції, ще більшій за торішню, брали участь достойники з канадських провінцій, а також із Шотландії, Норвегії та Вельсу. Аддамса знову не запросили. Та й чому його б мали запросити? Що до діла простому рибалці на такому зібранні? Конференція була місцем зустрічі фахівців і законотворців, а не нагодою поскаржитися на місцеві проблеми. З якого дива його б мали запросити до товариства вельських і канадських високопосадовців, успішних гуртовиків із Массачусетсу і знаних інспекторів? Але що з того? Він усе одно написав листа:

Шановні панове!

З глибокою повагою прошу передати вашим колегам таке: вагітна самиця омара носить на животі від 25 тисяч до 80 тисяч яєць — ми, ловці омарів, називаємо їх ягідками. Ці солоні яйця-ягідки колись любили додавати до супу. Як ви пам'ятаєте, кілька років тому видали офіційний припис, що заборонив споживати цей харч, а відлов самиць омара з яйцями на животі визнали незаконним. Розумний учинок, панство! Він мав добру мету — розв'язати проблему з омарами на Східному узбережжі та зберегти омара з тих країв. Шановне панство! Ви вже, безперечно, чули, що деякі негідники-омароловці порушують закон і зшкрябують дорогоцінні яйця з животів самиць. Ці недобросовісні рибалки загарбують добрих омарів у процесі розмноження, щоб потім продати й отримати особисту вигоду!

Шановне панство! Зшкрябані в море, яйця омарів перетворюються не на здорових мальків омарів, а на 25 чи навіть на 80 тисяч кавалків наживки для голодних косяків тріски й камбали. Шановне панство! У тому, що з наших берегів зникли тисячі омарів, винні жадібні риб'ячі пуза! У тому, що популяція омарів скорочується, винні недобросовісні ловці омарів — зшкрябувачі яєць! Шановне панство! Святе Письмо запитує: «Хіба вистачило б для них, якби повбивати дрібну й велику скотину? Хіба вистачило б для них, якби виловити всю рибу в морі?».

Мені відомо з надійних джерел, шановні панове, що на сусідньому острові Курн-Гевен усі ловці омарів зшкрябують яйця! Попри мої скарги, інспектори штату стоять осторонь і не бажають затримувати й арештовувати цих крадіїв — бо вони таки крадії! — із острова Курн-Гевен. Я маю намір негайно розпочати особисту боротьбу з цими негідниками, на власний розсуд застосовуючи каральні засоби, чим підтверджу свої обґрунтовані підозри й добре ім'я вашої комісії.

Шановне панство! Я залишаюсь вашим вірним слугою,
Велентайн Р. Аддамс
(Нижче подаю прізвища негідників із Курн-Гевену.)

Наступного ж місяця на острові Курн-Гевен згоріла єдина пристань. Кілька рибалок із Курн-Гевену запідозрили в підпалі Велентайна Аддамса — Аддамс цієї підозри розсіювати не квапився, бо на світанку спостерігав за пожежею на Курт-Гевені, підпливши човном майже до самого берега. Махаючи кулаком, він кричав: «Португальські шльондри! Подивіться тепер на жебраків-католиків!» — тоді як курнгевенські ловці омарів (такі ж «португальці» й «католики», як і сам Велентайн Аддамс) намагалися врятувати свої човни. Через кілька днів після пожежі Аддамса знайшли у Файнменській бухті — він лежав на дні моря, придавлений двома двадцятикілограмовими мішками кам'яної солі. Тіло знайшов ловець молюсків.

Інспектор рибного й мисливського господарства дійшов висновку, що утопленик вчинив самогубство. Що ж. З певного погляду, його смерть справді була самогубством. Спалити єдину пристань на сусідньому острові — більш самовбивчий вчинок важко скоїти. Усі це знали. Жоден із мешканців Форт-Найлзу при своєму розумі не міг засуджувати рибалок із Курн-Гевену за їхню відплату — хоч яку жорстоку. Та все ж виникла проблема. Аддамс лишив по собі глибоко вагітну вдову. Залишившись на острові Форт-Найлз, вона стала б неприємним тягарем для сусідів, яким довелося б її підтримувати. Виявилося, що саме це вона й збиралася зробити. Вдова вирішила стати мертвим баластом на Форт-Найлзі й виснажувати громаду, де навіть сім'ї, які мали роботу, ледве могли себе прогодувати. Страх перед цим тягарем викликав обурення смертю Велентайна Аддамса. І взагалі: чоловіка втопили під вагою тієї ж кам'яної солі, в якій той зберігав свою смердючу наживку, а це не така вже й дрібна образа. Готувалася відповідь.

У відплату чоловіки з острова Форт-Найлз однієї ночі попливли до острова Курн-Гевен і обмастили тонким шаром смоли сидіння у всіх шлюпках, пришвартованих у гавані. То був просто грубий жарт задля сміху. Але після того вони зрізали всі буї, які змогли знайти, що позначали пастки на омарів у риболовецькому районі Курн-Гевену. Мотузки, що вели від пасток до буїв, звиваючись, пішли під воду, і прив'язані пастки зникли назавжди. Так на цілий сезон було знищено промисел острівної громади — якщо 1903 року ловлю на омарів, звісно, можна було назвати промислом.

Що ж.

Після цього на тиждень настало затишшя. А тоді десяток рибалок із Курн-Гевену піймали Джозефа Кардовея, якого на Форт-Найлзі знали всі, біля таверни на материку й побили його довгими риболовецькими гаками з дуба. Кардовей після побиття оклигав, але втратив ліве вухо, осліп на ліве око, а з лівої руки з розірваними м'язами звисав дармовисом великий палець. Напад на Кардовея розлютив увесь Форт-Найлз. І то ж він навіть рибалкою не був. Кардовей заправляв невеликим млином на Форт-Найлзі і рубав лід. Він не мав нічого до діла з ловлею омарів, але через неї став калікою. Відтоді омарова війна розгорілася на повну.

Рибалки з Курн-Гевену й Форт-Найлзу воювали десять років. З 1903 до 1913 року. З перервами, ясна річ. Омарові війни — не безперервні баталії, навіть у ті часи. Це повільні територіальні спори з хаотичними актами помсти й відступу. Але під час омарової війни нависає постійна напруга, постійна небезпека втратити снасті від чужого ножа.

Чоловіки так завзято обороняють своє джерело заробітку, що, по суті, те джерело знищують. Вони стільки воюють, шпигують і сваряться, що не мають часу рибалити.

Як і у всякому конфлікті, одні учасники цієї омарової війни втягуються у неї сильніше за інших. На Форт-Найлзі в територіальні чвари найбільше втягнулися чоловіки з родини Поммероїв, і їх ці суперечки знищили. Вони розорилися. На Курн-Гевені ворожнеча знищила рибалок із родини Берден — ті занедбали роботу, намагаючись звести нанівець зусилля Поммероїв на Форт-Найлзі.

На обох островах мало не пропала родина Коббів. Війна так підірвала моральний дух Генрі Далґліша, що той просто зібрав речі й перевіз свою сім'ю з Курн-Гевену до Лонг-Айленду, штат Нью-Йорк, де став поліціянтом. Того десятиліття усі діти на Форт-Найлзі й Курн-Гевені виростали у злиднях. Усі діти з родини Поммероїв, Берденів і Коббів виростали у крайніх злиднях. І в ненависті. Для них наставали голодні часи.

Тимчасом удова вбитого Велентайна Аддамса 1904 року народила близнюків: малого репетуна, якого назвала Анґусом, і млявого пампуха, якого назвала Саймоном. Вдова Аддамс поводилась не розсудливіше за свого покійного чоловіка. Вона не терпіла, щоб у її присутності згадували Курн-Гевен. Коли вона чула ці два слова, то так горланила, ніби її вбивали. Мстива, розлючена жінка, зістарена злістю, вона штовхала сусідів до зухвалих ворожих дій проти рибалок на тому боці каналу Ворзі. Як тільки сусідська лють і обурення згасали, вона тут же розпалювала їх знову. Почасти через її напучування, а почасти через неминучий перебіг будь-якого конфлікту близнюкам удови виповнилося повних десять років, коли омарова війна, яку розпочав їхній батько, нарешті закінчилася.

Серед рибалок з обох островів тільки один не брав участі в цих подіях — чоловік із Форт-Найлзу на ім'я Еббетт Томас. Коли спалили пристань на Курн-Гевені, Томас нишком витягнув із води усі свої горщики на омарів. Він помив їх і разом зі снастями склав гарненько в підвалі. Потім витягнув із води човна, помив його і, накривши брезентом, поставив на березі. Дивно, що Томас зумів передбачити руйнівні події, адже омарова війна сталася вперше, але він мав добру інтуїцію. Як розумний рибалка передбачає наближення поганої погоди, так і Еббетт Томас здогадувався, що ліпше той час пересидіти.

Надійно заховавши риболовецькі снасті, Еббетт Томас піднявся на єдиний пагорб на Форт-Найлзі, де мала свою контору гранітодобувна компанія Елліса, і подався на роботу. То було нечувано — місцевий шукає роботу в кар'єрі! — але Еббеттові Томасу таки вдалося найнятися в гранітодобувну компанію Елліса. Він зумів переконати самого доктора Джулса Елліса — засновника і власника компанії — дати йому роботу. Еббетт Томас став головним у майстерні, яка виготовляла ящики: він наглядав за тим, як складали дерев'яні ящики і коробки, в яких із острова вивозили шматки обробленого граніту. Він був рибалкою, і всі його предки були рибалками, і його нащадки стали рибалками, але сам Еббетт Томас знову спустив човна на воду аж через десять років. Завдяки добрій інтуїції він зумів пережити важкий період і не зазнати фінансового краху, який спіткав його сусідів. Він тримався осторонь від інших і сім'ю свою теж тримав подалі від хаосу.

Еббетт Томас був незвичайним чоловіком як на свій час і місце. У школі він не вчився, але був розумний і по-житейськи мудрий. Доктор Джулс Елліс бачив його розум і вважає за прикрість, що такий розумний чоловік приречений жити на малому острові серед людей недалеких і вести жалюгідне життя рибалки. Доктор Елліс часто думав, що за інших обставин Еббетт Томас міг би стати спритним комерсантом чи навіть викладачем. Але інших обставин Еббеттові Томасу не було дано, тож він збував свої дні на Форт-Найлзі, нічого особливого не досягав, хіба вправно рибалив і добре на тому заробляв, і ніколи не вступав у дріб'язкові суперечки між сусідами. Він одружився із сестрою у третіх — неоцінненно практичною жінкою на ім'я Пейшенс Берден, і в них народилося два сини, Стенлі й Лен.

Еббетт Томас жив добре, але не довго. У свої п'ятдесят він помер від крововиливу в мозок. Він не дожив до того, як його первісток Стенлі одружився. Але найприкріше, що Еббетт Томас не дожив до народження онучки на ім'я Рут, яку дружина Стенлі народила 1958 року. Дуже прикро, бо Рут зачарувала б Еббетта Томаса. Може, він би не до кінця розумів свою внучку, але за її життям спостерігав би зацікавлено — це точно.

1

На відміну від деяких ракоподібних, які ставляться до благоденства своїх нащадків із холодною байдужістю, мама-омариха тримає мальків біля себе, поки омарята доростуть до самостійного життя.

«Оповідки про крабів, креветок і омарів»
Вільям Б. Лорд, 1867 р.

Народження Рут Томас було не найлегшим. Вона з'явилася на світ у тиждень небувалих, жахливих штормів. Останній тиждень травня 1958 року не приніс урагану, але й штилю не подарував — острів Форт-Найлз тріпало добряче. На морі лютувала буря, а Мері, дружина Стена Томаса, страждала у важких пологах. Перші пологи, худорлява жінка, дитина ніяк не хотіла виходити.

Мері Томас треба було перевезти до шпиталю на материку під нагляд лікаря, але в таку негоду породіллю човном не повезеш. На Форт-Найлзі не було ні лікаря, ні медсестри. Породілля мучилася без медичної допомоги. Вона мусила впоратися сама.

Мері стогнала і кричала, а її сусідки — такий собі колектив повитух-аматорок — підбадьорювали її, підказували і відходили від неї хіба для того, щоби поширити островом новини про її стан. Усе виглядало зле. Найстаріші й наймудріші жінки відразу сказали, що Стенова дружина не дасть ради. Та й узагалі — Мері Томас була не місцева і жінки не особливо вірили в її сили. У найкращому разі, вони вважали її трохи розбалуваною, дуже делікатною і надто вже слізливою й сором'язливою. Вони майже не сумнівалися в тому, що вона покине їх посеред пологів і помре від болю отак просто перед усіма. Та все одно жінки метушилися довкола неї і всіляко втручалися у процес. Вони сперечалися одна з одною через найліпші ліки, найліпші пози, найліпші поради. А коли квапливо верталися додому по чисті рушники чи по лід для породіллі, то казали чоловікам, що становище в домі Томасів дуже серйозне.

Чутки дійшли до Сенатора Саймона Аддамса і він вирішив приготувати славнозвісний перчений бульйон із курки — цілющий засіб, який мусив помогти жінці у важку хвилину. Підстаркуватий холостяк, Сенатор Саймон жив із братом-близнюком Анґусом, теж підстаркуватим холостяком. Вони були синами Велентайна Аддамса — уже дорослими. Анґуса вважали найзатятішим, найзухвалішим ловцем омарів на острові. З Сенатора Саймона ловця омарів не вийшло. Він до смерті боявся моря і нізащо не ступив би в човен. На один великий крок від прибою на Ґевін-біч — то було найближче, коли Саймон підходив до моря. Один місцевий хуліган спробував затягти його, тоді ще підлітка, на пристань, але Саймон мало не роздер хлопчиську лице й мало не зламав йому руку. Він душив хулігана, поки той гепнувся без тями на землю. Сенатор Саймон ненавидів воду.

Зате він мав золоті руки й заробляв на життя тим, що ремонтував меблі й пастки на омарів і лагодив чужі човни (на березі, подалі від води). Його вважали диваком. У вільний час він читав книжки й розглядав мапи, які замовляв поштою. Він багато всього знав про світ, хоча ні разу за все життя не покинув острова Форт-Найлз. За свої знання про все на світі він дістав прізвисько Сенатор — прізвисько лише напівжартівливе. Хоч і дивак, Саймон Аддамс мав авторитет.

Сенатор вважав, що наваристий перчений бульйон із курки може вилікувати все, навіть пологи, і тому зварив каструльку для дружини Стенлі Томаса. Він щиро захоплювався цією жінкою і тепер хвилювався за неї. По обіді двадцять восьмого травня він приніс каструлю теплого бульйону до будинку Томасів. Сусідки впустили його й повідомили, що немовля вже з'явилося на світ. Усе добре, запевнили вони його. Дитинка здоровенька, мама відновлює сили. Але кілька ложок бульйону їй таки не завадять.

Сенатор Саймон Аддамс зазирнув до колиски і побачив її: маленьку Рут Томас. Дівчинку. Надзвичайно гарну дитинку з мокрим чорним волоссячком і уважним поглядом. Сенатор Саймон Аддамс відразу помітив, що її личко не таке скривлене й розчервоніле, як у більшості немовлят. Вона не була схожа на кролика, з якого здерли шкуру й кинули в окріп. Мала гладеньку шкіру оливкового кольору і дуже серйозний як для немовляти вираз лиця.

— Яке миле дитятко, — сказав Сенатор Саймон Аддамс, і жінки дозволили йому взяти Рут Томас на руки. Біля новонародженої він здавався таким величезним, що вони аж розреготалися — велетень-холостяк тримає на руках крихітку. Рут тихенько зітхнула, стиснула губки і безтурботно кліпнула очками. Сенатор Саймон наповнився мало не гордістю дідуся. Він посюсюкав до неї. Погойдав її.

— Хіба ж то не миле дитятко? — сказав він, і жінки знов розреготалися.

— Не дитинка, а персик, — сказав.

З гарненького немовляти Рут Томас виросла в гарненьку дівчину — широкоплечу, з темними бровами і прямою поставою. З самого малку вона тримала спину рівненько, як дошку. Вже у свої два Рут поводилась як доросла. Її першим словом стало дуже рішуче «ні». Першим реченням — «Ні, дякую». Іграшки не те щоб дуже її цікавили. Вона любила сидіти на колінах у тата й читати разом із ним газети. Любила перебувати серед дорослих. Вона була така тихенька, що її могли не помічати годинами. Мала першокласний талант до підслуховування. Коли батьки ходили в гості до сусідів, Рут сиділа під кухонним столом, маленька й тихенька, як пил, і ловила кожне сказане дорослими слово. Дитиною вона найчастіше чула таке речення: «О, Руті, а ми й не бачили, що ти тут!».

Рут Томас залишалась непомітною через спостережливу вдачу, а ще через те, що всю увагу на себе перебирав гармидер, який творився навколо, — той гармидер зчиняли Поммерої. Вони мешкали по сусідству з Рут і її батьками. Семеро хлопчаків. Рут народилася якраз після наймолодшого. Вона губилася в хаосі, що його зчиняли Вебстер, Конвей, Джон,

Фаґан, Тімоті, Честер і Робін Поммерої. Ці хлопчиська наробили шуму на Форт-Найлзі. Колись, звісно, інші жінки на острові теж народжували стільки дітей, але за десяток-другий років — і то з явною неохотою. Народження сімох дітей в одній плодовитій сім'ї менш як за шість років здавалося мало не епідемією.

Анґус, брат-близнюк Сенатора Саймона, сказав про Поммероїв: «То не сім'я, а виводок якийсь».

Проте Анґуса Аддамса можна було запідозрити в заздрощах, бо він узагалі не мав сім'ї, крім дивакуватого брата-близнюка, тому всі щасливі родини були для нього як проказа. А от Сенатор, навпаки, дуже сподобав собі місіс Поммерой. Його зачаровував її вагітний стан. Він казав, що місіс Поммерой завжди має такий вигляд, ніби вона вагітна, бо інакше їй просто не вдається. Він казав, що її вічно вагітний вигляд — дуже милий і смиренний.

Місіс Поммерой вийшла заміж дуже молодою — їй ще шістнадцяти не виповнилось — і обожнювала себе та свого чоловіка. Вона була справжньою шибайголовою. Молода місіс Поммерой пиячила як жінка вільної моралі. Вона любила випивку. Вагітною вона стільки дудлила, що сусіди боялися, чи не пошкодила вона своїм дітям мізки. Хай там як, а жоден із семи її синів так і не навчився добре читати. Навіть Вебстер Поммерой не міг прочитати книжки, а в сімейній колоді він був за туза розумної масті.

Мала́ Рут Томас часто сиділа, причаївшись на дереві, й, коли траплялася нагода, кидала каміння у Вебстера Поммероя. Той і собі кидався камінням у неї й обзивав смердючкою. «Як-як? І де ж ти вичитав таке слово?» — питала Рут. Тоді Вебстер Поммерой стягував її з дерева і вмащував їй ляпаса. Рут була розумна дівчинка і часом не могла стриматися й не сказати чогось розумного. Ляпаси, думала Рут, це така штука, що трапляється з розумними дівчатками, які живуть по сусідству з цілою купою Поммероїв.

У дев'ять років Рут Томас пережила значущу подію. Її мати поїхала з Форт-Найлзу. Її батько, Стен Томас, поїхав разом із нею. Вони вирушили в Рокленд. Мали провести там усього тиждень чи два. Планувалося, що Рут житиме той час із Поммероями. Поки повернуться батьки. Але в Рокленді сталося щось незрозуміле і Рутина мати більше не вернулась на острів. Подробиць Рут ніхто не пояснив.

Батько зрештою повернувся, але ненадовго, тож сталося так, що Рут прожила з Поммероями кілька місяців. Сталося так, що вона прожила з ними ціле літо. Ця значуща подія не особливо її травмувала, бо дівчинці подобалася місіс Поммерой. Їй подобалося жити з нею. Їй хотілося бути поруч із нею цілий час. І місіс Поммерой теж любила Рут.

— Ти мені як рідна донька! — казала місіс Поммерой до Рут. — Як донечка, якої я, чорт би його побрав, так і не народила!

Слово «донечка» місіс Поммерой промовляла так гарно і м'яко, що Рут ніби пір'ям у вусі лоскотало. Як і всі уродженці Форт-Найлзу чи Курн-Гевену, місіс Поммерой розмовляла з акцентом, що його в Новій Англії називали «східняцьким». У ньому мало що лишилося від вимови перших поселенців із Шотландії та Ірландії, а характерною ознакою того акценту була ледь не злочинна зневага до літери «р». Рут обожнювала, як він звучить. Її мама не мала цього чудесного акценту й не вживала таких слів, як «клятий», «курва», «гівно» чи «придурок» — слів, якими так мило було пересипане мовлення місцевих рибалок та їхніх дружин. І рому Рутина мама не хлебтала і не ставала від нього вся така ніжна й повна любові, як місіс Поммерой кожнісінького дня.

По суті, місіс Поммерой у всьому перевершувала маму Рут.

Місіс Поммерой не належала до тих жінок, які цілий час обнімалися, а от штурхатися вона любила. Вона постійно штурхала і штовхала Рут Томас — то з любов'ю годувала її штурханцями, то взагалі збивала з ніг. Але завжди з любов'ю. Вона збивала Рут із ніг тільки тому, що та була ще зовсім крихітка. Рут Томас поки не доросла до нормального зросту. І падала на дупцю, повалена чистою, солодкою любов'ю місіс Поммерой.

— Ти мені як донечка, якої я, чорт би його побрав, так і не народила! — казала місіс Поммерой, а тоді штурхала її, і — бух! — Рут гепалася на землю.

«Донечка!»

Місіс Поммерой з її сімома хлопчиськами від донечки точно б не відмовилась. Вона ой як би цінувала донечок після всіх тих років із Вебстером, Конвеєм, Джоном, Фаґаном і всіма іншими, які жерли як безбатченки і горланили як в'язні. Коли до них перебралася Рут Томас, у місіс Поммерой уже склалася прекрасна думка про донечок, тому її любов до Рут була небезпідставна.

Але найбільше за всіх місіс Поммерой любила свого чоловіка. Вона божеволіла від містера Поммероя. Містер Поммерой був низького зросту й міцно збитий, а руки мав такі великі й важкі, як дверні молотки. У нього були вузькі очі.

Він ходив, упершись кулаками в боки. Мав чудне, скривлене лице. Губи вічно складені в напівпоцілунок. Він супився і мружився — як той, хто подумки веде складні математичні розрахунки. Місіс Поммерой його обожнювала. Минаючи чоловіка в коридорі, вона завжди хапала його за пипки під майкою. Крутила їх і вигукувала:

— Круть-верть!

А містер Поммерой хапав її за зап'ястя й собі горланив:

— Вондо! Перестань! Терпіти цього не можу!

А тоді:

— Вондо, якби твої руки не були такі теплі, я б вишпурнув тебе з цього клятого дому!

Але він любив її. Коли вони ввечері сиділи на дивані й слухали радіо, містер Поммерой смоктав пасмо волосся місіс Поммерой, наче солодку лакрицю. Деколи вони годинами сиділи тихо: вона плела вовняні речі, він плів сітки для пасток на омарів, а на підлозі між ними стояла пляшка рому, до якої вони по черзі прикладалися. Заливши собі трохи за комір, місіс Поммерой закидала ноги на диван, втискалася стопами чоловікові в бік і казала:

— Ось тобі мої ніжки.

— Не треба мені твоїх ніжок, Вондо, — рішуче відповідав він, не дивлячись на неї, але усміхаючись.

Вона далі тиснула йому в бік ногами.

— Ось тобі мої ніжки, — примовляла вона. — Ось тобі.

— Вондо, будь ласка. Забери ноги. (Він називав її Вондою, хоч насправді її звали Ронда. Винуватцем цього жарту був їхній син Робін, який не тільки перейняв місцеву звичку не вимовляти «р» у кінці слова, а взагалі не міг вимовити будь-якого слова, яке з «р» починалося. Робін власного імені ніяк промовити не міг, не те що маминого. Певний час цілий Форт-Найлз його передражнював. По всьому острову дорослі, сильні рибалки скаржилися, що їм треба «повемонтувати виболовецькі» снасті чи купити нове «вадіо». А дорослі, сильні жінки просили поділитися новим «вецептом».)

Айра Поммерой дуже любив свою дружину, і ніхто цьому не дивувався, бо Ронда Поммерой була справжньою красунею. Вона носила довгі спідниці, припіднімаючи поділ, коли йшла, — так ніби уявляла себе багачкою з Атланти. Її лице мало незмінний вираз подиву й захвату. Якщо хтось виходив із кімнати і за секунду вертався, вона вигинала брови й мило запитувала: «Де ж це ви пропадали?». Ронда була молода, хоч уже встигла народити семеро синів, і волосся мала довге, як дівчина. Вона зачісувала його догори й укладала на голові блискучою копицею. Як і всі на Форт-Найлзі, Рут Томас вважала місіс Поммерой знатною красунею. Вона обожнювала її. І часто уявляла себе на її місці.

Мала Рут стриглася коротко, як хлопчисько, а коли вдавала зі себе місіс Поммерой, то замотувала голову рушником, як деякі жінки після купелі, тільки у неї рушник заміняв знамениту копичку місіс Поммерой. На роль містера Поммероя Рут залучала Робіна, наймолодшого з семи братів. Робін давав собою командувати. До того ж йому подобалася ця гра. Удаючи містера Поммероя, Робін кривив губи, як тато, і, впершись кулаками в боки, тупотів навколо Рут. Він лаявся і супив брови. Йому подобалося бути сильним і суворим.

Рут Томас і Робін Поммерой постійно гралися в містера і місіс Поммерой. То була їхня улюблена забава. Вони збавляли за нею години й тижні свого дитинства. Того літа, коли Рут жила з Поммероями, вони майже кожного дня бавилися у цю гру в лісі. Все починалося з вагітності. Рут клала до кишені штанів камінь — він позначав одного з братів Поммероїв, ще ненародженого. Робін стискав губи й читав Рут лекцію про батьківство.

— Слухай сюди, — казав Робін, упершись кулаками в боки. — Коли наводиться дитина, в неї не буде зубів. Чува? Вона не зможе жувати ябвуко чи все інше, що ми їмо. Вондо! Ти мусиш поїти дитину соком!

Рут погладжувала в кишені камінчика-дитинку.

— По-моєму, я народжую, — казала вона й викидала камінець із кишені.

Дитинка народилась. Усе дуже просто.

— Подивись на нього! — казала Рут. — Такий величенький.

Кожного дня камінця, який народжувався першим, називали Вебстером — як найстаршого брата. Після того як Вебстеру давали ім'я, Робін знаходив інший камінець на роль Конвея. Він давав його Рут, і та клала його до кишені.

— Вондо! Що це? — суворо питав Робін.

— Ти подивись! — відповідала Рут. — Ще одне дурнувате дітисько.

Робін супив брови.

— Слухай сюди. Коли наводиться дитина, ти не взуєш її в чевевики — кості дуже м'які. Вондо! Щоб ти не взула дитину в чевевики!

— Цю я назву Кетлін, — казала Рут. (Їй завжди хотілось, щоб на острові народилася ще одна дівчинка.)

— Е ні, — відповідав Робін. — То знов буде хлопчик.

І справді, так і було. Вони називали камінчика Конвеєм і кидали його на землю до його старшого брата, Вебстера. Скоро, дуже скоро в лісі виростала ціла гора синів. Ціле літо Рут Томас народжувала хлопців. Іноді вона ставала на каміння й казала:

— Ось тобі мої ніжки, Фаґане! Ось тобі мої ніжки, Джоне!

Вона народжувала усіх цих хлопців кожного-кожнісінького дня, поки Робін намотував кола навколо неї, кулаки в боки, вихвалявся і повчав. А коли наприкінці гри народжувався камінець-Робін, Рут деколи казала:

— А це паскудне дітисько я викидаю. Дуже товсте. І говорити толком не вміє.

Тоді Робін замахувався і збивав рушника з голови Рут. Вона ляскала його рушником по ногах, лишаючи на литках червоні сліди. А якщо він хотів утекти, гепала по спині кулаком. Рут добре цілилась, коли треба було влучити в неповороткого товстуна Робіна. Рушник намокав у калюжі. Рушник бруднився й нищився — вони лишали його і наступного дня брали свіжий. Невдовзі в лісі набирувалась ціла купа рушників. Місіс Поммерой ніяк не могла зрозуміти, у чому річ.

«Куди поділося стільки рушників? Агов! Де всі мої рушники?»

Подружжя Поммероїв мешкало у великому будинку покійного двоюрідного діда, їхнього спільного родича. Ще до того, як одружитися, містер і місіс Поммерой уже були родичами. Ще до того, як закохатися, вони були кузеном і кузиною, і то з однаковим прізвищем — Поммерой. («Як ті кляті Рузвельти», — казав Анґус Аддамс.) Якщо по правді, для Форт-Найлзу то не була ніяка дивина. Всі одне одному родичі — нема дуже з кого вибирати.

Отож покійний двоюрідний дідо Поммерой був спільним двоюрідним дідом. Ще до першої омарової війни він тримав на острові крамницю і на зароблені гроші збудував біля церкви великий будинок. Містер і місіс Поммерой удвох його успадкували. Коли дев'ятирічна Рут перебралась на літо до Поммероїв, місіс Поммерой вирішила віддати їй спальню того діда. Затишну кімнату з одним вікном, що виходило на височезну смереку, і з приємною на дотик підлогою з широких дощок. Мила кімнатка для дівчинки. Єдина проблема полягала в тому, що якраз у тій кімнаті двоюрідний дід застрелився, запхавши рушницю до рота, і на шпалерах досі тьмяніли іржаві цятки крові. Рут Томас категорично відмовилася там спати.

— Господи, Руті, та він давно вмер і лежить у землі, — сказала місіс Поммерой. — У цій кімнаті нема нічого страшного.

— Ні, — відповіла Рут.

— Навіть якщо ти побачиш привида, то ж буде привид мого двоюрідного діда — він нічого тобі не заподіє. Дідо любив дітей.

— Ні, дякую.

— І то ніяка не кров на шпалерах, — сказала місіс Поммерой. — Це грибок. Від вологи.

Місіс Поммерой запевнила Рут, що на шпалерах у її спальні час від часу теж з'являється такий грибок і що їй чудесно спиться. Кожної ночі вона спить як немовлятко. У такому разі, заявила Рут, вона спатиме у спальні місіс Поммерой. І зрештою тим усе й скінчилося.

Рут спала на підлозі біля ліжка містера й місіс Поммерой. На великій подушці й такому собі матраці зі запашних вовняних ковдр. Рут чула, як Поммерої поверталися з боку на бік. Як вони хихотіли, кохаючись, вона чула теж. І коли, напившись, хропіли, теж чула. Рут Томас чула, як містер Поммерой уставав щоранку о четвертій — перевірити куди дме вітер, — і йшов ловити омарів. Не розплющуючи очей, вона слухала, як минає його ранок.

Містер Поммерой мав тер'єра, який ходив за ним слідом, навіть на кухню щоранку о четвертій — собачий хвіст раз у раз ляскав об кухонну підлогу. Готуючи собі сніданок, містер Поммерой тихенько говорив до пса.

— Іди спати, собако, — казав він. — Хіба тобі не хочеться спати? Не хочеться відпочити, га?

Іншим разом містер Поммерой казав:

— Ти що, хочеш навчитись мені каву варити, що так ходиш за мною хвостиком? Га, собако? Хочеш навчитись готувати мені сніданок?

Певний час у Поммероїв жив і кіт. Грубезний котяра породи мейн-кун, який перебрався до спальні Поммероїв, бо так ненавидів тер'єра і так терпіти не міг малих Поммероїв, що хотів бути з господарями весь час. Одного разу кіт ув'язався в бійку з тер'єром і вибрав йому око — очне яблуко загнило й засмерділось. Конвей запхав кота до ящика для омарів, зіштовхнув того ящика від берега в море і вистрілив у нього з батькової рушниці. Після того тер'єр зі своїм смердючим оком кожної ночі спав на підлозі біля Рут Томас.

Рут подобалося спати на підлозі, але їй снилися дивні сни. Снилося, що за нею женеться привид покійного двоюрідного діда, вона біжить на кухню в будинку Поммероїв і гарячково шукає ножа, щоб його проштрикнути, але не може знайти нічого, крім віничка для збивання і кухонних лопаток. Крім того, їй снилося, що на задньому подвір'ї будинку Поммероїв ллє злива, а хлопці борюкаються. Вона обходить їх із парасолькою і накриває спочатку одного хлопця, потім другого, третього, четвертого. Семеро Поммероїв зчіпляються всі разом, і вона серед них.

Коли вранці містер Поммерой виходив із дому, Рут знову засинала й прокидалася через кілька годин, коли сонце стояло на небі вже вище. Вона залазила в ліжко до місіс Поммерой. Та прокидалася, лоскотала їй шию й розповідала історії про собак, яких тримав її батько, коли місіс Поммерой була ще дівчинкою — такою як Рут.

— Їх звали Біді, Бравні, Кессі, Прінс, Теллі, Віппет... — казала місіс Поммерой.

З часом Рут запам'ятала імена всіх собак із минулого і перерахувала б їх усіх, якби хто питав.

Рут Томас прожила з Поммероями три місяці, а тоді на острів повернувся її батько — сам, без мами. Складну ситуацію залагодили. Містер Томас покинув маму Рут у місті Конкорд, штат Нью-Гемпшир — вона залишилась там на невизначений час. Рут відразу зрозуміла, що мама більше не повернеться додому.

Батько забрав Рут від Поммероїв до їхнього будинку по сусідству, де вона знову спала у своїй спальні. Рут далі жила собі спокійно з татом і, як виявилося, не дуже сумувала за мамою. Зате дуже сумувала за спанням на підлозі біля ліжка містера й місіс Поммерой.

А потім містер Поммерой потонув.

Усі чоловіки казали, що Айра Поммерой потонув, бо рибалив сам і пиячив у човні. Він прив'язував глеки з ромом до волосіні, так що ті бовталися у холодній воді на двадцять морських сажнів углиб, на півдорозі між буями, що гойдалися на поверхні, й пастками на омарів, що стояли на морському дні. Час від часу всі так робили. Містер Поммерой не те щоб вигадав цю ідею, але серйозно її вдосконалив, і всі зійшлися на тому, що те вдосконалення його й погубило. Він просто перебрав зайвого в той день, коли хвилі були дуже високі, а палуба дуже слизька. Айра Поммерой витягував пастку з води, налетіла хвиля, він втратив рівновагу і, певно, й моргнути не встиг, як випав за борт. А плавати він не вмів. Серед ловців омарів на Форт-Найлзі й Курн-Гевені майже ніхто не вмів плавати. Хоча це вміння навряд чи йому дуже допомогло б. У високих чоботах, довгому плащідощовику і грубих рукавицях він би швидко потонув у підступній холодній воді. Принаймні довго не мучився. Інколи той, хто вміє плавати, просто довше вмирає.

Тіло знайшов Анґус Аддамс через три дні, коли вийшов у море рибалити. Труп містера Поммероя було туго обвито Анґусовою волосінню, наче набряклу засолену шинку. Ось так він скінчив. Тіло відносить течією, а під водою довкола острова Форт-Найлз цілі акри мотузок — таких собі вловлювачів плавучих мерців. Вояж містера Поммероя завершився на Анґусовій території. Мартини вже виклювали йому очі.

Анґус Аддамс витягував волосінь, щоб дістати пастку, а витягнув разом із нею й мертве тіло. Анґус мав невеликий човен, і в ньому бракувало місця ще одному чоловікові, живому чи мертвому, тож він кинув мертвого містера Поммероя в корито просто на живих омарів, яких піймав того ранку. Омари ще ворушилися, але він позв'язував їм клешні, щоб вони не пошматували одне одного. Як і містер Поммерой, Анґус рибалив сам. На тому етапі своєї справи Анґус не мав у помічниках стернового. На тому етапі своєї справи йому не хотілося ділитись уловом із підлітком-помічником. Він навіть радіо не мав — дивно як для рибалки, просто Анґус не любив слухати чужу балаканину. Того дня Анґус мав витягнути десятки пасток. Він завжди передивлявся всі пастки. Тому, виловивши з води мерця, Анґус не покинув роботи, а взявся витягувати решту пасток, на що йому пішло кілька годин. Він, як і годиться, виміряв кожного омара, малих викинув назад у воду, а тих, що мали дозволений розмір, залишив, надійно позв'язувавши їм клешні. Омарів він кидав на тіло утопленика в корито, що стояло в затіненому місці.

По обіді, близько пів на четверту, Анґус поплив у бік Форт-Найлзу. Пришвартував човен. Тіло містера Поммероя кинув до шлюпки, щоб не заважало, і взявся рахувати омарів і перекладати до ящиків. Потім наповнив відро наживкою на наступний день, змив зі шланга палубу й зняв дощовика. Завершивши всі справи, він заліз у шлюпку і в товаристві містера Поммероя рушив до пристані. Прив'язав шлюпку до драбини й піднявся на берег. А тоді розповів усім про те, кого він знайшов того ранку на своїй території, мертвим як цвях в одвірку.

— Він заплутався в моїх вибальських снастях, — похмуро сказав Анґус Аддамс.

Сталося так, що коли Анґус Аддамс вивантажував зі шлюпки мерця, Вебстер, Конвей, Джон, Фаґан, Тімоті й Честер Поммерої були на пристані. Вони ще з обіду там бавилися.

Хлопці побачили батькове тіло — воно лежало на землі, розпухле й безоке. Першим побачив Вебстер, найстарший. Він затнувся на півслові й роззявив рота, а тоді решта братів теж туди глянули. Вони збилися в купу, як нажахані солдати, і бігом кинулись додому. У сльозах, вони гнали з пристані попри дороги і перехняблену стару церкву до свого дому, де їхня сусідка Рут Томас чубилася на ґанку з їхнім найменшим братом Робіном. Поммерої потягнули Рут із Робіном за собою, і всі восьмеро вдерлися до кухні й налетіли просто на місіс Поммерой.

Місіс Поммерой чекала на цю звістку вже четвертий день, відколи далеко в морі знайшли човен її чоловіка, а самого його ніде не було видно. Вона вже знала, що її чоловік мертвий, і здогадувалась, що його тіла не знайдуть. Та коли її сини разом із Рут Томас увірвалися до кухні й місіс Поммерой побачила, що на них лиця нема, вона зрозуміла: тіло таки знайшли. І сини його бачили.

Хлопці збили місіс Поммерой з ніг, так наче вони були бравими шаленцями-солдатами, а вона — живою гранатою. Вони гуртом навалилися на неї. Придушили її тягарем свого горя. Рут Томас теж збили з ніг, і вона, спантеличена, лежала на кухонній підлозі. Робін Поммерой, який поки нічого не зрозумів, кружляв довкола мами і купи зарюмсаних братів і все повторював: «Що? Що?».

На відміну від його імені, слово «що» давалося Робіну дуже легко, тож він вимовляв його знову і знову.

«Що? Що? Що, Вебстере?» Напевно, він дивувався з тих зчеплених у клубок хлоп'ячих тіл і з мами, яка принишкла на споді. Він ще не доріс до такої новини. Місіс Поммерой на підлозі мовчала як черниця. Її з головою накрили рідні сини. Вона спробувала встати, і хлопці, вчепившись до неї, потяглися слідом. Вона відчіпляла синів від довгих спідниць, мов реп'яхи чи жуків. Та як тільки хтось із хлопців падав на підлогу, то відразу чіплявся за неї знов. Вони ошаліли. Але вона далі мовчки відчіпляла їх від себе, одного за одним.

— Що, Вебстере? — питав Робін. — Що, що?

— Руті, — сказала місіс Поммерой. — Іди додому. Скажи батькові.

В її голосі звучав бентежний, красивий смуток. «Скажи батькові»… Рут ще ніколи не чула милозвучнішого речення.

Сенатор Саймон Аддамс змайстрував труну для містера Поммероя, але на похорон не прийшов, бо до смерті боявся моря і ніколи не ходив на похорони потопельників. Він відчував ірраціональний страх, хоч би ким був покійник. Просто мусив триматися подалі. Він злагодив для містера Поммероя труну з білої смереки, відшліфував її й наполірував світлою оливою. Гарна труна вийшла.

Рут Томас уперше опинилась на похороні і, як на перший раз, усе минуло добре. Місіс Поммерой уже встигла показати всім, що вона взірцева вдова. Уранці вона віддраїла Вебстеру, Конвею, Джону, Фаґану, Тімоті, Честеру й Робіну шиї та нігті. Розчесала їм волосся дорогим черепаховим гребінцем, вмоченим у склянку з холодною водою. Рут була з ними. Вона й так не відходила ні на крок від місіс Поммерой, а такого важливого дня тим паче. Вона зайняла місце в кінці черги, і місіс Поммерой і їй розчесала волосся намоченим гребінцем. Вичистила нігті й щіткою відтерла шию. Місіс Поммерой вимила Рут Томас останньою, наче восьмого сина. Голова Рут пашіла від гребінця. Нігті блистіли, як монети. Брати Поммерої стояли тихо, тільки Вебстер, найстарший, нервово тарабанив пальцями по стегнах. Того дня хлопці поводилися чемно — з думкою про маму.

Потім місіс Поммерой сіла за кухонний стіл, поставила перед собою дзеркальце і сотворила на голові справжнє чудо. Заплела мудровану косу й уклала її на голові за допомогою шпильок. Потім намастила волосся чимось цікавим, надавши йому чудового гранітового полиску. І пов'язала на голові чорну шаль. Рут Томас і семеро братів спостерігали за нею. Місіс Поммерой мала урочистий вигляд, як і пасувало поважній удові. Вона мала хист до цієї справи. Того дня місіс Поммерой була ефектно зажурена і аж просилася до фотографії. Така вона була красуня.

Форт-Найлз мусив чекати довше як тиждень, щоб влаштувати похорон, бо саме за стільки часу священник зміг добратися на острів на місіонерському кораблі «Нова надія». Ні Форт-Найлз, ні Курн-Гевен більше не мали свого священника. Церкви на островах розвалювалися, бо туди ніхто не ходив. 1967 року на Форт-Найлзі й на Курн-Гевені жило замало людей (трохи більше ніж сотня душ на два острови), щоб утримувати постійну церкву. Тому місцеві ділили служителя Господа з десятком інших віддалених островів уздовж узбережжя штату Мен, що опинилися в такій самій скруті. «Нова надія» була плавучою церквою і постійно курсувала від однієї морської громади до другої з короткими, але дуже насиченими візитами. Вона стояла в гавані рівно стільки, скільки йшло на те, щоб охрестити, одружити чи поховати потребуючих, а тоді пливла далі.

Крім того, корабель доставляв благодійну допомогу і привозив книжки й часом пошту. «Нова надія», споруджена 1915 року, перевозила кількох священників упродовж їхньої благої служби. Нинішній священник народився на острові Курн-Гевен, але його мало коли можна було там застати. Не раз він плив у справах аж до Нової Шотландії. Він мав дуже розкидану парафію, і часом бувало важко заволодіти його увагою негайно.

Священника, про якого мова, звали Тобі Вішнелл — із родини Вішнеллів на острові Курн-Гевен. На Форт-Найлзі Вішнеллів знали всі. Вішнелли були «висококласними» ловцями омарів, тобто надзвичайно вправними і неймовірно багатими. Славнозвісними рибалками, кращими за всіх. Заможними рибалками з надприродним талантом, які навіть під час омарових війн зуміли домогтися (відносного) успіху. Вішнелли видобували цілі гори омарів з вод усякої глибини в усяку пору року, і їх за це всі ненавиділи. Інші рибалки повірити не могли, що Вішнелли ловлять стільки омарів. Здавалося, ніби вони уклали особливу угоду з Господом Богом. І не тільки з Богом, а й з омаром як біологічним видом.

Складалося враження, що омари вважають за честь і привілей потрапити до Вішнеллівських пасток. Вони перелазили через чужі пастки, розставлені на десятках кілометрів морського дна, аби лиш пійматися у Вішнеллівські. Казали, що Вішнелли і під каменем на клумбі вашої бабці знайдуть омара. Казали, що родини омарів копошаться, мов гризуни, у стінах Вішнеллівських будинків. Казали, що малі Вішнелли народжуються з вусиками, клешнями й панцирами і скидають їх у день, коли покидають ссати груди.

Вішнелли мали непристойну, образливу, вроджену удачу в риболовлі. Чоловіки з цієї родини володіли особливим талантом знищувати впевненість рибалок із Форт-Найлзу. Коли якийсь рибалка з Форт-Найлзу їхав у справах на материк, скажімо у Рокленд, і натрапляв у банку чи на заправці на когось із Вішнеллів, то завжди поводився як останній йолоп. Втрачав самовладання і принижувався перед Вішнеллом. Шкірився і, заїкаючись, хвалив нову стрижку містера Вішнелла чи його новий автомобіль. Вибачався за свій засмальцьований комбінезон. Дурнувато намагався пояснити містерові Вішнеллу, що він порався на кораблі, що ці брудні ганчірки — то робочий одяг і нічого більше, і що скоро він їх викине, навіть не сумнівайтесь. Вішнелл ішов собі далі у справах, а рибалка з Форт-Найлзу цілий тиждень лютував від сорому.

Вішнелли були великими новаторами. Вони першими почали користуватися легкими нейлоновими мотузками замість старих конопляних, які доводилося довго й нудно покривати розтопленою смолою, щоб не погнили в морській воді. Першими почали витягувати пастки механічними лебідками. Першими почали плавати в моторних човнах. Такими вже були Вішнелли. Завжди першими, завжди найкращими. Казали, що вони купують наживку в самого Ісуса Христа. Щотижня вони продавали гігантський улов омарів, регочучи із власної запаморочливої удачі.

Пастор Тобі Вішнелл став першим і єдиним членом родини Вішнеллів, який не рибалив. Яку ж підлоту він задумав! Народитися Вішнеллом — омаровим магнітом, омаровим магнатом — і протринькати цей дар! Відкинути трофеї рідної династії! Який бовдур на таке піде? Тобі Вішнелл, хто ж іще. Тобі Вішнелл відцурався від усього заради Господа, і на Форт-Найлзі його вчинок вважали нестерпним і жалюгідним. З усіх Вішнеллів чоловіки Форт-Найлзу ненавиділи Тобі Вішнелла найсильніше. Він їх бісив. І вони ніяк не могли змиритися з тим, що саме він — їхній священник. Вони не мали ні найменшої охоти підпускати його до своїх душ.

— Чогось той Тобі Вішнелл про себе недоговорює, — казав Стен, батько Рут Томас.

— Ага, недоговорює, що він педераст, — казав Анґус Аддамс. — Справжній педик.

— Брехло він. І вроджений мудак, — казав Стен Томас. — Ще й педераст, може. А що? Хто його там знає.

День, коли молодий пастор Тобі Вішнелл прибув на «Новій надії» поховати утопленика — п'яного, розпухлого й безокого містера Поммероя, — видався ранньоосінній і гарний. З широким блакитним небом і пронизливим вітром. Тобі Вішнелл теж мав гарний вигляд. Елегантний. Був одягнений у стриманий чорний костюм із вовни. Штани він заправив у важкі рибальські гумові чоботи, які повинні були вберегти його від болота.

Пастор Тобі Вішнелл мав якісь аж надмірно делікатні риси обличчя, якесь надто вже гарне чітко окреслене підборіддя. Він був вишуканий. Витончений. А до того всього — білявий. Напевно, хтось із Вішнеллів колись одружився зі шведкою, донькою якогось робітника гранітодобувної компанії Елліса. Це сталося на межі двох століть, і відтоді м'яке біляве волосся так і лишилося в родині. На острові Форт-Найлз блондинів не водилося — майже всі місцеві були блідолиці й темноволосі. На Курн-Гевені траплялися досить-таки гарні біловолосі, й остров'яни досить-таки ними гордилися. Біляве волосся стало каменем спотикання між двома островами. На Форт-Найлзі білявих ображали, де тільки бачили. І то була ще одна причина ненавидіти пастора Тобі Вішнелла.

Пастор Тобі Вішнелл справив Айрі Поммерою вишуканий похорон. Його поведінка була бездоганна. Він супроводжував місіс Поммерой до самого кладовища, тримаючи її попідруч. Підвів її до краю свіжовикопаної могили. Лен, дядько Рут Томас, власноруч викопав її за кілька днів. Дядько Лен завжди сидів без грошей і брався за всяку роботу. Дядько Лен не мав голови на плечах і взагалі на все в житті чхати хотів. До того ж, попри протести дружини, він зголосився потримати тіло потонулого містера Поммероя тиждень у своєму погребі. Труп щедро посипали кам'яною сіллю, щоб не тхнув. Лен мав то в носі.

Рут спостерігала, як місіс Поммерой і пастор Вішнелл прямують до могили. Вони ступали крок у крок — так синхронно, як двійко ковзанярів. З них вийшла б добра пара. Місіс Поммерой мужньо старалася не плакати. Вона делікатно закинула голову назад, ніби в неї з носа текла кров.

Пастор Тобі Вішнелл виголосив надгробну проповідь. Він дбайливо добирав слова — чулося, що він людина грамотна.

— Поміркуймо про хороброго рибалку і небезпеку морів, — почав він.

Рибалки слухали і бровами не вели — стояли й розглядали свої рибальські чоботи. Семеро братів Поммероїв вишикувалися за зростом біля матері, так нерухомо, ніби їх кілками в землю позабивали. Тільки Вебстер усе переминався з ноги на ногу, мовби збирався кинутись навтьоки. Вебстер не міг спокійно стояти, відколи побачив на пристані батькове тіло. Відтоді він дриґався, тарабанив пальцями й нервово переминався з ноги на ногу. Того пообіддя з Вебстером щось трапилося. Він став неврівноважений, метушливий і нервовий, і це не минало. Тимчасом краса місіс Поммерой ворохобила тишу довкола неї.

Пастор Вішнелл згадав про риболовецький хист містера Поммероя і про його любов до човнів та дітей. Пастор Вішнелл висловив жаль, що такого вправного моряка спіткала така прикра оказія. Пастор Вішнелл порадив сусідам і близьким, що тут зібралися, не робити припущень щодо Божого задуму.

Сліз ніхто дуже не проливав. Плакав Вебстер Поммерой, плакала Рут Томас, а місіс Поммерой раз у раз торкалася кутиків очей. Та й по всьому. Місцеві чоловіки шанобливо мовчали, але вирази їхніх облич не свідчили про те, що ця подія їх спустошила. Жінки й матері рибалок переступали з ноги на ногу й відкрито витріщалися: оцінювали могилу, оцінювали місіс Поммерой, оцінювали Тобі Вішнелла і врешті-решт досить відверто оцінювали своїх же чоловіків і синів. Яка трагедія, думали вони. Будь-якого чоловіка втрачати важко. Боляче. Несправедливо. Але за цими співчутливими думками кожна з цих жінок, мабуть, приховувала ще одну: «Але то не мій чоловік помер». Їх переповнювало полегшення. Бо ж скільки чоловіків може втопитися за рік? Топилися рідко. У такій малій громаді майже не траплялося такого, щоб за один рік потонуло двоє. Забобони підказували, що утоплення містера Поммероя надало решті чоловіків недоторканності. Їхнім чоловікам певний час нічого не загрожувало. І синів вони того року не мали втратити.

Пастор Тобі Вішнелл нагадав усім присутнім, що сам Христос був рибалкою і що сам Христос пообіцяв зустріти містера Поммероя в товаристві ангелів із сурмами. Він попросив присутніх — як Божу громаду — подбати про духовну освіту й наставництво для сімох малолітніх синів містера Поммероя. Вони втратили свого земного батька, нагадав він, а отже, тепер конче треба подбати про те, аби брати Поммерої не втратили ще й свого небесного Отця. Їхні душі перебувають під опікою цієї громади, і якщо брати Поммерої зневіряться, Господь сприйме це за провину громади і зішле на них кару.

Пастор Вішнелл порадив присутнім сприйняти свідчення святого Матвія як застереження. Він зачитав уривок із Біблії: «А хто спокусить одного з тих малих, що вірують у мене, такому було б ліпше, якби млинове жорно повішено йому на шию, і він був утоплений у глибині моря».

За спиною пастора Вішнелла було море. Гавань Форт-Найлзу мерехтіла в яскравому пообідньому сонці. Між присадкуватими рибальськими човнами виблискував місіонерський корабель «Нова надія», порівняно з ними довгий і стрункий. Рут Томас бачила то все з місця, де стояла на схилі пагорба, біля могили містера Поммероя. На похорон прийшли всі жителі острова, крім Сенатора Саймона Адамса. Усі стояли біля Рут. Усі всіх знали. Тільки внизу на пристані Форт-Найлзу стояв незнайомий білявий хлопчина. Ще зовсім хлопчисько, але більший за всіх братів Поммероїв. Навіть із такої відстані Рут помітила, який він великий. Він мав велику голову, схожу за формою на банку фарби, і довгі грубі руки. Хлопець стояв непорушно, спиною до острова. Він дивився на море.

Рут Томас так зацікавилася незнайомцем, що аж перестала оплакувати смерть містера Поммероя. Вона спостерігала за тим незнайомцем протягом усього похорону, але він так і не поворухнувся. Весь час стояв обличчям до води, опустивши руки вздовж тулуба. Стояв спокійно і тихо. Хлопець ворухнувся аж тоді, коли похорон уже давно закінчився і пастор Вішнелл спустився на пристань. Не кажучи ні слова до пастора, білявий хлопчисько спустився драбиною і відвіз пастора Вішнелла у шлюпці до «Нової надії». Рут зацікавлено за ним спостерігала.

Але це сталося вже після похорону. А тимчасом служба йшла собі далі. Зрештою містера Поммероя, який байдикував у подовгастій смерековій коробці, утрамбували в землю. Чоловіки накидали на нього грудок землі, жінки закидали його квітами. Вебстер Поммерой метушився й переступав з ноги на ногу — здавалося, що він от-от дасть драпака. Місіс Поммерой дозволила собі втратити рівновагу й мило розплакалась. Рут Томас сердито спостерігала, як ховають утопленого чоловіка її найулюбленішої людини на світі.

«О Господи, — думала Рут, — чому він просто не поплив до берега?»

Того вечора Сенатор Саймон Аддамс приніс синам місіс Поммерой книжку в брезентовій торбі. Місіс Поммерой якраз готувала для хлопців вечерю. Вона досі не зняла чорної траурної сукні, пошитої з грубої, як на літо, тканини. Вона чистила відро моркви з городу, зшкрябуючи залишки бадилля і грубу шкірку. Сенатор і їй дещо приніс — пляцину рому. Вона сказала, що не збирається пити, але все одно подякувала.

— Я ще не бачив, щоб ти відмовлялася від чарки рому, — сказав Сенатор Саймон Аддамс.

— Не тішить мене більше ром, Сенаторе. Вже ти мене з чаркою не побачиш.

— А що, ром може когось тішити? — запитав Сенатор. — Та невже?

— Ет… — зітхнула місіс Поммерой і сумно посміхнулась. — А що в торбі?

— Подарунок для твоїх хлопців.

— Повечеряєш з нами?

— Повечеряю. Дуже дякую.

— Руті! — гукнула місіс Поммерой. — Принеси Сенатору склянку на ром.

Але Рут Томас уже й так її принесла, а разом зі склянкою — ще й кавалок льоду. Сенатор Саймон погладив Рут по голові широкою м'якою долонею.

— Заплющ очі, Руті, — сказав. — Я маю для тебе подарунок.

Рут слухняно заплющила очі — як заплющувала завжди, відколи була маленькою дівчинкою, — і він поцілував її в чоло. Смачно цьомкнув. Таким завжди був його подарунок. Рут розплющила очі й усміхнулася. Він її любив.

Сенатор зігнув пальці на руці, лишивши тільки вказівного й середнього.

— Вважай, Руті, бо лізе рак-неборак, як ущипне — буде знак! — вигукнув він і жартома ущипнув її. Рут уже виросла з цієї гри, але Сенатор дуже її любив. Він голосно розреготався. Рут ввічливо усміхнулась. Деколи вони грали в цю забавку по чотири рази на день.

У день похорону Рут вечеряла з Поммероями. Рут майже завжди з ними обідала й вечеряла. У них їлося приємніше, ніж удома. Батько Рут не мав особливого хисту до куховарства. Про себе він дбав, а про побут — не те щоб. Він не має нічого проти холодних сендвічів на вечерю. Чи проти того, щоб заштопати поділ Рутиної спідниці будівельним зшивачем. Так він господарював, відколи мати Рут поїхала. Від голоду чи холоду ніхто б не вмер і без светра не ходив би, але затишку в домі бракувало. Тому Рут цілими днями пропадала в Поммероїв, де було значно тепліше й приємніше. Того дня місіс Поммерой запросила й Стена Томаса на вечерю, але той не прийшов. Він вважав, що не годиться хлопові вечеряти в жінки, яка тільки поховала свого чоловіка.

Семеро братів Поммероїв сиділи за столом з убивче понурим виглядом. Кукі, Сенаторова собака, дрімала біля крісла свого господаря. Коли прийшов Сенатор, Поммерої закрили свого безіменного пса з одним оком у ванній кімнаті, і той тепер завивав і розлючено гавкав, обурений присутністю чужої собаки в домі. Але Кукі цього не помітила. Кукі вмирала від утоми. Вона кидалась у воду слідом за риболовецькими човнами, навіть коли море хвилювалося, і щоразу мало не тонула. Жах якийсь. Однорічна дворняга вбила собі в голову, що може плисти наперекір океану. Одного разу течія віднесла Кукі мало не до самого Курн-Гевену, але, на щастя, поштова шлюпка її підібрала й повернула напівмертву на острів. Кукі пливла услід за човнами й гавкала. Жах. Сенатор Саймон Аддамс обережно наближався до пристані — наскільки йому вистачало духу — і благав Кукі повернутися. Благав і благав! Собачка пливла невеликими колами все далі й далі, пчихаючи від бризок, що летіли на неї від двигунів. Стернові в човнах, що їх вона намагалася наздогнати, кидали в неї шматки наживки-оселедця і кричали:

— Пливи геть!

Сенатор, ясне діло, нізащо б не поліз у воду за псом. Сенатор Саймон боявся води так само сильно, як його собака її любила.

— Кукі! — кричав він. — Вернися, Кукі! Вернися!

Ця сцена повторювалася, відколи Кукі була цуценям, і за нею важко було спостерігати. Кукі майже щодня кидалась за човнами і ввечері вмирала від утоми. Той день не став винятком.

Під час вечері знесилена Кукі спала за Сенаторовим кріслом. Наприкінці Сенатор Саймон наколов на виделку останній шматочок свинини й махнув нею за спиною. Свинина впала на підлогу. Кукі прокинулась, ретельно пережувала м'ясо і знов заснула.

Тоді Сенатор витягнув із брезентової торби книжку, яку приніс у подарунок дітям. Величезну й важку, як шмат шиферу.

— Для твоїх хлопців, — сказав він місіс Поммерой.

Вона подивилась на книжку й передала її Честерові. Честер подивився на неї.

«Книжка? Для цих хлопців?» — здивувалася Рут Томас. Їй стало шкода Честера, який тримав у руці таку книженцію і дивився на неї як баран на нові ворота.

— Вони не вміють читати, — сказала Рут Томас до Сенатора Саймона. А тоді до Честера: — Вибач!

Рут подумала, що негарно говорити про таке у день, коли Честер поховав батька, але вона не знала, чи Сенатор у курсі, що брати Поммерої не вміють читати. Вона не знала, чи він чув про цю їхню прикрість.

Сенатор Саймон забрав книжку в Честера.

— Ця книжка належала моєму прадіду, — сказав він. — Прадід купив її у Філадельфії — коли вперше й востаннє побував за межами Форт-Найлзу.

Книжка мала грубу, тверду обкладинку з коричневої шкіри. Сенатор розгорнув книжку і прочитав написане на першій сторінці:

— «Присвячується королю, лордам — членам Адміралтейського комітету, капітанам і офіцерам Королівського військово-морського флоту й широкому загалу. Це найбільш достовірне, вишукане й бездоганне видання усіх праць уславленого кругосвітнього мореплавця і першовідкривача — капітана Джеймса Кука».

Сенатор Саймон замовк і по черзі подивився на кожного з братів Поммероїв.

— Кругосвітній мореплавець! — вигукнув він.

Кожен із братів Поммероїв глянув на нього порожнім поглядом.

— Кругосвітній мореплавець, хлопці! Капітан Кук обплив навколо світу! Хотіли б колись і собі так поплисти?

Тімоті Поммерой встав з-за стола, пішов у вітальню і ліг на підлогу. Джон кинув собі ще моркви. Вебстер сидів і нервово тарабанив ногами по кухонній плитці.

Місіс Поммерой ввічливо перепитала:

— Обплив навколо цілого світу, Сенаторе? Справді?

Сенатор зачитав далі:

— «Достовірна, потішна й повна історія про перше, друге і третє плавання капітана Кука».

Він усміхнувся місіс Поммерой:

— Це чудова книжка для хлопців. Захоплива. Про доброго капітана, якого вбили дикуни. Хлопчиська люблять такі історії. Хлопці! Якщо хочете стати моряками, читайте про Джеймса Кука!

До того часу тільки один із братів Поммероїв став таким-сяким моряком. Конвей підміняв стернового в рибалки з Форт-Найлзу на ім'я Дюк Кобб. Кілька днів на тиждень Конвей виходив з дому о п'ятій ранку й повертався під вечір, просяклий запахом оселедця. Він витягував пастки, зчіплював омарам клешні й наповнював торби з наживкою — і отримував десять відсотків від заробітку за свою допомогу. Дружина містера Кобба готувала Конвею перекус, що входив до його платні.

Човен містера Кобба, як і всі човни, ніколи не відпливав від Форт-Найзлу далі, ніж на два чи три кілометри. Кругосвітній мореплавець з містера Кобба був ніякий. Конвею, набурмосеному лінюху, доля кругосвітнього мореплавця теж не світила.

У свої чотирнадцять Вебстер, найстарший із братів, теж би міг працювати, але в човні він був як та катастрофа. У човні з нього толку не було. Він мало не сліпнув від морської хвороби, вмирав від головного болю і блював у свої ж ні на що не здатні долоні. Вебстер міркував, чи не стати йому фермером. Він тримав кількох курей.

— Покажу тобі щось смішне, — сказав Сенатор Саймон до Честера, який сидів найближче до нього. Він поклав книжку на стіл і розгорнув посередині. Величезну сторінку вкривали маленькі літери, надруковані щільним, грубим шрифтом, таким же незрозумілим, як дрібний малюнок на старій тканині.

— Що ти тут бачиш? Подивись, як написані слова.

Запала жахлива тиша. Честер витріщився на сторінку.

— Тут жодне слово не починається на літеру «в», еге ж, синку? Друкарі замість неї підставили літеру «п» — бачиш, синку? Ціла книжка так надрукована. У ті часи так часто робили. А нам з того смішно, скажи? Тепер слово «відвів» ми читаємо як «підвів». І виходить, що капітан Кук не «відводив» корабель від берега, а «підводив»! Але ж ясно, що нікого він не підводив — ні корабель, ні команду. Він був талановитим мореплавцем. Уяви собі, Честере, якби тобі хтось сказав, що колись ти «підводитимеш» корабель? Ха!

— Ха! — повторив Честер.

— А вони вже з тобою розмовляли, Рондо? — несподівано запитав Сенатор Саймон у місіс Поммерой і згорнув книжку — та гепнула, наче важкі двері.

— Хто «вони», Сенаторе?

— Інші чоловіки.

— Ні.

— Хлопці, тікайте звідси, — сказав Сенатор Саймон. — Мені треба поговорити з вашою мамою. Раз-два. Візьміть свою книжку. Йдіть надвір побавтесь.

Хлопці понуро побрели геть. Одні пішли нагору, другі подались на вулицю. Честер потягнув за собою надвір недоречного подарунка-гіганта з морськими пригодами капітана Джеймса Кука. Рут крадькома прослизнула під кухонний стіл.

— Вони скоро прийдуть, Рондо, — сказав Сенатор до місіс Поммерой, коли кухня спорожніла. — Чоловіки. Побалакати з тобою.

— Ясно.

— Я хотів тебе застерегти. Ти знаєш, що вони тебе спитають?

— Ні.

— Вони спитають, чи ти плануєш лишатися тут, на острові. Їх цікавить, чи ти лишаєшся — чи збираєшся перебратися на материк.

— Ясно.

— Напевно, вони захочуть, щоб ти поїхала геть.

Місіс Поммерой промовчала.

Зі свого спостережного пункту під столом Рут почула плюскіт і здогадалась, що то Сенатор Саймон плеснув ще трохи рому на лід у своїй склянці.

— То як — ти збираєшся лишатися на Форт-Найлзі? — запитав він.

— Думаю, що ми лишимося тут, Сенаторе. Я нікого не знаю на материку. Мені нема куди йти.

— А ще, лишишся ти чи ні, вони захочуть купити човен твого чоловіка. І рибалити на його території.

— Ясно.

— Раджу тобі притримати і човен, і територію для своїх синів, Рондо.

— Але я без поняття, як це зробити.

— Чесно кажучи, я теж.

— Хлопці ще зовсім малі. Їм ще зарано рибалити.

— Я знаю, знаю. Та й за що тобі утримувати той човен — теж неясно. Тобі потрібні гроші, і якщо рибалки захочуть його купити, доведеться продати. Ти ж не покинеш його на березі чекати, поки хлопці підростуть. Та й не будеш ходити туди кожен день і відганяти чужих від вашої території.

— Ну так.

— Вони не дадуть тобі втримати ні човна, ні територію. Знаєш, що вони тобі скажуть, Рондо? Скажуть, що просто порибалять там кілька років, щоб добро не пропало. Поки хлопці не виростуть і не вернуть собі ту справу. Але спробуйте тільки вернути, хлоп'ятка! Нічого вам не вдасться!

Місіс Поммерой спокійно його слухала.

— Тімоті! — гукнув Сенатор Саймон, повернувши голову до вітальні. — Ти хочеш рибалити? А ти, Честере? Агов, хлопці, хочете ловити омарів, коли виростете?

— Ти сам відіслав їх надвір, — зауважила місіс Поммерой. — Вони тебе не чують.

— Ой, точно. Ну тоді ти скажи — хочуть вони бути рибалками?

— Ясно, що хочуть, — відповіла місіс Поммерой. — Що їм ще лишається?

— Армія.

— Але ж то не назавжди, Сенаторе. Хіба армія на все життя? Вони захочуть вернутися на острів рибалити, як і всі місцеві.

— Семеро хлопців, — сенатор Саймон подивився на свої руки. — Рибалки скажуть, що біля цього острова нема стільки омарів, щоб ще семеро заробляли ними на хліб. Скільки років Конвею?

Місіс Поммерой сказала Сенаторові, що Конвею дванадцять.

— Ех, вони все в тебе заберуть, згадаєш моє слово. Як шкода. Заберуть вашу територію й розділять між собою. Викуплять човен і снасті твого чоловіка за безцінь, і за рік тобі ті гроші підуть, бо ж хлопців треба годувати. Вони заберуть собі територію твого чоловіка, і твої малі муситимуть зубами її в них вигризати. Шкода, шкода. А найбільший шмат забере Рутин батько, я в цьому не сумніваюсь.

І мій жадібний братик. Жаднюга номер один і жаднюга номер два.

Рут Томас скривилася під столом від сорому. Її лице пашіло. Вона не до кінця розуміла, про що вони говорять, але їй стало дуже соромно за себе й за тата.

— Шкода, — сказав Сенатор. — Я порадив би тобі воювати з ними, Рондо, але, чесно кажучи, не уявляю, як це тобі вдасться. Сама ти не даси ради, а хлопці ще замалі, щоб боротися за свою територію.

— Я не хочу, щоб мої сини взагалі за щось боролися.

— Тоді маєш навчити їх якогось іншого ремесла, Рондо. Маєш навчити їх чогось іншого.

Дорослі замовкли. Рут затамувала подих. Місіс Поммерой сказала:

— З нього не був добрий рибалка, Сенаторе.

— Ліпше б він помер через шість років, коли хлопці були б готові. Так би точно вийшло на ліпше.

— Сенаторе!

— А може, й ні. Якщо чесно, я взагалі без поняття, що з цього всього вийде. Я міркую про це, Рондо, ще відколи ти понароджувала своїх хлопців. Думав і так, і сяк, як воно все скінчиться, і поки що нічого доброго не надумав. Навіть якби твій чоловік був живий, хлопці рано чи пізно все одно пересварилися б. На всіх омарів не вистачить, це правда. Шкода. Такі гарні, сильні хлопці. З дівчатами простіше, звісно. Вони можуть поїхати з острова й вийти заміж. Треба було народжувати дівчат, Рондо! Треба було нам закрити тебе в розпліднику й тримати там, поки ти б не почала народжувати доньок.

Доньок!

— Сенаторе!

Сенатор знову плеснув рому в склянку і сказав:

— А, і ще. Я прийшов вибачитися за те, що не був на похороні.

— Нічого страшного.

— Я мав би прийти. Мав би. Я давній друг вашої сім'ї. Але то занадто для мене. Утопленик — то занадто.

— Утопленик — то занадто для тебе. Всі це знають, Сенаторе.

— Дякую тобі за розуміння. Ти добра жінка, Рондо. Добра жінка. І ще одне. Я хотів, щоб ти мене постригла.

— Постригла? Сьогодні?

— Ага.

Сенатор Саймон встав і, відсуваючи стілець, штурхнув Кукі. Здригнувшись, Кукі пробудилась і помітила під кухонним столом Рут. Собака загавкала — і гавкала доти, доки Сенатор насилу нахилився, підняв кутик скатертини й побачив Рут. Він засміявся.

— Вилазь з-під стола, дівчино, — сказав він, і Рут послухала. — Подивишся, як мене будуть стригти.

Сенатор витягнув із нагрудної кишені один долар і поклав на стіл. Місіс Поммерой дістала з кухонної комори старе простирадло, ножиці та гребінця. Рут посунула на середину кухні стілець для Саймона Аддамса. Місіс Поммерой затулила Саймона разом зі стільцем простирадлом, загорнувши край за комір. Видно було тільки його голову й носаки черевиків.

Вона вмочила гребінець у склянку з водою, пригладила Сенаторове волосся на його схожій на буй голові й розділила на акуратні пасма. Вона стригла волосся, пасмо за пасмом — розправляла кожен жмутик між двома найдовшими пальцями, а тоді обережно стинала край. Спостерігаючи за знайомими жестами, Рут знала, що буде далі. Коли місіс Поммерой закінчить стригти, рукави її траурної сукні вкриватиме Сенаторове волосся. Вона притрусить його шию тальком, згорне простирадло в оберемок і попросить Рут винести його надвір і витрусити. Кукі піде слідом за Рут, гавкатиме на простирадло й хапатиме ротом жмутки вологого волосся.

— Кукі! — гукатиме Сенатор Саймон. — Вернися до хати, крихітко!

Чоловіки, звісно ж, завітали до місіс Поммерой.

Наступного вечора. Рутин батько прийшов до будинку Поммероїв пішки, бо ж той стояв по сусідству, а решта приїхали на пікапах без номерів, якими перевозили по острову свій мотлох і своїх дітей. Вони принесли чорничні пироги й запіканки, які передали їхні дружини, і поставали на кухні. Багато хто сперся на стільниці та стіни. Місіс Поммерой із ввічливості зварила їм кави.

На траві під кухонним вікном Рут Томас намагалася навчити Робіна Поммероя вимовляти своє ім'я чи будь-яке інше слово на «р». Він повторював слідом за Рут, чітко вимовляючи кожну приголосну, крім тієї недосяжної.

— Ро-бін, — казала Рут.

— Во-бін, — відповідав Робін. — Во-бін!

— Ре-дис-ка, — казала Рут. — Редь-ка.

— Ведь-ка.

У кухні чоловіки висловлювали свої пропозиції. Вони вже дещо обговорили між собою. І вже придумали, як розділити риболовецькі угіддя Поммерроїв: вони користуватимуться ними і дбатимуть про них, поки хтось із хлопців виявить інтерес і хист до цієї справи. Поки хтось із хлопців зможе опікуватися човном і чередою пасток.

— Риба, — Рут Томас вчила Робіна за кухонним вікном.

— Виба, — повторив він.

— Рут, — сказала вона Робінові. — Рут!

Але він навіть не намагався цього повторити — «Рут» було для нього надто складно. Крім того, Робіну вже набридла ця гра, яка хіба виставляла його бовдуром. Та й Рут не те щоб дуже веселилась. Трава кишіла чорними слимаками, лискучими і слизькими, а Робін безперестанку ляскав себе по голові. Комарі того вечора тнули як дурні. Було б холодніше, то їх би стільки не наплодилося. Вони обкусали Рут Томас і всіх жителів острова. А Робін Поммерой узагалі не міг від них відкараскатися. Врешті-решт комарі загнали Робіна й Рут до хати, де вони ховалися в коморі, поки чоловіки з Форт-Найлзу нарешті повиходили з будинку Поммероїв.

Батько гукнув Рут. Вона взяла його за руку, і вони пішли удвох додому. Анґус Аддамс, добрий товариш Стена Томаса, пішов із ними. Уже стемніло й похолоднішало, і, зайшовши до хати, Стен розпалив грубку у вітальні. Анґус послав Рут нагору взяти в коморі у батьковій спальні дошку для крибеджу, а потім до серванту у вітальні — по колоду карт. Анґус розклав біля грубки старий столик для гри в карти.

Рут сиділа за столиком і дивилася, як чоловіки грають. Вони грали, як завжди, спокійно — кожен націлений на перемогу. За своє коротке життя Рут сотні разів спостерігала за їхньою грою. Вона вміла сидіти тихо і бігала по що їм там треба було — тоді її не відсилали геть. Коли їм хотілося випити, вона приносила пляшки пива з льодовні. Переставляла кілочки на дошці, щоб їм не доводилось нахилятися. І, переставляючи кілочки, голосно рахувала. Чоловіки майже весь час мовчали.

Деколи Анґус казав:

— Ну ти бачив, щоб так фартило?

Або:

— Я бачив безрукого, який ліпше грав.

Або:

— Хто роздав такий непотріб?

Рутин батько розгромив Анґуса, і той поклав карти на стіл і розказав їм жахливий анекдот.

— Одного разу чоловіки попливли в море рибалити — хто більше зловить. І випили забагато, — почав він.

Рутин батько теж відклав карти й відхилився на спинку стільця послухати. Анґус розповідав анекдот дуже зосереджено. Він сказав:

— І от ті хлопаки рибалять і п'ють, п'ють і рибалять. Набралися як собака бліх. До того набралися, що один із них, такий собі містер Сміт, випав за борт і потонув. І все їм зіпсував. От дідько! Як хтось потонув, то дуже не повеселишся. І от хлопці ще собі піддали, і стало їм дуже себе шкода, бо нікому не хочеться йти до того товариша додому й казати місіс Сміт, що її чоловік потонув.

— Що ти за людина, Анґусе? — перебив його Рутин батько. — Хіба то нормальний жарт у такий день?

Анґус продовжив:

— Тоді одному з тих хлопаків прийшла до голови чудова ідея. Він каже: «Може, наймемо містера Джонса Підвішеного Язика — хай повідомить місіс Сміт погану новину?».

Так-так. У місті жив собі один парубок з підвішеним язиком на прізвище Джонс. Він ідеально годився на таке діло. Він би повідомив місіс Сміт, що сталося з її чоловіком, але такими гарними словами, щоб вона й до голови собі того б не взяла. Його товариші подумали: «А що, незла ідея!». Отож знайшли вони того Джонса Підвішеного Язика, і він сказав, що зробить усе, що вони просять, — без проблем. І от вдягає Джонс Підвішений Язик свого найгарнішого костюма. На шию бере краватку, на голову — капелюха. Іде до будинку Смітів. Стукає у двері. Відчиняє жінка. І Джонс Підвішений Язик питає: «Перепрошую, мем, ви вдова Сміт, правда?».

Рутин батько розреготався просто над гальбою з пивом, аж піна злетіла на стіл. Анґус Аддамс виставив руку долонею вперед. То ще не кінець анекдота. Бо кінець ось:

— А жінка йому: «Так, я місіс Сміт, але ніяка я не вдова!». А Джонс Підвішений Язик їй: «Ага, серденько, хріна з два ти не вдова!».

Рут подумки посмакувала те його «серденько».

— Та ну тебе, — Рутин батько витер рота. Але він сміявся. — Ну тебе, Анґусе. Господи Боже, ну й дурнуватий анекдот. Повірити не можу, що ти в такий вечір його розказав. О Господи.

— Чого ти так кажеш, Стене? Нагадує тобі когось знайомого? — запитав Анґус. А тоді фальцетом пропищав: «Ви вдова Поммерой, правда?».

— Анґусе, ти жахлива людина, — сказав Рутин батько, регочучи ще голосніше.

— Нормальна я людина. Просто пожартував.

— Жахлива-жахлива, Анґусе.

Вони реготали й реготали, аж поки нарешті заспокоїлися. Потім Рутин батько й Анґус Аддамс замовкли і знову засіли за крибедж.

Часом батько Рут казав:

— О Боже!

Або:

— Мене мали би пристрілити за таку гру.

Закінчилося тим, що Анґус Аддамс виграв один раз, а Стен Томас — два. Вони дали один одному по кілька доларів. Потім заховали карти і склали столик для гри. Рут занесла дошку до комори у батьковій спальні. Анґус Аддамс поставив столик за диван. Чоловіки перейшли на кухню й сіли за стіл. Рут прийшла слідом за ними. Батько поплескав її по дупі й сказав Анґусу:

— Сумніваюся, що Поммерой лишив жінці стільки грошей, що вистачило заплатити твоєму братові за таку гарну труну.

Анґус Аддамс відповів:

— Ти жартуєш? Поммерой взагалі ні цента їй не лишив. Та сімейка взагалі грошей не має. Ні на задрипаний похорон, ні на труну, ні на кістку, яку б запхали йому в задницю, щоб собаки відтягнули геть його тіло.

— Цікаво, — Рутин батько і бровою не повів. — Я не чув про таку традицію.

Тепер настала черга Анґуса Аддамса реготати. Він назвав Рутиного батька жахливою людиною.

— То я жахливий? — перепитав Стен Томас. — Я? Та то ти жахлива людина.

Вони обоє реготали. Рутин батько й містер Анґус Аддамс — задушевні друзі — цілий вечір називали один одного жахливою людиною. Жахлива людина! Жахлива! Так ніби це їх підбадьорювало. Всни називали й називали один одного жахливою, страшною, підлою людиною.

Чоловіки сиділи до пізньої ночі, й Рут сиділа з ними, поки не розплакалась, бо вже очі їй злипалися. Тиждень видався довгий, а їй було всього дев'ять років. Рут була витривалим дівчиськом, але вона бачила похорон, і чула незрозумілі розмови, і вже минула північ, і вона падала з ніг.

— Агов, Руті, — сказав Анґус. — Руті? Не плач. Що? Я думав, ми з тобою друзі.

— Бідна пампушечка, — сказав Рутин батько.

Він посадив її собі на коліна. Рут не хотіла плакати, але не могла перестати. Їй було соромно за себе. Вона терпіти не могла, коли хтось бачив, як вона плаче. Але вона далі плакала, аж поки батько послав її до вітальні по колоду карт і дозволив їй знову сісти йому на коліна й перемішати карти — коли вона була менша, вони часто грали в таку гру. Рут уже стала завелика, щоб сидіти в тата на колінах і мішати карти, але це заняття її заспокоювало.

— Ну ж бо, Руті, покажи нам, як ти вмієш усміхатися, — сказав Анґус.

Рут спробувала видушити зі себе усмішку, але вийшло не дуже. Анґус попросив Рут і її батька розіграти для нього їхній найсмішніший жарт, його улюблений. І вони розіграли.

— Тату, тату, — пропищала Рут як маленька дівчинка. — А чому всі діти ходять до школи, а я сиджу в хаті?

— Замовкни й роздавай карти, мала! — грубим голосом відповів батько.

Анґус Аддамс реготав як дурний.

— Який жах! — сказав він. — Ви обоє жахливі люди!

2

Коли омар помічає, що його ув'язнили — а він помічає це майже відразу, — то начебто втрачає всякий інтерес до наживки, цілий час блукає пасткою і шукає, як йому звідти утекти.

«Ловля омарів у штаті Мен»
Джон Н. Кобб, інспектор Комісії США
з охорони рибних водойм, 1899 р.

Минуло дев'ять років.

Рут Томас підросла, стала підлітком, і її відправили до приватної школи для дівчат, що в далекому штаті Делавер. Вона добре вчилася, але сенсацією не стала, хоч і могла з її-то мізками. Рут старалася рівно стільки, скільки мусила, щоб отримати хороші оцінки. Вона не хотіла, щоб її відсилали в школу, але щось із нею таки треба було робити. На той історичний момент, у 1970-х роках, на острові Форт-Найлз дітей навчали тільки до тринадцяти років. Для більшості хлопців (тобто майбутніх рибалок) того вистачало з головою. Для решти — для розумних дівчат і хлопців з більшими амбіціями — треба було щось придумувати. Зазвичай їх відсилали на материк — жити з родичами в Рокленді і вчитися в державній старшій школі. Вони поверталися на острів тільки на довгі канікули або на літо. Батьки навідувалися до них, коли їздили до Рокленда продавати омарів.

Рут Томас така система подобалася більше. Навчання у старшій школі в Рокленді здавалося для неї нормальною стежкою, на яку вона й чекала. Але для Рут зробили виняток. Дорогий виняток. Їй забезпечили приватну освіту далеко від дому. На думку Рутиної матері, яка тепер мешкала в Конкорді, штат Нью-Гемпшир, ідея полягала в тому, щоб показати дівчині щось інше, крім рибалок, пияцтва, безграмотності й холоднечі. Батько Рут дав свою насуплену й німу згоду, і Рут не мала вибору. У школу вона ходила, але всіляко виявляла свій протест. Читала книжки, вчила математику, не звертала уваги на інших дівчат і робила все, щоб від неї відчепилися. Щоліта Рут поверталась на острів. Мама пропонувала їй інші заняття на літо — поїхати в табір, вирушити в подорож чи знайти цікаву роботу, — але Рут відмовлялася так категорично, що для жодних перемовин місця не лишалося.

Рут Томас зайняла тверду позицію: її місце тільки на острові Форт-Найлз і більше ніде. Таку позицію вона зайняла у спілкуванні з матір'ю: тільки на Форт-Найлзі вона по-справжньому щаслива; Форт-Найлз у її плоті та крові; і зрозуміти її здатні лише ті, що живуть на острові Форт-Найлз. Нічого з цього не було повною правдою.

Рут хотіла почуватися на Форт-Найлзі щасливою, але вона там переважно нудьгувала. Вона сумувала за островом, коли їхала звідти, та коли поверталася, не знала, куди себе подіти. Щойно Рут приїжджала додому, у ту ж хвилину вирушала на довгу прогулянку узбережжям («Я цілий рік про неї мріяла!» — казала вона), але прогулянка тривала якихось кілька годин — і про що вона під час неї думала? Та ні про що особливе. Он мартин, он морський котик, он іще один мартин. Вона знала цей пейзаж так само добре, як стелю у своїй спальні. Рут брала на узбережжя книжки — мовляв, вона любить читати під шум прибою, але, на жаль, мокрі, обліплені рачками скелі не належать до найкращих на Землі місць для читання. Коли Рут їхала з Форт-Найлзу, острів набував прикмет далекого раю, та коли поверталася, заставала свій дім холодним, вологим, вітряним і незатишним.

Та щоразу на Форт-Найлзі Рут писала в листах до мами: «Нарешті я знову маю чим дихати!».

Рутине захоплення Форт-Найлзом насамперед виражало протест. Проти тих, хто відіслав її геть начебто задля її ж добра. Рут воліла б сама визначати, що для неї добре. Вона не сумнівалась у тому, що знала себе краще за всіх і, дали б їй свободу, зробила б ліпший вибір. Вона б точно не відправила себе до елітної приватної школи за сотні кілометрів від острова, де дівчатка дбали хіба про свою шкіру і коней. Рут і коні? Ні, дякую. Вона не з тих дівчат. Не така ніжна. Рут обожнювала човни, принаймні постійно так казала. Обожнювала острів Форт-Найлз. Обожнювала рибальство.

Насправді Рут колись рибалила з батьком і фантастичним той досвід назвати не могла. Сил для роботи їй не бракувало, але одноманітність її вбивала. Бути за стернову означало стояти на кормі, витягувати пастки, діставати з них омарів, класти до пасток наживку й опускати їх знов у воду, а тоді далі витягати пастки. Знов і знов. Це означало вставати затемна і снідати й обідати сендвічами. Це означало постійно бачити один і той самий краєвид, день за днем, і майже ніколи не відпливати більш як на три кілометри від берега. Це означало проводити годину за годиною наодинці з батьком у невеликому човні й постійно з ним сваритися.

Причини для сварки знаходилися завжди. Різні дурниці. З'ївши сендвіч, Рутин батько кидав торбинку просто у воду, і Рут це зводило з розуму. Слідом за торбинкою він кидав банку з-під содової. Вона кричала на нього через це, він супився, і решта часу минала в мовчазній напрузі. Або він нервувався й цілий час її вичитував і критикував. Вона дуже повільно рухається; нащо вона так шпурляє омарів, обережніше треба; під ноги треба дивитись, а то колись наступить на ту купу мотузок, її потягне за борт і вона втопиться. Отаке всяке.

Під час одного з перших виїздів Рут попередила батька, що до «бакборту» підпливає якась бочка, а він розсміявся їй у лице.

— До бакборту? — перепитав. — Ти не на флоті, Рут. Нема чого перейматися бакбортами й штирбортами. Ти одне пильнуй — не лізь мені під ноги.

Рут нервувала його навіть тоді, коли не збиралась, хоча інколи таки робила це навмисно, просто щоб збавити час. Наприклад, одного дощового дня влітку вони витягували пастку за пасткою, а там — ні одного омара. Рутин батько вже з'їв собі всі нерви. Він нічого не піймав, хіба водорості, крабів і морських їжаків. Але витягнувши ще вісім чи дев'ять пасток, Рут таки дістала нічогенького самця-омара.

— Що це, тату? — запитала вона невинним голосом, показуючи йому омара. — Я ще ніколи такого не бачила. Може, завеземо до міста і продамо комусь?

— Не смішно, — буркнув батько, хоча самій Рут її жарт сподобався.

Човен смердів. Навіть улітку там було холодно. У негоду палуба гойдалась і хилилась на всі боки, Рут намагалася втримати рівновагу, і від напруження їй боліли ноги. На невеликому човні не було де сховатися. Вона мусила пісяти у відро й виливати у воду. Руки завжди мерзли, а батько вічно репетував на неї, як тільки вона підходила до гарячої труби зігріти долоні. Батько ніколи не працював у рукавицях, навіть у грудні. Чому ж то вона так мерзне в середині липня?

Та коли мама питала Рут, чим би вона хотіла зайнятися влітку, Рут завжди відповідала однаково: вона хоче ловити омарів.

— Хочу плавати на човні разом з татом, — казала Рут. — Я щаслива тільки в морі.

Що ж до стосунків з іншими жителями острова, то вони розуміли Рут не так добре, як вона запевняла матір. Вона любила місіс Поммерой. Вона любила братів Аддамсів, а вони її. Але більшу частину року Рут вчилася у Делавері, і через це всі інші практично забули про неї чи — ще гірше — відцуралися. Вона стала інша. Чесно кажучи, Рут ніколи не була така, як вони. Вона завжди була замкнутою дитиною, не такою, як, скажімо, брати Поммерої: ті кричали, билися, і всіх їх завжди прекрасно розуміли. Крім того, Рут тепер жила далеко від острова і розмовляла інакше. Вона читала страшно багато книжок. І багато сусідів вважали її пихатою.

Рут закінчила школу-пансіонат у кінці травня 1976 року. Вона не мала планів на майбутнє, хіба збиралася повернутись на Форт-Найлз, де, очевидно, було її місце. Рут не планувала вступати до коледжу. Вона жодного разу навіть не подивилася на університетські брошури, які валялися у школі, не реагувала на поради вчителів і не звертала уваги на делікатні натяки матері.

Того травня 1976 року Рут виповнилося вісімнадцять. Вона мала сто шістдесят сім сантиметрів на зріст. Блискуче, темне, аж чорне волосся сягало їй до плечей — вона щодня зав'язувала його у хвіст. Її волосся було таке грубе, що вона могла би пришити ним ґудзика до куртки. Рут мала круглясте лице, широко посаджені очі, непримітного носа й довгі гарні вії. Її шкіра була темніша, ніж в інших мешканців Форт-Найлзу, і засмагала до рівного брунатного кольору. Рут була м'язиста й трохи заважка як на свій зріст. Вона воліла б мати менший зад, але дуже цим не переймалася, бо нізащо не хотіла бути схожою на однокласниць із Делавера, які безперестанку розводилися про свою фігуру, аж слухати гидко. Рут спала як бабак. Була самостійна. Насмішкувата.

У самостійному, насмішкуватому віці вісімнадцяти років Рут повернулася на Форт-Найлз — у батьковому човні. Батько підібрав її на автобусній станції на прогнилому пікапі, якого тримав на стоянці біля поромного причалу, — він їздив цим драндулетом у справах і на закупи, коли приїжджав до міста, приблизно раз на два тижні. Він забрав Рут, дозволив їй цьомкнути його дещо глузливо у щоку й відразу оголосив, що висадить її біля крамниці, щоб вона купила продукти, поки він матиме дурацьку розмову з дурацьким гуртовиком тим нещасним ідіотом. («Ти знаєш, що нам треба, — сказав батько. — Просто набери різного на п'ятдесят баксів».) Потім він перелічив Рут причини, чому він вважав дурацького гуртовика нещасним ідіотом, — вона до найменших подробиць уже чула їх раніше. Рут слухала батька у піввуха й думала, як то дивно, що батько, не бачивши її кілька місяців, навіть не запитав нічого про випускну церемонію. Не те щоб вона цим переймалась. Просто дивно якось.

Вони пливли човном до Форт-Найлзу понад чотири години, майже не розмовляючи, бо човен голосно гудів і, крім того, Рут мусила пильнувати на кормі, щоб коробки з продуктами не перекинулись і не намочились. Вона думала про плани на літо. Ніяких планів на літо вона не мала. Завантажуючи коробки в човен, батько повідомив їй, що найняв на сезон стернового — і то не кого іншого, як Робіна Поммероя. Для доньки він роботи не мав. Рут побурчала на нього за те, що лишив її без діла, але в душі зраділа, що не працюватиме з батьком знову. Вона була б йому за стернову хіба з принципу — якби він попросив, — але радості це б їй не принесло. Тому добре, що так склалося. З іншого боку, тепер вона не мала де себе подіти. Рут не вірила у свої здібності аж так, щоб підійти до когось із рибалок і попросити, щоб її взяли за стернову, навіть якби вона дуже, дуже хотіла цю роботу, якої насправді дуже, дуже не хотіла. До того ж, як повідомив батько, на Форт-Найлзі всі вже набрали собі помічників. Уже домовились про всі партнерства. За багато тижнів до приїзду Рут усі старі рибалки на Форт-Найлзі вже знайшли собі молодих, які гаруватимуть замість них на кормі.

— Може, підеш на заміну, як хтось із хлопчурів захворіє чи дістане копняка! — раптом крикнув до неї батько на середині дороги до Форт-Найлзу.

— Ага, може! — крикнула у відповідь Рут.

Вона тимчасом думала про наступні три місяці і — кого вона хотіла обманути? — про решту свого життя — й ніякого сенсу поки там не бачила. «Докотилась», — подумала Рут. Вона сиділа спиною до батька на коробці з консервами. День випав туманний, і Рокленд уже давно зник з очей, а інші острови — і населені, й безлюдні, що їх вони проминали так повільно й так шумно — були маленькі, коричневі й мокрі, як кавалки лайна. Принаймні так здавалося Рут. Вона міркувала, чи знайде собі іншу роботу на Форт-Найлзі, хоча робота на Форт-Найлзі, яка не має стосунку до ловлі омарів, — це якесь посміховисько. Ха-ха.

«Чим я в біса займатимусь?» — думала Рут. Човен пихтів і підстрибував на хвилях холодної затоки в Атлантичному океані. Рут відчула, як усередині неї наростає гидке, добре знайоме відчуття нудьги. Вона розуміла, що не має чим займатися, і чудово знала, що це означає. Не мати чим займатися означало тинятися островом у компанії інших місцевих, які сиділи без діла. Рут уже це уявляла. Вона просидить ціле літо з місіс Поммерой і Сенатором Саймоном Аддамсом. Вона вже знала, як то буде. Не так і зле, переконувала вона себе. Місіс Поммерой і Сенатор Саймон — її друзі, вона дуже їх любить. Їм є про що побалакати. Вони розпитають її все-все про випускну церемонію. Не так уже й вона знудиться.

Але бентежне, неприємне відчуття неминучої нудьги далі крутило їй живіт, наче морська хвороба. Нарешті вона притлумила нудьгу, — не встигла приїхати, а вже нудно! — склавши подумки листа до матері. Вона запише його ввечері, у своїй спальні. Лист починатиметься так: «Люба мамо, щойно я ступила на Форт-Найлз, напруга витекла з мого тіла і я вперше за багато-багато місяців вдихнула на повні груди. Повітря пахнуло надією!».

Так дослівно вона й напише. Рут вирішила це на батьковому човні рівно за дві години до того, як на обрії з'явився Форт-Найлз, і решту подорожі подумки складала листа — дуже поетичного. Це заняття добряче її підбадьорило.

Того літа Сенаторові Саймону Аддамсу виповнювалось сімдесят три і він працював над особливим проєктом. Сміливим і оригінальним. Він планував розшукати слонячий бивень, заритий, на його думку, в мулистій мілині на Поттер-біч. Сенатор думав, що там, цілком можливо, зарито цілих два слонячі бивні, але оголосив, що дуже зрадіє, навіть якщо знайде тільки один.

Сенатор Саймон черпав упевненість із віри в те, що за сто тридцять вісім років морська вода не могла пошкодити чисту слонову кістку, бо ж то дуже міцний матеріал. Він знав, що бивні точно десь там лежать. Можливо, вони відокремились від скелета й один від одного, але точно не розклалися. Вони просто не могли розкластися. Бивні або зариті в піску далеко в морі, або їх викинуло хвилями на берег. На думку Сенатора, вони цілком могли прибитися до острова Форт-Найлз. Течія могла винести ці рідкісні слонячі бивні просто на Поттер-біч — як століттями виносила уламки від кораблетрощ. Чому б і ні?

Бивні, за якими полював Сенатор, належали слонові, що був пасажиром пароплава «Клариса Монро» з тоннажем чотириста тонн — судна, що пропливало якраз мимо каналу Ворзі в кінці жовтня 1838 року. На той час то була видатна подія. Опівночі налетіла хурделиця і дерев'яний колісний пароплав загорівся. Вогонь, вочевидь, спалахнув через якусь дрібницю — лампа перекинулась чи щось таке, — але сильний вітер підхопив полум'я і розніс його на всі боки. Полум'я дуже скоро огорнуло всю палубу.

Капітан «Клариси Монро» був пияком. Пожежа, скоріше за все, не була його провиною, але вона стала його кінцем. Він ганебно запанікував. Не розбудивши ні пасажирів, ні членів команди, він наказав єдиному моряку на вахті опустити на воду єдину рятувальну шлюпку, і разом із дружиною й тим молодим моряком повеслував у ній геть. Капітан покинув приречену «Кларису Монро» разом із пасажирами й вантажем горіти у вогні. Троє вцілілих у тій шлюпці загубилися серед хурделиці, веслували цілий день, не мали сил гребти далі і ще один день дрейфували. До того часу, коли їх підібрав торговельний корабель, капітан помер від холоду, його жінка обморозила пальці на руках, стопи й вуха, а молодий моряк збожеволів.

Без капітана, охоплена вогнем «Клариса Монро» прибилася до скель неподалік від острова Форт-Найлз, де розбилася серед хвиль. З дев'яноста семи пасажирів не вижив ніхто. Багато тіл винесло на Поттер-біч — там вони збилися на купу серед мулу й солоної води біля обвуглених уламків пароплава. Чоловіки з Форт-Найлзу зібрали трупи, загорнули їх у рядна й поскладали в льодосховищі. Деяких із них упізнали родичі, які цілий жовтень припливали на поромі на Форт-Найлз забирати своїх братів, дружин, матерів і дітей. Бідолах, яких не забрали, поховали на місцевому цвинтарі, а на кожній гранітній табличці написали просто: «Утопленик».

Але пароплав втратив і деякий інший вантаж.

«Клариса Монро» перевозила з Нью-Брансвіка до Бостона невеликий цирк, що складався з кількох цікавих об'єктів: то було шість білих виставкових коней, декілька мавп-акробатів, верблюд, дресирований ведмідь, клітка з тропічними птахами й африканський слон. Коли пароплав розламався, циркові коні спробували пливти крізь хурделицю. Троє потонули, а троє дісталися до берегів острова Форт-Найлз. Коли вранці розпогодилось, жителі острова побачили, як троє прекрасних білих коней жваво прокладають собі дорогу через снігові замети.

Решта тварин не вижили. Молодий моряк із «Клариси Монро», якого знайшли у шлюпці разом із мертвим капітаном і його розбитою горем дружиною, зійшов з розуму серед заметілі, а коли його врятували, сказав — наполіг! — нібито він бачив, як слон перестрибнув через борт палаючого корабля й рішуче поплив крізь хвилі, високо підіймаючи бивні й хобота над збуреною крижаною водою. Моряк присягався, що бачив, як слон плив у солоному снігу, коли він сам веслував якомога далі від корабля. Він бачив, як слон гріб і гріб, а тоді, востаннє затрубивши, пішов під воду.

Як уже було згадано, на момент порятунку моряк з'їхав з глузду, але дехто повірив у його розповідь. Сенатор Саймон Аддамс ніколи в ній не сумнівався. Він почув цю історію ще в ранньому дитинстві й відтоді не втратив до неї зацікавлення. І от навесні 1976 року, сто тридцять вісім років по тому, Сенатор вирішив відшукати бивні того циркового слона.

Він хотів виставити хоча б один бивень у музеї природничої історії Форт-Найлзу. 1976 року музею природничої історії на Форт-Найлзі не було, але Сенатор над цим працював. Він роками збирав артефакти та зразки для музею і зберігав їх у підвалі. Ідея з музеєм належала лише йому. Спонсорів він не мав і був єдиним куратором. На думку Сенатора, бивень мав стати стрижнем його колекції.

Сенатор, певна річ, не міг шукати бивня сам. Чоловік сильний, він усе ж був не в стані порпатися у болоті від ранку до вечора. Та й навіть у молодшому віці йому б забракло сміливості бродити в юшці з морської води й плиткого мулу, що заливала мілину на Поттер-біч. Він дуже боявся води. Тому Сенатор взяв собі помічника — Вебстера Поммероя.

Вебстер Поммерой, якому того літа було двадцять три, і так не мав іншого заняття. Кожного дня Сенатор із Вебстером прямували на узбережжя Поттер-біч, де Вебстер шукав слонячих бивнів. Ідеальне заняття для Вебстера Поммероя, бо Вебстер Поммерой не вмів нічого іншого. Стати рибалкою чи стерновим йому завадила покірливість і морська хвороба, але на цьому його проблеми не закінчувались. З Вебстером Поммероєм щось було не так. Усі це бачили. Щось сталося з Вебстером того дня, коли він уздрів батькове тіло — безоке й розпухле, — розпростерте на пристані Форт-Найлзу. У ту мить Вебстер Поммерой зламався, розбився на друзки. Він перестав рости, перестав розвиватися, майже перестав говорити. Він перетворився на сіпану, знервовану, тривожну місцеву катастрофу. У свої двадцять три Вебстер був такий низький і худющий, як у чотирнадцять. Він назавжди застряг у хлоп'ячому тілі. У пастці моменту, коли він упізнав мертвого тата.

Сенатор Саймон Аддамс щиро шкодував Вебстера Поммероя. Він хотів допомогти хлопцю. Хлопець розбив Сенаторові серце. Сенатор вважав, що хлопцеві потрібне якесь заняття. Але минуло кілька років, перш ніж Сенатор зрозумів, на що Вебстер годиться, бо спочатку він поняття не мав, чим би Вебстер Поммерой міг зайнятися. Сенаторові спала на думку одна лиш ідея: залучити юнака до свого проєкту для музею природничої історії.

Спочатку Сенатор послав Вебстера походити по сусідах на Форт-Найлзі й попитати, чи не мають вони якихось цікавих артефактів або предметів старовини, щоб подарувати музеєві, але Вебстер соромився і завдання жалюгідно провалив. Він стукав у двері, та коли сусіди відчиняли, просто стояв на порозі, німий як риба, і нервово тупав ногою. Його поведінка бентежила всіх місцевих домогосподарок. Вебстер Поммерой, який стояв у дверях з таким виглядом, ніби от-от заплаче, не був уродженим прохачем.

Далі Сенатор спробував залучити Вебстера до будівництва сараю на задньому подвір'ї Аддамсів, де він збирався тримати колекцію предметів, які годилися для музею. Однак Вебстер, хоч і сумлінний хлопець, хисту до теслярства не мав. Йому бракувало сили і вправності. Через нервову дрож будівельник із нього був кепський. Та де там кепський — гірше. Він загрожував собі й іншим, бо вічно впускав з рук пили й дрилі, вічно стукав молотком собі по пальцях. Тому Сенатор забрав Вебстера геть із будівельного майданчика.

Інші завдання, які придумав Сенатор, так само не підходили Вебстерові. Здавалося, що той ні на що не годиться.

Сенатор змарнував майже дев'ять років, поки нарешті визначив, до чого Вебстер має хист.

До мулу.

На Поттер-біч залягали цілі угіддя мулу, які повністю показувались лише під час відпливу. У найнижчій точці мул займав рівнину на добрих десять акрів, що смерділа застояною кров'ю.

Чоловіки раз за разом викопували з цього мулу їстівних молюсків і часто натрапляли на заховані скарби: уламки стародавніх кораблів, дерев'яні буї, загублені чоботи, поодинокі кістки, бронзові ложки й залізні інструменти, які давно вийшли з ужитку. Замулена бухта явно притягувала до себе втрачені предмети, тому Сенаторові й спало на думку пошукати в мулистій мілині слонячі бивні. Хіба ж вони не там? Де ж іще їм бути?

Він запитав Вебстера, чи не хотів би той бродити в намулі як шукач молюсків і вишукувати артефакти? Чи не бажав би Вебстер, взувши високі чоботи, обстежувати мілкі ділянки на Поттер-біч? Чи не дуже виснажить Вебстера така справа? Вебстер Поммерой знизав плечима. Він не здавався виснаженим. Отак Вебстер Поммерой і став працювати пошуковцем на мулистій мілині. А пошуковець із нього вийшов прекрасний.

Виявилося, що Вебстер Поммерой може рухатися крізь усякий мул. Він завиграшки торував собі дорогу через мул, що сягав до грудей. Вебстер Поммерой простував через нього, наче спеціально споруджений корабель, і знаходив дивовижні скарби: наручний годинник, акулячий зуб, китовий череп, уцілілу тачку. День за днем Сенатор сидів на брудних скелях коло берега й спостерігав, як Вебстер просувається вперед. Він спостерігав за Вебстеровими розкопками ціле літо 1975 року, кожного дня.

А коли у кінці травня 1976 року приїхала зі школи-пансіонату Рут Томас, Сенатор із Вебстером знову приступили до діла. Не маючи іншого заняття, без роботи і друзів-однолітків, Рут Томас взяла собі за звичку щоранку спускатися до мілини на Поттер-біч і дивитися, як Вебстер Поммерой порпається в мулі. Вона годинами просиджувала на березі разом із Сенатором Саймоном Аддамсом. Надвечір усі троє верталися до міста.

Дивна то була трійця — Сенатор, Рут і Вебстер. Вебстер у будь-якому товаристві здавався диваком. Сенатор Саймон Аддамс, чолов'яга на диво кремезний, мав спотворену голову — ніби хтось влупив її ногою й вона зрослася не так, як треба. Сенатор жартував зі свого товстого носа. («Я нічого не можу вдіяти з формою свого носища, — казав він. — Це подарунок на день народження!») А ще він постійно крутив великими, м'якими мов тісто, руками. Сенатор мав міцне тіло, але страждав від сильних нападів страху і називав себе чемпіоном серед боягузів. Часто могло здатися, ніби він боявся, що зараз хтось вискочить з-за рогу й ударить його. Повна протилежність Рут Томас — та переважно мала такий вигляд, ніби збиралася вдарити того, хто зараз заверне за ріг.

Рут сиділа на березі, дивилася на кремезного Сенатора Саймона й худющого Вебстера Поммероя і дивувалась, як так сталося, що вона опинилася в компанії цих двох чудних слабаків. Як вони стали її хорошими друзями? Що подумали б дівчата з Делавера, якби дізналися про їхню маленьку банду? Я не соромлюсь Сенатора й Вебстера, переконувала себе Рут. Перед ким їй соромитися тут, на острові Форт-Найлз? Але ці двоє були диваками, і якби хтось нетутешній побачив їхню трійцю, то б і Рут сприйняв за дивачку.

Та все ж вона мусила визнати, що їй дуже подобається спостерігати, як Вебстер вовтузиться в мулі, шукаючи бивня. Рут ні на йоту не вірила в те, що Вебстер знайде слонячий бивень, але його робота її розважала. Це треба було бачити.

— Небезпечне то діло, — казав Сенатор до Рут, коли вони удвох спостерігали, як Вебстер запорпується все глибше і глибше в мул.

Діло було справді небезпечне, але Сенатор не збирався втручатися, навіть коли Вебстер потопав у найпливкішому, найнестійкішому, найчіпкішому мулі, зануривши обидві руки й наосліп намацуючи в багні артефакти. Сенатор нервувався, Рут нервувалася, а Вебстер просувався незворушно й безстрашно. У ті хвилини — і більше ніколи — його тіло переставало сіпатися. У мулі він заспокоювався. У мулі він ніколи не відчував страху. Деколи здавалося, ніби він тоне. Вебстер завмирав на місці, й Сенатор із Рут Томас бачили, як він помалу осідає. Лячне видовище. Часом здавалося, що вони його втрачають.

— Може, іти його витягнути? — несміливо пропонував Сенатор.

— Хрін хто в ту западню полізе, — відповідала Рут. — Точно не я.

(У свої вісімнадцять Рут мала гострий язик. Батько не раз їй казав: «Не знаю, звідки в тебе той клятий язик», — а Рут відповідала: «І справді, от клята загадка».)

— Ти впевнена, що з ним усе добре? — питав Сенатор.

— Ні, — казала Рут. — По-моєму, він тоне. Але я не біжу його спасати, і ви теж. Хрін хто в ту западню полізе. Точно не я.

Ні, точно не вона. Точно не туди, де забуті омари, молюски, мідії і морські черви виростали до безбожних розмірів і біля них ще бозна-що брьохалося. Перші шотландці, прибувши на Форт-Найлз, вилізли на величезні скелі, посхилялися над цією мулистою мілиною і повитягували з неї гаками живих омарів завбільшки з людей. Вони писали про це у щоденниках — розповідали, як витягували бридких омарів-гігантів по півтора метра кожен, древніх як крокодили і обліплених багном. За сотні років у безпечному сховку омари розрослися до потворних розмірів. А тепер і Вебстер, наосліп перебираючи багно голими руками, знайшов скам'янілі клешні омарів завбільшки як бейсбольні рукавиці. Він випорпував молюсків, великих мов дині, морських їжаків, котячих акул і мертвих риб. Рут Томас нізащо туди не полізе. Е ні.

Отож доведеться Сенаторові й Рут сидіти й дивитися, як Вебстер тоне. А що вони можуть вдіяти? Нічого. Вони сиділи і напружено мовчали. Інколи над їхніми головами пролітав мартин. Інколи взагалі нічого не рухалось. Вони спостерігали й чекали, відчуваючи, як у серці закипає паніка. Але сам Вебстер ніколи не панікував. Потопав до пояса в мулі й чекав. Чекав на щось невідоме — і з часом таки знаходив його. Чи то воно знаходило Вебстера. І тоді Вебстер знову просувався вперед через грузьке багно.

Рут не розуміла, як йому це вдається. З берега здавалося, ніби зі споду піднялася рейка, Вебстер став на неї голими ногами, і рейка плавно потягнула його подалі від небезпечного місця. З берега здавалося, що Вебстер поволі ковзає до порятунку.

Як так, що він ніколи не застрягав? Як так, що він жодного разу не порізався об молюсків, скло, омарів, мідій, залізо, камені? Складалося враження, ніби всі приховані в мулі небезпеки ввічливо розступалися, щоб дати дорогу Вебстеру Поммерою. Ясно, що він не перебував у небезпеці цілий час. Деколи він бабрався по кісточки у мілкому мулі неподалік від берега, втупившись униз порожнім поглядом. Тоді ставало нудно. А коли ставало дуже нудно, Сенатор Саймон і Рут, сидячи на скелях, бралися до розмови. Здебільшого вони розмовляли про карти, дослідження, кораблетрощі й заховані скарби — улюблені теми Сенатора. Особливо кораблетрощі.

Одного дня Рут сказала Сенаторові, що збирається шукати роботу на омароловецькому судні. Це було не зовсім правдою, але саме так Рут написала напередодні в довгому листі до матері. Рут насправді не хотіла працювати на омароловецькому судні, але їй хотілося цього хотіти. Вона сказала про це Сенаторові тільки тому, що їй подобалося, як звучить ця фраза.

— Я збираюся шукати роботу на омароловецькому судні, — мовила вона.

Сенатор тут же розізлився. Він навіть чути не хотів, що Рут збирається ступити на палубу якогось там судна. Досить того, що він зневувався, коли Рут поїхала з батьком на день до Рокленда. Усі рази, коли Рут працювала з батьком, Сенатор сердився.

Кожного дня він уявляв, як вона випадає за борт і топиться, як їхній човен тоне чи як налітає страшна буря і змиває її в море. Тому коли Рут заговорила про пошук роботи, Сенатор сказав, що він не дасть морю відібрати її в нього. Він сказав, що суворо-пресуворо забороняє Рут працювати на омароловецькому судні.

— Ти що, померти хочеш? — запитав він. — Хочеш потонути?

— Ні, я хочу трохи підзаробити.

— Ні. Ніколи в світі. Тобі не місце у човні. Якщо треба гроші, я тобі дам.

— Навряд чи то достойний спосіб заробітку.

— Нащо тобі працювати на судні? З твоїми-то мізками. Човни — то для таких бовдурів, як брати Поммерої. Лиши ту справу їм. Знаєш, що тобі варто зробити? Поїхати на материк і не вертатись. Їдь у Небраску. Я б так і зробив на твоєму місці. Тікай подалі від того океану.

— Якщо братам Поммероям годиться ловити омарів, то й мені теж годиться, — сказала Рут. Вона не вірила у свої слова, але прозвучало принципово.

— Ой, Рут, не починай.

— Скільки себе пам'ятаю, Сенаторе, ви вічно заохочували братів Поммероїв стати моряками. Вічно шукали для них роботу на кораблі. Вічно повторювали, що вони мають обпливти весь світ. Не розумію, чому ви мене не заохочуєте до такого, хоч трохи.

— Заохочую, як ні?

— Але не до рибальства.

— Я приб'ю себе, якщо ти станеш рибалкою, Рут. Прибиватиму себе кожного божого дня.

— А що, як я хочу стати рибалкою? І морячкою? І служити в береговій охороні? І обпливти навколо світу?

— Та не хочеш ти обпливати навколо світу.

— А може, хочу.

Рут не хотіла обпливати навколо світу. Вона просто підтримувала розмову. Вони з Сенатором годинами мололи всякі дурниці. День за днем. Ні він, ні вона не брали собі до голови тих теревенів. Сенатор Саймон поплескав по голові собаку і сказав:

— Кукі каже: «Що то Рут таке говорить, яке таке плавання навколо світу? Рут не хоче нікуди пливти». Ти ж так казала, Кукі? Ну правда?

— Ліпше мовчи, Кукі, воно тобі не треба, — відказала Рут.

Сенатор знову порушив цю тему десь через тиждень, коли вони сиділи й спостерігали, як Вебстер бродить на мілині. Сенатор і Рут завжди так розмовляли — рухалися довгими, безкінечними колами. Насправді вони вели тільки одну розмову, яка почалася, коли Рут було років десять. Відтоді вони без кінця рухалися по колу. Обговорювали одне й те саме, як дві школярки.

— Нащо тобі робота на човні, заради Бога? — питав Сенатор Саймон. — Ти ж не сидітимеш на острові до кінця життя, як брати Поммерої. Лінюхи нещасні. Вони тільки і вміють, що ловити омарів. Більше нічого.

Рут уже забула, що згадувала про пошук роботи на судні. Але тут же взялась захищати цю ідею.

— Жінка може займатися такою роботою не гірше за чоловіка.

— Я не казав, що жінка не може нею займатися. Я кажу, що нею ніхто не повинен займатися. Це жахлива робота. Заняття для телепнів. Крім того, якщо всі кинуться ловити омарів, то їх скоро не стане.

— Там стільки омарів, що вистачить для всіх.

— Та ні, Руті. Хто тобі сказав таку дурницю?

— Тато.

— Ну, для нього точно вистачить.

— Що ви маєте на увазі?

— Він жаднюга номер два. Свого не пропустить.

— Не називайте так мого тата. Він терпіти не може того прізвиська.

Сенатор погладив пса.

— Твій тато жаднюга номер два. А мій брат — жаднюга номер один. Усі це знають. Навіть Кукі.

Рут подивилась на Вебстера на мілині й нічого не відповіла.

Через кілька хвилин Сенатор Саймон сказав:

— Ти знаєш, що на рибальських човнах нема рятувальних шлюпок. Ти будеш у небезпеці.

— А нащо на човнах рятувальні шлюпки? Човни не дуже за них більші.

— Не те щоб шлюпка когось урятувала...

— Звичайно, що врятувала. Шлюпки постійно когось рятують, — наполягла Рут.

— Навіть у шлюпці треба сподіватися, що тебе скоро врятують. Ясно, що як тебе знайдуть у першу годину після кораблетрощі, то нічого тобі не буде...

— А хіба хтось говорив про кораблетрощі? — запитала Рут, хоча чудово знала, що Сенатор завжди за три хвилини від розмови про кораблетрощі. Він роками розповідав їй про них.

Сенатор сказав:

— Якщо ти в шлюпці і тебе не врятують за першу годину, шанси на порятунок дуже малі. Дуже. І з кожною годиною все менші. А якщо ти цілий день провела серед моря у шлюпці, то все — можеш не сподіватися, що тебе врятують. І що ти тоді робитимеш?

— Веслуватиму.

— Ага, веслуватимеш. Ти сидиш у шлюпці, сонце сідає, допомоги не видно, а ти веслуватимеш. Ага. То це твій план?

— Ну, доведеться щось придумати.

— Що придумати? Що там придумувати? Як догребти до іншого континенту?

— О Господи. Та я ніколи не опинюся серед моря в шлюпці. Обіцяю.

— Коли ти потрапиш у кораблетрощу, — сказав Сенатор, — тебе врятують тільки долею випадку. Якщо взагалі врятують. І не забувай, Руті: після кораблетрощі не лишаються цілими. Це не те саме, що скочити з човна у спокійну воду поплавати. Майже всі уцілілі мають поламані ноги чи жахливі порізи й опіки. І від чого вони вмирають, як гадаєш?

Рут знала відповідь.

— Від холоду? — вона навмисно відповіла неправильно, щоб підтримати розмову.

— Ні.

— Від акул?

— Ні. Від того, що нема що пити. Від спраги.

— Справді? — ввічливо перепитала Рут.

Але Сенатор замовк, бо з'явилась нова тема — акули. Трохи помовчавши, він сказав:

— У тропіках акули мало не застрибують у човен. Вони запихають до човна морди, мов собаки, які щось винюхують. Але найгірше — то морські щуки. Припустимо, ти вижила в кораблетрощі. Тримаєшся у воді за якийсь уламок.

Аж тут припливає морська щука і встромлює в тебе свої зубиська. Ти можеш відірвати її від себе, Руті, але її голова лишиться на тобі. Морська щука — це як кайманова черепаха. Триматиметься за тебе навіть після смерті. Правду кажу.

— Я не дуже боюся морських щук, Сенаторе, бо вони тут не водяться. І вам, думаю, нема чого їх боятися.

— А про луфарів що скажеш? Вони не тільки у тропіках живуть. Їх і тут повно, — Сенатор Саймон Аддамс махнув рукою понад мілиною й Вебстером ген у відкриту Атлантику. — До того ж луфарі полюють зграями, як вовки. А скати? Ті, що вціліли в кораблетрощах, розповідають, що під їхні шлюпки запливали гігантські скати й сиділи там цілий день. Колись їх називали морськими дияволами. Деякі скати більші за твою нещасну шлюпку. Вони пропливають під нею, як тінь смерті.

— Дуже яскравий образ, Сенаторе. Ви маєте талант.

— А з чим то сендвіч, Руті? — запитав Сенатор.

— З шинкою і яйцем. Хочете половину?

— Ні-ні. Ти голодна.

— Та вкусіть собі.

— А що це таке? Гірчиця?

— Та, може, таки спробуєте, Сенаторе?

— Ні-ні. Ти голодна, їж. Я тобі ще дещо скажу. Люди сходять з розуму у шлюпці. Не знають, скільки часу минуло. Вони можуть і двадцять днів плавати у шлюпці по морю. Потім їх рятують і вони дивуються, що не можуть ходити. Їхні стопи гниють від солоної води, а від сидіння в калюжі утворюються відкриті рани. Вони мають травми після кораблетрощі й опіки від сонця. І ще дивуються, Руті, що не можуть ходити. Вони взагалі не розуміють, що робиться.

— Марять.

— Ага. Марять. Саме так. Деякі чоловіки перебувають у стані так званого спільного марення. От, скажімо, є в човні двоє чоловіків. І вони обоє божеволіють однаково. Один каже: «Іду вип'ю пива в таверні», — ступає за борт і тоне. А другий і собі: «Я з тобою, Еде», — й теж ступає за борт і тоне.

— А навколо крутяться акули.

— І луфарі. Буває ще одне спільне марення. От, наприклад, сидять у шлюпці два мужики. А коли їх рятують, обоє клянуться, що з ними весь час був ще третій мужик. І от хтось із них питає: «Де мій товариш?». А рятівники йому кажуть: «Ваш товариш лежить у сусідньому ліжку. Він у безпеці». А той їм: «Ні! Не той, інший. Де він?». Але ніякого іншого товариша з ними не було. От тільки ті двоє в це не вірять. І до кінця життя питають себе, де ж подівся наш третій товариш?

Рут Томас простягнула Сенаторові половину сендвіча. Той швидко його з'їв.

— Ну а в Арктиці, звісно, помирають від холоду, — повів він мову далі.

— Ну звичайно.

— Засинають. Ті, що засинають у шлюпці, більше не прокидаються.

— Звичайно, що ні.

В інші дні вони розмовляли про картографію. Сенатор був великим шанувальником Птоломея. Він так вихваляв Птоломея, ніби той був його обдарованим сином.

— Птоломеєві мапи ніхто не чіпав аж до 1511 року! — казав він гордо. — Оце так стаж, Рут. Хлопаку вважали знавцем зі знавців цілих тисячу триста років! Непогано, Рут. Дуже навіть непогано.

Ще однією улюбленою темою Сенатора була кораблетроща «Вікторії» і «Кампердауна». Ця самá виринала час від часу. Вона не потребувала особливого приводу. Наприклад, однієї суботи в середині липня Рут розповіла Сенаторові про випускну церемонію у школі, просто жахливу, а Сенатор сказав:

— Пам'ятай про кораблетрощу «Вікторії» і «Кампердауна», Руті!

— Добре, — погодилась Рут. — Якщо ви так наполягаєте.

І Рут Томас справді пам'ятала про кораблетрощу «Вікторії» і «Кампердауна», бо Сенатор розповідав їй про кораблетрощу «Вікторії» і «Кампердауна», відколи вона навчилась ходити. Його ця кораблетроща хвилювала більше за «Титанік».

«Вікторія» і «Кампердаун» були флагманами могутнього Королівського флоту Британії. 1893 року вони зіткнулися серед білого дня у спокійному морі, тому що командир дав дурнувату команду під час маневрування. Цей випадок дуже хвилював Сенатора, бо стався в день, коли жоден корабель не мав затонути, і, крім того, на тих суднах служили найліпші у світі моряки. І самі кораблі були найліпші у світі, і офіцери найрозумніші в усьому британському флоті, а кораблі таки пішли під воду. «Вікторія» і «Кампердаун» зіткнулися, бо найліпші у світі офіцери — чудово усвідомлюючи, що дістали дурнуватий наказ, — виконали його через почуття обов'язку і тому загинули. «Вікторія» і «Кампердаун» довели, що в морі може статися що завгодно. Хоч яка спокійна погода, хоч яка вправна команда — у човні ніколи не перебуваєш у безпеці.

Після зіткнення «Вікторії» і «Кампердауна», як Сенатор роками розповідав Рут Томас, у морі багато годин борсалися люди. Їх перемололи пропелери корабля, що йшов на дно. Перемололи на шматки, завжди наголошував Сенатор.

— Перемололи на шматки, Руті, — казав Сенатор.

Вона не розуміла, як це стосується її розповіді про випускну церемонію, але нехай.

— Я знаю, Сенаторе, — відповіла вона. — Знаю.

Через тиждень Рут і Сенатор знову сиділи на Поттер-біч і розмовляли про кораблетрощі.

— Ну а «Марґарет Б. Русс»? — запитала Рут, коли Сенатор уже довгий час мовчав. — Та кораблетроща закінчилась для всіх досить благополучно.

Вона старанно вимовила назву корабля. Часом ця назва — «Марґарет Б. Русс» — заспокоювала Сенатора, а часом, навпаки, хвилювала.

— Господи Боже, Руті! — вибухнув він. — Господи Боже!

Цього разу він розхвилювався.

— «Марґарет Б. Русс» везла повно деревини й тонула цілу вічність! Ти ж це знаєш, Руті. Господи Боже! Ти ж знаєш, що то виняток. І знаєш, що тим, хто потрапив у кораблетрощу, не завжди все минається так легко. І ще скажу тобі одне. Коли у твій корабель запускають торпеду — це завжди неприємно, за будь-яких обставин і з будь-яким вантажем. І яка різниця, що потім сталося з командою тієї чортової «Марґарет Б. Русс»?!

— А що з нею сталося, Сенаторе?

— Ти ж прекрасно знаєш, що з нею сталося.

— Вони веслували шістдесят п'ять кілометрів...

— Сімдесят.

— Вони веслували сімдесят кілометрів до Монте-Карло, а там подружилися з принцом Монако. І відтоді жили в розкоші. Історія про кораблетрощу зі щасливим кінцем.

— Про незвично легку кораблетрощу, Руті.

— Ну так.

— Виняток із правила.

— Мій батько каже, що виняток — це коли будь-який корабель тоне.

— Розумник який, еге ж? І ти розумниця. Думаєш, якщо з «Маґґарет Б. Русс» усе обійшлося, то й ти в безпеці й можеш усе життя рибалити в морі в чиємусь човні?

— Я не рибалю все життя в морі, Сенаторе. Я тільки сказала, що, можливо, підшукаю собі роботу в морі на три місяці. І більшість часу не відпливатиму від берега далі, ніж на три кілометри. Я сказала, що шукаю роботу в морі тільки на літо.

— Ти ж знаєш, що виходити у відкрите море дуже небезпечно. Надзвичайно небезпечно. Майже ніхто не зможе провеслувати сімдесят кілометрів до якогось там Монте-Карло.

— Даремно я про це згадала.

— Скоріше за все, до того часу ти помреш від холоду. Одного разу корабель затонув за Арктичним колом. Чоловіки три дні просиділи в шлюпках по коліна у крижаній воді.

— А який то корабель затонув?

— Я не пам'ятаю назви.

— Та ну? — Рут ще не чула, щоб Сенатор розповідав про якийсь затонулий корабель і не знав, як той називається.

— Назва не має значення. Зрештою моряки із затонулого корабля опинилися на ісландському острові. Всі дістали обмороження. Ескімоси намагалися розігріти їхні замерзлі кінцівки. Знаєш, що вони робили, Руті? З усієї сили розтирали морякам стопи олією. З усієї сили! Моряки кричали і благали ескімосів перестати. Але ті далі щосили розтирали їм стопи. Я не пам'ятаю назви того корабля. Але ти пам'ятай про нього, коли сідатимеш у човен.

— Я не збираюсь пливти до Ісландії.

— Деякі з тих моряків на ісландському острові зімліли від болю, так їм сильно розтирали стопи, і померли на місці.

— Я не кажу, що кораблетрощі — то добре, Сенаторе.

— Кожному з них пстім ампутували кінцівки.

— Сенаторе.

— Аж до коліна, Руті.

— Сенаторе, — повторила Рут.

— Вони померли від болю, так сильно їм розтирали стопи.

— Ну будь ласка, Сенаторе.

— Вцілілі моряки мусили сидіти в Арктиці до наступного літа, а з харчів вони мали тільки китовий жир.

— Будь ласка, досить, — попросила Рут.

Будь ласка. Ну будь ласка.

Перед ними стояв Вебстер. По пояс заляпаний багном. Волосся збилося від поту в тугі кучерики, на лиці засох мул. Брудними руками він простягнув їм слонячий бивень.

— Сенаторе, — сказала Рут. — О Боже.

Вебстер поклав бивень на пісок перед ногами Сенатора, так як кладуть дарунок перед правителем. Сенатор не мав слів. Троє людей на березі — старий чоловік, молода жінка й худющий, вимащений болотом молодий чоловік — мовчки роздивлялися слонячий бивень. Ніхто не ворушився, аж нарешті Кукі насилу підвелась і підозріло побрела до дивної штуки.

— Стій, Кукі, — сказав Сенатор Саймон, і собака прибрала позу Сфінкса, витягнувши морду до бивня, так ніби хотіла його понюхати.

Нарешті Вебстер невпевнено чи то сказав, чи то перепросив:

— Мабуть, то був невеликий слон.

І справді, бивень був малий. Дуже малий як на слона, що за сто тридцять вісім років міфічних оповідей розрісся до могутніх розмірів.

Бивень був трохи довший за Вебстерову руку. Тонкий бивень зі скромним вигином. З одного боку він мав тупий кінець, схожий на великий палець на руці. З іншого боку — там, де відколовся від скелета, — загострений. На слоновій кістці виднілися чорні тріщини.

— Невеликий слон, мабуть, був, — повторив Вебстер, бо Сенатор досі ніяк не відреагував. Цього разу в голосі Вебстера прозвучав відчай. — Ми думали, він буде більший, правда?

Сенатор став, так повільно і важко, ніби роками сидів на пляжі, чекаючи на бивень. Він ще трохи його пороздивлявся, а тоді обійняв Вебстера за плечі.

— Молодчина, синку, — сказав Сенатор.

Вебстер опустився на коліна. Сенатор присів біля нього і поклав долоню на його худе плече.

— Ти засмучений, Вебстере? — запитав він. — Ти думав, я засмучусь? Це прекрасний бивень.

Вебстер зітнув плечима. На ньому не було лиця. Здійнявся вітерець, і Вебстер здригнувся.

— Мабуть, то був невеликий слон, — повторив він.

Рут сказала:

— Вебстере, це суперовий бивень. Ти молодчина, Вебстере. Чудово впорався із завданням.

Вебстер двічі голосно схлипнув.

— Ой, хлопче, перестань, — сказав Сенатор здавленим голосом.

Вебстер розплакався. Рут обернулась. Але вона далі чула його сумні схлипи, тому встала й відійшла від скель до смерек, що росли попри берег. Вона покинула Вебстера й Сенатора на пляжі, а сама довго блукала між деревами, піднімала галузки і ламала їх. Комарі не давали спокою, але вона не звертала уваги. Рут терпіти не могла дивитися, як хтось плаче. Вона час від часу зиркала в бік пляжу, але Вебстер далі плакав, Сенатор далі його втішав, і їй не хотілося мати з тим діло.

Рут вмостилася на порослій мохом колоді спиною до моря. Вона підняла плаский камінь, що лежав перед нею, і з-під нього вибігла саламандра, налякавши її. «Може, стати ветеринаркою?» — подумала вона мимоволі. Недавно Рут читала книжку, яку їй дав Сенатор, про розведення собак-птахоловів, і вона їй досить навіть сподобалась. Книжку, видану 1870 року, було написано премилою мовою. Рут до сліз зворушив опис найкращого чесапік-бей-ретривера, якого бачив за своє життя автор. Ретривер піймав підстреленого морського птаха, перескочивши через уламки криги і запливши аж за лінію видимості. Собака з кличкою Баґл повернувся на берег, напівмертвий від холоду, акуратно тримаючи в зубах птаха. Він не лишив на ньому ні сліду.

Рут глянула через плече на Вебстера й Сенатора. Вебстер начебто перестав плакати. Вона попрямувала до берега, де той сидів, похмуро втупившись перед собою. Сенатор поніс бивня на мілину сполоснути в теплій воді. Рут Томас пішла за ним. Випроставши спину, він дав їй бивень. Вона витерла його сорочкою. Бивень був легкий, як кістка, жовтий, як старі зуби, і мав набиту багном порожнину. Теплий на дотик. А вона навіть не бачила, як Вебстер його знайшов! Стільки годин просидіти на березі, спостерігаючи, як він порпається в мулі, і проґавити момент, коли знайшовся бивень!

— Ви теж не бачили, як він його знайшов, — сказала вона Сенаторові.

Той похитав головою. Рут зважила бивень у руках.

— Неймовірно, — сказала вона.

— Якщо чесно, то я не думав, що він його знайде, — відчайдушно прошепотів Сенатор. — І що мені тепер в біса з ним робити? Подивись на нього, Рут.

Рут подивилась. Вебстер дрижав, як старий двигун на холостому ходу.

— Він засмутився? — запитала вона.

— Ну ясно, що засмутився! Завдяки цьому проєкту він цілий рік мав чим займатись. Не знаю, що тепер з ним робити, — схвильовано прошепотів Сенатор.

Вебстер Поммерой встав і підійшов до Рут і Сенатора. Сенатор випростався на повний зріст і широко усміхнувся.

— Ви його помили? — запитав Вебстер. — Він став га-гарніший?

Сенатор обернувся і пригорнув до себе худющого Вебстера Поммероя.

— Він чудесний, — сказав він. — Просто прекрасний! Я так пишаюся тобою, синку!

Вебстер схлипнув і знов розплакався. Рут мимоволі заплющила очі.

— Знаєш, що я думаю, Вебстере? — почула вона Сенаторові слова. — Я думаю, що то дивовижна знахідка. Справді. А ще думаю, що її треба показати містерові Еллісу.

Рут зі страху розплющила очі.

— І знаєш, що зробить містер Елліс, коли побачить нас із цим бивнем? — запитав Сенатор. Його величезна рука лежала на Вебстерових плечах. — Знаєш, Вебстере?

Вебстер не знав. Він із жалюгідним виглядом знизав плечима.

Сенатор сказав:

— Містер Елліс усміхнеться від вуха до вуха. Правда, Руті? Це ж неабияка знахідка. Містерові Еллісу вона дуже сподобається, правда?

Рут не відповіла.

— Правда, Руті? Ну правда ж?

3

Омари інстинктами керуються,
діють самолюбно і без умислу,
про почуття свої не надто аж піклуються,
та в гідності своїй вбачають смисл.

«Лікар і поет»
Дж. Г. Стівенсон, 1718–1785 рр.

Містер Ленфорд Елліс жив у маєтку Елліса, збудованому ще 1883 року. У найгарнішій споруді на острові Форт-Найлз, гарнішій за всі будинки і на Курн-Гевені. Дім із чорного граніту — з того найкращого, що годився на надгробки, — збудували за манерою величного банку чи залізничного вокзалу, тільки у дещо менших пропорціях. З колонами, арками, глибоко посадженими вікнами й вестибюлем, викладеним блискучою плиткою, завбільшки як простора й лунка римська купальня.

Маєток Елліса стояв на найвищій точці острова Форт-Найлз, якомога далі від бухти. У кінці вулиці Елліс-роуд. Точніше, не зовсім у кінці — маєток Елліса перегороджував вулицю Елліс-роуд, наче дебелий поліціянт зі свистком, який владно виставив перед собою руку.

Що ж до Елліс-роуд, то її спорудили 1880 року. Давня дорога для робітників сполучала три кар'єри гранітодобувної компанії Елліса на острові Форт-Найлз. Певний час на Елліс-роуд був жвавий рух, але на той момент, коли Вебстер Поммерой, Сенатор Саймон Аддамс і Рут Томас ішли нею до маєтку Елліса червневого ранку 1976 року, дорога вже давно випала з ужитку.

Уздовж Елліс-роуд простягалася мертва колія Елліса — залізнична колія три кілометри завдовжки, прокладена 1882 року. По ній свого часу перевозили тонни гранітних блоків від кар'єрів до шлюпів, що чекали у гавані. Важкенні шлюпи роками плавали до Нью-Йорка, Філадельфії і Вашингтона. Гурбою вони сунули до міст, що постійно потребували бруківки з острова Курн-Гевен і граніту на пам'ятники з острова Форт-Найлз. Шлюпи десятиліттями вивозили гранітну серцевину обох островів, повертаючись через кілька тижнів із вугіллям, потрібним для того, щоб далі видобувати граніт і глибше вишкрябувати нутрощі обох островів.

Попри стародавню колію Елліса валялися помаранчево-іржаві запчастини до машин та інструменти з кар'єрів гранітодобувної компанії Елліса — столярські молотки, клини, шайби та інші штуки, — що їх більше ніхто не міг розпізнати, навіть Сенатор Саймон. Поряд у лісі гнив великий токарний верстат із гранітодобувної компанії Елліса, більший за локомотив — йому вже не судилося зрушити з місця. Верстат жалюгідно скнів серед мороку й заростів, так наче його ув'язнили за якийсь злочин. Усі його сто сорок тонн

механічних деталей стиснулись докупи, поржавілі, у серди-
тому спазмі. Довкола то тут, то там виднілися у траві довгі,
мов пітони, відрізки кабелю.

Вони йшли далі. Вебстер Поммерой, Сенатор Саймон
Аддамс і Рут Томас ішли по Елліс-роуд мимо колії Елліса
до маєтку Елліса. Ішли й несли слонячий бивень. Вони не
усміхались і не сміялись. Ніхто з них до маєтку Елліса не
вчащав.

— Не знаю, нащо ми туди йдемо, — сказала Рут. — Його ж
там навіть нема. Він ще у Нью-Гемпширі. Приїде наступної
суботи.

— Цього року він рано приїхав на острів, — сказав Се-
натор.

— Що ви таке кажете?

— Цього року містер Елліс приїхав вісімнадцятого квітня.

— Ви жартуєте.

— Ні, не жартую.

— То він тут? Він цілий час був тут? Відколи я приїхала
зі школи?

— Саме так.

— А мені ніхто не сказав.

— А ти когось питала? Але ти даремно так дивуєшся. Те-
пер у маєтку Елліса все не так, як колись.

— Ну, напевно, я б мала про це здогадатися.

— Так, Руті. Напевно, мала б.

Дорогою Сенатор відганяв від голови й шиї комарів,
взявши листя папороті за віяло.

— А твоя мама, Рут, збирається на острів цього літа?

— Ні.

— Ти бачилася з мамою цього року?

— Ні.

— Справді? Ти не їздила цього року до Конкорда?

— Ні.

— А мамі подобається там жити?

— Напевно. Вона вже довго там живе.

— Певно, у неї гарний будинок. Гарний, еге ж?

— Я вже мільйон разів казала вам, що гарний.

— Ти знаєш, що я вже десять років не бачив твою маму?

— Ви вже казали це мені мільйон разів.

— То що — вона не приїде на острів цього літа?

— Вона ніколи не приїжджає, — раптом сказав Вебстер Поммерой. — Не розумію, чому всі досі про неї говорять.

На цьому розмова припинилася. Трійця довго мовчала, а тоді Рут перепитала:

— То містер Елліс справді приїхав вісімнадцятого квітня?

— Справді, — відповів Сенатор.

Дивна новина, навіть приголомшлива. Елліси приїжджали на острів Форт-Найлз у третю суботу червня — так повелося ще з третьої суботи червня 1883 року. Решту року вони жили в Конкорді, штат Нью-Гемпшир. Цю традицію започаткував патріарх родини, лікар Джулз Елліс. Він щоліта забирав усе численнішу родину на острів — щоб утекти подалі від міських хвороб і приглянути за своєю граніто-добувною компанією. Ніхто з місцевих не знав, яким саме лікарем був лікар Джулз Елліс.

Він точно поводився не як лікар. Він поводився як промисловий магнат. Але це діялося в іншу епоху, любив наголошувати Сенатор Саймон, коли один чоловік міг займатися багатьма справами. Це діялося в ті часи, коли один чоловік міг грати багато ролей.

Серед уродженців острова ніхто не любив родини Еллісів, але всі чомусь вважали приводом для гордості те, що лікар Елліс вирішив збудувати маєток Елліса на Форт-Найлзі, а не на Курн-Гевені, де теж мала кар'єри гранітодобувна компанія Елліса. Проте цей привід для гордості мало що вартував. Остров'яни вихвалялися без причини. Лікар Джулз Елліс обрав Форт-Найлз не тому, що цей острів подобався йому більше. Він обрав його через те, що, збудувавши маєток на тамтешніх високих скелях, обернутих на схід, він міг пильнувати і за Форт-Найлзом, і за Курн-Гевеном по той бік каналу Ворзі. Він міг мешкати на верхівці одного острова й уважно наглядати за другим, а ще користати з нагоди приглянути за сходом сонця.

За часів панування лікаря Джулза Елліса до острова Форт-Найлз припливало влітку ціле юрмище людей. Щоліта прибувало п'ятеро Еллісових дітей разом із численними представниками великої Еллісової родини, добре вбраними Еллісовими гостями й діловими партнерами, одні з яких приїжджали, інші — від'їжджали, і Еллісовою літньою командою з шістнадцяти слуг.

Слуги доставляли літні речі Еллісів з Конкорда — спочатку потягами, а потім човнами. Третьої суботи червня слуги з'являлися на пристані й бралися розвантажувати десятки скринь із літніми сервізами, постільною білизною, кришталем і шторами. На фотографіях ці гори скринь схожі на такі собі незграбні споруди. Ця знаменна подія — прибуття родини Еллісів — надавала великої ваги третій суботі червня.

Крім того, слуги Еллісів привозили човнами кілька верхових коней на літо. Маєток Елліса мав гарну конюшню, а ще — доглянутий розарій, бальну залу, льодовню, гостьові котеджі, корт для тенісу на траві й ставок із золотими рибками. Родичі та друзі, літуючи на острові Форт-Найлз, насолоджувалися всілякими розвагами. А коли літо закінчувалось, у другу суботу вересня лікар Елліс, його дружина, його п'ятеро дітей, його верхові коні, його шістнадцять слуг, його гості, усе срібло, порцеляна, постільна білизна, кришталь і штори покидали острів. Родичі та слуги юрбою піднімалися на пором, речі пакували у накладані горою скрині, і все й усіх відправляли на зиму назад до Конкорда, штат Нью-Гемпшир.

Та все це діялося дуже давно. Цей видовищний спектакль востаннє відбувся багато років тому.

1976 року, дев'ятнадцятого літа Рут Томас, на острів Форт-Найлз із усієї родини Елліс прибув тільки Ленфорд Елліс, найстарший син лікаря Джулза Елліса. Він був древній. Мав дев'яносто чотири роки.

Усі інші діти лікаря Джулза Елліса, крім однієї доньки, померли. Внуки і навіть правнуки лікаря Джулза Елліса могли б чудово провести час у величному маєтку на острові Форт-Найлз, але Ленфорд Елліс не любив їх і не схвалював їхньої поведінки й тому не запрошував їх на острів. Він мав на це право. Маєток належав лише йому — він один його успадкував. Ленфорд Елліс любив тільки Веру Елліс, єдину досі живу сестру, але Вера Елліс перестала приїжджати на острів ще десять літ тому. Вона вважала себе надто кволою для такої мандрівки. Вона вважала себе хворобливою. Вера не одне літо з приємністю відпочивала на Форт-Найлзі, але тепер воліла цілорічно відпочивати у Конкорді, де про неї піклувалася співмешканка-доглядачка.

Отож останні десять років Ленфорд Елліс літував на острові Форт-Найлз сам. Коней він не тримав і гостей не запрошував. Не грав у крокет і не плавав на катері. Він не мав на острові слуг, крім одного чоловіка, Кела Кулі, доглядача маєтку і заодно помічника. Кел Кулі навіть готував йому їжу. Він жив у маєтку Елліса цілий рік, наглядаючи за всім.

Сенатор Саймон Аддамс, Вебстер Поммерой і Рут Томас далі йшли до маєтку Елліса. Пліч-о-пліч. Вебстер тримав слонячого бивня на плечі, наче мушкета часів війни за незалежність. Ліворуч від них тягнулася занепала колія Елліса. Праворуч глибоко в лісі стояли понурі руїни «арахісок» — мізерних халуп, що їх сто років тому гранітодобувна компанія Елліса збудувала для робітників-мігрантів з Італії. Колись у тих халупах тулилося триста італійських робітників. Тутешня громада їх не прийняла, але на свята дозволяла їм пройти парадом по Елліс-роуд. Колись на острові діяла невелика католицька церква, спеціально для італійців. Але то було колись. До 1976 року католицька церква вже давно згоріла вщент.

За панування гранітодобувної компанії Елліса життя на Форт-Найлзі кипіло, як у справжньому місті. Не острів, Не острів, а яйце Фаберже. На такій малій площі тулилося стільки всього! На острові було дві бакалійні крамниці, виставка дивовиж, ковзанка, таксидерміст, газета, іподром для поні, готель з баром, де грав піаніст, а ще — через дорогу одне від одного — театр Елліса «Еврика» і танцювальний клуб Елліса «Олімпія». До 1976 року все це згоріло або було зруйновано. «Куди воно все зникло? — дивувалася Рут. — І взагалі — як воно помістилося на острові?» Майже весь острів знову заріс лісом. Від Еллісової імперії лишилося тільки дві будівлі: крамниця гранітодобувної компанії Елліса і маєток Елліса. І то крамниця, триповерхова дерев'яна споруда неподалік від бухти, пустувала й помалу руйнувалась. Кар'єри, звісно, були на місці — діри в землі завглибшки добрих триста метрів. Тепер їх, гладкі й пологі, заповнювала джерельна вода.

Батько Рут Томас називав «арахіски» у глибині лісу клітками для морських свинок. Він, мабуть, почув цю назву від свого батька чи від діда, бо за часів його дитинства «арахіски» вже стояли порожні. Вони порожніли ще тоді, коли Сенатор Саймон Аддамс був хлопчиськом. 1910 року гранітодобувна справа помирала, а 1930 року остаточно вмерла. Потреба у граніті вичерпалась раніше за сам граніт. Був би ринок, гранітодобувна компанія Елліса добувала б граніт вічно. Поки не випотрошила б увесь Форт-Найлз і Курн-Гевен. Поки обидва острови не перетворилися б на тонкі гранітові шкарлупки серед океану. Принаймні так казали місцеві. Вони казали, що Елліси забрали б усе, якби не зник інтерес до матеріалу, з якого складалися острови.

Трійця піднімалася по Елліс-роуд і сповільнила крок тільки раз, коли Вебстер побачив на дорозі мертву змію і зупинився тицьнути в неї кінчиком слонячого бивня.

— Змія, — сказав він.

— Неотруйна, — сказав Сенатор Саймон.

Потім Вебстер знову зупинився і спробував передати бивня Сенаторові.

— Беріть, — сказав. — Я не хочу йти туди і не хочу бачитися з якимось там містером Еллісом.

Але Сенатор Саймон відмовився. Він сказав, що то Вебстер знайшов бивня і це йому мають подякувати за цю знахідку. Він сказав, що містера Елліса нема чого боятися. Містер Елліс добрий чоловік. Колись у родині Еллісів було кого боятися, але містер Ленфорд Елліс — чоловік порядний і взагалі вважає Руті мало не своєю внучкою.

— Хіба не так, Руті? Він завжди радісно до тебе усміхається, еге ж? І завжди добре ставиться до твоєї родини, правда?

Рут нічого не відповіла. Трійця йшла далі.

Вони мовчали аж до самого маєтку Елліса. Вікна стояли зачинені, штори стулені. Живопліт досі було загорнуто в захисну тканину проти підступних зимових вітрів. Маєток здавався покинутим.

Сенатор піднявся широкими сходами з чорного граніту до темних парадних дверей і подзвонив. Постукав. Погукав. Нічого. У схожій на вузол під'їзній алейці стояв запаркований зелений пікап. Усі троє впізнали в ньому автомобіль Кела Кулі.

— Виходить, старий Кел Кулі таки на місці, — сказав Сенатор.

Він рушив навколо будинку. Рут і Вебстер пішли слідом за ним. Вони пройшли мимо садів — чи радше не так садів, як недоглянутих чагарників. Мимо тенісного корту, зарослого травою і мокрого. Мимо фонтана, зарослого травою і сухого. Пройшли до конюшні й побачили, що брама відчинена навстіж. Брама була така широка, що в неї помістилося б два екіпажі, один біля одного. Конюшня була прекрасна, але нею так давно не користувалися, що кіньми там навіть не пахнуло.

— Келе Кулі! — гукнув Сенатор Саймон. — Келе Кулі!

На підлозі серед конюшні з кам'яною долівкою і холодними порожніми стійлами без запаху сидів Кел Кулі. Сидів на ослінчику перед чимось величезним і полірував те щось ганчіркою.

— О Боже! — вигукнув Сенатор. — Що то в тебе таке?

Перед Келом Кулі стояв гігантський кавалок маяка — верхня його частина. Розкішна конструкція з міді та скла із круглою лінзою. Метрів два заввишки. Кел Кулі встав з ослінчика — він теж мав на зріст метрів два. А ще густе, зачесане назад чорне, аж синє, волосся й величезні чорні, аж сині, очі. Велику квадратну поставу, товстого носа, масивне підборіддя і глибоку пряму зморшку, що залягала просто посередині підборіддя, — через неї здавалося, ніби він із розгону набіг на мотузку для білизни. Кел Кулі мав вигляд напівіндіанця.

Він працював на родину Еллісів років з двадцять, але за весь цей час не постарів на лиці ні на день, тому незнайомець навряд чи вгадав би, скільки йому років — сорок чи шістдесят.

— О, та це мій давній друг Сенатор, — розтягуючи слова, сказав Кел Кулі.

Кел Кулі народився в Міссурі — «Міссура», казав він. Він мав виразний південний акцент. Рут Томас ніколи не бувала на Півдні, але вважала цей його акцент перебільшеним. Вона вважала, що поведінка Кела Кулі в принципі лицемірна. Рут терпіти не могла багатьох його рис, але найбільше її зачіпав його вдаваний акцент і звичка говорити про себе у третій персоні — старий Кел Кулі. Як-от «старий Кел Кулі не може дочекатися весни» або «старий Кел Кулі хоче ще чарочку». Рут ненавиділа це його кривляння.

— О, а це міс Рут Томас! — далі розтягував слова Кел Кулі. — Така свіжа, аж любо глянути. О, а хто це з нею? Дикун.

Вебстер Поммерой, зателепаний і мовчазний перед уважним поглядом Кела Кулі, стояв, тримаючи в руці слонячого бивня. Він нервово переступав з ноги на ногу, ніби готувався до перегонів.

— Я знаю, що це, — сказав Сенатор Саймон Аддамс, наближаючись до величезного, розкішного скла, що його полірував Кел Кулі. — Я точно знаю, що це!

— А ти вгадаєш, моя подружко? — запитав Кел Кулі, підморгнувши Рут Томас так, ніби вони мали чудову спільну таємницю. Вона відвернулась. Її лице пашіло. Рут замислилась, чи можна якось влаштувати своє життя так, щоб жити на Форт-Найлзі вічно, але більше ніколи не бачити Кела Кулі?

— Це лінза Френеля з маяка Ґоутз-Рок, правда? — запитав Сенатор.

— Саме так. Бував там? Де-де, а в Ґоутз-Рок ти точно бував, еге ж?

— Та ні, — почервонів Сенатор. — Такі місця, як Ґоутз-Рок, не для мене. Я не плаваю в човні, ти ж знаєш.

«Кел Кулі чудово це знає», — подумала Рут.

— Що, справді? — з невинним виглядом запитав Кел.

— Просто я боюсь води.

— От горе, — пробурмотів Кел Кулі.

«Цікаво, чи Келу Кулі колись відбивали печінки?», — подумала Рут. Вона б із радістю за цим поспостерігала.

— Це ж треба, — чудувався Сенатор. — Ну це ж треба. Як тобі дістався маяк із Ґоутз-Рок? Це прекрасний маяк. Один із найстаріших у країні.

— Що ж, мій друже. Ми його купили. Містер Елліс давно його собі вподобав. Тому ми його купили.

— Але як ви його сюди перевезли?

— Човном, а потім пікапом.

— Але як ви перевезли його так, що про це ніхто не знав?

— А що — про це ніхто не знає?

— Він розкішний.

— Містер Елліс дав мені завдання його реставрувати. І я поліру́ю його — кожен сантиметр, кожен гвинтик. Я підрахував, що вже дев'яносто годин його поліру́ю. Місяці підуть на те, щоб закінчити. Але ж уяви, як він блистітиме.

— Я не знав, що маяк на Ґоутз-Рок виставили на продаж. І взагалі не думав, що таке можна купити.

— Берегова охорона замінила цей прегарний артефакт на сучасний пристрій. Новий маяк навіть не потребує доглядача. Дивно, правда? Все автоматизовано. І дуже дешево в обслуговуванні. Новий маяк повністю електричний і абсолютно потворний.

— Це справді артефакт. Ти маєш рацію, — сказав Сенатор. — О, та ж він годиться для музею!

— Так-так, мій друже.

Сенатор Саймон Аддамс розглядав лінзу Френеля. Чудова конструкція з міді та скла, зі скісними панелями завтовшки як дошки, що були розміщені східцями одна за одною. Маленька ділянка, яку Кел Кулі вже розібрав, відполірував і знову склав докупи, виблискувала, наче золото й кришталь. Сенатор Саймон Аддамс обійшов лінзу, щоб оглянути її ще з другого боку, і його зображення стало викривлене й хвилясте, наче за шматком льоду.

— Я ще ніколи не бачив маяка, — сказав він, захлинаючись від емоцій. — Отак на власні очі. Ніколи не випадало нагоди.

— Це не маяк, — доскіпливо виправив його Кел Кулі. — Це тільки лінза від маяка.

Рут закотила очі.

— Я ще ніколи не бачив лінзи від маяка. Ох, це така радість для мене, така радість. Ясно, що я бачив фото. Фото оцього маяка.

— Це наше з містером Еллісом дітище. Містер Елліс запитав у чиновників штату, чи можна йому купити маяк. Вони назвали ціну, він погодився. Ну, і, як я вже казав, я вже годин із дев'яносто з тим всім сиджу.

— Дев'яносто годин, — повторив Сенатор, втупившись у лінзу Френеля, так ніби його накололи заспокійливим.

— Ту лінзу збудували 1929 року. Французи, — сказав Кел. — Вона важить дві тонни, мій друже.

Лінза Френеля стояла на оригінальному обертовому столику з міді. Кел Кулі легенько його штовхнув. Від дотику ціла лінза закрутилася з химерною легкістю. Величезна конструкція тихо оберталася, втримуючи ідеальну рівновагу.

— Два пальці, — сказав Кел Кулі, піднявши два свої пальці. — Два пальці — усе, що треба, щоб ота двотонна штука закрутилась. Можеш повірити? Ти колись бачив таку геніальну інженерну задумку?

— Ні, — відповів Сенатор Саймон Аддамс. — Не бачив.

Кел Кулі знову крутнув лінзу Френеля.

Дрібка світла, що була в конюшні, кинулась на масивну лінзу й тут же відскочила, іскрами розсипавшись по стінах.

— Дивись, як вона пожирає світло, — сказав Кел. Слово «світло» вийшло в нього як «свотло».

— Одна жінка з острова у штаті Мен згоріла заживо, коли сонячне світло пройшло крізь лінзу й поцілило в неї, — сказав Сенатор.

— У сонячні дні лінзи затуляли мішками, — зауважив Кел Кулі. — Інакше вони б усе спалили, такі ті лінзи сильні.

— Мені завжди подобалися маяки.

— І мені. І містерозі Еллісу.

— Під час правління Птоломея Другого в Александрії збудували маяк, що вважався одним із чудес стародавнього світу. У чотирнадцятому столітті його зруйнував землетрус.

— Ну, це так записано, — зауважив Кел Кулі. — Не всі з цим згідні.

— Перші маяки збудували лівійці в Єгипті, — задумано сказав Сенатор.

— Мені відомо про маяки лівійців, — спокійно відповів Кел Кулі.

Давня лінза Френеля з маяка на Ґоутз-Рок усе крутилася й крутилася у просторій порожній конюшні, а Сенатор усе дивився й дивився на неї як заворожений. Лінза крутилася повільніше й повільніше, а тоді з тихеньким шурхотом зупинилась. Сенатор мовчав, загіпнотизований цим видовищем.

— А що це у вас таке? — нарешті запитав Кел Кулі.

Кел дивився на Вебстера Поммероя, який тримав у руках слонячий бивень. Обляпаний болотом Вебстер мав геть нікчемний вигляд. Він щосили вчепився у свою маленьку знахідку і нічого не відповів, тільки нервово переступав з ноги на ногу. Сенатор теж нічого не відповів. Він досі заворожено дивився на лінзу Френеля.

Тому відповіла Рут Томас:

— Вебстер сьогодні знайшов бивень слона. Він лишився тут після кораблетрощі «Клариси Монро» багато років тому. Вебстер і Саймон майже рік його шукали. Він чудовий, правда?

І бивень справді був чудовий. За будь-яких інших обставин його б беззаперечно визнали чудовим об'єктом. Але не в затінку маєтку Елліса і не біля цілої й неушкодженої лінзи Френеля з міді та скла, яку виготовили французькі майстри 1929 року.

Бивень раптом видався нічого не вартим. Крім того, біля Кела Кулі з його зростом і манерами будь-що здавалося мізерним. Кел Кулі створив таке враження, і то без жодного слова, нібито дев'яносто годин полірування — це героїчний подвиг, а рік життя, що його змарнував хлопець на копирсанні у багні, — понурий вибрик.

Слонячий бивень зненацька перетворився на миршаву кістку.

— Як цікаво, — за якийсь час озвався Кел Кулі. — Який цікавезний задум.

— Я подумав, що містер Елліс хотів би на нього глянути, — сказав Сенатор. Він отямився від зачарування лінзою Френеля і тепер втупився у Кела Кулі несимпатичним поглядом, повним благання. — Подумав, що він усміхнеться, коли побачить бивень.

— Можливо, — ухилився від чіткої відповіді Кел Кулі.

— Якщо містер Елліс сьогодні вільний... — почав було Сенатор і замовк на півслові. Він не мав на голові капелюха, бо не належав до любителів капелюхів, але якби мав, то зараз м'яв би його нервово в руках. А так просто заламував руки.

— Що ти кажеш, мій друже?

— Якщо містер Елліс вільний, я б хотів з ним поговорити про це. Про бивень. Може, цей предмет нарешті переконає його у потребі заснувати на острові музей природничої історії, розумієш? Я б хотів попросити, щоб містер Елліс люб'язно дозволив мені користуватися крамницею граніто-добувної компанії. Облаштувати там музей природничої історії. Для жителів острова. Для просвіти, так би мовити.

— Музей?

— Музей природничої історії. Ми з Вебстером уже кілька років збираємо артефакти. У нас досить велика колекція.

Кел Кулі про неї знав. Містер Елліс про неї знав. Усі про неї знали. Рут всерйоз розсердилась. Їй розболівся живіт. Вона відчувала, що супиться, але старалась не морщити чоло. Рут нізащо не хотіла виявляти емоцій перед Келом Кулі. Вона намагалася зберігати байдужий вигляд. «Цікаво, що треба зробити, щоб Кела Кулі звільнили?» — подумала вона. Або вбили.

— У нас багато артефактів, — сказав Сенатор. — Недавно я роздобув білого-білющого омара, збереженого у спирті.

— Музей природничої історії, — повторив Кел Кулі, так наче вперше почув про цю ідею. — Як цікаво.

— Нам потрібне місце для музею. Артефакти ми вже маємо. Приміщення крамниці досить велике, і ми зможемо далі збирати артефакти. Ми б могли виставити там і лінзу Френеля.

— Ти ж не збираєшся забрати собі маяк містера Елліса? — жахнувся Кел Кулі.

— О ні. Ні! Ні, ні, ні. Нам нічого не треба від містера Елліса, крім дозволу зайняти приміщення, де колись його компанія мала крамницю. Взяти її в оренду, певна річ. Ми б могли щомісяця щось йому за неї платити. Гадаю, він не заперечуватиме, бо ж те приміщення й так роками пустує. Ми не просимо в містера Елліса ніяких грошей. Нам не потрібне його майно.

— Дуже сподіваюся, що ви не просите в нього грошей.

— Знаєте що? — озвалася Рут Томас. — Я зачекаю надворі. Більше не маю бажання тут стовбичити.

— Рут, серденько, ти якась схвильована, — стурбовано сказав Кел.

Вона проігнорувала його.

— Ідеш зі мною, Вебстере?

Але Вебстер Поммерой волів перебирати ногами біля Сенатора, з надією тримаючи в руках бивня. Отож Рут Томас вийшла з конюшні сама й рушила мимо покинутих пасовищ назад до скель, обернутих на схід у бік острова Курн-Гевен. Вона не могла дивитись, як Саймон Аддамс плазує перед доглядачем містера Ленфорда Елліса. Вона бачила це вже не перший раз і не могла цього терпіти. Рут підійшла до краю скелі й здерла з каміння лишайник. По той бік каналу виднілися чіткі обриси Курн-Гевену. Від спеки над островом висіло марево, схоже на хмару-гриба.

Сенатор Саймон Аддамс збирався уп'яте відвідати містера Ленфорда Елліса з офіційним візитом. Принаймні за підрахунками Рут Томас. Містер Елліс ще жодного разу не надав Сенаторові аудієнції. Можливо, Сенатор приходив до нього ще й інші рази, просто не розповідав Рут про ці візити. Можливо, він змарнував ще багато годин на подвір'ї маєтку Елліса, а Кел Кулі вже не перший раз пояснював, нещиро перепрошуючи, що містер Елліс, на жаль, погано почувається і не приймає відвідувачів. Вебстер щоразу приходив туди разом із ним, тримаючи в руках якусь знахідку, яка, як сподівався Сенатор, мала переконати містера Елліса в потребі облаштувати музей природничої історії. Музей природничої історії стане громадським місцем, охоче пояснював Сенатор, палко і щиро, де остров'яни — за якихось десять центів! — зможуть оглянути артефакти унікальної історії рідного острова. Сенатор Саймон підготував для містера Елліса пишну промову, але йому досі не випало нагоди її виголосити. Зате він кілька разів виголошував її перед Рут. Вона ввічливо слухала, хоч кожного разу промова трішки краяла їй серце.

— Менше благань, — завжди радила вона. — Більше наполегливості.

Деякі з Сенаторових артефактів насправді були нецікаві. Він збирав усяку всячину, й куратор з нього був ніякий, бо Сенатор не вмів перебирати зібране й викидати непотріб. Сенатор вважав цінними всі старі предмети. Мешканці острова мало що викидали, тому, по суті, кожен підвал на Форт-Найлзі вже був музеєм — музеєм застарілих риболовецьких снастей, музеєм майна померлих предків чи музеєм іграшок уже дорослих дітей. Але ніхто цих речей не сортував, не вносив до каталогу й не витлумачував, тому в Сенатора й виник благородний задум — облаштувати музей.

— Рідкісними стають звичайні речі, — він постійно повторював Рут. — Під час громадянської війни найзвичайнішою річчю на світі був синій вовняний кітель солдата федеральної армії. Простий синій кітель з мідними ґудзиками. Усі солдати федеральної армії в таких ходили. Але чи зберігали солдати їх після війни собі на згадку? Ні. Вони зберігали генеральські кітелі й ошатні бриджі кавалерійців, а от притримати прості сині кітелі ніхто не здогадався. Чоловіки верталися після війни додому й працювали в тих кітелях у полі, а коли ті розлізались по швах, їхні дружини робили з них ганчірки чи вирізали клаптики на ковдри. А тепер кітелі солдатів громадянської війни — одні з найрідкісніших речей у світі.

Він пояснював це Рут, коли клав порожню коробку з-під пластівців чи консерву з тунцем у ящик з наліпкою «Для нащадків».

— Ми не знаємо, що цінуватимуть завтра, — казав Сенатор.

— Пластівці? — скептично перепитувала Рут. — Та невже, Сенаторе? Пластівці?

Тому не дивно, що скоро в будинку Сенатора закінчилось місце для його численної колекції. І не дивно, що Сенаторові спало на думку отримати в користування приміщення крамниці, яка колись належала гранітодобувній компанії Елліса, а останні сорок років пустувала. Зиску з того прогнилого приміщення не було ніякого. Та все одно містер Елліс досі не те що не дав Сенаторові відповіді, а й навіть не кивнув і ніяк не підтвердив, що взагалі почув його прохання. Він постійно відкладав цю тему. Таке враження, що він чекав, коли Сенаторові набридне про це згадувати. Таке враження, що Ленфорд Елліс сподівався пережити Сенатора — і тоді ця справа мала б залагодитися сама по собі й не довелося б завдавати собі клопоту з рішенням.

Човни досі плавали каналом, намотували кола й ловили омарів. З високої скелі Рут бачила човен містера Анґуса Адамса, човен містера Дюка Кобба і батьків човен теж. Позаду них виднівся четвертий човен. Скоріше за все, він належав комусь із Курн-Гевену, бо Рут його не впізнала. Канал ряснів буями з пасток на омарів, схожими на розсипане на підлозі конфеті або сміття, розкидане на шосе. Рибалки ставили пастки практично одна на одну. Рибалити в каналі було ризиковано. Меж поміж островом Курн-Гевен і островом Форт-Найлз досі не узгодили, але найпалкіші суперечки точилися якраз у каналі Ворзі. Рибалки з обох островів окреслювали й обороняли свої землі дуже рішуче, постійно попихаючи один одного. Вони обрізали чужі пастки й гуртом штурмували сусідський острів.

— Якби ми їх пустили, вони б розставили свої кляті пастки просто у нас на порозі, — казав Анґус Аддамс.

На Курн-Гевені про рибалок із Форт-Найлзу казали те саме — і ті й ті мали рацію.

Того дня Рут Томас здалося, що один човен із Курн-Гевену тримається трохи заблизько до Форт-Найлзу, але сказати точно було важко, навіть із такої височини. Рут спробувала порахувати буї. Потім зірвала травинку і, затиснувши між великими пальцями, зробила з неї свисток. Зіграла у гру сама з собою, вдаючи, ніби бачить цей краєвид уперше в житті. Вона заплющила очі й за якийсь час повільно розплющила. Море! Небо! Як гарно. Вона живе у дуже гарному місці. Рут спробувала подивитись на омароловецькі човни так, ніби не знала, скільки вони коштують, кому належать і як смердять. Як би це видовище сприйняв хтось із приїжджих? Що сказав би про канал Ворзі гість із, наприклад, Небраски? Він подумав би, що вони схожі на іграшкові човники для ванни, милі й міцні, а в тих човниках працюють роботящі мешканці крайнього Сходу. Одягнуті в колоритні комбінезони, вони по-дружньому махають один одному з човнів.

Тільки до такого як до неба рачки...

«Цікаво, а якби я мала свій човен, якби була капітанкою, чи риболовля подобалась би мені більше?» — подумала Рут. Може, їй просто не подобалося працювати з батьком? Але вона поняття не мала, кого б могла найняти за стернового. Рут подумки перебрала прізвища всіх молодих хлопців із Форт-Найлзу і швидко переконалась: так, усі як один придурки. Усі до одного пияцюги. Тупі, ліниві, насуплені, мовчазні й чудні. Вона не мала до них терпцю, хіба до Вебстера Поммероя, якого шкодувала й за якого хвилювалася як рідна мама. Однак Вебстер був травмований і стерновий з нього ніякий. Не те щоб із Рут велика рибалка. Тут вона себе не обманювала. Вона мало що знала про навігацію і зовсім нічого про те, як доглядати за човном. Одного разу Рут побачила, як з трюму валить дим, і крикнула до тата: «Вогонь!». Виявилось, що то не дим, а пара з тріснутого шланга.

— Рут, — сказав тато. — Ти дівчина гарна, але не дуже розумна.

Але вона таки була розумна. Рут завжди вважала себе розумнішою за всіх навколо. Звідки вона це взяла? Хто їй таке сказав? Бог свідок: на людях Рут нізащо б цього не визнала. Заявити про таке вголос — це ж страхіття якесь.

— Ти думаєш, що ти розумніша за всіх.

Рут часто чула цей докір від сусідів на Форт-Найлзі. Їй казав це хтось із братів Поммероїв, а ще — Анґус Аддамс, сестри місіс Поммерой і та стара карга з Ленґлі-роуд, якій Рут стригла газон одного літа за два долари на раз.

— Та де там, — щоразу відповідала Рут.

Переконливіше заперечити вона не могла, бо справді вважала себе розумнішою за інших. Таке вона вже мала відчуття, що гніздилося не в голові, а в грудях. Вона легенями це відчувала.

Якби вона тільки захотіла, їй би точно вистачило розуму зметикувати, звідки взяти човна. Ясно, що вона його роздобуде, якщо дуже захоче. Мови нема. Вона аж ніяк не дурніша за рибалок із Форт-Найлзу чи з Курн-Гевену, які добре заробляли, виловлюючи омарів. Чому б і ні? Анґус Аддамс знав одну жінку на острові Монеґан, яка рибалила самотужки й мала добрі гроші. Її брат помер, і його човен лишився їй. Троє дітей, без чоловіка. Жінку звали Флеґґі. Флеґґі Корнволл. Вона прекрасно давала собі раду. Свої буї, розповідав Анґус, вона пофарбувала в яскраво-рожевий колір із жовтими цятками-сердечками. Але Флеґґі Корнволл мала характер. Якщо мужики лізли в її справи, вона брала й обрізала їхні пастки. Анґус Аддамс захоплювався нею. Він часто про неї згадував.

Рут би теж так змогла. Рибалити самотужки. Але свої буї вона б не фарбувала в рожеве з жовтими сердечками. О Господи, Флеґґі, май трохи поваги до себе! Рут розфарбувала б їх у приємний темно-блакитний колір — класика. «І взагалі, що то за ім'я таке — Флеґґі?» — думала Рут. Напевно, прізвисько. Флоренс? Аґата? Рут ніколи не мала прізвиська. Вона вирішила, що коли стане ловцем — ловчинею? ловицею? — омарів, то придумає, як заробляти гарні гроші і не вставати так збіса рано. Ну бо якого дідька розумна рибалка мала б вставати о четвертій ранку? Мусить бути якесь мудріше рішення.

— Насолоджуєшся нашим краєвидом? — за спиною Рут стояв Кел Кулі.

Рут злякалась, але не показала цього. Вона повільно обернулась і уважно подивилася на нього.

— Можна й так сказати.

Кел Кулі не сів на камінь — він так і стояв позаду Рут Томас. Його коліна ледь не торкалися її плечей.

— Я відправив твоїх друзів додому, — сказав він.

— То містер Елліс зустрівся з Сенатором? — запитала Рут, і так здогадуючись про відповідь.

— Містер Елліс сьогодні сам не свій. Він не зміг зустрітися з Сенатором.

— То, може, він через це сам не свій? Бо ще ні разу не зустрівся з Сенатором.

— Можливо.

— Ви, Елліси, поняття зеленого не маєте у правилах поведінки. Навіть не розумієте, які ви грубіяни.

— Я не знаю, якої думки містер Елліс про цих людей, Рут, але я відправив їх додому. Подумав, що в такий ранній час не годиться мати діло з душевнохворими.

— Це вже четверта по обіді, мудак.

Рут сподобалося, як вона це сказала. Дуже спокійно.

Кел Кулі далі стояв позаду Рут. Ніби її дворецький, тільки надто близько. Ввічливий, але надто нав'язливий. Його близькість створювала неприємне відчуття. Крім того, Рут не подобалося говорити до нього і не бачити його при цьому.

— Може, сядеш? — нарешті запитала вона.

— Бажаєш, щоб я сів біля тебе? — запитав він.

— Як собі хочеш, Келе.

— Дякую, — сказав він і сів поруч. — Ти така гостинна. Дякую, що запросила.

— Це твоя власність. Про яку гостинність мова?

— Це не моя власність, юна леді. Це власність містера Елліса.

— Та невже? Я вічно про це забуваю, Келе. Що це не твоя власність. А ти ніколи про це не забуваєш?

Кел нічого не відповів.

— Як звати того хлопчика? — запитав він. — Хлопчика з бивнем.

— Вебстер Поммерой.

Кел Кулі і так це знав.

Втупившись у воду, він монотонним голосом продекламував: «Шмаркатий юнга Поммерой зробив підлоту з самого рання. Запхав собі у задницю стакан і шкіперу зробив обрізання».

— Як мило, — сказала Рут.

— Я так бачу, він чемний хлопчик.

— Йому двадцять три роки, Келе.

— І він, наскільки я розумію, закоханий у тебе. Правда?

— О Господи. Це так актуально зараз.

— Нічого собі, Рут! Ти тепер така освічена. Дуже приємно чути від тебе такі розумні слова. Значить, то все було недарма. Ми всі такі раді, що твоє дороге навчання окупилося.

— Я знаю, що ти хочеш мене роздратувати. Тільки не розумію, що тобі з цього.

— Неправда, Рут. Я не хочу тебе дратувати. Я твій найбільший прихильник.

Рут пирхнула.

— Знаєш що, Келе? Той слонячий бивень — справді важлива знахідка.

— Так-так. Ти вже це казала.

— А ти навіть не послухав тієї історії, і то дуже цікавої, про незвичайну кораблетрощу. Ти не запитав Вебстера, як він знайшов бивень. Це неймовірна історія, а ти не звернув на неї жодної уваги. Я б, може, й розсердилась, якби це не повторювалось кожен божий раз.

— Неправда. Я звертаю увагу на все.

— Ти тільки на одне звертаєш увагу, і то забагато.

— Старий Кел Кулі не може не звертати уваги.

— Ну то треба було звернути більше уваги на той бивень.

— Мене він зацікавив, Рут. Узагалі-то, я лишив його в себе, щоб потім показати містерові Еллісу. Гадаю, він дуже його зацікавить.

— Що ти маєш на увазі — лишив його в себе?

— Ну, я лишив його в себе.

— Ти забрав його?

— Я вже сказав — я лишив його в себе.

— Ти його забрав. Ти відправив їх додому без бивня. О Господи. Що ж ти за людина така?

— Хочеш розділити зі мною цигарку, юна леді?

— Всі ви мудаки, от що я думаю.

— Якщо хочеш, можеш покурити. Я нікому не скажу.

— Та не курю я довбаних цигарок.

— Я впевнений, що ти робиш багато чого поганого і нікому про це не кажеш.

— Ти забрав у Вебстера бивень і відіслав його геть? Ну це ж просто жахливо. Ти в своєму репертуарі.

— Ти сьогодні дуже гарна, Рут. Я відразу хотів тобі це сказати, але все не було як.

Рут підвелася.

— Ну добре, — сказала вона. — Пішла я додому.

Вона вже трохи відійшла, коли Кел гукнув:

— Взагалі-то, тобі ліпше залишитись.

Рут зупинилася.

Вона не обернулась, але стояла на місці, бо з його інтонації здогадалась, що́ зараз почує.

— Містер Елліс хотів би з тобою зустрітися, — сказав Кел Кулі. — Якщо ти не дуже зайнята.

Вони разом рушили до маєтку Елліса. Мовчки проминули пасовиська і стародавні сади, піднялися сходами на задню веранду й пройшли через широкі засклені двері. Перейшли простору зашторену вітальню, потім — коридор, піднялися непримітними службовими сходами, далі був ще один коридор, і нарешті дійшли до дверей.

Кел Кулі підійшов і вже збирався постукати, але передумав і відступив на крок. Потім ступив ще кілька кроків назад по коридору і, нахиливши голову, зайшов у непомітний прохід. Він махнув Рут, щоб ішла за ним, — вона пішла. Кел Кулі поклав масивні долоні на Рутині плечі й прошепотів:

— Я знаю, що ти мене ненавидиш.

І посміхнувся.

Рут мовчки слухала.

— Я знаю, що ти мене ненавидиш, але якщо хочеш, я можу розповісти, у чому тут справа.

Рут не відповіла.

— Хочеш дізнатися?

— Хочеш кажи — хочеш не кажи. Мені байдуже, — сказала Рут. — У моєму житті це ніякої ролі не зіграє.

— Ясно, що не байдуже, — пошепки заперечив Кел. — Ну, по-перше, містер Елліс просто хоче тебе побачити. Він уже кілька тижнів питав про тебе, але я йому брехав. Казав, що ти ще в школі. Потім — що ти разом з батьком ловиш омарів.

Кел Кулі чекав, що Рут щось скаже, але вона мовчала.

— Я думав, ти мені за це подякуєш, — сказав він. — Я не люблю брехати містерові Еллісу.

— Тоді не бреши, — сказала Рут.

— Він дасть тобі конверт, — прошепотів Кел. — У ньому триста доларів.

Кел знову чекав на відповідь, але Рут далі мовчала, тож він продовжив:

— Містер Елліс скаже, що то гроші на розваги, тільки для тебе. І до певної міри це таки правда. Ти можеш витратити їх на що захочеш. Але ж ти знаєш, на що вони насправді, еге ж? Містер Елліс хоче попросити тебе про одну послугу.

Рут мовчала.

— Так, про одну послугу, — повторив Кел Кулі. — Він хоче, щоб ти провідала матір у Конкорді. І я маю тебе до неї завезти.

Вони стояли у проході. Його масивні долоні важко лежали на її широких плечах. Кел і Рут ще довго так стояли. Зрештою Кел сказав:

— Іди й покінчи з цим, юна леді.

— Чорт, — сказала Рут.

Він забрав долоні.

— Візьми гроші — та й усе. Раджу тобі з ним не конфліктувати.

— Я ніколи з ним не конфліктую.

— Візьми гроші і ввічливо подякуй. Деталі узгодимо пізніше.

Кел Кулі вийшов з проходу і повернувся до тих перших дверей. Постукав.

— Ти ж цього хотіла, правда? — шепнув він Рут. — Дізнатися наперед? Щоб без сюрпризів. Ти ж хочеш бути в курсі всього, що відбувається, хіба ні?

Він відчинив двері, й Рут зайшла досередини. Сама. Двері за її спиною зачинилися, видавши прегарний шелесткий звук — так шарудить дорога́ тканина.

Рут опинилася у спальні містера Елліса.

Ліжко було застелене так охайно, ніби там ніхто ніколи не спав. Ліжко було застелене так, ніби постіль пошили в той самий час, коли змайстрували саме ліжко, і прибили чи приклеїли її до дерев'яної рами. Воно було схоже на ліжко, виставлене напоказ у дорогій крамниці. Всюди стояли шафи з рядами книжок у темних палітурках: кожна такого самого відтінку й розміру, як її сусідки, так наче містер Елліс мав тільки одну книжку і сотні її копій, розставлених по всій кімнаті. У каміні горів вогонь, а на поличці над каміном стояли важкі опудала качок. На поцвілих шпалерах висіли обрамлені гравюри вітрильників.

Містер Елліс сидів біля вогню у великому кріслі з підголівником. Він був дуже, дуже старий і дуже худий. Закутаний від ніг до пояса у плед. Його череп, повністю лисий, здавався тонким і холодним. Містер Елліс простягнув руки до Рут Томас, обернувши догори тремтячі долоні. Його очі плавали в синяві, плавали у сльозах.

— Рада вас бачити, містере Елліс, — сказала Рут.

Він широко усміхнувся.

4

Пересуваючись морським дном у пошуках здобичі, омар спритно рухається на тонких ніжках. Якщо його витягнути з води, він зможе тільки повзти, бо його ніжки не здатні витримати великої ваги його тіла та клешень.

«Американський омар: дослідження звичок і розвитку»
Френсіс Гобарт Геррік, кандидат наук, 1895 р.

Того вечора Рут Томас сказала батькові, що ходила до маєтку Елліса, на що той відповів:

— Мені все одно, з ким ти проводиш час, Рут.

Рут пішла шукати батька, як тільки вийшла від містера Елліса. Вона спустилася до пристані й побачила його човен, але рибалки сказали, що він уже давно закінчив роботу. Рут пішла додому, гукнула батька, але той не відповів. Врешті вона сіла на велосипед і поїхала до будинку братів Аддамсів — подивитися, чи, може, батько зайшов до Анґуса випити. І справді, зайшов.

Обидва чоловіки сиділи на ґанку, зручно вмостившись у розкладних кріслах із пивом у руках. Біля ніг Анґуса лежала, важко дихаючи, собака Сенатора Саймона, Кукі. Уже стемніло, й повітря відблискувало золотом. Низько над головами пролітали кажани. Рут кинула велосипед на подвір'ї й піднялася на ґанок.

— Привіт, тату.

— Привіт, мала.

— Доброго вечора, містере Аддамс.

— Привіт, Рут.

— Як риболовля — добре йде?

— Дуже добре, — відповів Анґус. — Я складаю гроші на рушницю, щоб знести з плечей свою дурнувату голову.

На відміну від брата-близнюка, Анґус Аддамс з віком усе худнув. Його шкіра зіпсувалась за роки, проведені просто неба за будь-якої негоди. Він мружився, так ніби весь час дивився на сонце. Провівши ціле життя біля шумних двигунів, він майже оглухнув і голосно розмовляв. Він ненавидів майже всіх, хто жив на Форт-Найлзі, а коли брався пояснювати чому — до найменших подробиць, — ніхто не міг його зупинити.

Більшість місцевих боялася Анґуса Аддамса. Батькові Рут він подобався. Ще хлопцем Стен Томас працював у Анґуса за стернового й був його розумним, сильним, цілеспрямованим учнем. Тепер, звісно ж, Рутин батько мав власний човен і разом з Анґусом очолював омароловецький промисел на острові Форт-Найлз. Жаднюга номер один і жаднюга номер два. Вони рибалили в будь-яку погоду, ловили скільки хотіли й не мали ні краплі співчуття до інших рибалок. Хлопці з острова, які працювали стерновими в Анґуса Аддамса і Стена Томаса, зазвичай звільнялися через кілька тижнів, бо не могли витримати їхнього темпу. На інших рибалок — товстіших, ледачіших і дурніших пияцюг (на думку Рутиного батька) — працювалося легше.

Що ж до батька Рут, то він досі був найбільшим красенем на острові Форт-Найлз. Після того як Рутина мати поїхала, він не одружився вдруге, але Рут знала, що батько мав коханок. Вона здогадувалась, кого саме, але батько ніколи їй про них не розповідав і вона намагалася про них не думати. Батько був невисокий, але широкоплечий і вузький у стегнах. «Бездупий», — любив казати він. У сорок п'ять років батько важив стільки ж, як у двадцять п'ять. Він одягався підкреслено охайно і щодня голився. Кожні два тижні батько ходив до місіс Поммерой стригтися. Рут підозрювала, що між її батьком і місіс Поммерой щось є, але ця думка була їй така неприємна, що вона ніколи про це не думала. Батько мав каштанове волосся, дуже темне, й зелені очі. Він носив вуса.

У свої вісімнадцять Рут вважала батька досить гарним. Вона знала про його репутацію скнари і ділка, але знала й те, що ця репутація вибудувалась у головах місцевих мужиків, які спускали всі гроші за тижневий улов за один вечір у барі. Ці мужики вважали ощадливість чимось нахабним і образливим. Ці мужики не могли дорівнятися до її батька — вони розуміли це й тому сердились. Рут знала й те, що Анґус Аддамс, найкращий товариш її батька — хуліган і лицемір, але він усе одно їй подобався. Та й вона не вважала його лицеміром і ставила вище за багатьох інших людей.

Рут зазвичай мала добрі стосунки з батьком. Найкращі тоді, коли вони не працювали разом і він не намагався навчити її чогось — наприклад, як керувати автомобілем, зв'язувати мотузку чи орієнтуватися за компасом. Тоді він вічно кричав на неї. Але Рут крики не дуже зачіпали. Їй не подобалося, коли батько замовкав у розмові з нею. Зазвичай він замовкав, коли заходила мова про будь-що, пов'язане з Рутиною матір'ю. Рут вважала, що він поводиться як боягуз. Його мовчанка викликала в неї відразу.

— Хочеш пива? — запитав Анґус Аддамс.

— Ні, дякую, — відповіла Рут.

— От і добре, — сказав Анґус. — Від пива жирнієш як свиня.

— Але ж ви не пожирніли, містере Аддамс.

— Ну бо я працюю.

— Рут теж може працювати, — озвався Стен Томас. — Цього літа вона хоче працювати на човні, ловити омарів.

— Та ви обоє вже цілий місяць то повторюєте. Скоро літо закінчиться.

— Хочеш взяти її за стернову?

— Ні, ти бери, Стене.

— Ми повбиваємо одне одного, — сказав батько Рут. — Ти бери.

Анґус Аддамс похитав головою.

— Скажу тобі правду, — мовив він. — Я стараюсь ні з ким не рибалити. Колись кожен рибалив сам. Мені так більше подобається. Не треба ні з ким ділитися.

— Я знаю, що ви не любите ділитися, — сказала Рут.

— Просто ненавиджу, міссі. І я поясню тобі чому. У тридцять шостому я заробив всього триста п'ятдесят доларів — за цілий довбаний рік. А наробився як скотина. Триста доларів пішло на все, що треба. Лишилося п'ятдесят — на всю зиму. І то я ще за своїм дурнуватим братом мав дивитися. Тому ні, дякую, я не збираюсь ні з ким ділитися.

— Та перестань, Анґусе. Дай Рут роботу. Вона дівчина сильна, — сказав Стен.

— Підійди сюди, Рут. Закоти рукави, сонечко. Покажи нам, яка ти сильна.

Рут підійшла і слухняно зігнула праву руку.

— Отут її дробильна клешня, — сказав батько, стиснувши один біцепс. Тоді Рут зігнула ліву руку, і він стиснув другий: — А тут хапальна!

— Ага, хріна з два, — сказав Анґус.

— А ваш брат удома? — запитала Рут в Анґуса.

— Він пішов до Поммероїв, — відповів той. — Дуже, курва, розпереживався за того шмаркача.

— За Вебстера?

— Хай би вже, курва, всиновив того гівнюка.

— То Сенатор лишив з вами Кукі? — запитала Рут.

Анґус знов забурчав і штурхнув пса ногою. Кукі пробудилась і спокійно роззирнулася.

— Ну, хоча б собака в турботливих руках, — вишкірився Рутин батько. — Саймон лишив свою собаку з тим, хто добре про неї подбає.

— З ніжністю й любов'ю, — додала Рут.

— Ненавиджу цю дурнувату псину, — сказав Анґус.

— Справді? — широко розплющила очі Рут. — Та невже? Я цього не знала. А ти знав, тату?

— Перший раз чую.

— Ненавиджу цю дурнувату псину, — повторив Анґус. — І ще й мушу її годувати. Це мені просто душу роз'їдає.

Рут із батьком засміялися.

— Ненавиджу цю дурнувату псину, — втретє сказав Анґус і взявся голосно перелічувати проблеми, яких йому завдавала Кукі: — Та собацюра схопила якусь вушну заразу, і тепер я мушу купляти паршиві краплі й два рази на день тримати її, поки Саймон закапує вуха. Та ліпше б та дурнувата собака оглухла — але де там, я йду і купляю дурацькі краплі. Вона хлепче воду з унітаза. Ригає кожен божий день і все життя має срачку.

— Більше нічого вас не дратує? — запитала Рут.

— Саймон хоче, щоб я ставився до його псини з любов'ю, як той ідіот, але це суперечить моєму бажанню.

— А яке ж ваше бажання? — поцікавилась Рут.

— Розтоптати її важким чоботом.

— Страшна ти людина, — сказав Рутин батько, згинаючись від сміху. — Просто жахлива.

Рут зайшла до хати і налила собі склянку води. Кухня в будинку Аддамсів сяяла чистотою. Анґус Аддамс був нехлюєм, але Сенатор Саймон Аддамс дбав про брата-близнюка, так ніби був йому за дружину, і стежив за тим, щоб метал блистів, а льодовня не стояла порожня. Рут точно знала, що Сенатор Саймон щодня встає о четвертій і готує Анґусові сніданок (галети, яйця, шматок пирога) і пакує йому сендвічі на обід у морі. Мужики на острові дражнили Анґуса — ми б теж хотіли, аби про нас так дбали, сміялися вони, — на що Анґус Аддамс відповідав, щоб вони стулили свої смердючі пельки і взагалі — не треба було женитися на товстих лінивих курвах. Рут визирнула з вікна кухні на заднє подвір'я, де сохнули на вітрі комбінезони й підштаники. На стільниці лежала плетінка. Вона відрізала собі скибку й повернулась на ґанок.

— Я не буду, дякую, — сказав Анґус.

— Ой, ви теж хотіли шматок?

— Ні, булки я не хочу, але пиво можеш принести.

— Принесу, коли знову піду на кухню.

Анґус підняв брови й присвиснув:

— То це так освічені дівчатка ставляться до своїх друзів?

— Ой Боже.

— То це так з родини Еллісів ставляться до друзів?

Рут промовчала, а її батько втупився у свої чоботи. На ґанку стало дуже тихо. Рут чекала, що батько нагадає Анґусові Аддамсу, що вона з родини Томасів, а не Еллісів, але батько нічого не сказав.

Анґус поставив порожню пляшку з-під пива на ґанок і, сказавши: «Не біда, сам принесу», — зайшов до будинку.

Рутин батько підвів на неї погляд.

— Що ти сьогодні робила, мала? — запитав він.

— Поговоримо за вечерею.

— Сьогодні я тут вечеряю. Можемо поговорити вже.

— Бачилася з містером Еллісом, — сказала Рут. — Ще хочеш говорити?

Батько спокійним тоном відповів:

— Мені нема різниці, про що ти говориш і коли.

— Ти сердишся, бо я з ним бачилась?

Анґус Аддамс повернувся якраз у той момент, коли Рутин батько сказав:

— Мені байдуже, з ким ти проводиш час, Рут.

— А з ким то вона проводить час? — поцікавився Анґус.

— З Ленфордом Еллісом.

— Тату. Я не хочу зараз про це говорити.

— Знов ті довбані виродки, — сказав Анґус.

— Рут ненадовго з ним зустрічалась.

— Тату...

— Від друзів не тримають секретів, Рут.

— Чудесно, — сказала Рут і кинула батькові конверт від містера Елліса.

Батько відкрив його і зиркнув на купюри. Потім відклав конверт на бильце крісла.

— Що це в біса таке? — запитав Анґус. — Там купа грошей чи яка холера? То містер Елліс тобі стільки дав?

— Так, містер Елліс.

— То віддай ті чортові гроші назад.

— Це не ваше діло Анґусе. Тату, ти хочеш, щоб я їх повернула?

— Хай вони розкидаються грошима, як собі хочуть. Мені байдуже, — сказав Стен Томас. Але знову взяв до рук конверт, витягнув купюри і перерахував. П'ятнадцять. П'ятнадцять купюр по двадцять доларів кожна.

— А якого милого він їх тобі дав? — запитав Анґус. — Якого милого він тобі стільки дав?

— Ліпше не лізь сюди, Анґусе, — сказав Рутин батько.

— Містер Елліс сказав, що то мені гроші на розваги.

— На що-що? — перепитав батько.

— На розваги.

— На розваги?

Рут нічого не відповіла.

— То ми вже почали розважатись, я бачу, — сказав батько. — Еге ж, Рут?

Рут знову промовчала.

— Ці Елліси розуміються на розвагах, нічого не скажеш.

— Не знаю, якого милого він тобі їх всунув, але неси свою задницю до нього й віддай їх назад, — сказав Анґус.

Вони утрьох сиділи й дивилися на стосик купюр.

— І ще одне, — додала Рут.

Її батько провів долонею по лиці, тільки раз, так ніби раптом відчув, що втомився.

— Ну?

— Містер Елліс хоче, щоб я за ці гроші з'їздила до мами.

— Господи Боже! — вибухнув Анґус Аддамс. — Господи Боже! Тебе тут цілий рік не було, чорт би його побрав! І не встигла ти приїхати, як вони відсилають тебе геть!

Рутин батько нічого не сказав.

— Дурнувата сімейка Еллісів ганяє тебе по всьому острову, вказує, що тобі робити, куди їхати і з ким бачитись, — не вгавав Анґус. — І ти виконуєш всі ідіотські вказівки, які тобі дає та ідіотська сімейка. Та ти копія своєї дурнуватої мамці!

— Не лізь, куди не просять! — гаркнув Стен Томас.

— Ти ж не проти, тату? — сторожко запитала Рут.

— Господи Боже, Стене! — бризнув слиною Анґус. — Скажи своїй дурнуватій доньці, хай сидить тут, де її, курва, місце.

— По-перше, — сказав Рутин батько Анґусу, — стули свою смердючу пельку.

До «по-друге» справа не дійшла.

— Якщо ти не хочеш, щоб я їхала до неї, я не поїду, — сказала Рут. — Якщо хочеш, щоб я віддала гроші, то я віддам.

Рутин батько крутив конверт у руках. Трохи помовчавши, він сказав своїй вісімнадцятирічній доньці:

— Мені байдуже, з ким ти проводиш час.

Він кинув їй конверт з грошима.

— Та що з тобою таке? — гаркнув Анґус Аддамс. — Що з вами всіма у біса таке?

З матір'ю Рут Томас вічно було щось не так.

Жителі острова Форт-Найлз завжди мали до неї претензії. Найбільша претензія стосувалася її походження. Вона була не така, як усі люди на Форт-Найлзі, чиї родини жили там споконвіків. Вона була не така, як усі люди, які поіменно знали своїх предків. Мати Рут Томас народилася на Форт-Найлзі, але родом походила не звідти. Мати Рут Томас викликала претензії, бо була донькою сироти й мігранта.

Ніхто не знав справжнього імені сироти; ніхто нічого не знав про мігранта. Отож генеалогічне дерево матері Рут Томас було обсмалене з обох боків — два глухі кінці інформації. Рутина мама не мала ні прабатьків, ні праматерів, ні зафіксованих на фотс сімейних рис, які посприяли б її самовизначенню. Рут Томас могла простежити життя батькових предків упродовж двох останніх поколінь — і то не виходячи за межі місцевого кладовища, — тоді як далі за сироту й мігранта, з яких починалася і якими завершувалась обрубана історія її матері, вона просунутись не могла. На острові Форт-Найлз на її матір, невкорінену, завжди дивилися скоса. Вона стала нащадком двох таємничих осіб, а в жодній з тутешніх історій ніяких таємниць не було. Тому, хто не міг пояснити своє походження сімейною хронікою, не варто було з'являтися на острові Форт-Найлз. Люди тривожились.

Бабця Рут Томас — мати її матері — була сиротою з нудним, нашвидкуруч придуманим ім'ям Джейн Сміт. 1884 року Джейн Сміт, крихітну малючку, покинули на сходах флотського сиротинця у Баті. Медсестри забрали її, викупали й дали їй оте простацьке ім'я — ім'я як ім'я, подумали вони. На той час флотський сиротинець у Баті був новим закладом. Його заснували відразу після громадянської війни — для дітей, осиротілих через війну, а насамперед для дітей офіцерів військово-морського флоту, які загинули в бою.

У флотському сиротинці працювали скрупульозно й добре організовано й заохочували до чистоти, фізичних вправ і регулярної роботи кишечника. Цілком можливо, що малючка, яку назвали Джейн Сміт, була донькою моряка чи навіть офіцера військово-морського флоту, але при немовляті не лишили жодної речі, яка б це підтверджувала. Ні записки, ні якогось типового предмета, ні характерного одягу. На сходах сиротинця нишком покинули тільки здорову дитинку, туго замотану в ковдрочку.

1894 року, коли сироті, названій Джейн Сміт, виповнилося десять, її удочерив один джентльмен — лікар Джулз Елліс. Цей молодий чоловік уже заробив собі добру репутацію. Він заснував гранітодобувну компанію Елліса в Конкорді, штат Нью-Гемпшир. Улітку лікар Джулз Елліс завжди відпочивав на островах у штаті Мен, де мав кілька прибуткових кар'єрів. Йому подобався Мен. Він вважав, що жителі цього штату надзвичайно витривалі й порядні, і тому, вирішивши, що настав час всиновити дитину, звернувся до одного з тамтешніх сиротинців. Він думав, що там гарантовано знайде здорову, енергійну дівчинку.

А вдочерити дівчинку він вирішив ось чому. Лікар Джулз Елліс мав улюбленицю-доньку, розпещену дев'ятилітку Веру. І Вера вже давно просила про сестричку. Вона мала кількох братів, але нудьгувала з ними до смерті й мріяла про сестру, яка бавилася б разом із нею кожного довгого самотнього літа на острові Форт-Найлз. Отож лікар Джулз Елліс узяв Джейн Сміт за сестру для своєї донечки.

— Це твоя нова сестра-близнючка, — сказав він Вері на її десятий день народження.

У свої десять років Джейн була рослою сором'язливою дівчиною. Коли її вдочерили, вона отримала нове ім'я — Джейн Сміт-Елліс: ще одну вигадку, яку вона сприйняла з таким же «протестом», як і тоді, коли її охрестили вперше. У день, коли містер Джулз подарував її своїй доньці, він пов'язав їй на голову великий червоний бант. Того дня їх сфотографували. На цих фотографіях бант на рослій дівчинці у сирітській суценці виглядає безглуздо. Бант виглядає образливо.

Відтоді Джейн Сміт-Елліс супроводжувала Веру Елліс усюди. Щороку у третю суботу червня вони вирушали на острів Форт-Найлз, а у другу суботу вересня Джейн Сміт-Еллісів поверталася разом із Верою Елліс до маєтку Елліса в Конкорді.

Нема ніяких підстав припускати, начеб бабцю Рут Томас бодай на секунду вважали справжньою сестрою міс Вери Елліс. Згідно із законом, Джейн, яку вдочерили, стала сестрою Вери, але думка про те, що в домі сім'ї Еллісів вона заслуговувала на таку саму повагу, як Вера, здавалася сміховинною. Вера Елліс не любила Джейн Сміт-Елліс як сестру, зате цілком покладалася на неї як на прислугу. Джейн Сміт-Елліс виконувала обов'язки служниці, але не отримувала платні за роботу, бо ж за законом вважалася членом родини.

— Твоя бабця, — завжди повторював Рутин батько, — була рабинею тієї триклятої сімейки.

— Твоя бабця, — завжди повторювала Рутина мати, — була щасливицею, бо її вдочерила така щедра родина, як Елліси.

Міс Веру Елліс важко було назвати красунею, але їй пощастило з багатством і вона щодня одягалася вишукано. На фотографіях міс Вера Елліс знята в бездоганних нарядах для плавання, верхової їзди, ковзанярства й читання, а пізніше і для танців, їзди за кермом і одруження. Ці вбрання початку двадцятого століття були вигадливі й важкі. Хто ж як не бабця Рут Томас застібала міс Веру Елліс на всі ґудзики, складала парами її лайкові рукавички, розчісувала пір'їни на її капелюшках і полоскала її панчохи й мережива. Хто ж як не бабця Рут Томас вибирала, складала й пакувала корсети, комбінації, черевички, криноліни, парасолі, пеньюари, напудрені перуки, брошки, накидки, батистові сукенки й сумочки, необхідні для щорічної мандрівки міс Вери Елліс на острів Форт-Найлз. Хто ж як не бабця Рут Томас щоосені пакувала все спорядження міс Вери напередодні повернення до Конкорда — жодного разу не згубивши ані речі.

Міс Вера Елліс, звісно ж, любила навідатись до Бостона на вихідні, у Гудзонову долину в жовтні чи в Париж — відшліфувати свої манери. І в тих поїздках вона теж потребувала супроводу. Бабця Рут Томас, сирота Джейн Сміт-Елліс, чудово прислуговувала.

Джейн Сміт-Елліс теж не вдалася красою. Ні одна, ні друга жінка не викликали бажання ними милуватись. На світлинах міс Вера Елліс має хоч трохи цікавий вираз лиця — вираз заможного гонору, — а Рутина бабця й того не має. Джейн Сміт-Елліс стоїть позаду витончено знудьгованої міс Вери Елліс, і лице в неї порожнє. Ні розуму, ні вольового підборіддя, ні надутих губ. У ній нема іскри, але й сумирності нема. Просто глибока, нудна втома.

Улітку 1905 року міс Вера Елліс вийшла заміж за хлопця з Бостона, якого звали Джозеф Генсон. Їхній шлюб нічого не змінив, бо сім'я Джозефа Генсона, звісно, не бідувала, але Елліси заробляли значно більше, а отже, міс Вера утримала за собою всю владу. Вона не зазнала ніяких незручностей від цього шлюбу. Вона ніколи не називала себе місіс Джозеф Генсон — для всіх вона залишалася міс Верою Елліс. Подружжя мешкало в маєтку Елліса в Конкорді — у домі, де наречена провела дитинство. Щороку в третю суботу червня вони вирушали звичним маршрутом на острів Форт-Найлз, а в другу суботу вересня поверталися до Конкорда.

Шлюб міс Вери Елліс і Джо Генсона анітрохи не змінив і життя Рутиної бабці. Обов'язки Джейн Сміт-Елліс залишалися чіткими й зрозумілими. У день весілля вона, звісно ж, допомагала міс Вері. (Не як дружка. Ролі дружок виконували кузини і доньки друзів сім'ї. Джейн допомогла міс Вері одягнутися, впоралася з десятками перлових ґудзиків ззаду на її сукні, зашнурувала високі весільні черевички і почепила французьку фату.) Крім того, Рутина бабця супроводжувала міс Веру у весільній подорожі на Бермудські острови (щоб забирати з пляжу парасолі, витрушувати пісок із волосся міс Вери, розвішувати вовняні купальники, так щоб ті висохнули, але не полиняли).

Рутина бабця залишилася з міс Верою і після весілля й медового місяця.

Міс Вера та Джозеф Генсон не мали дітей, зате Вера мала серйозні соціальні обов'язки. Вона мусила відвідувати цілу купу подій, ходити на цілу купу зустрічей і писати цілу купу листів. Щоранку міс Вера лежала в ліжку, подзьобавши сніданок, що його Рутина бабця приносила на таці, й диктувала завдання на день — самовдоволено імітуючи людину зі справжньою роботою, що диктує справжньому підлеглому.

— Сподіваюся, Джейн, ти зі всім упораєшся, — казала вона.

І так щодня, рік за роком.

Це тривало би ще довго, якби дечого не сталось. Джейн Сміт-Елліс завагітніла. Наприкінці 1925 року тихенька сирота, яку Елліси взяли з флотського сиротинця у Баті, завагітніла. Джейн був сорок один рік. Немислимо. Ясно, що вона була незаміжня і ніхто й подумати не міг, що до неї хтось залицятиметься. У родині Еллісів ніхто навіть на секунду не сприймав Джейн Сміт-Елліс як жінку для близьких стосунків. Вони не сподівалися, що вона заведе друга, не те що коханця. Про таке ніхто й подумати не міг. Інші служниці постійно вляпувалися в різні дурнуваті ситуації, але Джейн була дуже практична й дуже потрібна — вона ніяк не могла втрапити у халепу. Міс Вера не відпускала Джейн надовго, щоб та не знайшла проблем на свою голову. Та й узагалі — з якого дива Джейн шукала би проблем?

Елліси, звісно ж, мали питання до її вагітності. Чимало питань. І претензій. Як таке сталося? Хто винен у цій катастрофі? Але бабця Рут Томас, зазвичай покірна, зізналася тільки в одному.

— Він італієць, — сказала вона.

Італієць? Італієць?! Який жах! Що вони мали думати? Очевидно, винуватцем був один із сотень італійців-мігрантів, які працювали в кар'єрах гранітодобувної компанії Елліса на Форт-Найлзі. Елліси не могли цього зрозуміти. Як Джейн знайшла дорогу до кар'єрів? І головне — як робітник знайшов дорогу до неї? Може, Рутина бабця посеред ночі ходила до «арахісок», де жили італійці? Або, може, — жахіття яке! — той італієць приходив до маєтку Елліса? Немислимо. Чи зустрічалися вони ще колись? А що як вони бачилися роками? Чи мала вона інших коханців? Чи Джейн оступилася тільки раз, чи, може, жила подвійним, непристойним життям? Це було зґвалтування? Шаленство? Любовний роман?

Італійські робітники не розмовляли англійською. Їх часто звільняли й наймали інших, і навіть безпосередні керівники не знали їхніх імен. Виконроби в кар'єрах чхати хотіли на тих італійців — для них одні голови просто мінялися на інші. Ніхто їх за людей не вважав. Вони були католиками. Не вели ніяких справ з місцевими, уже не кажучи про родину Еллісів. На італійців мало коли звертали увагу. Хіба тоді, коли критикували. Газета острова Форт-Найлз, яка закрилась невдовзі після того, як гранітодобувна промисловість згорнулася, час від часу публікувала статті, автори яких метали громи і блискавки проти італійців.

У лютому 1905 року «Сурма Форт-Найлзу» написала: «Ці ґарібальдійці — найзлиденніші, найпідліші істоти в Європі. Дружини й діти італійців скалічені й скоцюрблені під тягарем їхніх пороків».

«Ці неаполітанці, — ішлося в пізнішій статті, — лякають наших дітей. Ляпають язиками й горланять на наших дорогах, коли діти йдуть мимо».

Думка про те, що італієць, ґарібальдієць, неаполітанець міг якимось чином пробратися до маєтку Елліса, жахала. Та щоразу як Елліси допитували бабцю Рут Томас про батька її дитини, вона казала тільки два слова:

— Він італієць.

Зайшла мова про те, що ж їм робити. Лікар Джулз Елліс хотів, щоби Джейн негайно звільнили, але дружина нагадала йому, що звільнити жінку, яка взагалі-то не працівниця, а законна родичка — складно і трохи непристойно.

— Тоді відречіться від неї! — гриміли брати Вери Елліс, але Вера не хотіла про це чути.

Джейн оступилась, і Вера почувалася зрадженою, але все одно Джейн залишалась незамінною. Ні, тут без варіантів: Джейн мусить залишитися в родині, бо Вера Елліс не може без неї жити. Навіть Верині брати мусили визнати, що це слушний аргумент. Адже Вера була просто нестерпна і якби Джейн цілими днями про неї не піклувалась, вона б з'їла їх з усіма бебехами. Тому — так — Джейн залишалася в родині.

Замість покарати Джейн, Вера вимагала покарати італійську громаду на Форт-Найлзі. Вона навряд чи чула про суд Лінча, але задумала приблизно те саме. Міс Вера запитала батька, чи не важко йому було б зібрати гурт італійців і скомандувати, щоб їх відмотлошили, або спалити одну чи дві «арахіски». Але лікар Джулз Елліс не хотів про це чути. Лікар Елліс був дуже кмітливим комерсантом і не збирався переривати роботу в кар'єрах чи травмувати хороших робітників, тому врешті вони вирішили ту справу замовчати. І залагодити її якомога тихіше.

Усю вагітність Джейн Сміт-Елліс провела з родиною Еллісів, прислуговуючи міс Вері. Її дитина народилася на острові в червні 1926 року — тієї ж ночі, коли Елліси прибули на Форт-Найлз на літо. Ніхто не збирався змінювати графік через глибоко вагітну Джейн. У такому стані Джейн не мала б навіть наближатися до човна, але Вера змусила її поїхати на острів — на дев'ятому місяці вагітності. Дитина народилася просто на пристані Форт-Найлзу. Дівчинку назвали Мері. Вона була позашлюбною донькою сироти й мігранта і пізніше стала матір'ю Рут.

Пологи були важкі, й міс Вера дала Рутиній бабці один тиждень відпочинку від своїх обов'язків. Коли тиждень добіг кінця, Вера покликала Джейн і зі сльозами на очах сказала:

— Ти мені потрібна, люба. Немовля дуже миле, але я потребую твоєї допомоги. Я не даю ради без тебе. Тепер ти мусиш подбати про мене.

Відтоді Джейн Сміт-Елліс дотримувалась нового режиму: цілу ніч піклувалася про дитину, а цілий день допомагала міс Вері: шила, одягала, заплітала коси, набирала купіль, застібала й розстібала сукню за сукнею. Слуги маєтку Елліса намагалися пильнувати немовля протягом дня, але кожен із них мав свої обов'язки. За законом, Рутина мама належала до родини Еллісів, але попри це все раннє дитинство провела у службовому крилі, у коморах і погребах. Її передавали з рук у руки — нишком, ніби контрабанду. Узимку, коли родина повернулась до Конкорда, легше не стало. Вера не давала Джейн спочинку.

На початку липня 1927 року, коли Мері виповнився рік, міс Вера Елліс підхопила кір і злягла з гарячкою. Лікар, який улітку приїжджав до них гостювати на Форт-Найлз, дав Вері морфій — їй полегшало, вона по пів дня спала. Джейн Сміт-Елліс нарешті змогла відпочити — уперше, відколи ще дитиною приїхала до маєтку Елліса. Вона вперше скуштувала дозвілля, вперше передихнула від роботи.

І от одного пообіддя, поки міс Вера й маленька Мері спали, Рутина бабця пішла прогулятися стрімкою стежкою між скель на східному узбережжі острова. Чи була то її перша прогулянка? Перші вільні години в її житті? Можливо. Вона прихопила зі собою в'язання у чорній торбі. День був гарний і ясний, океан — спокійний. Спустившись до берега, Джейн Сміт-Елліс вилізла на великий камінь, що заходив у море, зручно вмостилася і взялась тихенько в'язати. Далеко внизу рівномірно і м'яко здіймалися та спадали хвилі. Угорі кружляли мартини. Вона була сама. Сиділа собі і в'язала. Світило сонце.

Тимчасом у маєтку Елліса через кілька годин міс Вера прокинулась і задзвонила у дзвоник. Вона хотіла пити. До кімнати увійшла покоївка зі склянкою води, але міс Вера не взяла її.

— Я хочу, щоби прийшла Джейн, — сказала вона. — Ти дуже люб'язна, але мені потрібна моя сестра Джейн. Можеш її покликати? Де вона поділась?

Покоївка передала її прохання дворецькому. Дворецький послав по молодого хлопця, помічника садівника, і сказав йому піти покликати Джейн Сміт-Елліс. Молодий садівник пішов стежкою між скель, поки побачив Джейн — вона сиділа на камені внизу і в'язала.

— Міс Джейн! — гукнув він і помахав.

Вона глянула вгору й помахала у відповідь.

— Міс Джейн! — знову загукав він. — Вас кличе міс Вера!

Вона кивнула й усміхнулася. А тоді, як пізніше свідчив молодий садівник, з моря піднялася велика тиха хвиля і повністю накрила величезний камінь, на якому сиділа Джейн Сміт-Елліс. А коли гігантська хвиля відступила, жінка зникла. Хвилі далі відкочувались і накочувались, але від Джейн не було і сліду. Садівник побіг по інших слуг, ті кинулися вниз шукати за нею, але не знайшли нічого, навіть черевика. Джейн зникла. Море просто її забрало.

— Дурниці, — заявила міс Вера Елліс, коли їй повідомили, що Джейн зникла. — Нікуди вона не зникла. Ідіть і знайдіть її. Негайно. Знайдіть.

Слуги шукали, і жителі острова Форт-Найлз шукали, але Джейн Сміт-Елліс так і не знайшли. Пошукові загони кілька днів обстежували узбережжя, але не виявили ні сліду.

— Знайдіть її, — вперто командувала міс Вера. — Вона мені потрібна. Більше ніхто не зможе мені допомогти.

Так тривало кілька тижнів, поки її батько, лікар Джулз Елліс, прийшов до її кімнати разом із чотирма братами і детально пояснив їй ситуацію.

— Мені дуже шкода, моя дорогенька, — сказав лікар Елліс єдиній рідній доньці. — Як не прикро, але Джейн зникла. Далі шукати нема змісту.

Міс Вера скорчила вперту гримасу.

— Невже ніхто не може знайти її тіла? Хіба не можна прочесати за ним воду?

Наймолодший брат міс Вери пирхнув:

— Море не можна «прочесати», Веро, це ж тобі не ставок з рибою.

— Ми відкладемо похорон, наскільки це можливо, — запевнив лікар Елліс доньку. — Може, тіло Джейн випливе за якийсь тиждень. Але більше не кажи слугам шукати Джейн. Вони даремно витрачають час, а в маєтку робота стоїть.

— Вони її не знайдуть, зрозумій, — сказав найстарший брат Вери, Ленфорд. — Джейн ніхто ніколи не знайде.

Елліси відклали похорон Джейн Сміт-Елліс до першого тижня вересня. Далі відкладати не було куди, бо через кілька днів вони мали повертатися до Конкорда. Про те, щоб дочекатися повернення в Конкорд і поставити надгробок на цвинтарі, де було поховано інших членів родини, мова не йшла — для Джейн там не було місця. Для похорону Джейн годився і Форт-Найлз. Оскільки ховати не було кого, похорон Рутиної бабці був схожий радше на заупокійну службу. На острові такі служби відправляли постійно, бо тіла утоплеників мало коли піднімали з води. На кладовищі Форт-Найлзу поставили чорний надгробний камінь, вирізьблений з місцевого граніту. На ньому написали:

Джейн Сміт-Елліс
? 1884 – 10.07.1927
ГІРКО СУМУЄМО

Міс Вера прийшла на службу неохоче. Вона досі не змирилася з тим, що Джейн її покинула. І взагалі сердилась. Наприкінці відправи міс Вера попросила слуг принести їй дитину Джейн. Мері недавно виповнився рік. Пізніше вона виросла і стала матір'ю Рут Томас, але на той час була зовсім крихіткою. Міс Вера взяла Мері Сміт-Елліс на руки й почала її гойдати. Усміхнувшись до дитинки, вона сказала:

— Ну що ж, крихітко Мері. Тепер уся увага — тобі.

5

Омар популярний далеко за межами нашого острова
й мандрує до всіх відомих нам частин світу, наче дух,
ув'язнений у коробці, куди не проникає повітря.

«Оповідки про крабів, креветок і омарів»
В. Б. Лорд, 1867 р.

Кел Кулі спланував поїздку Рут Томас до матері в Кон-
корд. Усе спланував, а тоді зателефонував Рут і сказав че-
кати його о шостій ранку на ґанку зі спакованими сумками.
Вона погодилась, але за кілька хвилин до шостої переду-
мала. Рут запанікувала й кинулась навтьоки. Але далеко
не втекла. Вона покинула сумки на ґанку батькового дому
й побігла до сусідки, місіс Поммерой.

Рут подумала, що місіс Поммерой, напевно, вже встала
і що їй може пощастити зі сніданком. Місіс Поммерой справ-
ді не спала. Але вона була не сама і сніданку не готувала.
Вона фарбувала кухню. Їй допомагали дві старші сестри,
Кітті та Ґлорія. Щоб не заляпати одяг, усі троє понатягували
на себе чорні мішки для сміття, просунувши в дірки голови

й руки. Рут відразу зрозуміла, що жінки цілу ніч не спали. Коли Рут зайшла до будинку, вони утрьох кинулись до неї, мало не роздушивши в обіймах і замастивши її фарбою.

— Рут! — закричали вони. — Руті!

— Зараз шоста ранку! — сказала Рут. — Що ви так рано робите?

— Фарбуємо! — вигукнула Кітті. — Фарбуємо!

Кітті махнула у бік Рут щіткою, ляпнувши ще фарби на Рутину сорочку, а тоді, регочучи, впала на коліна. Кітті була п'яна. Взагалі-то, вона пиячила. («Її бабця така сама була, — сказав колись Сенатор Саймон до Рут. — Вічно знімала кришки з баків для пального на старих «фордах-Т» і нюхала випари. Все життя сновигала островом у тумані».) Ґлорія допомогла сестрі встати. Кітті затулила рота рукою, щоб перестати сміятися, а тоді жіночним рухом піднесла руки до голови поправити волосся.

Усі три сестри Поммерой мали розкішне волосся й укладали його високо на той самий манер, що забезпечив місіс Поммерой титул красуні. З кожним роком волосся місіс Поммерой усе срібнішало. Воно стало таким срібним, що, повертаючи на сонці голову, місіс Поммерой виблискувала, наче форель у річці. Кітті й Ґлорія мали таке ж пишне волосся, але були не такі симпатичні, як місіс Поммерой. Ґлорія мала велике понуре лице, а Кітті — травмоване: на одній щоці лишився шрам від опіку, грубий як мозоль, після вибуху на консервному заводі багато років тому.

Ґлорія, найстарша із сестер, так і не вийшла заміж. Кітті, середуща, то сходилась, то розходилась із братом Рутиного батька, Рутиним дядьком-відчайдухом Леном Томасом. Кітті й Лен не мали дітей. Місіс Поммерой єдина з трьох сестер їх мала — цілу ватагу хлопців: Вебстера, Конвея, Фаґана й далі за списком. До 1976 року хлопці вже виросли. Четверо покинули острів і влаштували собі життя деінде на цій планеті, а Вебстер, Тімоті й Робін залишилися вдома. Вони жили у своїх старих кімнатах у величезному будинку по сусідству з Рут і її батьком. Вебстер, звісно ж, сидів без роботи. А Тімоті й Робін працювали на суднах стерновими. Брати Поммерої не знаходили іншої роботи, крім тимчасового підробітку на чужих човнах. Вони не мали своїх і не могли самостійно заробляти на хліб. Усе вказувало на те, що Тімоті й Робін до кінця життя працюватимуть у наймах. Того ранку вони вже рибалили в морі. Пішли з хати ще затемна.

— Які в тебе плани на сьогодні, Руті? — запитала Ґлорія. — Чому ти так рано встала?

— Я ховаюсь від декого.

— Лишайся з нами, Руті! — запропонувала місіс Поммерой. — Лишайся — подивишся, як ми фарбуємо!

— Тут скоріше за вами дивитись треба, — сказала Рут, показавши на плями від фарби на своїй сорочці.

Кітті знову впала на коліна й розреготалась. Кітті завжди гостро реагувала на жарти — вони в буквальному сенсі збивали її з ніг. Ґлорія хотіла, щоб Кітті перестала сміятись, і знову підняла її на ноги. Кітті зітхнула й торкнулася свого волосся.

Усі речі в кухні місіс Поммерой поскладали купою на столі й поховали під простирадлами. Кухонні стільці кинули на диван у вітальні, щоб не заважали. Рут дістала один стілець і сіла посеред кухні. Троє сестер Поммерой знову взялися фарбувати. Місіс Поммерой фарбувала маленьким

пензликом підвіконня. Ґлорія водила валиком по одній сті-
ні. З іншої Кітті зшкрябувала стару фарбу незграбними,
п'яними рухами.

— А коли то ви вирішили перефарбувати кухню? — за-
питала Рут.

— Учора ввечері, — відповіла місіс Поммерой.

— Паскудний колір, правда, Руті? — запитала Кітті.

— Ну, трохи є.

Місіс Поммерой відступила від підвіконника й подиви-
лась на пофарбоване.

— Паскудний, — погодилась вона анітрохи не засмучено.

— Це фарба для буїв? — здогадалася Рут. — Ви фарбуєте
кухню фарбою для буїв?

— Так, сонечко, це фарба для буїв. Ти впізнала колір?

— Повірити не можу, — відповіла Рут, бо вона таки впіз-
нала цей колір.

Оце так: місіс Поммерой фарбує кухню точнісінько в той
самий відтінок, що ним її покійний чоловік фарбував буї на
пастках. У яскраво-лаймовий, який виїдає очі. Ловці омарів
завжди розфарбовують буї на пастках у крикливі кольори,
щоб за будь-якої погоди відразу помічати їх на тлі однаково
синього моря. Але для фарбування кухні ця густа промис-
лова фарба ніяк не годиться.

— Ти боїшся загубити свою кухню в тумані? — запита-
ла Рут.

Кітті від сміху гепнулась на коліна. Ґлорія, насупившись,
сказала:

— Господи, Кітті. Тримай себе в руках.

Вона підняла її на ноги. Кітті торкнулась волосся і ска-
зала:

— Якби я жила в кухні такого кольору, то обригала б усе навколо.

— А хіба фарбою для буїв можна фарбувати приміщення? — запитала Рут. — Мені здається, що для приміщень є спеціальна фарба. Бо від тої можна захворіти на рак, хіба ні?

— Не знаю, — відповіла місіс Поммерой. — Учора ввечері я знайшла купу банок з фарбою в коморі і подумала: шкода, якщо пропадуть! Крім того, ця фарба нагадує мені про чоловіка. Кітті та Ґлорія прийшли на вечерю, ми посміялися, а потім раз — і взялися фарбувати кухню. Ну то як тобі?

— Чесно? — запитала Рут.

— Забудь, — сказала місіс Поммерой. — Мені подобається.

— Якби я мала таку кухню, то ригала б стільки, що мені б голова відпала, — заявила Кітті.

— Думай, що говориш, Кітті, — сказала Ґлорія. — Бо, може, скоро тобі тут доведеться жити.

— Та пішла ти!

— Двері цього дому завжди відкриті для Кітті, — сказала місіс Поммерой. — Ти це знаєш, Кітті. І ти, Ґлоріє, теж.

— Ну ти й підла, Ґлоріє, — сказала Кітті. — Ну ти й падлюка.

Ґлорія фарбувала кухню, стиснувши губи. Її валик наносив на стіну гладкі, рівні мазки. Рут запитала:

— А що, Кітті, дядько Лен знов виганяє тебе з дому?

— Так, — тихо відповіла Ґлорія.

— Ні! — крикнула Кітті. — Нікуди він мене не виганяє, Ґлоріє! Ну ти й падлюка!

— Він сказав, що вижене її, якщо вона не перестане пиячити, — так само тихо пояснила Ґлорія.

— А якого милого він сам не перестане пити? — обурилася Кітті. — Лен каже, щоб я перестала пиячити, але ж він дудлить більше за всіх!

— Я не проти, щоб Кітті перебралася до мене, — сказала місіс Поммерой.

— Якого чорта він сам бухає кожен день? — закричала Кітті.

— Бо він старий дурний алкоголік, — сказала Рут.

— Хрін він старий, от хто, — відказала Ґлорія.

— А хрін у нього найдовший на всьому острові, це точно, — сказала Кітті.

Ґлорія далі фарбувала, а місіс Поммерой розреготалась. Згори почувся дитячий плач.

— О ні, — сказала місіс Поммерой.

— Це ти винна, Кітті, — сказала Ґлорія. — Це ти розбудила малого.

— То не я! — крикнула Кітті, й плач переріс у рев.

— О ні, — повторила місіс Поммерой.

— Ну та дитина й репетує, — зауважила Рут, а Ґлорія додала:

— Та не кажи.

— То я так розумію, Опал вдома?

— Приїхала кілька днів тому. По-моєму, вони з Робіном помирилися. То й добре. Вони тепер сім'я, мають триматися разом. Як на мене, вони обоє вже такі дорослі. Виросли, порозумнішали.

— Взагалі-то, вона вже просто дістала своїх родичів, і вони відправили її сюди, — сказала Ґлорія.

Нагорі почулися кроки, і плач затих. Невдовзі на кухню спустилася Опал з малим на руках.

— Ти вічно репетуєш, Кітті, — поскаржилась Опал. — Вічно будиш мого Едді.

Опал була дружиною Робіна Поммероя. Рут досі з цього дивувалась: млявий товстун Робін Поммерой у свої сімнадцять мав дружину. Опал, теж сімнадцятирічна, народилася в Рокленді. Її батько тримав там заправку. Робін познайомився з нею, коли їздив до міста залити в каністри бензин для свого пікапа. Опал була гарненька («Хтива курвочка», — констатував Анґус Аддамс) із попелясто-білявим волоссям, недбало стягнутим у хвостики. Того ранку вона була одягнута в халат і стоптані капці й шаркала ногами, як стара баба. Вона була товстіша, ніж Рут її пам'ятала, але ж востаннє вони бачились ще минулого літа. Малюк мав на собі набухлий підгузок і одну шкарпетку на нозі. Він витягнув пальці з рота й замахав руками.

— О Боже! Ну й кабанчик! — вигукнула Рут.

— Привіт, Рут, — сором'язливо привіталася Опал.

— Привіт, Опал! Ну твій малий і кабанчик!

— Я не знала, що ти вже вернулася з навчання.

— Та вже місяць як.

— Рада, що вернулась?

— Та ясно.

— Вернутися на Форт-Найлз — те саме, що звалитися з коня, — сказала Кітті Поммерой. — Такого не забудеш.

Рут проігнорувала її.

— Ну він і грубий, Опал! Ку-ку, Едді! Привіт!

— Еге ж, він наш малий грубасик! — сказала Кітті. — Правда, Едді? Ти ж наш малий грубасик, правда?

Опал поставила Едді на підлогу між своїх ніг і дала йому два вказівні пальці, щоб тримався. Малий спробував звести колінця докупи й захитався, як п'яний. Його живіт смішно звисав над підгузком, стегна були пухкенькі та пружні. Здавалося, що його руки зібрані з кількох окремих частин, а підборіддя не одне, а цілих три. Груди блистіли від слини.

— Ох ти наш кабанчик! — широко усміхнулась місіс Поммерой. Вона стала навколішки перед Едді й ущипнула його за щічки. — Хто то в нас такий великий? Покажи, який ти вже великий виріс? Покажи, який Едді великий!

Едді радісно вигукнув:

— Ґа!

— Великий-великий, — задоволено сказала Опал. — Я вже його ледве піднімаю. Навіть Робін нарікає, що йому важко його носити. Він каже Едді, хай би вже вчився ходити.

— От хто виросте великим рибалкою! — сказала Кітті.

— Я ще ніколи не бачила такого великого, здорового хлопчика, — мовила Ґлорія. — Подивіться на його ноги. Та хлопчина виросте футболістом. Хіба ти, Рут, колись бачила більшого малюка?

— Ні, не бачила, — підтвердила Рут.

Опал зашарілась.

— У моїй родині всі діти великі. Мама так каже. Та й Робін народився великим. Правда, місіс Поммерой?

— О так. Робін був великим малюком. Але не таким великим, як наш товстунчик містер Едді!

Місіс Поммерой полоскотала Едді животик.

— Ґа! — знову вигукнув малий.

— Я вже не знаю, чим його годувати, — сказала Опал. — Бачила б ти, як він їсть. Більше за мене! Вчора змолов п'ять шматків бекону!

— О Боже! — здивувалась Рут. Бекону!

Вона не могла відвести очей від малого. Він був не схожий на жодного малюка, якого вона бачила за своє життя. Не малюк, а товстий лисий мужик, зменшений до пів метра.

— Просто він має великий апетит. Правда? Правда, кабанчику?

Ґлорія, закректавши, взяла Едді на руки й зацілувала його щічку.

— Ох ті мої щічки! Бо наш хлопець має здоровий апетит, правда? Бо то наш малий дроворуб! Наш малий футболіст. Найбільший малючисько на всьому світі.

Малий запищав і добряче штурхнув Ґлорію ногою. Опал простягнула до нього руки.

— Давай його мені, Ґлоріє. Він зробив ка-ка.

Вона взяла Едді й сказала:

— Я йду нагору помити його. Прийду пізніше. Па-па, Рут.

— Бувай, Опал, — відповіла Рут.

— Па-па, кабанчику! — гукнула Кітті й помахала Едді.

— Па-па, малий красунчику! — крикнула Ґлорія.

Сестри Поммерой провели Опал поглядом по сходах і сміялися й махали Едді, поки той не зник з очей. Почувши кроки Опал у спальні нагорі, вони перестали сміятися — всі троє в одну мить.

Ґлорія витерла руки і, повернувшись до сестер, серйозним голосом сказала:

— Дитина загруба.

— Вона його перегодовує, — нахмурилась місіс Поммерой.

— Недобре на серце, — сказала Кітті.

Жінки знову взялися фарбувати.

Кітті далі завела мову про свого чоловіка, Лена Томаса.

— Ну так, він мене лупить, — сказала вона Рут. — Але я тобі ось що скажу. Він не може дати мені нічого такого, чого б я не могла йому віддати.

— Що? — перепитала Рут. — Ґлоріє, що вона хотіла цим сказати?

— Кітті хотіла сказати, що Лен не може вдарити її сильніше, ніж вона його.

— Так, це правда, — гордо підтвердила місіс Поммерой. — Кітті вміє добре махати кулаками.

— Вмію-вмію, — сказала Кітті. — Як я захочу, то проб'ю двері його дурнуватою головою.

— А він твоєю, — додала Рут. — Хороша схема.

— Хороша сім'я, — сказала Ґлорія.

— Ну так, дуже хороша, — задоволено підтвердила Кітті.

— Можна подумати, ти щось про це знаєш, Ґлоріє. І ніхто нікого не виганяє з дому.

— Побачимо, — пробурмотіла Ґлорія.

В юності місіс Поммерой любила повеселитись, але після того як містер Поммерой потонув, перестала пити. Ґлорія ніколи не пила. Кітті любила випити — і в юності, і тепер. Вона все життя пиячила і гульбанила. Кітті Поммерой була прикладом того, ким би стала місіс Поммерой, якби не злізла з пляшки.

Певний час, ще замолоду, Кітті жила на материку. Багато років пропрацювала на консервному заводі і на відкладені гроші купила швидкий кабріолет. Вона займалася сексом з десятками чоловіків — принаймні таке розповідала Ґлорія. Кітті робила аборти, казала Ґлорія, і тому не могла мати дітей. Після вибуху на заводі Кітті Поммерой вернулася на Форт-Найлз. Вона зв'язалася з Леном Томасом, теж знатним пияком, і відтоді вони лупили одне одного. Рут терпіти не могла дядька Лена.

— Я маю одну ідею, Кітті, — сказала Рут.

— Ну?

— Ти не хочеш прибити дядька Лена вночі, коли він спить?

Ґлорія засміялась, а Рут продовжила:

— Забий його до смерті, Кітті. Перш ніж він заб'є тебе. Випереди його.

— Рут! — вигукнула місіс Поммерой, але теж сміялась.

— Ну а чому ні, Кітті? Чому б його не віддубасити?

— Заткнися, Рут. Ти нічого не знаєш, — Кітті сиділа на стільці, що його принесла Рут, і запалювала цигарку.

Рут підійшла й сіла їй на коліна.

— Злізь, на хрін, з моїх колін, Рут. У тебе кістлява дупа, точно як у твого старого.

— А як ти знаєш, що в мого старого кістлява дупа?

— Бо я з ним трахалась, дурненька, — відповіла Кітті.

Рут засміялася, ніби почула страшенно смішний жарт, але по шкірі пробіг холодок, бо це могло виявитись правдою. Вона засміялася, щоб приховати збентеження, і зіскочила Кітті з колін.

— Рут Томас, — сказала Кітті. — Ти нічого не знаєш про цей острів. Ти тут більше не живеш і не маєш права нічого казати. І взагалі, ти навіть не звідси.

— Кітті! — крикнула місіс Поммерой. — Підло таке казати!

— Перепрошую, Кітті, але я таки тут живу.

— Кілька місяців на рік, Рут. Ти живеш тут як туристка.

— Не думаю, що то моя вина.

— Рут правду каже, — погодилась міс Поммерой. — Це не її вина.

— Та як тебе послухати, то Рут ніколи ні в чому не винна.

— По-моєму, я прийшла не в ту хату, — сказала Рут. — Це якась оселя ненависті.

— Не кажи так, Рут, — відповіла міс Поммерой. — Не сердись. Кітті просто дражниться з тебе.

— Я не серджуся, — сказала сердита Рут. — Просто смішно.

— Ні з кого я не дражнюсь. Ти поняття не маєш, що тут на острові робиться. Тебе тут чотири роки не було, чорт забирай. А за чотири роки знаєш скільки всього міняється?

— Ага, особливо на цьому острові, — сказала Рут. — Великі зміни, куди не глянь.

— Рут не хотіла звідси їхати, — зауважила місіс Поммерой. — Містер Елліс відправив її до школи. Вона не мала вибору, Кітті.

— Саме так, — підтвердила Рут. — Мене відправили у вигнання.

— Так-так, — місіс Поммерой підійшла й легенько штурхнула Рут ліктем. — Її вигнали! Забрали від нас.

— Хотіла б я, щоб якийсь мільйонер відправив мене у вигнання до приватної школи для мільйонерів, — пробурмотіла Кітті.

— Це так тільки здається, Кітті. Повір мені.

— І я б теж хотіла, щоб мільйонер вигнав мене до приватної школи, — сказала Ґлорія трохи голосніше за сестру.

— Ну добре, Ґлоріє. Ти, може, й справді цього хочеш, — сказала Рут. — Але Кітті тільки так каже.

— Що ти плетеш? — гаркнула Кітті. — Хочеш сказати, що я тупа й не здатна до навчання?

— Ти вмерла б від нудьги у тій школі. Ґлорії, може, й сподобалось би там вчитись, але ти б зненавиділа те навчання.

— А цим ти що хочеш сказати? — перепитала Ґлорія. — Кажеш, що я б там не знудилась? А це ж чому, Рут? Бо я сама нудна? По-твоєму, я зануда?

— Допоможіть, — пробурмотіла Рут.

Кітті далі бурчала, що вона така з біса мудра, що не треба їй ніякої бісової школи, а Ґлорія свердлила Рут поглядом.

— Виручайте мене, місіс Поммерой, — сказала Рут, і місіс Поммерой виручила:

— Рут нікого не обзиває тупою. Вона просто має на увазі що Ґлорія трохи розумніша за Кітті.

— Аякже, — сказала Ґлорія. — Так і є.

— Господи поможи, — мовила Рут і залізла під стіл, бо з другого кінця кухні до неї кинулась Кітті. Вона нахилилась і гепнула Рут по голові.

— Ай! — зойкнула Рут, але їй було не боляче, а смішно. Сміхота якась. Вона ж просто хотіла поснідати! Місіс Поммерой і Ґлорія теж сміялися.

— Ніяка я не тупа! — Кітті знову ляснула Рут по голові.

— Ай!

— Це ти тупа, Рут, і взагалі — ти не звідси.

— Ай!

— І перестань айкати. Що, не можна тебе по голові ляснути? Я за своє життя п'ять разів мала струс мозку.

Кітті дала Рут передихнути, бо взялась перелічувати усі рази на пальцях.

— Перший раз впала зі стільця для годування. Другий — з велосипеда. Третій раз — у кар'єрі, а четвертий і п'ятий дістала від Лена. А ще постраждала від вибуху на заводі. І ще маю екзему. Тому не ний, мала, що тебе голівка болить!

Вона знов тріснула Рут по голові. Цього разу жартома. З любов'ю.

— Ай! — знову ойкнула Рут. — З мене знущаються. Ай!

Ґлорія і місіс Поммерой далі реготали. Нарешті Кітті перестала її тлумити і сказала:

— Хтось стукає.

Місіс Поммерой відчинила двері.

— Містер Кулі прийшов, — мовила вона. — Доброго ранку, містере Кулі.

Кухнею розійшлося протяжне:

— Пані...

Рут сиділа під столом, обхопивши голову руками.

— Дівчата, Кел Кулі прийшов! — гукнула місіс Поммерой.

— Я шукаю Рут Томас, — сказав Кел.

Кітті Поммерой підняла кутик простирадла і вигукнула:

— Та-дам!

Рут по-дитячому помахала Келу.

— А он і юна панянка, яку я шукаю, — сказав Кел. — Як завжди, ховається від мене.

Рут виповзла з-під стола і встала.

— Привіт, Келе. Ти таки знайшов мене.

Вона не розсердилась, що він прийшов. Навпаки, розслабилась — від кулаків Кітті її голова неначе просвітліла.

— Я бачу, ти справді дуже зайнята, міс Рут.

— Взагалі-то, трохи зайнята.

— Бачу, ти забула про нашу зустріч. Ти мала чекати на мене біля дому. Ти була така заклопотана, що не могла зачекати?

— Мене затримали, — відповіла Рут. — Я допомагала подружці фарбувати кухню.

Кел Кулі обвів поглядом кімнату: фарбу для буїв жахливого зеленого кольору, заляпаних фарбою сестер у мішках для сміття, простирадло, наспіх кинуте на кухонний стіл, плями від фарби на Рутиній сорочці.

— Старий Кел Кулі не хоче відривати тебе від роботи, — протягнув Кел Кулі.

— А я не хочу, щоб мене відривав від роботи старий Кел Кулі.

— А ти рано встав, хлопче, — сказала Кітті Поммерой, ляснувши Кела по руці.

— Келе, ти, мабуть, знайомий із місіс Кітті Поммерой? — запитала Рут. — Ви ж бачилися, правда?

Сестри розсміялися. До того як Кітті вийшла заміж за Лена Томаса — і ще кілька років після того, — Кітті й Кел були коханцями. Кел Кулі на сміх курям вірив у те, що ця інформація надзвичайно конфіденційна, але на острові всі до одного це знали. І про те, що вони досі час від часу зустрічаються, хоч Кітті й заміжня, теж знали всі. Всі, крім Лена Томаса, звісно. Люди добряче з того потішалися.

— Радий тебе бачити, Кітті, — сухо сказав Кел.

Кітті гепнулася на коліна зі сміху. Ґлорія допомогла їй встати. Кітті торкнулася губ, а тоді волосся.

— Мені не хочеться забирати тебе з дівич-вечора, Рут, — сказав Кел, і Кітті загиготіла. Він скривився.

— Мені треба йти, — сказала Рут.

— Рут! — гукнула місіс Поммерой.

— Мене знову відправляють у вигнання.

— З неї знущаються! — крикнула Кітті. — Ти вважай з ним, Рут. Він ще той кобель — був ним і завжди буде. Тримай ноги вкупі.

Навіть Ґлорія розреготалась, але місіс Поммерой було не смішно. Вона стривожено дивилась на Рут Томас.

Рут обійняла кожну з трьох сестер. Місіс Поммерой вона довго не відпускала й шепнула їй на вухо: «Вони змусили мене поїхати до мами».

Місіс Поммерой зітхнула. Притиснула Рут до себе. І прошепотіла:

— Привези її з собою, Рут. Привези її сюди, бо тут її місце.

Кел Кулі любив розмовляти з Рут Томас втомленим голосом. Любив удавати, ніби вона його втомлює. Він часто зітхав і хитав головою, так наче Рут уявити не могла, як він через неї страждає. Тому дорогою від будинку місіс Поммерой до автомобіля Кел Кулі зітхнув, похитав головою і, немовби вмираючи від утоми, запитав:

— Чому ти вічно ховаєшся від мене, Рут?

— Я не ховалася від тебе.

— Та невже?

— Я просто уникала тебе. Ховатися від тебе — це марна справа.

— Ти вічно мене звинувачуєш у всьому, — поскаржився Кел Кулі. — Не смійся. Я серйозно. Ти завжди мене у всьому звинувачуєш.

Він відчинив двері пікапа й зупинився.

— Ти їдеш без нічого? — запитав він.

Рут кивнула й сіла в автомобіль.

Кел з удаваною втомою сказав:

— Якщо ти приїдеш до будинку міс Вери без запасного одягу, міс Вері доведеться купити тобі новий.

Коли Рут нічого не відповіла, він запитав:

— Ти ж в курсі, правда? Якщо це протест, то він обернеться проти тебе ж самої, красуне. Вічно ти ускладнюєш собі життя.

— Келе, — по-змовницьки прошепотіла Рут, нахилившись до нього в кабіні пікапа. — Я не люблю брати з собою речі, коли їду в Конкорд. Не хочу, щоб хтось у маєтку Елліса подумав, ніби я лишаюсь надовго.

— То це такий трюк?

— Такий трюк.

Вони приїхали на пристань, і Кел припаркував авто.

— Ти сьогодні дуже гарна, — сказав він Рут.

Тепер уже Рут театрально зітхнула.

— Ти все їси та їси й ніколи не поправляєшся, — продовжував Кел. — Дивовижно. А я все чекаю, коли ти з таким апетитом роздуєшся, як повітряна кулька, і тріснеш. Думаю, це твоя доля.

Рут знову зітхнула.

— Я вже збіса втомилася від тебе, Келе.

— А я збіса втомився від тебе, серденько.

Вони вийшли з автомобіля, й Рут глянула на пристань, а тоді у протилежний кінець гавані, але «Каменяра», човна Еллісів, ніде не побачила. От несподіванка. Рут знала розпорядок. Кел Кулі роками возив Рут то до школи, то до матері. Містер Ленфорд Елліс щоразу люб'язно дозволяв їм покинути Форт-Найлз на «Каменярі». Але цього ранку Рут зауважила, що на воді погойдуються тільки старі рибальські човни. А тоді — ще одне дивне видовище: «Нову надію». Місіонерське судно, довге і блискуче, теж погойдувалося на воді з увімкненим двигуном.

— А що тут робить «Нова надія»?

— Пастор Вішнелл підкине нас до Рокленда, — сказав Кел Кулі.

— Чому?

— Містер Елліс більше не хоче давати «Каменяра» на короткі поїздки. А вони з пастором Вішнеллом добрі друзі. Той зробив йому послугу.

Рут роками бачила «Нову надію» в морі, але ніколи на ній не плавала. Найгарніше судно в цілій окрузі — не гірше за яхту Ленфорда Елліса. Гордість пастора Тобі Вішнелла. Хай той і відцурався славної риболовецької спадщини Вішнеллів у ім'я Господа, але з цього красивого судна ока не спускав. Він відремонтував «Нову надію», перетворивши її на двадцятиметрову лялечку з міді та скла. Навіть рибалки з острова Форт-Найлз, які всі до одного ненавиділи Тобі Вішнелла, мусили визнати, що «Нова надія» — ще та кралечка. Хоча вони терпіти не могли, коли вона заходила в їхню гавань.

А втім, вони нечасто її бачили. Пастор Тобі Вішнелл з'являвся рідко. Він курсував вздовж узбережжя від Каско до Нової Шотландії і проповідував на всіх островах на своєму шляху. Він майже завжди кудись плив. До Форт-Найлзу пастор навідувався зрідка, хоча мав дім на Курн-Гевені по той бік каналу. На похорони й весілля, звісно, приїжджав. Час від часу з'являвся на хрестини, хоча більшість жителів Форт-Найлзу уникали цієї процедури, щоб не запрошувати його зайвий раз.

Пастор приїжджав на Форт-Найлз тільки тоді, коли його запрошували, а це траплялося нечасто. Тому Рут і здивувалась, побачивши його корабель.

Того ранку в кінці пристані на них чекав молодий чоловік. Кел Кулі й Рут Томас підійшли до нього. Кел потиснув хлопцеві руку.

— Доброго ранку, Озні.

Молодий чоловік нічого не відповів. Він спустився драбиною в охайну білу шлюпку. Кел Кулі й Рут Томас спустилися за ним. Шлюпка ледь загойдалася від їхньої ваги. Хлопець відв'язав мотузку, сів на кормі й повеслував у бік «Нової надії». Він був уже дорослий, років двадцяти, і мав велику квадратну голову. Кремезне тіло, стегна завширшки як плечі. Він був одягнутий як ловець омарів — у дощовик і високі риболовецькі чоботи. Але його дощовик був чистий, а чоботи не смерділи наживкою, як у рибалок. Його руки лежали на веслах — масивні й грубі, як руки рибалки, тільки чисті. Ні порізів, ні ґуль, ні шрамів. Він був одягнений у костюм рибалки і мав тіло рибалки, але рибалкою, очевидно, не був. Коли хлопець налягав на весла, Рут бачила його величезні біцепси: вони випиналися, як індичі стегна, і були вкриті білявими волосинками — легкими, мов попіл. Волосся підстрижене їжаком, золотисто-біляве — на острові Форт-Найлз такого кольору не бачили. Волосся шведа. Ясно-блакитні очі.

— Як ти кажеш тебе звати? — запитала Рут хлопця. — Овен?

— Овні, — відповів Кел Кулі. — Його звати Овні Вішнелл. Він племінник пастора.

— Овні? — перепитала Рут. — Справді? Привіт, Овні.

Овні глянув на Рут, але не привітався. Усю дорогу до «Нової надії» він веслував мовчки. Вони піднялися по драбині, Овні витягнув шлюпку і примостив її на палубі. Такого чистого корабля Рут ще не бачила. Разом із Келом Кулі вона пішла до каюти й угледіла там пастора Тобі Вішнелла — він їв сендвіч.

— Можемо рухатись, Овні, — сказав пастор Вішнелл.

Овні підняв якір і скерував корабель у відкрите море. Вони втрьох за ним спостерігали, але він наче цього не помічав. Він виплив із мілини біля Форт-Найлзу і проминув буї з сигнальними дзвониками, що погойдувалися на воді. Проплив неподалік від човна Рутиного батька. Ранок тільки починався, але Стен Томас уже три години як рибалив. Перехилившись через перило, Рут побачила, як батько підчепив буй довгим дерев'яним гаком. Робін Поммерой на кормі вигрібав із пастки улов — рухаючи самим зап'ястям, він викидав коротких омарів і крабів у море. Довкола них примарою кружляв туман. Рут не окликнула їх. Але Робін Поммерой на секунду зупинився й підняв очі на «Нову надію». Він явно не сподівався побачити там Рут, бо завмер із роззявленим ротом, витріщившись на неї. Рутин батько навіть не підняв голови. Він не мав охоти дивитися на «Нову надію» зі своєю донькою на борту.

Трохи далі вони проминули Анґуса Аддамса — той рибалив сам. Він теж не підняв очей. Опустивши голову, він запихав до торбин із наживкою підгнилого оселедця — нишком, ніби гроші в торбу під час пограбування банку.

Коли Овні Вішнелл вирулив з бухти і на всіх парах рушив відкритим морем у бік Рокленда, пастор Тобі Вішнелл нарешті заговорив. На Рут він тільки подивився, а Келові сказав:

— Ви запізнились.

— Перепрошую.

— Я казав о шостій.

— Рут не встигла зібратись.

— Ми мали відплисти о шостій, щоби прибути в Рокленд після обіду. Я ж пояснював вам, містере Кулі, правда?

— Це юна панянка у всьому винна.

Рут слухала їхню розмову не без задоволення. Кел Кулі зазвичай поводився як самовпевнений мудак. Приємно було спостерігати, як він стелиться перед пастором. На її очах Кел ще ні перед ким не стелився. Цікаво, чи Тобі Вішнелл дасть йому чосу. Хотіла б вона це побачити.

Але Тобі Вішнелл уже з ним закінчив. Тепер він розмовляв зі своїм племінником. Кел Кулі зиркнув на Рут. Вона підняла брову.

— Це ти у всьому винна, — сказав він.

— Ти такий сміливий, Келе.

Він насупився. Рут перевела погляд на пастора Вішнелла. Навіть у свої сорок з хвостиком він був дуже симпатичний. Пастор провів у морі, мабуть, не менше часу за будь-кого з рибалок із Форт-Найлзу чи з Курн-Гевену, але не не скидався на жодного зі знайомих Рут. Він був такий же вишуканий, як і його корабель: витончені лінії, лаконічні деталі, лиск, довершеність. Біляве волосся, тонке й пряме, пастор укладав на один бік і гладенько причісував. Він мав вузького носа і блідо-блакитні очі. Носив невеликі окуляри в тонкій оправі. Аристократичний, стриманий, досконалий, пастор Тобі Вішнелл мав вигляд британського офіцера з елітного підрозділу.

Вони довго пливли мовчки. Корабель вирушив у дорогу серед туману — того з найгірших, холодного, що обгортає тіло, наче вологий рушник, і від якого болять легені, суглоби й коліна. Птахи в тумані не подають голосу, тому мартини не ячали й корабель плив у тиші. Коли вони відпливли від острова, туман трохи розвіявся, а тоді й зовсім зник — і довкола проясніло. Хоча день усе одно був дивний. Синє небо, легенький вітерець, але море вирувало суцільною масою — без кінця котило величезні хвилі. Таке буває, коли десь далі штормить. У небі ані натяку на шторм, а море пожинає наслідки шаленства. Так наче море й небо не спілкуються. Не помічають одне одного, ніби їх ніхто не познайомив. Моряки називають такі хвилі «придонними». Дуже збиває з пантелику, коли пливеш у розбурханих водах, а над головою небо блакитне, як у день пікніка. Рут сперлася на перило й дивилась, як унизу клекоче й піниться вода.

— Ти нормально чуєшся на таких хвилях? — запитав пастор Тобі Вішнелл у Рут.

— Мене не нудить у морі.

— Пощастило.

— Я б не сказав, що нам сьогодні пощастило, — протягнув Кел Кулі. — Рибалки кажуть, що жінка чи священник на кораблі — поганий знак. А в нас і те, й те.

Пастор мляво усміхнувся.

— Ніколи не рушай у дорогу в п'ятницю, — продекламував він. — Ніколи не пливи на кораблі, якого невдало спустили на воду. Ніколи не пливи на кораблі, який перейменували. Ніколи не фарбуй нічого на кораблі в синій колір. Ніколи не свисти на кораблі, бо насвистиш вітер. Ніколи не приводь на палубу жінок і священників. Ніколи не руйнуй пташиного гнізда на кораблі. Ніколи не промовляй на кораблі числа тринадцять. Ніколи не кажи слова «свиня».

— Свиня? — перепитала Рут. — Уперше про таке чую.

— Ну от його щойно сказали аж двічі, — зауважив Кел Кулі. — Свиня, свиня, свиня. Ми маємо на борту священника. Маємо жінку. Маємо людей, які вигукують «свиня». Ну все, ми приречені. Дякую всім причетним.

— Кел Кулі — справжній морський вовк, — сказала Рут пасторові Вішнеллу. — Він з *Міссури*, розумієте. Кохається в морських легендах.

— Бо я таки морський вовк, Рут.

— Взагалі-то, Келе, ти виріс на фермі, — виправила його Рут. — Бідняк зі села.

— Те, що я з Міссури, не значить, що в душі не можу бути остров'янином.

— Сумніваюсь, що інші остров'яни з цим погодяться.

Кел зітнув плечима:

— Від тебе не залежить, де ти народився. Кітка може народити котенят у пічці, але ж вони не стають від цього коржиками.

Рут засміялась, хоча Кел Кулі не сміявся. Пастор Вішнелл уважно дивився на Рут.

— Рут? — перепитав він. — Тебе звати Рут? Рут Томас?

— Так, сер, — відповіла Рут і перестала сміятись. Вона кашлянула в кулак.

— Мені знайоме твоє лице.

— Знайоме, бо я мов дві краплі води схожа на всіх, хто живе на Форт-Найлзі. Ми всі на одне лице, сер. Знаєте, що про нас кажуть? Ми не маємо грошей, щоб купити нові лиця, тому всі ділимось одним. Ха-ха.

— Рут набагато гарніша за всіх на острові, — докинує Кел. — Значно темніша. Подивіться, які в неї гарні карі очі. Італійська кров. Від дідуся-італійця.

— Замовкни, Келе, — різко сказала Рут; він ніколи не проминав шансу нагадати їй про бабцин сором.

— Італійця? — здивувався пастор Вішнелл. — На Форт-Найлзі?

— Розкажи йому про свого дідуся, Рут, — сказав Кел.

Рут, як і пастор, проігнорувала його. Пастор Вішнелл не зводив із Рут пристального погляду. Зрештою кивнув:

— Ага. Я вже зрозумів, звідки тебе знаю. По-моєму, я ховав твого батька, коли ти ще була мала. От що. Я правив службу на батьковому похороні. Правда ж?

— Ні, сер.

— Та ні, я вже згадав.

— Ні, сер. Мій батько живий.

Пастор Вішнелл задумався.

— Хіба твій батько не втонув? Років із десять тому?

— Ні, сер. Напевно, ви маєте на увазі Айру Поммероя. Ви правили службу на його похороні майже десять років тому. Ми щойно пропливали повз мого батька, коли виходили з бухти. Він якраз готував наживку для омарів. Мій батько живий і здоровий.

— То це той Айра Поммерой заплутався в чужих снастях?

— Так, то він.

— І він мав багато дітей?

— Сімох синів.

— І одну доньку?

— Ні.

— Але ж ти там була? На похороні?

— Була, сер.

— Значить, мені не здалося.

— Ні, сер, не здалося. Я там була.

— Я гадав, ти з тої сім'ї.

— Ні, пасторе Вішнелле. То не моя сім'я.

— А та красуня-вдова?

— Місіс Поммерой?

— Так, місіс Поммерой. Вона хіба не твоя мама?

— Ні, сер. Вона мені не мама.

— Рут — із сім'ї Еллісів, — сказав Кул Келі.

— Я з сім'ї Томасів, — виправила його Рут.

Вона говорила спокійним голосом, але в душі бісилась. Чим саме той Кел Кулі так її дратував, що їй хотілося його вбити? Ніхто, крім нього, не викликав у неї такого бажання. Варто було Келу розтулити рота, як вона вже уявляла, як його збиває вантажівка. Неймовірно.

— Рутина мати — віддана племінниця міс Вери Елліс, — пояснив Кел Кулі. — Вона живе разом із міс Верою Елліс у маєтку Елліса в Конкорді.

— Моя мама — служниця міс Вери Елліс, — спокійно сказала Рут.

— Рутина мати — віддана племінниця міс Вери Елліс, — повторив Кел Кулі. — І ми їдемо їх провідати.

— Справді? — запитав пастор Вішнелл. — А я думав, що ти, юна леді, з родини Поммероїв. І що та молода красуня-вдова — твоя мама.

— Що ж, ви помилились. Вона мені не мама.

— А вона досі живе на острові?

— Так, — відповіла Рут.

— Разом із синами?

— Кілька її синів пішли служити в армію. Один працює на фермі в Ороно. Решта троє живуть із нею.

— А на що вона живе? Чим заробляє на життя?

— Сини посилають їй гроші. І ще вона стриже.

— І що — їй того вистачає?

— До неї цілий острів приходить стригтися. У неї чудово виходить.

— Може, то й мені колись сходити.

— Я впевнена, що вам сподобається, — ввічливо відповіла Рут.

Вона повірити не могла в те, як розмовляє з цим чоловіком. «Я впевнена, що вам сподобається?» Що вона таке меле? Та їй начхати, дістане пастор задоволення від стрижки чи ні.

— Цікаво. А хто твої батьки, Рут? Батько ловить омарів, так?

— Так.

— Жахливе заняття.

Рут промовчала.

— Варварське. Робить людину жадібною. Подивитись тільки, як вони захищають свою територію! Більше ніде не бачив такої захланності! Через сварки про те, хто де має рибалити, на цих островах повбивали більше людей, ніж...

Пастор замовк. Рут мовчала. Вона спостерігала за його племінником, Овні Вішнеллом. Овні стояв за стерном, спиною до неї, і весь цей час вів «Нову надію» до Рокленда. За цілий ранок він навіть не глянув на них — можна було подумати, що Овні Вішнелл глухий. Та щойно пастор Вішнелл заговорив про ловлю омарів, з тілом Овні щось сталося. Його спина випрямилась, як у кота на полюванні. Хребтом прокотилася напруга. Він слухав.

— Звісно, ти зі мною не погодишся, Рут, — продовжив пастор Вішнелл. — Ти бачиш тільки рибалок зі свого острова.

А я бачу багатьох. По всьому узбережжі повно таких, як твої сусіди. Я бачу, які дикунські драми розігруються на скількох там островах, Овні? На скількох островах ми служимо? Скільки рибальських війн ми бачили? Скільки конфліктів про те, хто де має ловити омарів, я допоміг залагодити за останні десять років?

Але Овні Вішнелл нічого не відповів. Він прикипів до свого місця: голова, схожа на банку з фарбою, дивилась уперед, масивні руки лежали на стерні, великі стопи — завбільшки як лопати — міцно стояли в чистих рибальських чоботах. Корабель трамбував хвилі під його командуванням.

— Овні знає, яке жахливе життя в рибалок, — сказав за якийсь час пастор Вішнелл. — Він ще був малий, коли 1965 року дехто з рибалок на Курн-Гевені спробував створити кооператив. Пам'ятаєш той випадок, Рут?

— Чула про нього.

— На папері ідея, звісно, геніальна. Рибальський кооператив — єдиний спосіб добре заробляти на цьому ділі, а не вмирати з голоду. Разом домовляєшся з гуртовиками і продавцями наживки, разом визначаєш ціни й домовляєшся, скільки хто може пасток ставити. Дуже мудро. Але піди поясни це тим телепням, які заробляють на життя риболовлею.

— Вони не довіряють один одному, — сказала Рут.

Її батько виступав категорично проти рибальського кооперативу. Як і Анґус Аддамс. Як і дядько Лен Томас. Як і більшість її знайомих рибалок.

— Ну я ж кажу — телепні.

— Ні, — заперечила Рут. — Просто вони самостійні і їм важко звикнути до чогось іншого. На їхню думку, безпечніше рибалити так, як завжди, і самим дбати про себе.

— Ну от, наприклад, твій батько, — сказав пастор Вішнелл. — Як він доставляє своїх омарів до Рокленда?

— Своїм човном.

Рут чомусь проґавила той момент, коли розмова перетворилась на допит.

— А звідки бере наживку й пальне?

— Привозить човном з Рокленда.

— І так роблять усі рибалки на острові, правда ж? Усі плуганяться кожен своїм нещасним човником до Рокленда, бо не довіряють один одному й не можуть скласти разом весь улов і плавати до міста по черзі. Правильно я кажу?

— Мій тато не хоче, аби хтось знав, скільки він ловить омарів і за скільки їх продає. З якого дива він мав би хотіти, щоб хтось про це дізнався?

— Значить, він телепень, раз не хоче вступити у партнерство з сусідами.

— Мій батько не телепень, — тихо відповіла Рут. — Крім того, ніхто не має стільки грошей, щоб створити кооператив.

Кел Кулі пирхнув.

— Мовчи, — сказала Рут уже голосніше.

— Ну, мій племінник Овні на свої очі бачив війну, якою скінчилась остання спроба створити кооператив. На КурнГевені цього домагався Денніс Берден. Він життя на це поклав. Коли його сусіди — його власні сусіди! — підпалили його човен і бідний чоловік більше не мав чим заробляти на хліб, ми привозили його малим дітям харчі й одяг.

— Я чула, що той Денніс Берден уклав таємну угоду з гуртовиком із Сенді-Пойнт, — сказала Рут. — Кажуть, він обманув своїх сусідів.

Вона замовкла, а тоді, копіюючи пасторову інтонацію, додала:

— Своїх власних сусідів!

Пастор спохмурнів:

— Це чутки.

— Але я сама таке чула.

— То ти б теж спалила його човен?

— Мене там не було.

— Ну от. Тебе там не було. Зате ми з Овні були. І Овні мав добру нагоду побачити реальний стан справ. Він бачив ці середньовічні баталії і чвари на всіх островах — звідси і аж до Канади. Порочність, небезпека, жадібність — він бачив усе. І не має жодної охоти займатися цим ділом.

Овні Вішнелл нічого на це не відповів.

Зрештою пастор сказав до Рут:

— Ти розумна дівчина.

— Дякую.

— І, я так бачу, отримала добру освіту.

— Аж задобру, — втрутився Кел Кулі. — До хріна грошей на неї спустили.

Пастор так суворо глянув на Кела, що Рут аж скривилася. Кел відвернувся. Рут зрозуміла, що слово «хрін» вона чула на борту «Нової надії» востаннє.

— І чим ти тепер займатимешся, Рут? — запитав пастор Тобі Вішнелл. — Ти ж розсудливо мислиш, правда? Що ти робитимеш зі своїм життям?

Рут Томас глянула на спину й шию Овні Вішнелла. Вона бачила, що він уважно слухає.

— Вступиш до коледжу? — припустив пастор Тобі Вішнелл.

У позі Овні Вішнелла відчувалася така напруга!

Рут вирішила піти на провокацію.

— Найбільше за все, сер, я хочу ловити омарів, — сказала вона.

Пастор Тобі Вішнелл кинув на неї холодний погляд. Рут так само подивилась на нього.

— Адже це таке благородне покликання, сер, — додала вона.

На цьому їхня розмова завершилась. Рут закінчила її одним махом. Вона не змогла стриматись. Вона ніколи не могла стриматись, щоб чогось не наговорити. Рут згорала від сорому через те, як дозволила собі розмовляти з цим чоловіком. Згорала від сорому й водночас навіть трохи пишалася. О так! Вона їх переговорила! Але, люди милі, яка незручна мовчанка! Треба було таки чемно відповісти.

«Нова надія» хиталась і підстрибувала на неспокійних хвилях. Кел Кулі поблідну і швидко вийшов на палубу, де вчепився за перило. Овні мовчки вів судно вперед. Його потилиця побуряковіла. Рут Томас почувалась незручно наодинці з пастором Вішнеллом, але сподівалась, що це не впадає у вічі. Вона вдавала, що почувається розслаблено. Рут не пробувала продовжити розмову з пастором. Однак він мав ще дещо їй сказати. До Рокленда залишалась година ходу, коли пастор Тобі Вішнелл, нахилившись до Рут, мовив:

— І останнє. Ти знала, що я перший із родини Вішнеллів не захотів стати ловцем омарів? Ти це знала?

— Так, сер.

— Добре, — відповів він. — Тоді ти зрозумієш, коли я скажу тобі ось що. Мій племінник Овні стане другим із Вішнеллів, хто омарів не ловитиме.

Він усміхнувся, відхилився й уважно спостерігав за нею до кінця мандрівки. У Рут не сходила з лиця зухвала посмішка. Вона нізащо не викаже цьому чоловікові свого збентеження. Ні, сер. Він цілу годину свердлив її холодним, проникливим поглядом. Рут тільки посміхалася у відповідь. Вона почувалась нещасною.

Кел Кулі повіз Рут Томас до Конкорда у двоколірному «б'ю-їку», що належав родині Еллісів, відколи Рут була ще зовсім мала. Сказавши Келу, що вона втомилась, Рут лягла на заднє сидіння і вдала, ніби спить. Кел цілу дорогу насвистував «Діксі».

Він знав, що Рут не спить і що він страшно її дратує.

Вони приїхали до Конкорда, коли вже почало темніти. Моросив дощ, і колеса «б'юїка» приємно шурхотіли по мокрому шосе — на ґрунтовій дорозі на Форт-Найлзі Рут ніколи не чула цього звуку. Кел звернув на довгу під'їзну алею до маєтку Елліса, відпустив газ — і автівка котилась, поки не зупинилася.

Рут вдала, ніби досі спить, Кел вдав, ніби її будить. Він обернувся у кріслі і тицьнув її в ногу.

— Притягни себе за вуха до тями.

Рут повільно розплющила очі й театрально потягнулась.

— Ми вже приїхали?

Вони вийшли з автомобіля, підійшли до парадного входу, і Кел задзвонив у дзвоник. Він заховав руки до кишень куртки.

— Ти зла як чорт, що тебе сюди привезли, — сказав Кел і розсміявся. — Дико мене ненавидиш.

Двері відчинилися. За порогом стояла Рутина мати. Вона охнула і, ступивши на поріг, обійняла доньку. Рут поклала голову на материне плече й сказала:

— Ну ось, я тут.

— Я завжди сумніваюсь, приїдеш ти чи ні.

— Я тут.

Вони обіймалися.

Рутина мама сказала:

— Ти така гарна, Рут!

Хоча вона й добре не бачила доньки, бо та лежала на її плечі.

— Я тут, — повторила Рут. — Я тут.

Кел Кулі увічливо кашлянув.

6

Дитинчата, які вилуплюються з яєць омара, усім — формою, звичками, способом пересування — відрізняються від дорослої особини.

Вільям Севілл-Кент, 1897 р.

Міс Вера Елліс не хотіла, щоб Рутина мати виходила заміж.

Коли Мері Сміт-Елліс була малою дівчинкою, міс Вера казала:

— Ти знаєш, як мені важко жилося після смерті твоєї матері.

— Так, міс Веро, — відповідала Мері.

— Я мало не вмерла без неї.

— Я знаю, міс Веро.

— Ти дуже схожа на неї.

— Дякую.

— Без тебе я як без рук!

— Так, я знаю.

— Ти моя помічниця!

— Так, міс Веро.

Рутиній матері жилося з міс Верою дуже своєрідно. Мері Сміт-Елліс ніколи не мала близьких друзів чи коханих. Її життя оберталося навколо служіння: зашити, відписати листа, спакувати, піти на закупи, заплести косу, підбадьорити, допомогти, набрати ванну і таке інше. Вона успадкувала всі ті обов'язки, що колись обтяжували її матір, і, точнісінько як мати, виростала служницею.

Зими — в Конкорді, літа — на острові Форт-Найлз. Мері ходила до школи, але тільки до шістнадцяти років і тільки тому, що міс Вера не хотіла мати за компаньйонку цілковиту дурепу. Крім уроків, у житті Мері Сміт-Елліс було тільки служіння міс Вері. Так минуло її дитинство і юність. Потім вона стала молодою жінкою, а тоді вже не такою й молодою. До неї ніхто не залицявся. Вона була досить приваблива, але постійно зайнята. Завжди мала якусь роботу.

Наприкінці літа 1955 року міс Вера Елліс вирішила влаштувати пікнік для мешканців Форт-Найлзу. До маєтку Елліса приїхали гості з Європи, і їй хотілось показати їм місцевий колорит, тож вона запланувала спекти омарів на Ґевін-біч і запросити всіх жителів острова. Безпрецедентне рішення. За всю історію Форт-Найлзу ще не було такого збіговиська, куди б прийшли і місцеві, і родина Еллісів, але міс Вера подумала, що то чудесна ідея. Щось нове.

Організовувала все, звісно ж, Мері. Вона поговорила з дружинами рибалок і домовилася, що вони спечуть чорничні пироги. Мері трималась скромно і спокійно, і дружинам рибалок здалася досить навіть симпатичною. Вони знали, що вона з маєтку Елліса, але не мали до неї претензій. Непогана дівчина, хіба надто тихенька й сором'язлива. Ще Мері замовила кукурудзу, картоплю, вугілля і пиво.

Вона позичила довгі столи з місцевої школи й домовилася, що з церкви на пляж знесуть лавки. Поговорила з містером Фредом Берденом із Курн-Гевену, досить вправним скрипалем, і найняла його грати на святі. Насамкінець треба було замовити кількасот кілограмів омарів. Дружини рибалок порадили їй звернутися до містера Анґуса Аддамса — серед усіх місцевих рибалок він ловив найбільше. Їй сказали підстерегти його човен, «Каштанову Саллі», на пристані ближче до вечора.

Отож вітряного серпневого пообіддя Мері спустилась на пристань і взялася прокладати собі стежку між понакиданих на купу пасток, сіток і бочок. Щоразу, як повз неї проходив рибалка у смердючих чоботах і липкому дощовику, вона питала:

— Вибачте, сер, ви часом не містер Анґус Аддамс? Вибачте? Ви, бува, не стерновий із «Каштанової Саллі»?

Усі хитали головами або грубо буркали у відповідь «ні» і проходили мимо. Навіть Анґус Аддамс пройшов мимо, опустивши голову. Він поняття не мав, що то в біса за жінка і якого милого вона від нього хоче, і не збирався цього з'ясовувати. Батько Рут Томас теж пройшов повз Мері Сміт-Елліс, а коли вона спитала: «Ви часом не Анґус Аддамс?», — буркнув «ні», як і решта. Але, на відміну від решти, проминувши її, сповільнив крок, обернувся й подивився на неї. Довго дивився.

Гарненька. Симпатична. В пісочних штанах по фігурі й білій блузці на короткий рукав із круглим комірцем, вишитим квіточками. Без косметики. Із тонким срібним годинником на зап'ясті й коротким волоссям, укладеним в акуратні локони. Вона тримала записника з олівцем. Йому сподобалась її тонка талія і приємна зовнішність. Вона мала охайний вигляд. Стену Томасу, чоловіку педантичному, це припало до душі.

Так, Стен Томас дуже ретельно оглянув Мері з голови до ніг.

— Ви, бува, не містер Анґус Аддамс, сер? — якраз питала вона Вейна Поммероя, який тарабанився мимо з поламаною пасткою через плече.

Вейн зніяковів, а тоді розсердився через те, що зніяковів, і швидко пройшов повз, нічого не відповівши.

Стен Томас так і стояв, розглядаючи її, коли вона повернулась і перехопила його погляд. Він усміхнувся. Вона підійшла, теж усміхаючись; у виразі її лиця було щось схоже на приємне сподівання. Гарна усмішка.

— Ви точно не містер Анґус Аддамс? — запитала вона.

— Ні. Я Стен Томас.

— А я Мері Елліс, — вона простягнула руку. — Я працюю в маєтку Елліса.

Стен Томас нічого не відповів, але вигляд мав приязний, тож вона продовжила.

— Наступної неділі моя тітка Вера влаштовує свято для цілого острова і з цього приводу хоче купити кількасот кілограмів омарів.

— Справді?

— Так.

— А в кого вона їх хоче купити?

— Гадаю, їй байдуже. Мені сказали знайти Анґуса Аддамса, але для мене нема різниці.

— Я можу продати, але по роздрібній ціні.

— У вас є стільки омарів?

— Можу наловити. Он там їх повно, — він махнув рукою в бік океану й широко усміхнувся. — Треба тільки їх зібрати.

Мері засміялася.

— Але по роздрібній ціні, — повторив він. — Інакше не продам.

— Думаю, для неї то не проблема. Основне, щоб омарів вистачило.

— Бо я не хочу лишитися без грошей, раз ми вже домовимось. Я маю посередника в Рокленді, і він кожного тижня чекає від мене стільки-то кілограмів омарів.

— Я впевнена, що її влаштує ваша ціна.

— А як ви збираєтесь готувати омарів?

— Ну... Перепрошую... Але я точно не знаю.

— Можу для вас зготувати.

— Та ви що, містере Томас!

— Розкладу вогонь на пляжі й зварю їх у сміттєвих баках, з морськими водоростями.

— Ой люди добрі! Отак зварите?

— Ага, отак.

— Ой людоньки! У сміттєвих баках?! Та ви жартуєте.

— Елліси можуть купити нові баки. Я їх спеціально замовлю. Заберу в Рокленді через пару днів.

— Що — справді?

— Нагору дамо кукурудзу. І молюсків. Я все зроблю. Сестричко, якщо готувати, то тільки так!

— Ми, звісно, вам за все заплатимо, містере Томас, і будемо дуже вам вдячні. Бо я уявлення не мала, як то все зробити.

— Не треба, — сказав Стен Томас. — Я допоможу вам просто так.

Він сам зі себе здивувався, коли це сказав. Стен Томас ніколи в житті не робив чогось задарма.

— Містере Томас!

— Як хочете, можете мені допомогти. Що скажете, Мері? Стенете моєю помічницею. Іншої платні мені не треба.

Він поклав долоню їй на плече й усміхнувся. Брудні руки смерділи гнилим оселедцем для наживки, але ну його до біса. Йому подобався відтінок її шкіри — темніший і рівніший за той, що він бачив серед місцевих. Вона була не така молода, як здалося сперше. Зблизька він побачив, що вона вже давно не дівчинка. Але струнка, з гарними, округлими грудьми. Йому подобався її серйозний, схвильований вираз лиця. Гарні губи. Він стиснув її руку.

— Думаю, з вас вийде добра помічниця, — сказав Стен.

Вона засміялась.

— Я цілий час тільки те й роблю, що помагаю, — відповіла вона. — Не сумнівайтесь, містере Томас, помічниця з мене чудова!

У день пікніка лив дощ, і то був перший і останній раз, коли родина Еллісів спробувала розважити цілий острів. Біда, а не день. Міс Вера провела на пляжі тільки одну годину — і то сиділа під брезентом і бідкалася. Її гості-європейці пішли прогулятися вздовж берега й погубили на вітрі свої парасолі. Один із джентльменів з Австрії скаржився, що дощ замочив його фотоапарат. Містер Берден — той, що скрипаль — напився в чиємусь автомобілі й грав на скрипці там же, піднявши вікна й зачинивши двері. Його годинами не могли звідти витягнути. Стену Томасу так і не вдалося розпалити вогонь — ще б пак, на промоклому піску й під проливним дощем, — а місцеві жінки притискали до себе торти з пирогами, наче немовлят. Свято перетворилось на катастрофу.

Мері Сміт-Елліс бігала туди-сюди в позиченому плащі-дощовику, зносила крісла під дерева й накривала столи простирадлами, але день уже не підлягав порятунку. Організовувала свято Мері, все провалилось, але вона сприйняла поразку гідно і рук не опускала — Стену Томасу це сподобалось.

Йому подобалось, як вона метушилась і старалася підтримати гарний настрій. Мері нервувалася, але її енергійність припала йому до душі. Вона була працьовита жінка. І це сподобалось йому особливо. Він теж був працьовитий і зневажав лінюхів.

— Ходіть до мене в гості зігрітися, — запросив він Мері до себе, коли вона пробігала мимо наприкінці дня.

— О ні, — відповіла Мері. — Ходіть ліпше зі мною і зігрійтеся в маєтку Елліса.

Пізніше, коли він допоміг їй віднести парти до школи й лавки до церкви, вона запросила його ще раз — і він відвіз її до маєтку Елліса на пагорбі. Він, звісно ж, знав про маєток, але всередині ніколи не був.

— Мабуть, добре в такому будинку живеться, — сказав Стен.

Вони сиділи в його пікапі на під'їзній алейці. Шибки на вікнах запотіли від їхнього дихання й пари, якою пашів мокрий одяг.

— Вони сюди тільки на літо приїжджають, — сказала Мері.

— А ви?

— Я теж приїжджаю разом з ними. Де вся сім'я, там і я. Я піклуюсь про міс Веру.

— Ви піклуєтесь про міс Веру Елліс? Весь час?

— Я її помічниця, — кволо усміхнулася Мері.

— А нагадайте-но мені ваше прізвище?

— Елліс.

— Елліс?

— Так.

Він зовсім заплутався. Ніяк не міг допетрати, що то за жінка. Служниця? Поводилась вона, звісно, як служниця, і він бачив, як та курва Вера Елліс цілий час їй щось товкмачила. Але ж її прізвище Елліс — як це так? Елліс? Може, вона бідна родичка? Але хіба це видано, щоб хтось із Еллісів тягав стільці й лавки по всьому пляжу й гасав під дощем у позиченому плащі?

Йому кортіло запитати її, що там в біса за історія з нею, але не хотілось дратувати таку лялечку. Натомість він узяв її за руку. Вона дозволила.

Адже Стен Томас був вродливий молодик, з акуратною стрижкою і гарними карими очима. Невисокий, але стрункий, він вабив до себе внутрішньою енергією і прямотою. Мері не заперечувала, щоб він узяв її за руку, дарма що вони тільки недавно познайомились.

— Скільки ви ще тут будете? — запитав він.

— До середини вересня.

— А, ну так. Це ж вони — тобто ви — завжди тоді від'їжджаєте.

— Ага.

— Я хочу знову з вами побачитись, — сказав він.

Вона розсміялась.

— Я серйозно. Мені знову цього захочеться. Мені подобається тримати вас за руку. То коли я зможу вас побачити?

Мері задумалась, а тоді щиро відповіла:

— Я б теж хотіла з вами побачитись, містере Томас.

— Це добре. Можна просто — Стен.

— Гаразд.

— Ну то коли я зможу вас побачити?

— Не знаю.

— Думаю, що мені вже завтра цього захочеться. То як щодо завтра? Зможемо зустрітись?

— Завтра?

— Чи є якісь причини, чому б ми не могли побачитись завтра?

— Не знаю, — повторила Мері, а на її лиці раптом з'явилася паніка. — Не знаю!

— Не знаєте? Хіба я вам не подобаюсь?

— Подобаєтесь, містере Томас. Стене.

— От і добре. То я завтра заїду по вас о четвертій. Поїдемо покататись.

— Ох.

— Так-так, поїдемо, — сказав Стен Томас. — Попередьте, кого ви там мусите попередити.

— Я не знаю, чи мушу я когось попереджати, але не думаю, що матиму час їхати кататись.

— Ну то знайдіть час. Щось придумайте. Я дуже хочу з вами побачитись. Та ні. Я цього вимагаю!

— Добре, добре! — розсміялась вона.

— Ну то люкс. То ви ще запрошуєте мене в гості?

— Авжеж! — відповіла Мері. — Заходьте!

Вони вийшли з пікапа, але Мері рушила не до парадних дверей.

Вона побігла під дощем навколо будинку. Стен Томас поквапився слідом за нею. Вона пробігла повз гранітний фасад, попід широким карнизом і пірнула у звичайні дерев'яні двері, притримавши їх перед Стеном. Вони опинилися в задньому коридорі. Мері взяла в нього плаща й повісила на гачок.

— Ходімо на кухню, — сказала вона й відчинила ще одні двері. За ними були залізні гвинтові сходи, які спускалися до величезної старомодної кухні в підвалі. Біля масивного каміна висіли на залізних гаках каструлі й бритванки, які мали такий вигляд, ніби в них досі пекли хліб. Уздовж однієї стіни вишикувалися мийниці, уздовж другої — плити й духовки. Зі стелі звисали пучки трав, а на підлозі лежала стара, але чиста плитка. За широким сосновим столом посеред кухні сиділа худенька жінка середнього віку, з коротким рудим волоссям і жвавим лицем. Вона спритно лускала квасолю у срібну миску.

— Привіт, Едіт, — привіталась Мері.

Жінка кивнула і сказала:

— Вона чекає на тебе.

— Я не сумнівалась.

— Кличе і кличе за тобою.

— Відколи?

— Та ще від обіду.

— Але ж я мусила позаносити назад ті всі крісла й столи, — сказала Мері.

Вона метнулась до мийниці, сяк-так помила руки й витерла їх об штани.

— Вона не знає, що ти вже прийшла, — сказала жінка на ім'я Едіт. — Можеш ще собі сісти й випити кави.

— Та мушу спочатку спитати, що вона хоче.

— А твій друг?

— Стен! — крутнулась Мері. Вона вже й забула про нього. — Вибач, але я не зможу посидіти тут з тобою і зігрітися.

— Випий кави і посидь, Мері, — мовила Едіт наказовим тоном, лускаючи квасолю. — Вона не знає, що ти вже прийшла.

— Так, Мері, випий кави і посидь, — сказав Стен Томас, і Едіт — лускальниця квасолі — скоса на нього глянула. Не так глянула, як зиркнула, але за ту секунду встигла багато чого зрозуміти.

— Чому б і вам не присісти, сер? — запитала Едіт.

— Дякую, мем, зараз присяду.

Він сів.

— Мері, зроби своєму гостеві каву.

Мері скривилась.

— Не можу, — відповіла вона. — Мушу вияснити, що там міс Вера хоче.

— Вона не вмре, якщо ти посидиш тут п'ять хвилин і обсохнеш, — зауважила Едіт.

— Ні, не можу! — заперечила Мері. Вона прошмигнула повз Стена Томаса й Едіт і вибігла з кухні. Вони почули її швидкі кроки на сходах, потім її «Вибачте!», а тоді настала тиша.

— Доведеться самому зробити собі каву, — сказав Стен Томас.

— Я зроблю. Це моя кухня.

Едіт відклала квасолю й налила Стенові кави. Не питаючи його, плеснула до чашки вершків. Цукру не всипала, але Стен і так пив несолодку. Собі теж зробила таку саму.

— Ви з нею зустрічаєтесь? — запитала вона, знову сівши за стіл; дивилася на нього з підозрою, яку навіть не намагалася приховати.

— Ми тільки познайомились.

— Вона вам подобається?

Стен Томас нічого не відповів, тільки підняв брови в іронічному подиві.

— Я не знаю, що вам порадити, — сказала Едіт.

— Ви не мусите нічого радити.

— Хтось мусить.

— Хто, наприклад?

— Ви знаєте, що вона заміжня, містере...?

— Томас. Стен Томас.

— Вона вже заміжня, містере Томас.

— Та ну. Вона не носить обручки. І нічого мені про це не казала.

— Вона заміжня за тією старою відьмою там нагорі.

Едіт тицьнула у стелю худим пожовтілим пальцем.

— Бачили, як вона побігла до неї? Навіть не треба було кликати.

— Можна вас дещо запитати? — сказав Стен. — Хто вона в біса така?

— Не люблю, коли лаються, — зауважила Едіт, хоча нелюбові в її інтонації не відчувалось. Вона зітхнула. — Взагалі-то, Мері — племінниця міс Вери. Але насправді вона її рабиня. Це така родинна традиція. Її мати, Джейн, мала таку саму долю. Бідолашна мусила втопитись, щоб нарешті втекти з того рабства. Це матір Мері знесла з каменя хвиля у двадцять сьомому. Її тіла так і не знайшли. Ви чули про той випадок?

— Чув.

— О Боже, я розказувала цю історію мільйон разів. Лікар Елліс удочерив Джейн як подружку для своєї донечки — яка тепер ото репетує нагорі й не дає всім жити. Пізніше Джейн народила Мері. Завагітніла від якогось італійця, який працював у кар'єрі. То був цілий скандал.

— Я щось про це чув.

— Ну, вони намагалися то все замовчати, але ж люди люблять скандали.

— Місцеві точно.

— Ну от, Джейн втопилася, а міс Вера забрала її дитину й виростила з неї свою помічницю — замість мами. От Мері нею і є. Але особисто я не можу повірити, що ті, хто дивиться за дітьми, таке дозволили.

— Кого ви маєте на увазі?

— Не знаю. Просто я не вірю, що в наш час виховувати дітей для рабства — законно.

— Для рабства? То ви вже перебільшуєте.

— Ні, містере Томас, — я знаю, що кажу. Ми всі живемо в цьому будинку й бачили, до чого воно йшло, і думали, чому ніхто не втрутився.

— А чому ви самі не втрутились?

— Я кухарка, містере Томас, а не поліціянтка. А ви чим займаєтесь? Хоча ні, я й так знаю. Раз ви тут живете, то ясно, що ви рибалка.

— Так.

— Добре заробляєте?

— Вистачає.

— На що вистачає?

— На життя на острові.

— Небезпечна ваша робота?

— Не так щоб дуже.

— Хочете випити?

— Я не проти.

Кухарка Едіт підійшла до шафи, понишпорила серед пляшок і принесла срібну флягу. Взяла два чисті горнятка й налила в них рідину бурштинового кольору. Одне горня простягнула Стенові.

— Ви ж не пияк, правда? — запитала вона.

— А ви?

— Дуже смішно, з моєю роботою. Дуже смішно, — Едіт примружено глянула на Стена Томаса. — І ви не були одружені ні з ким із цих країв?

— Ні з яких країв, — засміявся Стен.

— Ви, я бачу, веселий чоловік. Зі всього смієтесь. То як давно ви вже зустрічаєтеся з Мері?

— Ніхто ні з ким поки не зустрічається, мем.

— То як давно вона вже вам подобається?

— Ми тільки цього тижня познайомилися. По-моєму, тут серйозніше діло, ніж я думав. Вона хороша дівчина, як на мене.

— Мері справді хороша дівчина. Але хіба на вашому острові бракує хороших дівчат?

— Ну, ви вже так не кажіть.

— Просто мене дивує, що ви досі не одружені. Скільки вам років?

— За двадцять. Під тридцять.

Стену Томасу було двадцять п'ять.

— Гарний, веселий чоловік, який добре заробляє. Не пиячить. І досі не одружений? Мені здається, тут всі рано женяться, особливо рибалки.

— Може, я нікому тут не подобаюсь.

— А ви жартівник. Певно, ви хочете чогось більшого.

— Послухайте, я просто повозив Мері туди-сюди у справах.

— Ви хочете знову з нею побачитись? Ви ж цього хотіли?

— Ну, я думав про це.

— Ви знаєте, що їй скоро тридцять?

— По-моєму, вона шикарно виглядає.

— Крім того, вона з родини Еллісів — по закону, — але грошей ніяких не має. Тому ні на що не сподівайтеся. Вони вдягають її і годують, але ніколи і цента їй не дають.

— Я не розумію, на що я, по-вашому, мав би сподіватись.

— Я теж пробую це зрозуміти.

— Бачу, що пробуєте.

— Вона не має матері, містере Томас. Її поважають в цьому домі, бо вона потрібна міс Вері, але ніхто тут про неї не дбає. Мері — молода жінка без матері, яка б за нею наглядала, тому я й хочу зрозуміти ваші наміри.

— Ну, ви не говорите як мати. З усією повагою, мем, ви говорите як батько.

Едіт це сподобалось.

— Батька вона теж не має.

— Не пощастило.

— А як ви плануєте з нею бачитися, містере Томас?

— Думаю деколи заїжджати за нею і разом кататися островом.

— Он як.

— А ви що про це думаєте?

— Це не моє діло.

Стен Томас голосно розсміявся.

— Ой, по-моєму, вам до всього є діло, мем.

— Дуже смішно, — вона знову хильнула з горнятка. — Вам аби посміятись. Ви знаєте, що Мері від'їжджає за кілька тижнів? І повернеться аж наступного червня.

— Ну, тоді доведеться щодня заїжджати по неї і їхати гуляти.

Стен Томас усміхнувся до Едіт своєю найпривабливішою усмішкою.

— Знайшли клопіт на свою голову, — сказала Едіт. — Шкода, бо ви мені досить навіть симпатичні, містере Томас.

— Дякую. Ви теж мені досить навіть симпатичні.

— Не спаскудьте нам дівчину.

— Та я нікого не збираюсь паскудити, — відповів він.

Едіт, очевидно, вирішила, що їхня розмова на цьому скінчилась, бо знову взялася за квасолю. Вона не просила Стена Томаса йти геть, тож він ще довго сидів на кухні в маєтку Елліса з надією, що Мері повернеться і посидить з ним. Він чекав і чекав, але Мері так і не вернулась, тож врешті він пішов додому. До того часу вже стемніло. Лив дощ. «Доведеться зустрітися в інший день», — подумав він.

Через рік у серпні вони одружилися. Весілля не було поспішне. І несподіване теж не було, бо в червні 1956 року — другого дня після того, як Мері знову приїхала на острів Форт-Найлз із родиною Еллісів — Стен сказав їй, що до кінця літа вони одружаться. Сказав, що вона житиме на Форт-Найлзі разом із ним і зможе забути про рабське служіння тій клятій міс Вері Елліс. Словом, про все домовилися заздалегідь. Однак сама церемонія таки не обійшлася без поспіху.

Мері й Стена одружив у Стеновій вітальні Морт Бікмен, мандрівний пастор, який тоді служив на островах штату Мен. Попередник Тобі Вішнелла. На той час Морт Бікмен був шкіпером «Нової надії». На відміну від Вішнелла, пастора Морта Бікмена всі любили. Йому було на все начхати — і всіх причетних це влаштовувало. Бікмен не був фанатиком і завдяки цьому мав добрі стосунки з рибалками у віддалених парафіях.

Стен Томас і Мері Сміт-Елліс не мали ні свідків, коли брали шлюб, ні обручок, ні гостей, але пастор Морт Бікмен такими дрібницями не переймався.

— Якого чорта вам здалися свідки? — запитав він.

Бікмен якраз приїхав на острів хрестити новонародженого і мав в носі всякі там обручки, гостей і свідків. Чи ці двоє молодих людей дорослі? Дорослі. Свідоцтво підписати зможуть? Так. Чи вони вже в тому віці, що не потребують чийогось дозволу? Так. Чи то велика морока дати їм шлюб? Ні.

— Хочете з молитвами, Євангелієм і всім решта? — запитав пастор Бікмен молоду пару.

— Ні, дякуємо, — відповів Стен. — Повінчайте — і досить.

— Ну, може, одну-дві молитви... — нерішуче запропонувала Мері.

Пастор Морт Бікмен зітхнув і зліпив докупи вінчальну церемонію з одною-двома молитвами — задля юної леді. Він не міг не помітити, що вона має жахливий вигляд: бліда як стіна і вся дрижить. Церемонія тривала хвилини з чотири. Коли пастор уже виходив з дверей, Стен Томас всунув йому до кишені десять доларів одною купюрою.

— Дякуємо, що зайшли, — сказав Стен.

— Прошу, — відповів пастор і відразу пішов на пристань до корабля, щоб відчалити від острова ще до сутінків.

На Форт-Найлзі він наразі не знайшов порядного житла і ночувати на тій негостинній каменюці не збирався.

Їхнє весілля було найменш показне за всю історію родини Еллісів. Ну тобто, якби Мері Сміт-Елліс вважалася родичкою Еллісів, бо тепер це питання викликáло серйозні сумніви.

— Як твоя тітка, мушу тобі сказати, що, на мою думку, заміжжя стане для тебе великою помилкою, — сказала Мері міс Вера. — На мій погляд, ти дуже помиляєшся, приковуючи себе до цього рибалки і до цього острова.

— Але ж ви любите цей острів, — зауважила Мері.

— Не в лютому, дорогенька.

— Ну то я зможу навідуватися в лютому до вас.

— Сонечко, ти муситимеш дбати про свого чоловіка і не матимеш часу нікуди їздити. Я колись теж мала чоловіка і знаю, що кажу. Шлюб дуже мене обмежував, — заявила вона, хоча він не обмежував її взагалі.

Багато хто здивувався, коли міс Вера не стала сперечатися з наміром Мері вийти заміж. Для тих, що бачили, як Вера шаленіла тридцять років тому, коли мати Мері завагітніла, і яку істерику закотила двадцять дев'ять років тому, коли мати Мері загинула (вже не кажучи про її щоденні істерики через різні дрібниці), цей спокій на обличчі Вери став загадкою. Як Вера з цим змирилася? Як вона дозволила собі втратити ще одну помічницю? Як вона терпіла те, що її зраджують, покидають саму-одну?

Та найсильніше такій реакції дивувалась, мабуть, сама Мері. Вона так переживала через Стена Томаса, що схудла за літо на п'ять кілограмів. Що робити зі Стеном Томасом? Він не наполягав на побаченнях, не забирав її від домашніх обов'язків, але постійно повторював, що до кінця літа вони одружаться. Повторював ще від червня. Схоже, це питання не підлягало обговоренню.

— Ти ж теж вважаєш, що це хороша ідея, — нагадував їй Стен.

І вона справді так вважала. Мері подобалась ідея заміжжя. Раніше вона про це особливо не замислювалась, але тепер думала: це те, що треба. Та й Стен був такий вродливий. Такий впевнений.

— Ми не молодіємо, — нагадував він їй, і справді — вони не молоділи.

Та все ж у день, коли Мері вирішила повідомити міс Веру, що вона виходить заміж за Стена Томаса, її двічі знудило. Вона вже не мала як зволікати і нарешті в середині липня оголосила новину. Але розмова виявилась на диво легкою. Вера не розлютилась, хоча часто лютувала через набагато дрібніші питання. Як стурбована тітка, Вера оголосила про свої побоювання щодо великої помилки, а тоді повністю змирилася з цією ідеєю й нічого не розпитувала — всі панічні питання ставила Мері.

— Що ви робитимете без мене? — бідкалася вона.

— Люба моя дитино, не думай про це, — відповіла міс Вера, лагідно всміхаючись і поплескуючи Мері по руці.

— А я що робитиму? Я завжди і всюди була з вами!

— Ти — гарна, розумна молода жінка. Впораєшся без мене.

— Але ви думаєте, що мені не варто цього робити, так?

— Ох, Мері. Яка різниця, що я думаю?

— Ви думаєте, що з нього вийде поганий чоловік.

— Я ще ні слова не сказала проти нього.

— Але він вам не подобається.

— Подобатися він має тобі, Мері.

— Ви думаєте, що я залишусь сама і без цента в кишені.

— О ні, Мері, нізащо. Ти завжди матимеш дах над головою. Ти ніколи не продаватимеш сірники в місті й не займатимешся ще чимось жахливим.

— Ви думаєте, що тут, на острові, зі мною ніхто не приятелюватиме? Думаєте, що я буду самотня і зійду з розуму за зиму.

— Але чому б хтось не захотів з тобою приятелювати?

— Ви думаєте, що я розпущена, бо воджуся з рибалкою. Думаєте, що я така ж, як моя мама.

— Ого, скільки я всього думаю! — розсміялася міс Вера.

— Я буду щаслива зі Стеном, — сказала Мері. — Неодмінно.

— Ну, в такому разі, я дуже рада за тебе. Щаслива наречена — усміхнена наречена.

— Ну а де ж нам одружуватись?

— У церкві Божій, де ж іще?

Мері замовкла. Міс Вера теж. За традицією, дівчата з родини Еллісів виходили заміж у саду біля маєтку Елліса, а шлюб давав єпископ Конкордський, якого спеціально привозили з міста на острів. Дівчата з родини Еллісів мали розкішні весілля, куди запрошували абсолютно всіх родичів і найближчих друзів сім'ї. Дівчатам з родини Еллісів влаштовували вишукані прийоми в маєтку Елліса. Тому коли міс Вера Елліс запропонувала їй взяти шлюб у безіменній «церкві Божій», Мері замовкла неспроста.

— Але я хочу вийти заміж тут, у маєтку Елліса.

— Ох, Мері. Нащо тобі той клопіт? Влаштуйте собі просту церемонію — та й по всьому.

— А ви на неї прийдете? — трохи помовчавши, запитала Мері.

— Ох, люба.

— Прийдете?

— Я плакатиму без кінця, сонечко, і зіпсую твій особливий день.

Того ж дня містер Ленфорд Елліс — старший брат Вери й патріарх родини — покликав Мері Сміт-Елліс до себе і привітав її з майбутнім заміжжям. Він висловив сподівання, що Стен Томас — порядний молодий чоловік.

— Купи собі гарну весільну сукню, — сказав він і простягнув їй конверт.

Мері хотіла його відкрити, проте Ленфорд мовив:

— Потім відкриєш.

Він поцілував її. Потиснув їй руку і додав:

— Ми завжди ставилися до тебе з великою симпатією.

І ні слова більше.

Мері відкрила конверт аж увечері, коли опинилася у своїй кімнаті. Вона нарахувала тисячу доларів готівкою. Десять купюр по сто доларів.

Вона заховала їх під подушку. Чимало грошей як на весільну сукню на 1956 рік, але зрештою Мері вийшла заміж у сукенці в квіточки, яку пошила сама два роки тому. Вона не хотіла тратити ці гроші. Вирішила віддати конверт і все, що в ньому, Стенові Томасу.

Тисяча доларів, а ще її одяг і постіль — ото й був її посаг. Усі її пожитки за десятки років служби родині Еллісів.

У маєтку Елліса в Конкорді мати Рут Томас провела доньку до її кімнати. Вони вже давно не бачились. Рут не любила їздити до Конкорда й майже там не бувала. Навіть на Різдво вона кілька разів залишалася у своїй кімнаті в школі-пансіонаті. Там вона почувалась краще, ніж у маєтку Елліса в Конкорді. Минулого Різдва теж.

— Маєш чудовий вигляд, Рут, — сказала мама.

— Дякую. Ти теж.

— А де твої речі?

— Цього разу я нічого не брала.

— Ми переклеїли шпалери у твоїй кімнаті.

— Гарно.

— А ось фото, на якому ти ще маленька.

— Ого, — Рут придивилась до фотографії в рамці, що висіла на стіні біля комода. — Це я?

— Ти.

— А що у мене в руках?

— Камінці. Камінці з алейки біля будинку Елліса.

— Але в мене й кулаки!

— А он там — це я, — сказала мати Рут.

— Ага, бачу.

— Прошу тебе дати мені ті камінці.

— Щось не виглядає на те, що ти їх отримаєш.

— По-моєму, ти їх так мені й не віддала.

— А скільки мені тоді було?

— Років два. Ти тут така мила.

— А тобі скільки?

— Гм. Тридцять три, десь так.

— Я ніколи раніше не бачила цього фото.

— Так, навряд чи ти його бачила.

— Цікаво, хто його зробив.

— Міс Вера.

Рут Томас сіла на ліжко — на вишукану сімейну реліквію з міді, накриту мереживним покривалом. Мама сіла поруч і спитала:

— Трохи затхло тут, правда?

— Та ні.

Вони якийсь час сиділи мовчки. Потім Рутина мати встала й розсунула фіранки на вікнах.

— Впустимо трохи світла, — сказала вона і знову сіла.

— Дякую, — сказала Рут.

— Коли я купувала ці шпалери, то думала, що то вишневий цвіт, а тепер дивлюсь — а то яблуневий. Кумедно, правда? Чому я відразу цього не побачила?

— Яблуневий цвіт теж гарний.

— Та, зрештою, нема різниці.

— Так і так гарно. Акуратно ви їх поклеїли.

— Найняли одного чоловіка.

— Вийшло дуже гарно.

Вони знову замовкли. За якийсь час Мері Сміт-Елліс Томас взяла доньку за руку й запитала:

— Ходімо до Рікі?

Рікі лежав у дитячому ліжечку, хоч мав уже дев'ять років. Він був завбільшки як трирічна дитина, а пальці на його руках і ногах загиналися як кігті. Коротке чорне волосся скуйовдилося на потилиці, бо він без кінця крутив головою — туди-сюди, туди-сюди. Він постійно тер голову об матрац, постійно обертав лице з боку на бік, так ніби відчайдушно чогось шукав. Його очі теж постійно щось шукали, перекочуюсь то ліворуч, то праворуч. Рікі скавулів, пищав і стогнав, та коли Мері підійшла, затихнув і тільки щось бурмотів.

— Мама тут, — сказала Мері. — Мама тут.

Вона витягнула його з ліжечка й поклала горілиць на овечу шкуру, розпростерту на підлозі. Рікі не міг сидіти чи тримати голову. Він не міг їсти сам. Не міг розмовляти. На овечій шкурі його малі криві ноги схилились на один бік, а руки — на інший.

Він далі мотав головою, туди-сюди, туди-сюди, а його пальці звивались і напружувались, тріпочучи в повітрі, як морські водорості у воді.

— Йому хоч трохи кращає? — запитала Рут.

— По-моєму, так, — відповіла мама. — Мені завжди здається, що йому трохи кращає, але ніхто, крім мене, цього не помічає.

— А де його няня?

— Десь у хаті. Певно, в кухні, пішла перекусити. Вона недавно до нас прийшла. Дуже приємна жінка. Вона любить співати йому. Правда ж, Рікі? Сандра тобі співає, правда? Вона знає, що тобі це подобається. Правда ж, знає?

Мері розмовляла з ним так, як матері розмовляють з немовлятами, або так, як Сенатор Саймон Аддамс розмовляв зі своєю собакою Кукі, — з любов'ю і не сподіваючись на відповідь.

— Ти бачиш свою сестричку? — запитала вона. — Бачиш свою старшу сестричку? Вона приїхала до тебе в гості, мій хлопчику. Приїхала сказати Рікі привіт.

— Привіт, Рікі, — сказала Рут, копіюючи материн тон. — Привіт, братику.

Рут занудило. Вона нахилилась і погладила Рікі по голові. Він тут же мотнув нею, і скуйовджене волосся вихопилось з-під її долоні: раз — і нема. Вона забрала руку, і Рікі на секунду заспокоївся. А тоді так різко хвицнув головою, що Рут аж здригнулася.

Рікі народився, коли Рут було дев'ять років. У шпиталі в Рокленді. Рут жодного разу не бачила його немовлям, бо мама не повернулася на острів після його народження. Коли надійшов час пологів, батько поїхав до Рокленда разом із мамою, а Рут залишилася з сусідкою, місіс Поммерой. Мама повинна була вернутися з немовлям, але так і не повернулась. Не повернулась, бо з дитиною було щось не так. Такого ніхто не чекав.

Рут чула, що як тільки її батько побачив недорозвинене немовля, він тут же почав звинувачувати всіх, кого міг, не добираючи слів. Він обурювався й лютував. Хто так познущався з його сина? Він відразу вирішив, що дитина успадкувала цей прикрий розлад від предків Мері. Бо хто ж його зна, що то була за сирота з флотського сиротинця в Баті чи що то був за переселенець з Італії? Хто його зна, які монстри ховаються в її темному минулому? Стен Томас, навпаки, знав своїх предків до десятого коліна — і нічого такого в його родині не траплялося. У Стеновій родині виродків не було. Ось що чекає на того, хто жениться із жінкою з невідомим минулим, сказав Стен. Так, ось що на нього чекає.

Мері ще лежала виснажена в лікарняному ліжку, але захищалась як могла. Зазвичай вона не була бійчинею, але цього разу боролась за себе. Боролась по-чорному. Ну звичайно, сказала вона, Стен знає всіх своїх предків саме тому, що вони всі були одне одному родичами. Двоюрідними й троюрідними братами й сестрами. Не конче бути генієм, щоб зрозуміти: от що на тебе чекає після поколінь інцесту. Ось така дитина, ось цей хлопчик Рікі з головою, яка без кінця метляється, і з пальцями як пазури.

— Цей син твій, Стене! — крикнула Мері.

Сварка була гидка й жалюгідна, і медсестри в пологовому відділенні, які чули кожне жорстоке слово, дуже засмутились. Молодші медсестри плакали. Вони ніколи не чули нічого подібного. Опівночі на чергування заступила старша медсестра і вивела Стена Томаса з палати дружини. Старша медсестра була жінка дебела і не так легко давала себе залякати, навіть чорноротому рибалці. Мері кричала й кричала, поки та виводила його геть.

— Господи Боже милий! Жінці треба відпочити! — гаркнула старша медсестра на Стена.

Через кілька днів у шпиталь до Мері, Стена й новонародженої дитини навідались. Містер Ленфорд Елліс. Він звідкись дізнався новину і поплив на «Каменярі» до Рокленда, щоб передати Мері та Стенові співчуття від родини Еллісів із приводу трагічної ситуації. До того часу Стен і Мері вже помирилися. Ну як помирилися — могли принаймні перебувати в одній палаті.

Ленфорд Елліс розповів Мері про розмову зі своєю сестрою Верою і про їхнє рішення. Вони з сестрою обговорили нагальну проблему й зійшлися на тому, що Мері краще не забирати немовля на острів Форт-Найлз. Мері не отримає там ані медичного обслуговування, ані фахової допомоги. Лікарі вже сказали, що Рікі потребуватиме цілодобового догляду до кінця життя. Чи Мері та Стен мають план дій?

Мері та Стен визнали, що не мають. Ленфорд Елліс їм співчував. Він розумів, що то важкий час для подружжя, і тому мав для них пропозицію. Родина Еллісів прихильна до Мері й тому готова допомогти. Ленфорд Елліс оплачуватиме догляд за Рікі у відповідному закладі. Протягом усього життя. Хоч скільки то коштуватиме. Він чув про один чудовий приватний заклад у Нью-Джерсі.

— Нью-Джерсі? — недовірливо перепитала Мері Томас.

Так, Нью-Джерсі далеко звідси, погодився Ленфорд Елліс. Але кажуть, що цей заклад найкращий у цілій країні. Він уже розмовляв із адміністратором сьогодні вранці. Якщо Стен і Мері не подобається таке рішення, то є ще один варіант...

Або...

Або що?

Або, якщо Мері з сім'єю переберуться до Конкорда і Мері знову стане компаньйонкою міс Вери, родина Еллісів оплачуватиме догляд за Рікі там же, у маєтку Елліса. Ленфорд Елліс дасть вказівку, щоб частину службового крила переоблаштували у зручний простір для малого Рікі. Він платитиме за хороших приватних медсестер і за найкраще медичне обслуговування. Усе життя. Крім того, він знайде Стенові Томасу хорошу роботу й відправить Рут до хорошої школи.

— Не смій, — сказав Стен Томас загрозливо тихим голосом. — Не смій волочити мою жінку назад.

— Я тільки запропонував. Рішення за вами, — відповів Ленфорд Елліс і пішов.

— То ви її, на хрін, отруїли? — закричав Стен Томас услід старому Ленфорду, коли той ішов геть шпитальним коридором. Стен пішов за ним. — Ви отруїли мою жінку? Це ваших рук діло? Відповідай! Ви навмисно так зробили, щоб затягнути її назад? Будьте прокляті!

Однак Ленфорд Елліс більше не мав що сказати і дебелій медсестрі знову довелося втрутитись.

Рут Томас, звісно, не знала всіх подробиць сварки, що сталася між її батьками після того, як містер Елліс висловив свою пропозицію. Але знала, що кілька деталей було з'ясовано відразу, просто в палаті. Мері Сміт-Елліс Томас, донька сироти, нізащо не збиралася віддати сина, хоч із якою інвалідністю, до інтернату. А Стен Томас, остров'янин у десятому поколінні, нізащо не збирався переїжджати до Конкорда, штат Нью-Гемпшир. І нізащо не збирався дозволити своїй доньці переїхати туди, бо там її перетворили б на рабиню міс Вери Елліс, як раніше її матір і бабцю.

Коли ці деталі з'ясували, більше не лишилося що обговорювати. Сварка була запекла, однак рішення вийшло швидке й остаточне.

Мері з сином поїхала до Конкорда. Вона повернулася до маєтку Елліса і до роботи на Веру Елліс. Стен Томас повернувся сам на острів до доньки. Щоправда, не відразу, а через кілька місяців.

— Де ти пропадав стільки часу? — запитала його Рут, коли їй виповнилось сімнадцять. — Куди ти втік?

— Я злився, — відповів батько. — І це не твоє діло.

— А де мама? — запитала Рут батька, коли їй було дев'ять і він нарешті повернувся на Форт-Найлз. Сам.

Батькове пояснення було просто жахливе: яка різниця, про таке не варто питати, а дещо взагалі ліпше забути. Рут довго ламала над цим голову, а тоді потонув містер Поммерой і вона вирішила — бо ж усе сходилось, — що і її мама теж потонула. Ну звісно. Ось і відповідь. За кілька тижнів після цього висновку Рут отримала першого листа від матері й збентежилась. Певний час вона думала, що листи приходять з раю. Та коли підросла, сяк-так зліпила цю історію докупи. Зрештою Рут начебто повністю зрозуміла, що сталося.

У кімнаті Рікі пахнуло ліками. Рутина мама взяла з комода баночку лосьйону і сіла на підлозі біля сина. Вона почала втирати лосьйон у його чудернацькі стопи, масажуючи й витягуючи пальці й натискаючи своїми великими пальцями на його підошви.

— Як батько? — запитала вона.

Рікі то пищав, то бурмотів.

— Нормально, — відповіла Рут.

— Він добре про тебе дбає?

— То радше я про нього дбаю.

— Раніше я хвилювалась, що ти отримаєш замало любові.

— Я отримала достатньо.

Але мама мала такий стривожений вигляд, що Рут, аби її заспокоїти, спробувала згадати якийсь епізод, коли батько виявив свою любов.

— Коли тато дарує мені подарунок на день народження, то завжди каже: «Тільки не дивись на нього своїм рентгенівським зором, Рут».

— Рентгенівським зором?

— Ну, перш ніж я відкрию подарунок, розумієш? Коли тільки дивлюсь на пакунок. Він завжди так каже: «Тільки не дивись на нього своїм рентгенівським зором, Рут». Так смішно.

Мері Сміт-Елліс Томас повільно кивнула — її тривога нікуди не зникла.

— Гарні подарунки він дарує тобі на день народження?

— Гарні.

— Це добре.

— Коли я була мала, він ставив мене у день народження на стільчик і казав: «Ну як — відчуваєш, що ти підросла? Бо ти таки підросла».

— Так, я теж це пам'ятаю.

— Ми дуже гарно проводимо час, — сказала Рут.

— Анґус Аддамс ще живий?

— Ну звісно. Ми бачимося з Анґусом кожного дня.

— Колись я його боялась. Одного разу бачила, як він бив дитину буєм. Як я тільки вийшла заміж.

— Та ну. Дитину?

— Якогось бідолашного хлопчика, який працював на його човні.

— А, то, напевно, не дитину, а стернового. Якогось лінивого підлітка. Анґус — суворий хазяїн. Він тепер тільки сам рибалить. Не може ні з ким знайти спільної мови.

— Здається, він завжди був про мене невисокої думки.

— Анґус не любить показувати, що він високої думки про когось.

— Розумієш, Рут, я ніколи раніше не зустрічала таких, як він. Я вперше зимувала на Форт-Найлзі, коли Анґус Аддамс втратив пальця під час риболовлі. Ти мусила про це чути. Пам'ятаєш? Було дуже холодно, він не мав рукавиць і обморозив собі руки. І, по-моєму, йому ще й палець попав у... як то воно називається?

— Барабан лебідки.

— Палець попав йому в барабан лебідки, закрутився в мотузку, і його відірвало. Чолов'яга, який був з ним у човні, сказав, що Анґус викинув пальця за борт і далі рибалив до самого вечора.

— А я чула, що він припік рану кінцем запаленої сигари, щоб могти далі рибалити, — сказала Рут.

— Ох, Рут.

— Не знаю, чи то правда. Я ще ніколи не бачила, щоб Анґус Аддамс тримав у роті запалену сигару.

— Ох, Рут.

— Але одне я знаю точно. Одного пальця йому таки бракує.

Рутина мати нічого не відповіла. Рут глянула на свої руки.

— Вибач, ти до чогось вела? — спитала вона.

— Тільки до того, що я ніколи не бувала серед таких жорстких людей.

Рут хотіла зауважити, що багато хто вважає міс Веру Елліс жорсткою, але прикусила язика і сказала тільки:

— Ясно.

— Я прожила на острові всього рік, коли Анґус Аддамс прийшов до нас зі Снупі, своєю кішкою. Прийшов і каже: «Мені вже остогидла та котяра, Мері. Якщо ти не забереш її від мене, я застрелю її просто на твоїх очах». Він мав при собі рушницю. А ти ж знаєш, який у нього голос і як він сердито звучить. Що ж, я повірила йому і забрала, звісно, ту кішку. Твій батько розлютився, сказав, щоб я її віддала, але Анґус знов пригрозив, що застрелить її на моїх очах. А я не хотіла, щоб кішку застрелили. Твій тато сказав, що він цього не зробить, але я сумнівалася. Кішка була така гарна. Пам'ятаєш Снупі?

— Та ніби.

— Така гарна велика кішка. Біла. Твій батько сказав, що Анґус пошив нас у дурні, щоб спихнути кота. Напевно, так і було, бо через кілька тижнів Снупі народила п'ятьох кошенят і то вже ми мусили ламати голову, куди їх подіти. Тоді вже я розсердилась, але твій батько й Анґус хіба сміялися з мене. Анґус усе хвалився, як він мене обхитрував. Вони з твоїм батьком місяцями з мене дражнилися. А тих кошенят батько потопив.

— Шкода.

— Дуже. Але мені здається, вони все одно були якісь не такі.

— Ага, — сказала Рут. — Вони не вміли плавати.

— Рут!

— Та я сміюсь. Вибач. Дурнуватий жарт вийшов.

Рут ненавиділа себе. Вона здивувалась, що так швидко дійшла у стосунках з матір'ю до цієї точки — до того, що жорстоко пожартувала з такої вразливої жінки. Через кілька хвилин вона знову скаже матері щось образливе, хоч зовсім цього не хоче. Рут відчувала, що в товаристві матері перетворюється на агресивну бегемотиху. На бегемотиху у крамниці посуду. Але чому її матір так легко поранити? І взагалі: чому її мама така крихка, як той посуд? Рут не звикла до таких жінок. Вона звикла до таких, як сестри

Поммерой — ті марширували по життю як непереможні. Рут почувалася краще серед жорстких людей. Серед них Рут не чулася як... як бегемотиха.

Мері натирала синові ноги й легенько крутила то одну, то другу стопу, розтягуючи м'язи у щиколотці.

— Ох, Рут, — сказала вона. — Мені було так погано в той день, коли він втопив кошенят.

— Мені дуже шкода, — сказала Рут. І вона справді шкодувала. — Дуже шкода.

— Дякую, серденько. Хочеш допомогти з Рікі? Допоможеш мені його натерти?

— Так, звісно, — погодилась Рут, хоч їй важко було уявити неприємніше заняття.

— Можеш натерти йому ручки. Кажуть, що це корисно, бо тоді їх не так викручуватиме. Бідний наш хлопчик.

Рут налила трохи лосьйону на долоню й узялась розтирати Рікову руку. Вона тут же відчула, як у животі почала наростати хвиля, мов під час нападу морської хвороби. Така зачахла, нежива ручка!

Одного разу Рут рибалила з батьком і він витягнув пастку з омаром, який саме линяв. Улітку вони не раз виловлювали омарів із новими, м'якими панцирами, яким було від сили кілька днів, але той омар скинув старий панцир, певно, з годину тому. Його досконалий порожній панцир лежав поруч із ним у пастці — більше ні до чого не придатний, пустий обладунок. Рут узяла голого омара на долоню й відчула в ту мить той самий напад нудоти, що й тепер, коли взяла за руку брата. Омар без панцира був шматком м'яса без кісток. Коли Рут підняла його, омар кволо повиснув на її долоні, опираючись приблизно так само, як мокра шкарпетка. Здавалося, що він тане й от-от витече крізь пальці. Він був зовсім не схожий на звичайного омара, на одного з тих малих напористих танків із клешнями. Проте Рут відчувала, що тримає на долоні живе створіння, бачила, як жебонить його кров. Омарове тіло було схоже на синювате желе, як сирий морський гребінець. Рут здригнулась. Вона помалу вбивала його, просто тримаючи на руках, залишаючи відбитки пальців на його тонкошкірих органах. Вона викинула його за борт човна й дивилась, як він, прозорий, опускається вниз. Омар не мав шансу. Жодного шансу. Хтось, мабуть, з'їв його ще до того, як він торкнувся дна.

— Молодець, — похвалила Рут мама.

— Бідний хлопчик, — видушила із себе Рут, втираючи лосьйон у братові покручені пальці, в його зап'ястя і передпліччя. Її голос прозвучав неприродно, але мама начебто цього не помітила. — Бідний хлопчик.

— А ти знала, що коли твій батько був малий і навчався у школі на Форт-Найлзі, ще в сорокових, учителі вчили дітей зав'язувати вузли? То була важлива частина навчальної програми. А ще їх вчили читати карти припливів. У школі! Уявляєш?

— А що, непогана ідея, — сказала Рут. — Діти на острові мали б таке знати. Особливо в ті часи. Вони ж потім ставали рибалками, правда ж?

— Але в школі, Рут? Хіба дітей не мали б спочатку вчити читати, а вже потім — в'язати вузли?

— Я впевнена, що їх і читати вчили.

— Ось чому ми хотіли віддати тебе до приватної школи.

— Тато не хотів.

— Я маю на увазі себе й Еллісів. Я дуже горда за тебе, Рут. Ти так добре вчилася — молодчина. Одинадцята на потоці! І ще я пишаюсь, що ти вивчала французьку. Скажеш мені щось по-французьки?

Рут засміялась.

— Що? Що тут смішного? — запитала мама.

— Нічого. Просто щоразу, як я говорю французькою і Анґус Аддамс це чує, він питає: «Що? Що там тобі чухається?».

— Ох, Рут, — мамин голос звучав засмучено. — А я так хотіла, щоб ти сказала мені щось французькою.

— Ліпше не треба, мам. У мене дурнуватий акцент.

— Ну, як хочеш, сонечко.

Вони трохи помовчали, а тоді Рутина мати сказала:

— Напевно, твій батько хотів би, щоб ти лишилася на острові й навчилася в'язати вузли!

— Не сумніваюся, що саме цього він і хотів, — відповіла Рут.

— І припливи! Він точно хотів, щоб ти й карти припливів уміла читати. Я скільки не пробувала, так і не навчилась. Твій батько намагався навчити мене керувати човном. Управляти ним просто, але якимось дивом я мала знати, де яка скеля і виступ, і котрі з них показуються з води у котрий із відпливів. Буїв тоді майже не ставили, а ті, що ставили, завжди зносило кудись убік, і твій батько кричав на мене, коли я прокладала по них маршрут. Він не покладався на буї, але звідки мені було знати? А течії? Я гадала собі, що досить повернути човен, куди треба, й запустити двигун. Я нічого не знала ні про які течії!

— Ну а звідки ти мала знати?

— Звідки я мала знати, Рут? Я вважала, що знаю життя на острові, бо приїжджала туди на літо, але я нічого не знала. Поняття не мала, як там вітряно взимку. Ти знаєш, що дехто втрачає глузд від того вітру?

— По-моєму, на Форт-Найлзі його вже всі втратили, — засміялася Рут.

— Він ніколи не вщухає! В мою першу зиму на острові вітер як почав дути у кінці жовтня, так і не перестав аж до квітня. Мені тої зими снилися такі дивні сни, Рут. Снилося, що вітер от-от здує цілий острів. Дерева на острові мали довжелезні коріння, аж до дна океану, і тільки вони не давали йому покотитися за вітром.

— Ти боялася?

— Не те слово.

— А що — не було нікого, хто до тебе добре ставився?

— Був. Тобто була. Місіс Поммерой.

У двері постукали, і Рутина мати здригнулась. Рікі теж здригнувся й заметляв головою туди-сюди. Він завищав — так жахливо, як вищать несправні гальма у старому автомобілі.

— Ш-ш-ш, — намагалась заспокоїти його мама. — Ш-ш-ш.

Рут відчинила двері дитячої.

За дверима стояв Кел Кулі.

— Балакаєте? — запитав він.

Кел Кулі зайшов і, зігнувшись, вмостив своє високе тіло у крісло-гойдалку. Він усміхнувся до Мері, а на Рікі навіть не глянув.

— Міс Вера хоче поїхати на прогулянку, — сказав він.

— Ох! — Мері скочила на ноги. — Зараз покличу медсестру. Треба вдягнутися. Рут, іди бери свою куртку.

— Вона хоче поїхати на закупи, — сказав Кел. Він досі усміхався, але перевів погляд на Рут. — Бо чула, що Рут приїхала без речей.

— І від кого ж вона це почула, Келе? — запитала Рут.

— Поняття не маю. Я тільки знаю, що вона хоче купити тобі новий одяг.

— Мені нічого не треба.

— Я ж казав, — задоволено мовив Кел Кулі. — Я казав тобі: бери свій одяг, бо інакше міс Вера накупить тобі нових речей і ти хіба знервуєшся.

— Та мені байдуже, — відповіла Рут. — Байдуже, чого ви там хочете від мене. Мені начхати. Робіть собі, що хочете, лиш би пошвидше.

— Рут! — вигукнула Мері, але Рут було байдуже. Пішли вони всі.

Кел Кулі теж начебто чхати хотів. Він просто стенув плечима.

Вони поїхали до крамниці старим двоколірним «б'юїком». Мері й Келу пішла майже година на те, щоб одягнути міс Веру, закутати і звести сходами до автівки. Тепер вона сиділа на пасажирському сидінні, тримаючи на колінах розшиту бісером торбинку. Міс Вера вже кілька місяців не виходила з дому, сказала Мері.

Міс Вера була мініатюрна — мов пташка, яка вмостилась на передньому сидінні. Вона мала крихітні руки, а її тонкі пальці теребили торбинку, так ніби міс Вера читала шрифт Брайля або молилась, перебираючи безкінечні чотки. Біля себе вона поклала мереживні рукавички. Щоразу, як Кел

Кулі завертав за ріг, міс Вера клала на рукавички ліву руку, немов боялася, що вони зісковзнуть униз. На кожному повороті вона охкала, хоча Кел їхав зі швидкістю здорового пішохода.

Міс Вера була вбрана в довгу норкову шубу й мала на голові капелюшок з чорною вуаллю. Її тихий голос ледь дрижав. Вона усміхалась, коли говорила, вимовляла слова з легким британським акцентом, і кожна її репліка мала тужливу інтонацію.

— Ох, автомобільні поїздки... — сказала вона.

— Ага, — підтакнула Рутина мати.

— Рут, ти вмієш водити авто?

— Умію, — відповіла Рут.

— Яка ж ти розумниця. А я так добре й не навчилась. Завжди на щось наїжджала...

Згадавши про це, міс Вера захихотіла. Вона затулила рота, наче сором'язлива дівчинка. Рут не пригадувала, щоб міс Вера була хихотункою. Напевно, це вікове. Манірність старої жінки. Рут подивилась на міс Веру й згадала, як колись давно на острові Форт-Найлз міс Вера змушувала місцевих мужиків, які працювали на її подвір'ї, пити з садового шланга. Вона не дозволяла їм заходити на кухню по склянку води. Навіть у найсильнішу спеку. Цю її звичку так ненавиділи, що на острові навіть з'явилася приказка: пити зі шланга. Так говорили про найбільше приниження. «Моя дружина забрала собі будинок і дітей. От сучка, дала мені напитися зі шланга».

Доїхавши до перехрестя, Кел Кулі пригальмував перед знаком «Стоп» і зачекав, поки проїде інший автомобіль. Та як тільки він знову рушив, міс Вера закричала:

— Стій!

Кел зупинився. Інших автівок поблизу не було. Він знову завів двигун.

— Стій! — знову крикнула міс Вера.

— Тепер наша черга. Можна їхати, — сказав Кел.

— Я думаю, розумніше трохи зачекати. Ану ж іще хтось над'їде.

Кел поставив машину в режим паркування й так і стояв перед знаком «Стоп». Ніхто не над'їхав. Вони кілька хвилин сиділи мовчки. Потім за «б'юїком» зупинився універсал. Водій посигналив.

Кел мовчав. Мері мовчала. Міс Вера мовчала. Рут сповзла нижче на сидінні й подумала, що на світі повно ідіотів. Водій універсала знову посигналив, двічі, і міс Вера обурилась:

— Такий невихований.

Кел опустив вікно й махнув водієві, щоб проїжджав. Той проїхав. Вони далі сиділи у «б'юїку» перед знаком «Стоп». Мимо проїхав у протилежний бік червоний поржавілий пікап. І знову ні автівки.

Міс Вера стиснула лівою рукою пару рукавиць і скомандувала:

— Їдь!

Кел помалу перетнув перехрестя й виїхав на трасу. Міс Вера знову захихотіла.

— Сміливець! — сказала вона.

Вони приїхали в центр Конкорда, і Мері попросила Кела Кулі зупинитися біля крамниці з жіночим одягом. На вітрині елегантним курсивом було виведено назву: «Крамниця Блера».

— Я не заходитиму всередину, — сказала міс Вера. — Не маю сили. Скажіть містерові Блеру, хай прийде сюди. Я поясню йому, що нам треба.

Мері зайшла до крамниці й невдовзі вийшла в супроводі молодого чоловіка. Вона мала стривожений вигляд. Молодий чоловік підійшов до автомобіля з боку пасажира й постукав у вікно. Міс Вера насупилась. Він широко усміхнувся й показав їй жестом, щоб вона опустила скло. Рутина мати стояла позаду нього у сповненій тривоги позі.

— А це ще хто такий? — обурилась міс Вера.

— Може, опустіть вікно й запитайте, чого він хоче, — подав ідею Кел.

— І не збираюся!

Вона свердлила молодого чоловіка сердитим поглядом. Його обличчя виблискувало у променях ранкового сонця. Він знову усміхнувся до неї й жестом попросив опустити скло. Рут на задньому сидінні підсунулась і опустила вікно біля себе.

— Рут! — скрикнула міс Вера.

— У чому річ? — запитала чоловіка Рут.

— Я містер Блер, — представився той. Він потиснув Рутину руку через вікно.

— Приємно познайомитися, містере Блер, — сказала вона. — А я Рут Томас.

— Це не він! — заявила міс Вера. Вона різко і на диво спритно крутнулася на сидінні й розлючено витріщилась на молодого чоловіка: — Ви не містер Блер! Містер Блер має сиві вуса!

— Це мій батько, мем. Він вийшов на пенсію, і тепер крамницею керую я.

— Передайте своєму батькові, що з ним бажає порозмовляти міс Вера Елліс.

— Охоче передав би, мем, але його тут нема. Мій батько живе в Маямі, мем.

— Мері!

Рутина мати кинулась до «б'юїка» і встромила голову в Рутине вікно.

— Мері! Коли це сталося?

— Не знаю. Я вперше про це чую.

— Мені не потрібен ніякий одяг, — сказала Рут. — Мені взагалі нічого не треба. Їдьмо додому.

— А коли ваш батько відійшов від справ? — запитала Рутина мати молодого містера Блера. Вона поблідла.

— Сім років тому, мем.

— Не може бути! Він би мене попередив! — заперечила міс Вера.

— Може, поїдемо в якесь інше місце? — запитала Рут. — Хіба в Конкорді нема інших крамниць?

— У Конкорді тільки одна крамниця — містера Блера, — сказала міс Вера.

— Що ж, ми дуже раді, що ви так вважаєте, — сказав містер Блер. — Я впевнений, що ми зможемо вам допомогти, мем.

Міс Вера нічого не відповіла.

— Мій батько навчив мене всього, що знав сам. Тепер усі його клієнти — мої клієнти, мем. І всі задоволені, як і раніше!

— Заберіть голову з мого автомобіля.

— Перепрошую, мем?

— Заберіть свою кляту голову з мого автомобіля.

Рут засміялась. Молодий чоловік витягнув голову з «б'ю-їка» і, не кажучи ні слова, швидко пішов до крамниці. Мері кинулась слідом, спробувала взяти його за руку і перепросити, але він забрав руку геть.

— Тут нема нічого смішного, юна леді.

Міс Вера знову обернулась і сердито втупилась у Рут.

— Вибачте.

— Подумати тільки!

— То як — їдемо додому, міс Веро? — запитав Кел Кулі.

— Чекаємо на Мері! — різко відповіла та.

— Ну звичайно. Я це й мав на увазі.

— Але сказав ти інакше.

— Перепрошую.

— Йолопи! — вигукнула міс Вера. — Всюди одні йолопи!

Мері повернулася і мовчки сіла біля доньки. Кел від'їхав від крамниці, й міс Вера роздратовано сказала:

— Обережно! Обережно, обережно, обережно!

Дорогою додому всі мовчали, аж поки доїхали до будинку. Тоді міс Вера обернулась і лукаво посміхнулася Рут. Знову захихотіла.

Вона вже заспокоїлась.

— Ми з твоєю мамою гарно проводимо час, — сказала вона. — Проживши стільки років з чоловіками, ми нарешті залишилися удвох. Ми не маємо ні чоловіків, про яких мусили би дбати, ні братів чи батьків, які б за нами пильнували. Дві незалежні леді. І ми самі вирішуємо, що нам робити. Правда, Мері?

— Авжеж.

— Я сумувала за твоєю матір'ю, Рут, коли вона втекла й вийшла заміж за твого батька. Ти це знала?

Рут промовчала. Її мама нервово глянула на неї й тихо відповіла:

— Я впевнена, що Рут це знає.

— Я пам'ятаю, як вона вийшла з дому після того, як сказала мені, що одружується з рибалкою. Я дивилась, як вона йде. З вікна своєї спальні. Ти ж знаєш, яка то кімната, Рут? Та, що виходить на алейку перед будинком. Ох, моя дорогенька Мері здавалася такою юною і сміливою. Ох, Мері. Ти так розпрямила свої маленькі плечі, ніби хотіла сказати: я можу все! Люба моя Мері. Бідолашна моя дівчинка. Ти була така хоробра.

Мері заплющила очі. Рут відчула, як горлом піднімається огидна, жовчна злість.

— Так, я бачила, як твоя мама йшла геть, і розплакалась через це. Сиділа у своїй кімнаті й лила сльози. Прийшов мій брат і обійняв мене. Ти ж знаєш, який мій брат Ленфорд добрий. Правда?

Рут не могла говорити. Їй так сильно заціпило щелепи, що вона не уявляла, як їх розтиснути й видушити зі себе хоч одне слово. Точно не ввічливе. Вона б випустила цілий потік блискавичної лайки. У бік цієї паскуди вона б змогла.

— І мій чудесний брат сказав мені: «Веро, все буде гаразд». І знаєш, що я відповіла? Я сказала йому: «Тепер я знаю, як почувалася бідолашна місіс Ліндберґ»!

Вони сиділи мовчки так довго, що, здається, цілий рік минув — те останнє речення нависало над ними. У Рутиній голові гуділо як у вулику. Чи змогла б вона вдарити цю жінку? Чи змогла б вона вийти з цієї старезної машини й вернутися пішки на Форт-Найлз?

— Але тепер вона зі мною — там, де їй місце, — сказала міс Вера. — І ми робимо все, що хочемо. Нема ніяких чоловіків, які би вказували нам, що робити. Нема дітей, за якими треба доглядати. Ну, крім Рікі, звісно. Бідолашний Рікі. Але бачить Бог, він багато не просить. Ми з твоєю мамою, Рут, незалежні жінки, і нам добре разом. Ми насолоджуємося своєю незалежністю. Нам вона дуже до душі.

Рут залишилася в матері на тиждень. Вона щодня вбирала той самий одяг, і ніхто нічого їй за це не казав. Більше вони на закупи не їздили. Вона спала одягнута і щоранку після душу вдягала ті самі речі. Рут не нарікала.

Яка їй різниця?

Таку вона мала стратегію виживання: та пішло воно.

Пішло воно все на хрін. Вона робила все, що їй казали. Хоч як немилосердно міс Вера експлуатувала її матір, Рут усе ігнорувала. Вона відбувала час у Конкорді. Відбути і забути. І бажано не з'їхати з глузду. Бо якби вона реагувала на все, що її дратувало, то цілими днями відчувала б відразу й лють, і через це її мама нервувалася б іще сильніше, міс Вера поводилась би ще агресивніше, а Кел Кулі задер би носа ще вище. Тож вона мовчки терпіла. Пішло воно все.

Щовечора перед сном вона цілувала матір у щоку. Міс Вера манірно питала: «А де мій цьом?» — і Рут змушувала себе перейти через кімнату, нахилитися й поцілувати ту її лавандову щоку. Вона цілувала її тільки заради матері. Вона цілувала міс Веру, бо це було простіше, ніж пожбурити попільничку у другий кінець кімнати. Вона бачила, що мамі від того легшало. Добре. Якщо їй так ліпше, то вона це зробить, добре. Пішло воно все.

— А де мій цьом? — щовечора питав Кел.

І щовечора Рут бурмотіла щось на кшталт:

— Добраніч, Келе. Постарайся не прикінчити нас уночі.

А міс Вера казала:

— Такі негарні слова для дитини твого віку.

«Ага, — думала Рут. — Ага, поговори собі». Вона знала, що краще тримати рота на замку, але їй надто вже подобалось час від часу вколоти Кела Кулі. Вона тоді почувалася собою. Знайоме відчуття. Приємне. Вона брала це відчуття з собою до ліжка і згорталась клубочком біля нього, ніби коло м'якого ведмедика. Щовечірні кпини з Кела допомагали Рут Томас лягти спати й не мучитися годинами над вічним надокучливим питанням: «Чому доля закинула мене в життя родини Еллісів? І навіщо?».

7

У кожній групі омарових яєць неодмінно трапляються яйця неправильної форми, і в деяких випадках їх більше, ніж нормальних.

«Американський омар:
дослідження його звичок і розвитку»
Френсіс Гобарт Геррік, кандидат наук, 1895 р.

У кінці тижня Кел Кулі і Рут вирушили назад до Рокленда, штат Мен. Цілий час падав дощ. Рут сиділа на передньому сидінні «б'юїка» біля Кела, і той усю дорогу молов язиком. Він дражнився з неї через той її одяг, однаковий кожного дня, і через поїздку на закупи до крамниці Блера, і перекривлював, як її мати упадала біля міс Вери.

— Замовкни, Келе, — сказала Рут.

— Ох, міс Веро, помити вам голову? Ох, міс Веро, почистити вам зашкарублі п'ятки? Ох, міс Веро, повитирати вам дупу?

— Дай моїй мамі спокій, — попросила Рут. — Вона робить те, що має.

— Ох, міс Веро, мені лягти під машину?

— Ти ще гірший за неї. Так, як ти, ніхто Еллісам зад не виціловує. Та ти повзаєш перед тим старим за кожен цент і підлизуєшся до міс Вери як дурний.

— Та ну, сонечко. По-моєму, твоя мама всіх переграла.

— Та пішов ти.

— Ти така красномовна, Рут!

— Пішов ти, підлиза.

Кел розреготався:

— Ще ліпше! Давай перекусимо.

Рутина мати дала їм на дорогу корзину з хлібом, сиром і шоколадом. Рут її відкрила. Коли вона розрізала кружальце сиру — м'яке й покрите воском, — почувся нестерпний сморід. Так смердить гниль глибоко на дні вологої ями. Точніше, блювота на дні ями.

— Що за хрінь? — викрикнув Кел.

— О Боже! — Рут тут же запхала сир назад до корзини, хряснувши плетеною кришкою. Вона натягнула светра на носа. Даремно — що одне, що друге.

— Викинь геть! — крикнув Кел. — Забери то звідси!

Рут відкрила корзину, опустила вікно й викинула сир. Той відбився від асфальту й покотився дорогою. Рут виставила голову у вікно, глибоко дихаючи.

— Що то було? — сердито запитав Кел. — Що то в біса було?

— Мама казала — овечий сир, — відповіла Рут, віддихавшись. — Домашній. Хтось подарував його міс Вері на Різдво.

— Щоб вона з'їла і вмерла!

— Це начебто делікатес.

— Делікатес? Мама казала, що то делікатес?

— Дай їй спокій.

— Вона хотіла, щоб ми то їли?

— Це був подарунок. Мама не знала.

— Тепер я розумію, звідки пішло слово «сирун». Не від того слова, що я раніше думав.

— Ой, не починай.

— Раніше я думав, що то «серун», але ні — тепер я знаю, що воно від сиру пішло.

— Перестань, — сказала Рут. — Зроби мені послугу. Не розмовляй зі мною до самого дому.

Кел Кулі довго мовчав, а тоді задумано сказав:

— Цікаво, звідки взялося слово «сцикун». Не знаєш?

— Дай мені спокій, — огризнулась Рут. — Будь ласка, прошу тебе як людину. Дай мені спокій.

Коли вони приїхали на пристань у Рокленді, на них уже чекав пастор Вішнелл із племінником. На спокійному морі, сірому й поцяткованому дощем, Рут побачила «Нову надію». Обійшлося без привітань.

Пастор Вішнелл сказав:

— Келе, підвези мене до крамниці. Треба купити оливи, продуктів і дещо з канцелярії.

— Без питань, — відповів Кел.

— Лишайся тут, — сказав пастор Вішнелл до Овні, і Кел, змавпувавши пасторову інтонацію, сказав Рут те саме:

— Лишайся тут.

Вони поїхали, а Рут і Овні лишилися на пристані під дощем. Ось так. Хлопець мав на собі новенький жовтий плащ-дощовик, жовту водонепроникну панаму й жовті чоботи. Він стояв нерухомо й дивився на море, заклавши мускулясті руки за спину. Рут подобалося, що він такий великий. Подобалося його міцне, кремезне тіло. Його біляві вії.

— Гарно провів тиждень? — запитала Рут в Овні Вішнелла.

Той кивнув.

— Чим займався?

Він зітхнув. Нахмурив лоба, так ніби напружено думав.

— Нічим особливим, — відповів зрештою. Він мав низький, тихий голос.

— Ясно, — сказала Рут. — А я гостювала у мами в Конкорді, у Нью-Гемпширі.

Овні кивнув, насупився і глибоко вдихнув. Він начебто збирався щось сказати, але передумав. Знову склавши руки за спиною, він мовчав з непроникним виразом лиця. «Такий сором'язливий, — подумала Рут. Їй це здалося симпатичним. — Такий великий і такий сором'язливий!»

— Чесно кажучи, мені стає сумно, коли я з нею бачусь. Мені не подобається на материку. Відразу хочеться назад на Форт-Найлз. А тобі? Де тобі більше подобається — там чи тут?

Обличчя Овні Вішнелла стало рожевим, вишневим, ще раз рожевим, а тоді знову нормальним. Рут захоплено спостерігала за цим незвичайним видовищем.

— Я тобі набридаю? — запитала вона.

— Ні.

Овні знову почервонів.

— Мама вічно тисне на мене, щоб я їхала подалі від Форт-Найлзу. Ну, не те щоб тисне, але вона відправила мене до школи в Делавері, а тепер хоче, щоб я переїхала в Конкорд.

Чи поступила в коледж. Але мені подобається там, — Рут показала на океан. — Я не хочу жити з Еллісами. Я хочу, щоб вони дали мені спокій.

Рут сама не розуміла, чому жаліється цьому мовчазному сором'язливому велетню в жовтому дощовику. Їй подумалось, що збоку вона здається дитиною або якоюсь дурепою. Та, глянувши на Овні, Рут побачила, що він слухає. Він не дивився на неї як на дитину чи на дурепу.

— Я тобі точно не набридаю?

Овні Вішнелл кашлянув у кулак і подивився на Рут. Від напруги повіки над його блідо-блакитними очима затремтіли.

— Ем, — він знову кашлянув. — Рут?

— Що? — вона була в захваті від того, що він назвав її на ім'я. Рут не думала, що він його знає. — Що, Овні?

— Хочеш дещо побачити? — запитав він. Він вимовив це так, ніби в чомусь їй зізнався. Так нагально, ніби збирався показати їй сховок із вкраденими грошима.

— Ясно, що хочу, — відповіла Рут.

Овні завагався, весь аж напружився.

— Покажи, — сказала Рут. — Покажи, що ти хотів мені показати.

— Тоді скоріше, — сказав Овні й нарешті ожив. Він кинувся в кінець пристані, й Рут побігла за ним. Збіг униз по драбині й зіскочив у шлюпку, за секунду її відв'язав і махнув Рут, щоб сідала. Шлюпка вже відчалила, коли вона в неї скочила. Овні налягав на весла. Він веслував красиво і швидко — ш-ш-ш, ш-ш-ш, ш-ш-ш, — і шлюпка летіла на хвилях.

Вони проминули «Нову надію» і всі інші човни, пришвартовані в бухті. Овні ні на мить не збавляв темпу. Кісточки його пальців побіліли, губи стиснулися в тонку лінію. Рут тримáлася за обидва борти шлюпки, дивуючись з його сили. Ще пів хвилини тому, на пристані, вона й подумати не могла, що зараз пливтиме в морі. Овні веслував далі, аж поки вони виплили із затишної бухти у відкрите море. Тепер хвилі билися об борт і гойдали маленьку шлюпку. Вони допливли до величезного гранітного валуна — чи радше до малого гранітного острова, — і Овні підплив до нього ззаду. Тепер з берега їх ніхто не бачив. На валун накочувалися хвилі.

Овні, поморщивши лоба й важко дихаючи, дивився уперед на океан. Він відплив від гранітного острова метрів на десять і зупинився. Встав і глянув у воду, потім сів, провеслував ще зо п'ять метрів і знову подивився у воду. Рут перехилилась через борт, але нічого там не побачила.

Овні Вішнелл узяв із дна шлюпки рибальський гак — довгий патик із гачком на кінці. Він повільно опустив його у воду й почав тягнути. Рут побачила, що він зачепив гаком буй — з тих, що ними рибалки позначають місця, де ставлять пастки. Але цей буйок був білий, а не розмальований у яскравий колір, як у лсвців омарів. Крім того, буй не гойдався на поверхні води, а був причеплений до короткої мотузки й ховався на глибині кількох метрів під водою. Знайти його міг тільки той, хто точно знав, де шукати.

Овні кинув буй у шлюпку, а тоді помалу витягнув мотузку, до якої його було вчеплено. На мотузці була саморобна дерев'яна пастка на омарів. Овні затягнув її у шлюпку. Пастка була напхом напхана великими кусючими омарами.

— Чия то пастка? — запитала Рут.

— Моя! — відповів Овні.

Він відчинив дверцята пастки й узявся витягувати омарів, одного за одним. Він показував кожного з них Рут, а потім кидав у воду.

— Агов! — вигукнула Рут після третього омара. — Не викидай їх! Це ж гарні омари!

Але він викинув їх усіх до останнього. Омари й справді були гарні. Величезні. Напаковані в пастку, як риба у глибоководну сітку. Проте вони якось дивно поводились. Коли Овні брав їх у руки, омари не клацали клешнями й не намагались вирватися. Вони спокійно лежали на його долоні. Рут уперше бачила таких слухняних омарів. І вперше бачила, щоб їх стільки напхалося до однієї пастки.

— А чому їх так багато? І чому вони тебе не щипають? — запитала вона.

— Бо не щипають, — відповів Овні й кинув у воду ще одного омара.

— Чому ти не лишиш їх собі? — запитала Рут.

— Не можу! — вигукнув Овні.

— Коли ти поставив пастку?

— Тиждень тому.

— А чому ти тримаєш буй під водою, де його не видно?

— Ховаю.

— Від кого?

— Від усіх.

— Тоді як ти знайшов пастку?

— Знав, де шукати, — сказав він. — Я знаю, де вони є.

— Вони?

Овні пожбурив останніх омарів у море, а за ними перекинув через борт пастку. Голосно хлюпнула вода. Витираючи руки об комбінезон, Овні зі скорботою в голосі випалив:

— Я знаю, де є омари.

— Ти знаєш, де є омари.

— Так.

— Видно, що ти з родини Вішнеллів, — сказала Рут. — Це ж так?

— Так.

— А де решта твоїх пасток, Овні?

— Всюди.

— Всюди? По всьому узбережжю штату Мен?

— Так.

— А твій дядько в курсі?

— Ні! — Овні злякався мало не до смерті.

— А хто робив пастки?

— Я.

— Коли?

— Вночі.

— То ти займаєшся цим потайки від дядька.

— Так.

— Бо він тебе приб'є, так?

Мовчанка.

— Чому ти викидаєш їх у море?

Овні затулив лице руками, потім опустив руки. Здавалося, що зараз заплаче. Він похитав головою і нічого не відповів.

— Ох, Овні.

— Я знаю.

— Ти здурів.

— Я знаю.

— Ти міг би гребти гроші лопатою! О Боже. Був би в тебе човен і снасті, ти би вже розбагатів!

— Не можу.

— Бо хтось...

— Мій дядько.

— ...про це дізнається.

— Так.

— Він хоче, щоб ти став пастором чи ще якимось нікчемою, правда?

— Так.

— Такий талант — і до одного місця.

— Я не хочу бути пастором.

— Я тебе не звинувачую, Овні. Я теж не хочу бути пасторкою. Хто ще про це знає?

— Треба вертатись, — сказав Овні. Він схопив весла, розвернув шлюпку — обернувши свою широку пряму спину до берега — й почав веслувати. Красивими широкими рухами, наче якась прекрасна машина.

— Хто ще про це знає, Овні?

Він перестав веслувати і глянув на неї.

— Ти.

Рут подивилась на нього, на його велику біляву голову, на його блакитні, як у шведа, очі.

— Ти, — повторив Овні. — Тільки ти.

8

Коли омар збільшується, він сміливішає і пливе далі від берега, але так і не втрачає інстинкту копати й так і не покидає звички ховатися під камінням, коли виникає така потреба.

«Американський омар:
дослідження його звичок і розвитку»
ФРЕНСІС ГОБАРТ ГЕРРІК, КАНДИДАТ НАУК, 1895 Р.

НАПРИКІНЦІ ЛЬОДОВИКОВОГО ПЕРІОДУ банку Джорджес покривав ліс — пишний, густий і незайманий. Там були ріки, гори, ссавці. Потім ці землі затопило море й перетворило їх на найкращі риболовецькі угіддя на Землі. Перетворення тривало мільйони років, а от європейці довго не шукали: діставшись до Нового світу, вони відразу знайшли це місце й виловили звідти всю рибу.

Великі кораблі ловили сітями яку завгодно рибу — морського окуня, оселедця, тріску, скумбрію, різних китів, кальмарів, тунця, меч-рибу, котячу акулу, — а траулери витягували устриць. До кінця дев'ятнадцятого століття банка перетворилась на багатонаціональне місто на воді. Німці, росіяни, американці, канадці, французи й португальці витягали з моря тонни риби. На кожному судні рибалки закидали живу рибу в трюми так само бездумно, як кочегари закидають вугілля в піч. Кораблі стояли на банці тиждень, деколи два. Уночі вони виблискували вогниками у воді, як невеликі містечка.

Застряглі у відкритому морі за день ходу від берега, човни й кораблі були легкими мішенями для негоди. Шторми налітали стрімко й люто і не раз трощили цілий флот, завдаючи непоправних збитків громаді, яка його сюди відправила. Бувало, село відряджало кілька човнів на звичайну собі рибалку до банки Джорджес, а через кілька днів ставало селом вдів і сиріт. Газети перелічували загиблих рибалок, а також дружин з дітьми, які в них залишилися. Напевно, в цьому й полягала найбільша трагедія. Дружин з дітьми лічили завжди, щоб визначити, скільки душ лишилося на березі без батьків, братів, чоловіків, синів і дядьків, які б їх забезпечували. Яка доля на них чекала?

Сорок шість загиблих — було написано в заголовку. Сто дев'яносто сім дружин і дітей залишилися без годувальників.

Ось по-справжньому сумне число. Ось число, яке всі мусили знати.

Проте ловля омарів не така і ніколи такою не була. Це заняття досить небезпечне, але не таке смертельне, як риболовля у відкритому морі. Далеко не таке. Містечка, де ловлять омарів, не втрачають чоловіків цілими батальйонами. Ловці омарів рибалять наодинці, майже завжди бачать перед собою берег і повертаються по обіді додому їсти пиріг, пити пиво і спати на дивані, не скидаючи чобіт. Натовпи жінок і дітей не стають вдовами й сиротами. Вдови не гуртуються у спілки. Вдовами в омароловецьких громадах стають по одній — через випадок, дивне утоплення, чудний туман і бурі, що налітають і відлітають, не завдавши іншої шкоди.

Так було з місіс Поммерой, єдиною на 1976 рік удовою на Форт-Найлзі — точніше, єдиною вдовою рибалки. У неї одної чоловіка забрало море. Що їй дав цей статус? Майже нічого. Те, що її чоловік пиячив і випав за борт погідного сонячного дня, применшило катастрофічні масштаби події, а з роками про цю трагедію взагалі забули. Місіс Поммерой сама була як той погідний сонячний день — така мила, що люди забували, що її треба жаліти.

Крім того, вона добре давала собі раду й без чоловіка. Вона вижила без Айри Поммероя і не показувала світові ніяких ознак, що страждає від цієї втрати. Місіс Поммерой мала великий будинок, що його збудували й виплатили задовго до її народження, і збудували так надійно, що він майже не потребував догляду. Та й не те щоби хтось дуже цим доглядом переймався. Вона мала сад. Мала сестер — надокучливих, але відданих. Мала Рут Томас, яка була їй за доньку-компаньйонку. Мала синів — вони, звісно, були ледацюгами, але не ледачішими за сусідських синів, та й матері помагали.

Ті з братів Поммероїв, що лишилися на острові, заробляли небагато, бо могли працювати хіба стерновими на чужих човнах. Заробляли небагато, бо човни Поммероїв, ділянки Поммероїв і риболовецькі снасті Поммероїв пропали після батькової смерті. Місцеві рибалки скупили їх за копійки, і вернути їх було неможливо. Через це — а ще через вроджене лінивство — брати Поммерої не мали на Форт-Найлзі майбутнього. Вони не могли будувати свою справу з нуля, коли виросли. Брати знали про це ще змалку, і тому не дивно, що кілька з них поїхали з острова назавжди. Чому б і ні? Вдома вони не мали майбутнього.

Єдиним Поммероєм з амбіціями був Фаґан, середущий син. Він один мав ціль у житті й успішно до неї йшов. Фаґан працював на вбогій картопляній фермі у віддаленому окрузі без доступу до моря на півночі штату Мен. Він змалку мріяв втекти подалі від океану — і втік. Він мріяв стати фермером. Ніяких мартинів, ніяких вітрів. Він посилав матері гроші. Телефонував їй раз на кілька тижнів, щоб розповісти, як там росте картопля. Казав, що сподівається колись стати бригадиром на фермі. Він набридав матері до смерті, але вона пишалася, що син має роботу, і раділа грошам, які він їй посилав.

Конвей, Джон і Честер Поммерої пішли до війська, і Конвею (морському вовку, як він любив себе називати, так ніби був адміралом) пощастило застати останній рік воєнних дій у В'єтнамі.

Він служив моряком на річковому патрульному судні в небезпечному районі. Проходив службу у В'єтнамі двічі. Перший раз відслужив без поранень — щоправда, посилав хвалькуваті й грубі листи матері, в яких із яскравими подробицями описував, скільки його товаришів-ідіотів віддали кінці й через які дурнуваті помилки. Він також докладно описував матері, який вигляд мали тіла його товаришів після того, як ті віддали кінці, і запевняв, що сам він кінців не віддасть, бо він мудрий і такої дурні не зробить.

1972 року Конвей, вдруге у В'єтнамі, сам мало не вмер, коли куля застрягла біля хребта, але, провівши пів року у військовому шпиталі, став на ноги. Він одружився з удовою одного зі своїх дурнуватих товаришів, який віддав кінці на річковому патрульному судні, й перебрався до Коннектикуту. Він ходив із ціпком. Отримував допомогу з інвалідності. Конвей давав собі раду. Конвей не сидів на шиї в овдовілої матері.

Джон і Честер пішли в армію. Джона відправили до Німеччини, де він лишився після закінчення служби. Рут Томас уявлення не мала, чим хлопака з родини Поммерой міг займатися в європейській країні, але Джон не давався чути і всі вирішили, що з ним усе добре. Честер відслужив в армії, переїхав до Каліфорнії, захопився наркотиками і зв'язався з якимись диваками, які вважали себе пророками. Вони називали себе кочовими бандитами з бандольєрами.

Кочові бандити з бандольєрами мандрували у старому шкільному автобусі й заробляли на життя тим, що гадали по руках чи на картах таро, хоча Рут чула, що насправді вони продавали марихуану. Та частина історії викликала в Рут інтерес. Сама вона марихуани ніколи не пробувала, але цікавилась нею. Честер навідався на острів один раз — без своїх кочових бандитів, — коли Рут Томас приїхала додому зі школи, і спробував дати їй одну зі своїх славнозвісних духовних порад. То було ще 1974 року. Він був вгашений.

— Яку пораду хочеш? — запитав Честер. — Я всякі маю.

Він узявся перелічувати на пальцях.

— Можу дати тобі пораду про роботу, про любовні справи, про те, чим тобі займатися, спеціальну пораду або звичайну.

— Траву маєш? — запитала Рут.

— Маю-маю.

— Можна покурити? Ну, ти ж продаєш її, правда? Я маю гроші. Можу купити в тебе.

— Я знаю один фокус з картами.

— Щось я сумніваюсь, Честере.

— Та чесно знаю.

Він тицьнув колоду Рут під носа й сказав, ледве ворушачи язиком:

— Вибери карту.

Рут не захотіла вибирати.

— Вибери карту! — крикнув Честер Поммерой, кочовий бандит із бандольєром.

— Нащо?

— Вибери чортову карту! Ну, давай! Я вже підклав чирвову трійку, то давай вже, вибери довбану карту!

Рут не захотіла. Він кинув колоду в стіну.

Вона запитала:

— Ну а тепер продаси трави?

Він розлючено глянув на неї і махнув, щоб забиралася геть з його очей. Копнув стіл ногою й обізвав її тупою сучкою. «Реально з котушок злетів», — подумала Рут і цілий тиждень обходила його стороною. Усе це сталося, коли Рут було шістнадцять, — тоді вона востаннє бачила Честера Поммероя. Вона чула, що він має купу дітей, але ні з ким не одружений. Трави він їй так і не продав.

Отже, четверо братів Поммероїв виїхали з острова — троє лишилося вдома. Вебстер Поммерой, найстарший і найрозумніший, був низького зросту, хирлявий, понурий, сором'язливий і з талантом лише до одного — порпатися на мілині в пошуках артефактів для майбутнього музею природничої історії Сенатора Саймона Аддамса. Вебстер не приносив грошей матері, але на нього багато і не йшло. Він доношував одяг з дитинства і майже нічого не їв. Місіс Поммерой любила його найбільше — і найбільше за нього хвилювалась; їй було байдуже, що він не приносить грошей до хати — основне, щоб не лежав з ранку до ночі на дивані з подушкою на голові, печально зітхаючи.

Протилежністю Вебстера був славнозвісний придурок Робін Поммерой, наймолодший із братів. У свої сімнадцять він мав дружину з міста — Опал, і сина — малюка-велетня Едді. Робін працював стерновим на човні Рутиного батька. Рутин батько терпіти не міг Робіна Поммероя, бо шмаркач цілими днями не стуляв пельки. Подолавши свій мовленнєвий ґандж, Робін перетворився на невтомного базікала. Він теревенив не тільки з Рутиним батьком — єдиною, крім нього, людиною на човні. Він ще й сам зі собою теревенив, і з омарами теж. Під час обіду він виходив на зв'язок з іншими човнами і балакав ще й з ними. Запримітивши неподалік човен, хапав рацію і казав до сусідів: «А човник ваш такий нічого!». Потім вимикав мікрофон і чекав на відповідь — відповідали переважно: «Та пішов ти, малий», — або щось типу того. Тоді він засмучено питав Рутиного батька: «Але чому ніхто не похвалить наш човен?».

Робін вічно щось впускав за борт. Одного разу він невідомо як випустив з рук гак і біг на другий кінець човна, щоб його піймати. Але не встиг. Таке відбувалося не щодня, але майже щодня. Рутин батько страшно дратувався — мусив давати задню і наздоганяти загублений інструмент. Він узяв собі за звичку тримати в човні запасні інструменти — про всяк випадок. Рут порадила йому вчепити до них усіх по буйку, щоб ті принаймні гойдалися на воді. Вона назвала це захистом від Робіна.

Робін надокучав Рутиному батьку, але той терпів хлопця, бо Робін мало брав — дуже, дуже мало. Зі всіх стернових Робін брав найменше грошей. Мусив, бо ніхто не хотів із ним працювати. Він був тупий і лінивий, зате сильний, і Рутин батько добряче заощаджував, наймаючи Робіна Поммероя. Він терпів хлопця через добрі прибутки.

І останній із братів Поммероїв — Тімоті. Завжди найтихіший, Тімоті Поммерой ніколи не був бешкетником і виріс досить порядним хлопцем. Він нікого не дратував. Був схожий на свого батька — важкі кулаки, тугі м'язи, чорне волосся, прищурені очі. Він працював на човні Лена Томаса, дядька Рут Томас, і працював добре. Лен Томас був пустомолотом і забіякою, а от Тімоті мовчки витягав пастки, рахував омарів, засипав наживку і стояв на кормі, обернувшись від Лена й тримаючи свої думки при собі, поки човен плив. Лена таке влаштовувало, бо зазвичай він мав клопіт із пошуком стернових, які б терпіли його легендарний характер. Одного разу він накинувся на стернового з гайковим ключем і відправив його на пів дня у відключку. А от Тімоті його не злив. Він досить пристойно заробляв, той Тімоті. І все віддавав матері, крім тієї суми, за яку купував віскі. Він пив його сам щовечора у своїй спальні, щільно зачинивши двері.

Одним словом, більшість синів місіс Поммерой не стали для неї фінансовим тягарем, а навпаки, люб'язно передавали трохи грошей. Загалом усе в них склалося нормально — у всіх, крім Вебстера. Гроші, які їй посилали сини, місіс

Поммерой доповнювала власними заробітками — вона вміла стригти.

І стригла добре. Вона мала хист. Місіс Поммерой завивала й фарбувала волосся жінкам і мала вроджене вміння добирати гарну форму, але склалося так, що спеціалізувалася вона на чоловічих стрижках. Стригла чоловіків, які за все життя мали три види стрижок: стрижки від матерів, стрижки від армійських цирульників і стрижки від дружин. Цих чоловіків не цікавив стиль, але вони дозволяли місіс Поммерой виробляти з їхнім волоссям різні чудеса. Вони гонорово сиділи у кріслі, насолоджуючись увагою, наче якісь кінозірки.

Бо місіс Поммерой справді вміла зробити з чоловіка красунчика. Вона магічним чином приховувала лисину, відрощувала бороду на безбородих, проріджувала густі зарості невгамовних кучерів і приборкувала найнепокірніші чуби. Вона жартувала, хвалила кожного клієнта, легенько штурхала його й дражнилася, підстригаючи волосся, і цей флірт відразу додавав чолов'язі привабливості, його щоки рум'яніли, очі блищали.

Вона рятувала чоловіків від потворності. Навіть Сенатор Саймон і Анґус Аддамс мали порядний вигляд. Навіть старий дивак Анґус вставав зі стільця аж до потилиці червоний від такого приємного товариства. Коли вона закінчувала стригти від природи гарного чоловіка, як-от Рутиного батька, той ставав аж непристойно вродливим, як красунчик-кіноактор.

— Іди сховайся, — казала вона Стену. — Тікай звідси. Якщо ти ходитимеш з таким виглядом по місту, то сам будеш винен, якщо тебе зґвалтують.

Як не дивно, леді з Форт-Найлзу не мали нічого проти того, щоб місіс Поммерой причепурювала їхніх чоловіків. Напевно, тому, що виходило дуже гарно. Чи, може, через те, що вони хотіли допомогти вдові, а це був простий спосіб. А може, вони почувалися винними перед місіс Поммерой за те, що мали чоловіків, яким досі вдавалося не напитися й не випасти за борт. Або жінкам так збридилися їхні чоловіки за стільки років, що їх нудило від самої думки про те, щоб запустити пальці у брудне волосся тих смердючих, масних, лінивих рибалок. Ліпше хай місіс Поммерой цим займається; тим паче, їй начебто це так подобається, а їхні чоловіки після стрижки мають добрий настрій — хоча б один день.

Тому коли Рут, повернувшись із Конкорда від матері, пішла просто до будинку місіс Поммерой, то застала її за тим, що вона підстригала волосся всій родині Расса Кобба. У неї зібралися всі Кобби: містер Расс Кобб, його дружина Айві та їхня наймолодша донька Флорида, яка у свої сорок досі жила з батьками.

То була нещасна сім'я. Рассу Коббу було під вісімдесят, але він усе ще щодня рибалив. Він казав, що рибалитиме доти, доки зможе перекинути ногу через борт. Минулої зими йому ампутували до коліна праву ногу — через діабет або, як він казав, «цукор», — але він усе одно щодня випливав у море, перекидаючи через борт те, що лишилось від ноги. Його дружина Айві вічно ходила сумна. Вона малювала на пласких морських їжаках гілочки падуба, свічки й лиця Санта-Клауса і продавала їх сусідам як прикраси до

Різдва. Донька Коббіє, Флорида, вічно мовчала. Вона була жахливо мовчазна.

Місіс Поммерой уже накрутила сиве волосся Айві Кобб на бігуді й саме поралась коло бакенбардів Расса Кобба, коли увійшла Рут.

— Але густе! — сказала місіс Поммерой містерові Коббу. — Ваше волосся таке густе, що ви схожі на Рока Гадсона!

— На Кері Ґранта! — проревів він.

— На Кері Ґранта! — розсміялась місіс Поммерой. — Дійсно! Вилитий Кері Ґрант!

Місіс Кобб закотила очі. Рут перейшла через кухню й поцілувала місіс Поммерой у щоку. Місіс Поммерой взяла її за руку й довго не відпускала.

— Вітаємо вдома, люба.

— Дякую.

Рут справді почувалась як удома.

— Гарно провела час?

— То був найгірший тиждень у моєму житті, — Рут хотіла пожартувати, але слова вирвалися з її рота як неприкрашена істина.

— Вріж собі пирога.

— Дуже дякую.

— З татом бачилась?

— Ще ні.

— Я вже закінчую, — сказала місіс Поммерой. — Сідай, сонечко.

Рут сіла біля мовчазної Флориди Кобб на стілець, помальований у жахливий зелений колір, яким фарбували буї для пасток. Стіл і кутову шафу теж було помальовано у страхітливий зелений під колір кухні. Рут спостерігала, як місіс Поммерой чаклує над бридким містером Коббом. Вона ні на мить не забирала рук від його волосся. Навіть коли місіс Поммерой не стригла, вона гладила його голову, теребила пальцями волосся, посмикувала за вуха. Містер Кобб тулився головою до її рук, як кіт тулиться до ноги господаря.

— Але гарно, — мурмотіла місіс Поммерой, немовби вихваляючи свого коханого. — Дивіться, які ви гарні.

Вона підрівняла йому бакенбарди і поголила шию, креслячи напівдуги по мильній піні, а потім витерла рушником. Місіс Поммерой притискалася всім тілом до його спини. Вона ставилась до містера Кобба так ласкаво, ніби той був останнім, кого їй судилося торкнутися на Землі, ніби доторки до його бридкого черепа були її останнім контактом із живою людиною. Місіс Кобб із металевими бігуді на голові сиділа, склавши посірілі руки на колінах, і дивилась холодним поглядом на постаріле чоловікове лице.

— Як у вас справи, місіс Кобб? — запитала Рут.

— У нашому клятому дворі завелися кляті єноти, — сказала місіс Кобб, продемонструвавши свій знаменитий фокус: розмовляти, не ворушачи губами.

Коли Рут була мала, то навмисне втягувала місіс Кобб у розмову тільки для того, щоб це побачити. Чесно кажучи, і у вісімнадцять Рут втягнула її в розмову з тієї ж причини.

— Як прикро. Ви вже колись мали клопіт з єнотами?

— Ніколи не мала.

Рут витріщилася на її губи. Ані ворухнулись, чесне слово. Неймовірно.

— Справді?

— Я б не проти підстрелити одного, — додала вона.

— До п'ятдесят восьмого року тут не було єнотів, — зауважив Расс Кобб. — На Курн-Гевені були, але не тут.

— Та невже? А що сталося? Звідки вони тут узялися? — запитала Рут, знаючи достеменно, що він відповість.

— Вони їх сюди привезли.

— Хто вони?

— Ті, що з Курн-Гевену! Кинули вагітних єнотих у торбу. Привезли їх сюди в човні. Серед ночі. Скинули на нашому березі. Брат твого діда, Девід Томас, це бачив. Якраз додому йшов від дівчини. Бачив чужих на пляжі. Як вони щось випускали з торби. А потім попливли геть. А через тиждень-другий — єноти тут як тут. По всьому острову, чорт би їх побрав. Жеруть курчат. Сміття. Все, що бачать, жеруть.

Від родичів Рут чула, звісно ж, іншу історію: вони казали, що то Джонні Поммерой бачив чужинців на пляжі якраз перед тим, як мав відплисти до Кореї 1954 року, де його вбили. Але вона не стала сперечатись.

— Я мала єнотика в дитинстві, — сказала місіс Поммерой і усміхнулась, згадавши про це. — Але він вкусив мене за руку й тато його вбив. По-моєму, то був він, а не вона. Принаймні я завжди так думала.

— А коли то було, місіс Поммерой? — поцікавилась Рут. — Як давно?

Місіс Поммерой зморщила чоло й сильно потиснула шию містера Кобба великими пальцями. Той радісно застогнав. Вона, мовби нічого й не було, сказала:

— По-моєму, на початку сорокових, Рут. О Боже, я така стара. Сорокові! Це ж так давно було.

— Тоді то не єнот, — зауважив містер Кобб. — Не могло такого бути.

— Та ні, маленький єнотик, це точно. Він мав смугастий хвіст і милу масочку. Я так його й називала — Маскі!

— Ніякий то не єнот. Не могло такого бути. На цьому острові до п'ятдесят восьмого не було єнотів, — наполягав на своєму містер Кобб. — Це хлопці з Курн-Гевену їх сюди привезли.

— Ну але то таки був єнотик, — сказала місіс Поммерой.

— Певно, не єнот, а скунс.

— Хотіла б я застрелити єнота! — сказала місіс Кобб з таким притиском, що її губи аж поворухнулись, а мовчазна донька Флорида здригнулася.

— Мій тато застрелив Маскі, — сказала місіс Поммерой.

Вона витерла рушником волосся містера Кобба і змела волосини з потилиці кухарським пензликом. Потім сипнула тальку під обтріпаний комір сорочки і втерла олійку в жорстке волосся, вклавши його у різко вигнутий «помпадур».

— Дивіться, який ви гарний! — вона простягнула йому старе срібне люстерко. — Як зірка кантрі! А ви що скажете, Айві? Хіба ж він не симпатяга?

— Ет, — буркнула Айві Кобб, але її чоловік аж світився від щастя, а його щоки блищали не менше за волосся.

Місіс Поммерой зняла з нього простирадло — акуратно, щоб волосся не розсипалося по яскраво-зеленій кухні, — і містер Кобб встав, усе ще милуючись собою в старому люстерку. Він повільно крутив головою з боку на бік і сміявся сам до себе — шкірив зуби, як справжній симпатяга.

— Як тобі тато, Флоридо? — запитала місіс Поммерой. — Гарний, правда?

Флорида Кобб густо зашарілася.

— Вона нічого вам не скаже, — раптом спохмурнів містер Кобб. Він кинув люстерко на кухонний стіл і дістав з кишені гроші. — Клятого слова з неї не добудеш. Хрін що скаже, хай би мала того хріну повний рот.

Рут засміялась і вирішила таки врізати собі шматок пирога.

— Зараз я зніму з вас бігуді, Айві, — сказала місіс Поммерой.

Пізніше, коли Кобби пішли, місіс Поммерой і Рут сиділи на ґанку. Там стояв старий диван з оббивкою у великі криваво-червоні троянди. Він смердів так, ніби промокнув від дощу чи від чогось гіршого. Рут пила пиво, а місіс Поммерой — фруктовий пунш. Рут розповідала місіс Поммерой про поїздку до матері.

— Як там Рікі? — поцікавилась місіс Поммерой.

— Ой, не знаю. Просто він, ну... Сіпається весь час.

— То була велика біда, як та дитинка народилась. Ти знаєш, я ніколи не бачила того бідного малюка.

— Знаю.

— І ніколи не бачила твоєї бідної матері після того.

«Твоєї бідної матері»... Рут дуже заскучила за її акцентом.

— Я знаю.

— Я намагалася до неї додзвонитись. Нарешті додзвонилася. Сказала їй, щоб привезла малого на острів, але вона відповіла, що він дуже хворий. Я розпитала її, що з ним не так, і знаєш, що я тобі скажу? Як на мене, все виглядало не так страшно.

— Та ні, він таки дуже хворий.

— Ну, з її слів мені здалося, що ми б і тут могли спокійно про нього подбати. Ну бо що йому треба було? Не так вже й багато. Якісь ліки. Це ж не тяжко. Господи, та містер Кобб щодня п'є пігулки від свого «цукру» — і нічого, дає якось раду. Чого ще Рікі потребував? Щоб хтось за ним доглядав. Ми б і доглядали. Це ж дитина, тут би знайшлося для неї місце. Я так їй і сказала. А вона все плакала й плакала.

— Всі інші казали, що його треба віддати в інтернат.

— Хто таке казав? Ну, Вера Елліс. А ще хто?

— Лікарі.

— Хай би привезла дитину додому. Тут йому було б добре. Та вона й зараз могла б його привезти. Ми подбали би про того хлопчика не гірше за інших.

— Мама казала, що ви були її єдиною подружкою. Що на острові тільки ви до неї добре ставились.

— Дуже приємно це чути, але це неправда. До неї всі добре ставились.

— Точно не Анґус Аддамс.

— Ой, та він її любив.

— Любив? Він її любив?

— Так само, як усіх решта.

Рут засміялась. А потім запитала:

— А ви знаєте такого Овні Вішнелла?

— А хто це? Хтось із Курн-Гевену?

— Племінник пастора Вішнелла.

— А, точно. Той високий блондин.

— Ага.

— Так, знаю його.

Рут мовчала.

— А що? — запитала місіс Поммерой. — Чому ти питаєш?

— Та нічого, — відповіла Рут.

Двері на ґанок відчинилися навстіж — Опал, дружина Робіна Поммероя, штовхнула їх ногою. У неї на руках сидів малий син-богатир, і вона не могла покрутити ручку. Побачивши місіс Поммерой, малюк зарепетував, як радісне гориленя.

— Ось де мій внучок дорогенький! — вигукнула місіс Поммерой.

— Привіт, Рут, — сором'язливо привіталась Опал.

— Привіт, Опал.

— Я не знала, що ти тут.

— Привіт, Едді-богатир, — сказала Рут до малюка.

Опал, закректавши, нахилилась і піднесла до неї малого, щоб Рут поцілувала його величезну голову. Рут посунулась на дивані, щоб дати місце Опал; та сіла, підняла футболку й дала Едді грудь. Той вчепився за неї і зосереджено присмоктався. Він так прицмокував і смоктав, ніби набирав з тієї груді повітря.

— Тобі ж болить, правда? — запитала Рут.

— Ага, — відповіла Опал. Вона позіхнула, не прикриваючи рота, й показала цілий ряд срібних пломб.

Троє жінок на дивані не зводили очей з малого богатиря, який намертво вчепився за грудь Опал.

— Він смокче, як та помпа в трюмі, — сказала Рут.

— І кусається, — коротко додала Опал.

Рут поморщилася.

— Коли ти його востаннє годувала? — запитала місіс Поммерой.

— Не знаю. Годину тому. Пів години.

— Годуй його по графіку.

Опал знизала плечима:

— Він вічно голодний.

— Ну та ясно, дорогенька. Ти ж його весь час годуєш. От у нього й росте апетит. Ти ж знаєш, як кажуть. Мама дає, дитина бере.

— Так кажуть? — перепитала Рут.

— Сама щойно придумала, — сказала місіс Поммерой.

— Гарно римується, — зауважила Рут.

Місіс Поммерой засміялась і штурхнула її ліктем. Рут заскучила за тим радісним відчуттям, коли дражнишся з когось і не боїшся, що зараз перед тобою розплачуться. Вона й собі штурхнула місіс Поммерой.

— Хай собі їсть, коли захоче, — сказала Опал. — Раз їсть — значить, голодний. Вчора він ум'яв три гот-доґи.

— Опал! — вигукнула місіс Поммерой. — Але ж йому тільки десять місяців!

— Я нічого не можу з цим зробити.

— Як то не можеш? Він що — сам собі гот-доґів наробив? — запитала Рут.

Місіс Поммерой і Опал розсміялися, а малюк несподівано відчепився від груді з дзвінким «цмок» — так відкривається щільно запечатаний пакет. Він звісив голову як п'яний, а тоді й собі розсміявся.

— Я розповіла немовлячий анекдот! — сказала Рут.

— Ти подобаєшся Едді, — відказала Опал. — Любиш Рут? Любиш свою тітоньку Рут, Едді?

Вона посадила малого Рут на коліна — той криво всміхнувся й виплюнув їй на штани жовту юшку. Рут повернула його матері.

— Ой, — сказала Опал.

Вона взяла малого й вернулась до хати, а за хвилину вийшла і кинула Рут рушника.

— Едді пора спатки, — сказала вона і знову пішла до хати.

Рут витерла з ноги теплу пінисту калюжку:

— Малий відригнув.

— Вони його перегодовують, — відповіла місіс Поммерой.

— Він виправляє ситуацію, я так розумію.

— Недавно вона годувала його шоколадною помадкою, Рут. Ложкою. Просто з банки. Я сама це бачила!

— Щось та Опал не дуже мудра.

— Зате в неї великі цицьки.

— Пощастило їй.

— То малому Едді пощастило. Звідки в неї такі великі цицьки, якщо їй тільки сімнадцять? Я в свої сімнадцять навіть не знала, що таке ті цицьки.

— Та знали, як не знали. Господи, місіс Поммерой, та ви в сімнадцять вже були заміжні.

— Була, але в дванадцять років я не знала, що таке цицьки. Я побачила сестрині груди й запитала її, що то за такі великі штуки. Вона сказала, що то дитячий жирок.

— Ґлорія таке сказала?

— Кітті.

— Вона б мала сказати вам правду.

— Напевно, вона не знала правди.

— Кітті? Та Кітті не встигла народитись, а вже все знала.

— Уяви собі, якби вона сказала мені правду? Уяви, якби вона сказала: «Це цицьки, Рондо. Колись дорослі мужики захочуть їх смоктати».

— Дорослі мужики і молоді хлопці. І чужі чоловіки теж, знаючи Кітті.

— А чому ти питала мене про Овні Вішнелла?

Рут зиркнула на місіс Поммерой і перевела погляд на подвір'я.

— Просто так, — відповіла вона.

Місіс Поммерой довго дивилась на Рут. Вона нахилила голову. Вона чекала.

— Але ж то неправда, що зі всього острова тільки ви добре ставилися до моєї матері, еге ж? — запитала Рут.

— Ні, Рут, я вже тобі казала. Ми всі її любили. Вона була чудова. Хіба трохи чутлива і часом не розуміла, якими бувають деякі люди.

— Наприклад, Анґус Аддамс.

— Ой, не тільки він. Вона не розуміла, чому вони всі пиячать. Я казала їй: Мері, ці мужики мерзнуть і мокнуть по десять годин на день, все життя. Знаєш, як то нервує. Вони мусять пити, бо інакше того не витримають.

— Мій тато ніколи стільки не пив.

— І ніколи дуже з нею не розмовляв. Вона почувалася самотньою. Терпіти не могла зим.

— По-моєму, в Конкорді вона теж самотня.

— Та ясно. Вона хоче, щоб ти переїхала до неї?

— Ага. І щоб я вступила до коледжу. Каже, Елліси цього хочуть. А містер Елліс, ясне діло, платитиме за навчання. Вера Елліс думає, що якщо я затримаюсь тут на довше, то завагітнію. Вона хоче, щоб я переїхала до Конкорда, а тоді вступила до якогось невеликого жіночого коледжу, престижного, де ректор — знайомий Еллісів.

— Тут справді всі вагітніють, Рут.

252

— По-моєму, малий Опал такий великий, що вистачить на всіх нас. Та й крім того, щоб завагітніти, треба спочатку зайнятися сексом. Так тепер кажуть.

— Тобі варто жити з матір'ю, якщо вона так хоче. Тебе тут нічого не тримає. Люди, які тут живуть, Рут, — то не зовсім твої люди.

— Знаєте, що я вам скажу? Я в житті не робитиму нічого, чого від мене хочуть Елліси. Такий мій план.

— Такий твій план?

— Поки що.

Місіс Поммерой скинула туфлі й поклала ноги на стару дерев'яну пастку для омарів, яка стояла на ґанку замість столика. Вона зітхнула.

— Розкажи мені про того Овні Вішнелла, — попросила вона.

— Ну, я з ним познайомилася, — сказала Рут.

— І?

— І він незвичайна людина.

Місіс Поммерой знову чекала, а Рут знову дивилась на подвір'я. На іграшковій машинці стояв мартин і теж дивився на неї.

— Що? — запитала Рут. — На що всі так витріщились?

— Думаю, це не все, — сказала місіс Поммерой. — Розкажи все до кінця.

Отож Рут розповіла місіс Поммерой про Овні Вішнелла, хоча спочатку не збиралася нікому про нього говорити. Вона розповіла місіс Поммерой про чистий риболовецький одяг Овні, про те, як хвацько він веслував і як завіз її за скелю показати пастки на омарів. Розповіла про грізні промови пастора Вішнелла на тему згубної й аморальної ловлі омарів і про те, як Овні мало не заплакав, показуючи їй пастку, даремно напхану омарами.

— Бідна дитина, — сказала місіс Поммерой.

— Та він уже не зовсім дитина. По-моєму, він мого віку.

— Дай йому Бог здоров'я.

— Ви можете в це повірити? Він має пастки вздовж усього узбережжя і викидає омарів у воду. Бачили б ви, як він з ними поводиться. Дуже дивне видовище. Він їх ніби у транс вводить.

— Він схожий на свою родину, так?

— Ага.

— То, значить, гарний?

— Має велику голову.

— Як і всі Вішнелли.

— Його голова просто велетенська. Як повітряна куля з вухами.

— Я впевнена, що він гарний. Крім того, всі Вішнелли, крім Тобі Вішнелла, мають широкі груди. І гору м'язів.

— Може, то дитячий жирок, — пожартувала Рут.

— Та ні, м'язи, — усміхнулася місіс Поммерой. — Всі вони кремезні шведи. Крім пастора. Ох, як я колись мріяла вийти заміж за Вішнелла.

— За котрого з них?

— Та за будь-кого. Лиш би з прізвищем Вішнелл. Вони стільки заробляють. Бачила б ти їхні будинки. Найгарніші зі всіх. А подвір'я які! Засаджені милими квітничками... Хоч я не пам'ятаю, щоб малою розмовляла з кимось із Вішнеллів. Можеш у таке повірити? Я часом бачила їх у Рокленді — такі вже красунчики.

— Треба було вам вийти заміж за Вішнелла.

— Але як, Рут? Ну справді. Вішнелли з простáчками не женяться. Крім того, мої вбили б мене, якби я вийшла заміж за когось із Курн-Гевену. Та й взагалі, я не знала нікого з їхньої родини. Я б навіть не могла сказати, за кого з них хочу заміж.

— Така гаряча жінка, як ви? Та ви б самі обирали серед них, кого хочете, — сказала Рут.

— Я кохала свого Айру, — відповіла місіс Поммерой. Але вона погладила Рут по руці за цей комплімент.

— Ну ясно, що ви кохали свого Айру. Але ж він був ваш двоюрідний брат.

Місіс Поммерой зітхнула.

— Я знаю. Але нам було добре разом. Він возив мене в морські печери на Бун-Рок. Там всюди звисали сталактити чи як там їх. Так гарно було.

— Але ж він був ваш двоюрідний брат! За братів не виходять заміж! Вам пощастило, що діти народилися без плавників на спині!

— Ну тебе, Рут! Скажеш таке! — розсміялася місіс Поммерой.

— Ви не повірите, як Овні боїться пастора Вішнелла, — сказала Рут.

— Я всьому повірю. Тобі сподобався той Овні Вішнелл?

— Чи він мені сподобався? Не знаю. Ні. Звісно. Не знаю. По-моєму, він... цікавий.

— Ти ніколи не говориш про хлопців.

— Бо я ще не зустрічала хлопців, про яких варто говорити.

— Він гарний? — знову запитала місіс Поммерой.

— Я вже казала. Він кремезний. Блондин.

— А його очі дуже блакитні?

— Це звучить як назва пісні про кохання.

— То як, Рут, — дуже блакитні чи ні?

У голосі місіс Поммерой вчулось легке роздратування. Рут змінила тон.

— Так. Вони дуже блакитні, місіс Поммерой.

— Хочеш посміятися? Я завжди в душі сподівалася, що ти колись вийдеш заміж за котрогось із моїх хлопців.

— Ой ні, місіс Поммерой.

— Я знаю. Знаю.

— Просто...

— Я знаю, Рут. Подивись на них. Якими вони повиростали! Ти б не змогла бути з жодним із них. Фаґан — фермер. Уявляєш? Така дівчина, як ти, не змогла б жити на фермі й вирощувати картоплю. Джон? Ніхто не знає, що з ним. Де він? Ми навіть того не знаємо. В Європі? Я вже забула, який він. Ми з ним бачилися так давно, що я вже не пам'ятаю його лиця. Жахливо чути таке від матері, правда?

— Я теж майже не пам'ятаю Джона.

— Але ж ти йому не мама, Рут. А Конвей? Такий агресивний, неясно чому. Ще й кульгає. Ти б ніколи не вийшла заміж за того, хто кульгає.

— Кульгавих мені не треба!

— А Честер? Ой людоньки.

— Ой людоньки.

— Думає, що він може передбачати майбутнє. Катається по країні з тими хіпі.

— Продає траву.

— Продає траву? — здивувалася місіс Поммерой.

— Жартую, — збрехала Рут.

— Може, й продає, — місіс Поммерой зітхнула. — А Робін? Чесно кажучи, я навіть не припускала, що ти б могла вийти заміж за Робіна. Навіть коли ви обоє були зовсім малі. Ти завжди була низької думки про Робіна.

— Ви, напевно, думали, що він не зможе зробити мені пропозицію. Він не зміг би того вимовити. «Одгушишся зі мнову, Вуф?» Усі б провалилися з сорому.

Місіс Поммерой похитала головою і швидко витерла очі. Рут помітила цей жест і перестала сміятися.

— А Вебстер? — запитала вона. — Лишився ще Вебстер.

— Еге ж, — голос місіс Поммерой посумнів. — Я завжди думала, що ти вийдеш заміж за Вебстера.

— Ой, місіс Поммерой.

Рут підсунулась і обняла свою подругу.

— Що сталося з Вебстером, Рут?

— Не знаю.

— Він був найрозумніший. Найрозумніший мій син.

— Я знаю.

— А коли помер його тато...

— Я знаю.

— Він перестав рости.

— Знаю. Знаю.

— Він такий сором'язливий. Як дитина, — місіс Поммерой спритно змахнула сльози зі щік тильним боком долоні. — Ми обидві — твоя мама і я — маємо синів, які не виросли, — сказала вона. — Ох, я така плакса. Правда?

Вона витерла носа в рукав і усміхнулась. Вони притулилися чолом до чола. Рут поклала руку на потилицю місіс Поммерой, а та заплющила очі. Потім відсторонилась і сказала:

— Мені здається, що в моїх синів дещо відібрали.

— Ага.

— Багато всього. Їхнього батька. Їхній спадок. Їхній човен. Їхню ділянку для риболовлі. Їхні рибальські снасті.

— Я знаю, — сказала Рут, і на неї накотилося відчуття провини, як щоразу за останні роки, коли вона уявляла батька в човні і як він ставить пастки, що колись належали містерові Поммерою.

— Шкода, що я не маю ще одного сина для тебе.

— Для мене?

— Ти б вийшла за нього заміж. Був би в мене ще один син, я б виховала його нормальним. Хорошим.

— Та перестаньте, місіс Поммерой. Усі ваші сини хороші.

— Ти дуже люб'язна, Рут.

— Ну, крім Честера, звісно. Він нехороший.

— Вони всі по-своєму хороші. Але недостатньо хороші для такої розумнички, як ти. Я б точно зробила все так, як треба, якби дістала ще один шанс, — на очах місіс Поммерой знову виступили сльози. — Але що я таке кажу — я, жінка з сімома дітьми.

— Все нормально.

— Та й не будеш ти сидіти й чекати, поки немовля виросте. Ти чуєш, що я мелю?

— Чую.

— Дурниці якісь.

— Ну є трохи, — погодилась Рут.

— Не все завжди виходить так, як хочеш.

— Не завжди. Але деколи виходить.

— Ага. Ти не думаєш, що тобі варто перебратися жити до матері, Рут?

— Ні.

— Тут для тебе нічого нема.

— Неправда.

— Я, звичайно, люблю, коли ти тут, але ж це несправедливо. Тут для тебе нічого нема. Ти тут як у в'язниці. У своєму маленькому Сан-Квентіні. Я завжди думала: «О, Рут вийде заміж за Вебстера», а потім: «О, Вебстеру дістанеться батьків човен». Я думала, все вже вирішено. Але човна нема.

«І Вебстера майже не лишилось», — подумала Рут.

— Тобі ніколи не спадає на думку, що ти мала б жити он там? — місіс Поммерой простягнула руку.

Вона, певно, хотіла показати на захід, у бік узбережжя і території, що пролягала за ним, але промахнулась напрямком. Вона показала в бік відкритого моря. Але Рут здогадалась, що вона хотіла сказати. Місіс Поммерой славилась географічним кретинізмом.

— Мені не конче виходити заміж за вашого сина, щоб лишитися тут з вами, — сказала Рут.

— Ох, Рут.

— Ліпше б ви не казали мені, що я маю їхати. Досить того, що я вислуховую це від мами й Ленфорда Елліса. Моє місце на острові, як і у всіх. Забудьте про мою маму.

— Ой, Рут. Не кажи такого.

— Ну добре, я не це мала на увазі. Але мені нема різниці, де вона живе і з ким. Байдуже. Я житиму тут, з вами. Куди ви поїдете — туди і я.

Рут усміхнулась і легенько штурхнула місіс Поммерой — так, як та часто штурхала її. Жартівливий штурханець, з любов'ю.

— Але ж я нікуди не їду, — сказала місіс Поммерой.

— Ну і добре. Я теж не поїду. Все вже вирішено. Я звідси ні ногою. Віднині я живу тут. Ніяких більше поїздок до Конкорда. Ніяких нісенітниць про коледж.

— Не зарікайся.

— Що хочу, те й роблю. Ще й не так можу заректися.

— Ленфорд Елліс прибив би тебе, якби почув, що ти таке кажеш.

— Та пішло воно все. І вони всі туди ж. Відтепер усе, що Ленфорд Елліс мені казатиме, я робитиму навпаки. Хай ті Елліси йдуть лісом. От побачите! Цілий світ побачить!

— Але чому ти хочеш прожити все життя на цьому паршивому острові? Це не твої люди, Рут.

— Ясно, що мої. Мої і ваші. Якщо вони ваші люди, то й мої теж!

— Ой, ну ти вже заговорила!

— Я сьогодні в настрої. Сьогодні день великих клятв!

— Я бачу!

— Ви думаєте, я жартую.

— Та ні, ти дуже все гарно кажеш. Думаю, що зрештою ти зробиш так, як захочеш.

Вони ще з годинку посиділи на ґанку. Опал від нічого робити ще кілька разів приходила з Едді, і місіс Поммерой із Рут по черзі брали малого на коліна й гицали його, стараючись не надірватися. За останнім разом Опал уже не вернулась до хати з малим, а пішла вниз до гавані.

— Спущуся в магазин, — сказала вона.

Її сандалі ляскали об п'яти, а малий богатир сидів на правому стегні, прицмокуючи губами. Місіс Поммерой і Рут спостерігали, як мама з малюком спускаються пагорбом.

— Тобі не здається, що я старо виглядаю, Рут?

— Ви виглядаєте на мільйон баксів. Ви завжди будете найгарнішою жінкою на цьому острові.

— Дивись, — сказала місіс Поммерой і задерла підборіддя. — Шкіра на шиї звисає.

— Нічого там не звисає.

— Звисає, — місіс Поммерой потягнула шкіру під підборіддям. — Дивись, як все висить — жах якийсь. Я схожа на пелікана.

— Ви не схожі на пелікана.

— Схожа. Я б могла запхати туди цілого лосося, як старий нещасний пелікан.

— Ви схожі на дуже молодого пелікана, — сказала Рут.

— О, вже легше, Рут. Дуже тобі дякую.

Погладжуючи шию, місіс Поммерой запитала:

— А про що ти думала, коли опинилась наодинці з Овні Вішнеллом?

— Ой, не знаю.

— Та ясно, що знаєш. Розкажи мені.

— Нема що розказувати.

— Гм, цікаво, — гмикнула місіс Поммерой. Вона вщипнула шкіру з тильного боку долоні. — Дивись, яка суха й обвисла. Якби я могла щось у собі поміняти, то повернула б собі таку шкіру, як колись. У твоєму віці я мала прекрасну шкіру.

— У моєму віці у всіх прекрасна шкіра.

— А ти, Рут, що змінила б у своїй зовнішності, якби могла?

Рут, не задумуючись, відповіла:

— Я б хотіла бути вищою. І мати менші соски. І вміти співати.

Місіс Поммерой розсміялася.

— А хто тобі сказав, що в тебе великі соски?

— Ніхто. Спитаєте таке, місіс Поммерой. Їх ніхто, крім мене, не бачив.

— Ти показувала їх Овні Вішнеллу?

— Ні, — відповіла Рут. — Але хотіла б.

— Тоді покажи.

Останні репліки захопили їх обох зненацька. Вони шокували одна одну. Ця ідея надовго зависла над ґанком. Рутине лице горіло. Місіс Поммерой мовчала. Схоже, вона дуже ретельно обмірковувала слова Рут.

— Ясно, — врешті сказала вона. — Ти таки його хочеш.

— Не знаю. Він дивний. Майже нічого не говорить...

— Ні, ти його хочеш. Саме його. Я знаюся на цих справах, Рут. Значить, доведеться нам його для тебе дістати. Треба щось придумати.

— Нікому не треба нічого придумувати.

— Ми щось придумаємо, Рут. Це ж добре. Я рада, що ти когось хочеш. Так і належить дівчині твого віку.

— Я не готова до таких дурниць, — відповіла Рут.

— Ну то підготуйся.

Рут не знала, що́ на це відповісти. Місіс Поммерой закинула ноги на диван і поклала босі стопи Рут на коліна.

— Ось тобі мої ніженьки, Рут, — сказала вона, і її голос прозвучав дуже засмучено.

— Ось мені ваші ніженьки, — відповіла Рут, і їй раптом стало дуже ніяково за своє зізнання. Вона відчула докори сумління за все, що сказала: за відвертий сексуальний інтерес до хлопця з родини Вішнеллів; за те, що поїхала від мами; за те, що дала дивну клятву ніколи не покидати

Форт-Найлз; за те, що визнала, що ніколи у світі не вийшла б заміж за сина місіс Поммерой. Але ж Господи — це правда! Хай би місіс Поммерой до кінця життя щороку народжувала по сину, Рут нізащо б не вийшла заміж за жодного з них. Бідолашна місіс Поммерой!

— Ви знаєте, що я вас люблю, — сказала вона. — Дуже люблю.

— Ось тобі мої ніженьки, Рут, — тихо відповіла місіс Поммерой.

По обіді Рут пішла від місіс Поммерой до Аддамсів — подивитися, чим там займається Сенатор. Їй поки не хотілося йти додому. Вона не любила балакати з татом, коли не мала настрою, тому вирішила побалакати із Сенатором. Може, він покаже їй старі фотографії вцілілих у кораблетрощі й розвеселить її.

Але вдома вона застала тільки Анґуса. Він наріза́в різьбу на трубі й перебував у жахливому настрої. Сказав, що Сенатор знову на Поттер-біч із тим сухоребрим кретином Вебстером — шукає чортовий бивень.

— Але ж вони вже його знайшли, — сказала Рут.

— Бляха, Руті, ну то тепер другий шукають.

Він сказав це таким тоном, ніби то вона його розізлила.

— О Боже, — сказала Рут. — Перепрошую.

Спустившись на Пстгер-біч, вона побачила Сенатора. Він з понурим виглядом походжав туди-сюди по гальці, а Кукі пленталася слідом за ним.

— Не знаю, що робити з Вебстером, — сказав до неї Сенатор. — Ніяк не можу його відговорити.

Вебстер Поммерой борсався далеко на мілині, збентежений і в паніці.

Рут ледве його впізнала. Він бовтався в мулі, як мала дитина: дурненький малий хлопчисько, який втрапив у велику халепу.

— Не відступиться від свого, і все, — сказав Сенатор. — І то вже цілий тиждень так. Два дні тому лив дощ — і все одно він не пішов до хати. Боюсь, щоб він собі чогось не зробив. Вчора порізав руку об бляшанку, яку відкопав у мулі. Хоч би якусь стару відкопав, а то ж ні. Порізав пучку на великому пальці. Але мені навіть глянути не дав.

— А що буде, якщо ви підете додому?

— Я не покину його тут самого, Рут. Він бродитиме всю ніч. Каже, що хоче знайти другий бивень — замість того, що його забрав містер Елліс.

— Ну то йдіть до маєтку Елліса, Сенаторе, і вимагайте, щоб віддали вам бивень. Скажіть тим ідіотам, що він вам потрібний.

— Не можу, Рут. Може, містер Елліс триматиме бивень у себе, поки не вирішить з музеєм. Може, віддав комусь на оцінку чи ще щось.

— Та містер Елліс його, певно, в очі не бачив. Може, Кел Кулі взагалі лишив його собі — ви звідки знаєте?

Вони дивилися, як Вебстер топчеться на місці. Сенатор тихо сказав:

— Може, ти б сходила до маєтку Елліса і запитала?

— Я туди не піду, — відповіла Рут. — Ноги моєї там не буде.

— Навіщо ти прийшла, Рут? — запитав Сенатор після тягучої паузи. — Тобі щось треба?

— Ні, просто хотіла привітатись.

— Ну, привіт, Руті.

Сенатор не дивився на неї. Він із напруженим хвилюванням спостерігав за Вебстером.

— І вам привіт. Справи у вас зараз не дуже, правда? — запитала Рут.

— Та ні, все добре. Як твоя мама, Рут? Як з'їздила в Конкорд?

— З нею все нормально.

— Ти передала їй вітання від мене?

— Та ніби не забула. Можете написати їй листа, якщо так хочете її ощасливити.

— Непогана ідея, непогана. Вона така сама гарненька, як раніше?

— Не знаю, як там було раніше, але зараз гарно виглядає. Тільки мені здається, що їй там самотньо. Елліси вчепилися до неї, бо хочуть, щоб я вступила до коледжу. Вони оплатять навчання.

— Містер Елліс таке казав?

— Мені не казав. Але моя мама так каже, і міс Вера, і навіть Кел Кулі. Ще недовго лишилось, Сенаторе. Думаю, містер Елліс скоро зробить оголошення.

— Ну, досить непогана пропозиція, як на мене.

— Була б непогана, якби то запропонував хтось інший.

— Ну ти і вперта.

Сенатор походжав від одного краю берега до другого. Слідом за ним — Рут, а слідом за Рут — Кукі. Сенатор витав думками деінде.

— Я вам заважаю? — запитала Рут.

— Ні, — сказав Сенатор. — Анітрохи. Можеш бути тут. Будь тут, дивися собі.

— Не хвилюйтесь так. Нічого страшного нема, — сказала Рут. Але вона не могла дивитись, як Вебстер товчеться в мулі. А ходити слідом за Сенатором їй теж не хотілось, якщо він цілий час отак бродитиме пляжем туди-сюди, заламуючи руки. — Я й так збиралась вертатися.

І Рут пішла додому. Вона не знала, що їй ще робити, і не мала охоти ні з ким більше розмовляти. На Форт-Найлзі не було заняття їй до душі. Зайду до тата, та й усе, вирішила вона. Зготую що-небудь на вечерю.

9

Якщо кинути тварину у воду хвостом чи головою вперед, вона відразу повернеться у нормальне положення, хіба буде дуже втомлена, і — раз чи два махнувши хвостом — кинеться на дно, немов зісковзнувши по похилій площині.

«Американський омар:
дослідження його звичок і розвитку»
Френсіс Гобарт Геррік, кандидат наук, 1895 р.

Друга омарова війна між Курн-Гевеном і Форт-Найлзом відбулася між 1928 і 1930 роками. Жалюгідна війна, не варта того, щоби про неї говорити.

Третя омарова війна між Курн-Гевеном і Форт-Найлзом, паскудна і коротка, лютувала всього чотири місяці 1946 року, але на деяких остров'ян вплинула сильніше за бомбардування Перл-Гарбору. Ця війна завадила місцевим рибалкам ловити омарів у рік, коли в усьому штаті Мен їх виловили найбільше. Шість тисяч рибалок, що мали ліцензії, зловили того року рекордні дев'ятнадцять мільйонів фунтів омарів. Але чоловіки з Форт-Найлзу і Курн-Гевену, заклопотані війною, проґавили цей щедрий дар.

Четверта омарова війна між Курн-Гевеном і Форт-Найлзом почалася усередині 1950-х років. Причина війни до кінця не зрозуміла. Не було ніякого підбурювання чи прикрого інциденту, що запалили б ґніт. Тож із чого все почалося? З випробування меж. Повільного, щоденного випробування меж.

Згідно із законами штату Мен, будь-який власник ліцензії на ловлю омарів має право поставити пастку будь-де у водах штату Мен. Так кажуть закони. Але реальність інакша. Певні родини ловлять омарів на певних територіях, бо завжди там ловили. Певні ділянки належать певним островам, бо завжди їм належали. Певні водні шляхи перебувають під контролем певних людей, бо завжди перебували. Океан, хоч і не розмежований парканами і правами власності, строго розмежований традиціями, і новачкам варто на ці традиції зважати.

Кордони справжні, дарма що невидимі, і їх постійно випробовують. Така вже природа людини — намагатися розширити свою власність, і рибалки не виняток. Вони випробовують межі. Вони бачать, що́ їм може зійти з рук. Вони за найменшої нагоди пхають і штовхають кордони, побільшуючи свої імперії тут на метр, а там ще на один.

Може, містер Кобб завжди і ставив пастки не далі як у гирлі тієї чи тієї бухти. Але що станеться, якщо одного дня містер Кобб вирішить поставити кілька пасток на десяток метрів далі — там, де зазвичай рибалить містер Томас? Хіба десяток метрів накоїть біди? Може, їх узагалі ніхто не помітить. Містер Томас не такий уважний, як колись, думає містер Кобб. Може, містер Томас хворіє, або справи в нього йдуть зле того року, або дружина його померла і він через це не приділяє своєму ділу такої уваги, як колись, тож, може, — ну бо хто його зна — ніхто й не помітить, що містер Кобб просунувся трохи далі вперед.

Може, й так. Містер Томас, цілком можливо, й не відчує, що почав ловити менше. Або з якихось причин махне рукою і не сваритиметься з містером Коббом. Хоча, знову ж таки — може, й не махне. Можливо, він страшенно лютуватиме. Можливо, містер Томас висловить йому своє невдоволення. Можливо, коли містер Кобб вирушить через тиждень перевіряти пастки, містер Томас понав'язує посеред кожної волосіні по вузлу-напівштику — як попередження. Може, містер Томас і містер Кобб — сусіди й у минулому ніколи не конфліктували. Може, вони одружені з сестрами. Може, вони близькі товариші. І ті безневинні вузли — це такий спосіб містера Томаса сказати: «Я бачу, що ти робиш, друже, і прошу тебе забратися з моєї території, будь такий ласкавий, поки в мене терпець не ввірвався».

І, може, містер Кобб і забереться й на тому все скінчиться. А може, й не забереться. Хтозна, з яких причин він не відступається від свого? Може, містер Кобб обурений, що містер Томас володіє таким величезним шматком океану при тому, що рибалка з нього такий собі. А може, містер Кобб сердиться, бо кажуть, нібито містер Томас не викидає омарів-коротунів назад у воду, хоч то й незаконно. А може, син містера Томаса хтиво глянув — і то не раз і не два — на симпатичну тринадцятилітню доньку містера Кобба. А може, містер Кобб має проблеми в сім'ї і потребує більше грошей. Чи дід містера Кобба колись мав право рибалити в тій бухті, й містер Кобб тепер повертає собі те, що, на його думку, законно належить його родині.

Отож наступного тижня він знову розставляє пастки на території містера Томаса, тільки тепер він вважає цю територію не власністю містера Томаса, а вільним океаном і його власністю як вільного американця. Тому він трохи дратується, правду кажучи, коли той паршивий жаднюга Томас в'яже вузли на його волосіні, бо ж, святий Боже, він же просто намагається заробити на хліб. Що то в біса значить — вузли на волосіні? Якщо містерові Томасу щось не подобається, то чому він не скаже про це прямо — як мужик мужику? Хай би містер Томас узагалі повідрізав його пастки, містерові Коббу начхати. Хай собі відрізає! Йому наплювати! Ну-ну, хай пробує. Він натовче тому паскуді морду.

А коли містер Томас бачить, що сусідові буйки знову гойдаються на його території, він мусить ухвалити рішення. Обрізати ті пастки взагалі? Містер Томас міркує, чи серйозний Кобб чоловік. Хто його друзі й соратники? Чи може Томас дозволити собі лишитися без пасток, якщо Кобб помститься і теж їх обріже? Чи це справді така прибуткова ділянка? Чи варто за неї воювати? Чи має Кобб підстави на неї претендувати? Кобб чинить так зі зла чи просто не розуміє, що робить?

Безліч причин можуть підштовхнути рибалку поставити пастки на чужій території. Може, їх випадково занесло туди під час шторму? А може, Кобб — молодий забіяка? Чи варто реагувати на кожну образу? Чи треба завжди триматися насторожі зі своїми сусідами? З іншого боку, чи можна сидіти склавши руки, коли якийсь жадібний паскуда тягає їжу з твоєї тарілки? Чи треба терпіти, коли в тебе забирають спосіб заробітку? А що як Кобб вирішить забрати собі всю територію? Що як через нього Томас залізе на чужі угіддя і матиме ще більший клопіт на свою голову? Чи мусить він тратити пів робочого дня на такі рішення?

Таки мусить.

Якщо він ловець омарів, то мусить ухвалювати такі рішення кожного дня. Така вже в нього робота. І з роками кожен рибалка придумує власні правила й заробляє собі репутацію. Якщо він рибалить, щоб заробити на хліб і прогодувати свою сім'ю, то не може дозволити собі сидіти склавши руки. Невдовзі такого рибалку всі називатимуть або лазюком, або пасткорізом. Важко не стати одним або другим. Він мусить боротися за розширення своєї території й нахабно залазити на чужу — або обороняти свою ділянку, обрізаючи пастки тих, хто сунеться в його бік.

І лазюк, і пасткоріз — образливі прізвиська. Ніхто не хоче, щоб його так називали, але майже кожен рибалка стає як не тим, то тим. А то й тим і тим відразу. Зазвичай лазюки — молоді, а пасткорізи — старші. Лазюки мають всього кілька пасток у своєму арсеналі; пасткорізи — багато. Лазюкам нема дуже що втрачати; пасткорізам є що обороняти. Напруга між лазюками й пасткорізами постійна, навіть у межах однієї громади, навіть у межах однієї родини.

Найвідомішим пасткорізом на острові Форт-Найлз був Анґус Аддамс. Він обрізав пастки всіх, хто тільки наближався до нього, і вихвалявся цим. Про своїх кузинів і сусідів він казав так: «Вони п'ятдесят років попихають мою сраку то туди, то сюди, і я обрізав всі їхні паршиві пастки до одної». Зазвичай Анґус обрізав без попередження. Він не тратив часу на дружні попереджувальні вузли на волосінях рибалок, які могли випадково залізти на його територію. Він не переймався, ким був той блудний рибалка і які його мотиви. Анґус Аддамс обрізав пастки розлючено й уперто. Він лаявся, перепилюючи мокру, обліплену водоростями мотузку; лаявся на тих, які посягали на те, що по праву належало йому. Анґус знав, що він добрий рибалка, і знав, що з нього не спускають очей гірші рибалки, яким кортить прибрати до рук його шматок. Але він не збирався нічого їм віддавати, е ні.

Анґус Аддамс обрізав пастки навіть Рутиного батька, Стена Томаса, свого найліпшого на світі друга. Стен Томас не був лазюком, але одного разу поставив пастки за скелею Джетті-Рок, де завжди гойдалися тільки жовто-зелені буйки Анґуса Аддамса. Стен помітив, що Анґус місяцями не ставить там пасток, і вирішив спробувати. Він думав, що Анґус не помітить. Але Анґус помітив. І обрізав усі до одної пастки свого найкращого друга, зібрав докупи червоно-блакитні Томасові буї, зв'язав їх мотузкою і більше того дня не рибалив, так сильно він розсердився. Він вирушив на пошуки Стена Томаса. Обплив усі бухти й острови в каналі Ворзі, аж поки побачив попереду «Міс Руті», оточену жадібними до наживки мартинами. Анґус погнав до човна. Стен Томас перервав роботу й подивився на приятеля.

— Щось сталося, Анґусе? — запитав Стен.

Анґус Аддамс, не кажучи ні слова, кинув обрізані буї на палубу Стенового човна. Кинув тріумфальним жестом, наче зітнуті голови своїх запеклих ворогів. Стен незворушно глянув на них.

— Щось сталося, Анґусе? — повторив він.

— Ще раз залізеш на мою територію, — сказав Анґус, — і я переріжу твоє кляте горло.

Він завжди так погрожував. Стен Томас чув цю погрозу десятки разів — іноді на адресу зловмисника, а іноді під час веселої розмови за пивом і картами. Але Анґус ще ніколи не казав так до Стена. Два чоловіки, двоє найкращих друзів, подивилися один на одного. Їхні човни погойдувалися на воді.

— Ти винен мені дванадцять пасток, — сказав Стен Томас. — Я їх тільки зробив. Я б міг сказати тобі, щоб ти сів і зробив мені дванадцять нових, але можеш віддати мені дванадцять старих і ми забудемо про це.

— Йди до сраки.

— Ти цілу весну не ставив там пасток, — сказав Стен.

— Не здумай бавитися зі мною в свої довбані ігри тільки того, що ми з тобою дудлимо пиво разом.

Анґус Аддамс аж побуряковів на лиці, але Стен Томас без злості дивився йому прямо в очі.

— Якби ти був кимось іншим, — сказав Стен, — я б зацідив тобі в зуби за те, як ти зі мною говориш.

— Не треба тут свою доброту показувати.

— Ну так. Ти ж мені не показуєш.

— І не збираюсь, тому забери свої чортові пастки собі до сраки і там їх і тримай.

Він поплив геть, показавши Стену Томасу середній палець.

Стен і Анґус не розмовляли майже вісім місяців. І то була сутичка між двома добрими друзями, між двома чоловіками, які кілька разів на тиждень разом вечеряли; сутичка між двома сусідами, між учителем і його протеже. Сутичка між двома мужиками, які не вважали, що один із них днями й ночами міркує, як знищити другого, а саме так думали один про одного рибалки з острова Форт-Найлз і острова Курн-Гевен. І зазвичай не помилялися.

Ловля омарів — справа ризикована. І якраз ота звичка — лазити на чужу територію й обрізати чужі пастки — призвела наприкінці 1950-х до четвертої омарової війни. Хто її розпочав? Важко сказати. Ненависть витала у повітрі. З Кореї повернулися чоловіки, які хотіли знову рибалити, але виявили, що їхні території хтось забрав собі. Навесні 1957 року кілька молодих чоловіків стали повнолітніми й покупляли човни. Вони шукали собі місце. Попереднього року омари ловилися добре, тож усі мали гроші на нові пастки й на більші човни з більшими двигунами. Рибалки напирали один на одного.

І з того, і з другого боку обрізали пастки. І тут, і там залазили на чуже. З човнів вигукували лайку. Кілька місяців злість наростала й наростала. Анґусові Аддамсу набридло обрізати пастки курн-гевенських рибалок на своїй території, й він узявся мстити ворогам вигадливішими способами. Він брав на борт сміття з дому і, коли натрапляв на своєму маршруті на чужі пастки, витягав їх і напихав сміттям. Одного разу він запхав до чужої пастки стару подушку, щоб омари не могли туди залізти, а ще якось промарнував пів дня, нашпиговуючи пастку цвяхами так, що та стала схожа на колюче знаряддя для тортур. Анґус полюбляв ще один фокус. Він напихав блудні пастки каменюками й закидав їх назад у море. На це йшло чимало роботи. Він мусив спочатку понакладати каменюки в мішки, привезти їх тачкою і повантажити у човен, а це займало багато часу. Проте Анґус вважав, що це час, проведений з користю. Йому подобалося уявляти, як ті засранці з Курн-Гевену тужаться, витягують пастки, а там просто купа каміння.

Анґус кайфував від тих забав, аж одного дня витягнув одну зі своїх пасток і знайшов усередині ляльку з устромленими в груди іржавими ножицями. Моторошне, лихе послання. Стерновий Анґуса Аддамса аж заверещав, як дівчина, коли побачив ляльку. Навіть сам Анґус жахнувся. До потрісканого порцелянового личка ляльки прилипло біляве волосся. Губи ляльки утворювали приголомшене «О». За її сукенку вчепився краб, який заліз до пастки.

— Що за хрінь? — закричав Анґус. Він витягнув проштрикнуту ляльку з пастки і висмикнув з неї ножиці. — Що то в біса таке — погроза чи яка холєра?

Він привіз ляльку на Форт-Найлз і тицяв її в лице всім, кого бачив. Це нікому не сподобалось. На Форт-Найлзі мало коли звертали увагу на Анґусові істерики, але цього разу звернули. Щось у тій проштрикнутій ляльці було таке варварське, що розізлило всіх. Лялька? Що вона в біса означає? Сміття і цвяхи — то одна справа, але вбита лялька? Якщо Анґус насолив комусь на Курн-Гевені, то чому та людина не вискаже все йому з лице? І взагалі — чия то лялька? Напевно, бідолашної доньки якогось рибалки. Що то за мужик такий, що штрикає ножицями ляльку своєї рідної дитини, аби щось комусь довести? І що саме він хоче довести?

Та на Курн-Гевені не люди живуть, а звірі.

Уранці багато рибалок із Форт-Найлзу зібралися на пристані раніше, ніж заєжди. Було ще темно, до сходу сонця залишалася більш як година. На небі світилися зорі, низько висів тьмяний місяць. Чоловіки посідали в кілька човнів і вирушили в бік Курн-Гевену. Двигуни викинули смердючу хмару дизельних вихлопів. Рибалки не мали конкретного наміру, але рішуче попливли до Курн-Гевену й зупинили човни просто перед виходом із бухти. Їх було дванадцятеро, тих рибалок із Форт-Найлзу — блокада вийшла невелика. Всі мовчали. Дехто курив.

Десь за пів години вони побачили на курн-гевенській пристані рух. Тамтешні рибалки спустилися на пристань виходити в море і побачили на воді чужі човни. Вони скупчилися на пристані й дивилися в їхній бік. Дехто пив каву з термоса — то тут, то там вилася цівками пара. Натовп ріс: усе більше й більше рибалок спускалися на пристань і приєднувалися до гурту.

Дехто показував пальцями в море. Хтось курив. Минуло хвилин із п'ятнадцять — вони явно не знали, що робити з блокадою. Ніхто не рухнувся до свого човна. Всі ходили туди-сюди й перемовлялися. До рибалок із Форт-Найлзу долинали нечіткі уривки їхніх розмов. Час від часу — кашель чи сміх. Анґус Аддамс шаленів, коли чув, як ті сміються.

— Довбані сцикуни, — пробурмотів він собі під носа, так що почули тільки ті, які стояли найближче.

— Що ти сказав? — перепитав рибалка в сусідньому човні, Анґусовий кузен Барні.

— Що тут такого смішного? — сказав Анґус. — Я їм покажу смішки.

— Не думаю, що вони з нас регочуть, — відповів Барні. — Просто собі сміються.

— Я їм покажу смішки.

Анґус перейшов на корму, завів мотор і погнав уперед, просто в курн-гевенську бухту. Він мчав серед човнів, здіймаючи за собою сердиту хвилю, а наблизившись до берега, сповільнився. Якраз був відплив — і його човен опинився значно нижче за пристань. Рибалки з Курн-Гевену підійшли до краю подивитися вниз на Анґуса Аддамса. Ніхто з рибалок із Форт-Найлзу не поплив за ним услід. Усі тримались біля виходу з бухти. Ніхто не знав, що робити.

— Вам, я бачу, подобається бавитися ляльками? — загорланив Анґус Аддамс.

Його почули навіть його товариші в човнах по той бік гавані. Він підняв убиту ляльку й потрусив нею в повітрі. Один із курн-гевенських рибалок щось сказав — і його друзі засміялися.

— Спускайся сюди! — крикнув Анґус. — Спускайся і повтори, що ти сказав!

— А що він сказав? — Барні Аддамс запитав Дона Поммероя. — Ти чув, що він сказав?

Дон Поммерой зітнув плечима.

Тимчасом дорогою до пристані спустився дебелий чолов'яга, і рибалки розступилися, щоб його пропустити. Високий і широкоплечий, він не мав капелюха, і його біляве волосся виблискувало на сонці. Через плече він перекинув акуратно скручені мотузки, а в руках тримав бляшану коробку з перекусом. Сміх на пристані Курн-Гевену затих. Анґус Аддамс нічого не сказав — принаймні його друзі не чули

Блондин, не звертаючи уваги на Анґуса, спустився драбиною з пристані, затиснувши коробку з перекусом під пахвою, і ступив у шлюпку. Відв'язав її від стовпа і взявся веслувати. Веслував він красиво: довгий гребок і спритний, сильний удар по воді. Він дуже швидко дістався до свого човна й вискочив на палубу. Рибалки, які блокували вихід із бухти, уже встигли роздивитися, що то Нед

Вішнелл — першокласний рибалка і патріарх династії Віш-
неллів. Вони заздрісно дивилися на його човен. Сім метрів
завдовжки, сліпучо-білий, оперезаний блакитною смужкою.
Нед Вішнелл завів двигун і спрямував човен у бік відкри-
того моря.

— Куди він в біса пливе? — озвався Барні Аддамс.

Дон Поммерой знову знизав плечима.

Нед Вішнелл рухався просто на них, так ніби не бачив
ніякої блокади. Рибалки з острова Форт-Найлз стривожено
перезирнулися, вагаючись, чи його зупиняти. Пропустити
його здавалося неправильним, але Анґуса Аддамса з ни-
ми не було — не було кому дати команду. Вони заціпеніло
спостерігали, як Нед Вішнелл проплив просто крізь них,
поміж Доном Поммероєм і Дюком Коббом, не глянувши ні
ліворуч, ні праворуч. Їхні човни загойдались на хвилі, яку
він здійняв. Дон мусив ухопитися за поруччя, інакше зва-
лився б у воду. Рибалки дивилися услід Недові Вішнеллу —
той мчав у відкрите море, стаючи все меншим і меншим.

— Куди він в біса пливе? — Барні досі чекав на відповідь.

— Напевно, рибалити, — відповів Дон Поммерой.

— Новина дня, — сказав Барні.

Він примружено дивився на океан.

— Він що, не бачив нас?

— Ясно, що бачив.

— То чого нічого не сказав?

— А що він, по-твоєму, мав казати?

— Не знаю. Ну хоча б: «Здоров, мужики. Що тут робиться?».

— Заткнись, Барні.

— Чому це? — не зрозумів Барні Аддамс, але таки зат-
кнувся.

Зухвалість Неда Вішнелла звела нанівець будь-яку за-
грозу, яку могли становити рибалки з Форт-Найлзу, тому
решта рибалок із Курн-Гевену теж один за одним спусти-
лися на пристань, попідпливали до своїх човнів і подалися
ловити омарів. Як і їхній сусід Нед, вони пропливли просто
крізь блокаду, не повертаючи голови ні ліворуч, ні право-
руч. Анґус Аддамс спочатку на них кричав, але рибалкам
з Форт-Найлзу стало соромно за нього й вони один за од-
ним порозвертались й рушили домів. Останнім вернувся
Анґус. Як пізніше розповідав Барні, він «обливався потом
з нервів, метав громи і блискавки й проклинав долю». Анґус
лютував, що друзі його покинули, і злився, бо те, що могло
стати досить навіть порядною блокадою, перетворилося
на сміх курям.

На цьому четверта омарова війна між Форт-Найлзом
і Курн-Гевеном могла б і закінчитись. Та й узагалі: якби весь
конфлікт звівся до тих ранкових перипетій, ніхто б його
омаровою війною не називав. Запам'ятали б це хіба як ще
один інцидент у довгій низці сутичок і суперечок. Літо три-
вало, одні далі лізли на чужу територію, інші далі обрізали
пастки. Більшість пасток обрізав Анґус Аддамс, і рибалки
з обох островів уже звикли до цього. Анґус Аддамс тримався
за своє хваткою бультер'єра. Для всіх інших кордони зміни-
лися. Одні ділянки змістилися, дехто з нових рибалок забрав
собі старі угіддя, дехто зі старих почав менше працювати,
дехто з тих, які прийшли додому з війни, вернувся до своєї
справи. Відновився звичний, напружений мир.

На кілька тижнів.

А потім сталося так, що наприкінці квітня Анґус Аддамс
вирушив до Рокленда продавати омарів тоді ж, коли й Дон

Поммерой. Усі знали, що холостяк Дон — ще той дурень. Він був братом-слабаком Айри Поммероя — насупленим, швидким на кулак чоловіком Ронди Поммерой, батьком Вебстера, Конвея, Джона, Фаґана і всіх решта. Анґус Аддамс був невисокої думки про всіх братів Поммероїв, але ввечері опинився в барі готелю «Вейсайд» за одним столом із Доном, бо вже стемніло, погода зіпсувалась, пливти додому не було як і він знудився. Може, Анґус і волів би пиячити на самоті у своєму номері, але все склалося інакше. Чоловіки перетнулися в гуртовика, Дон запропонував: «Йдемо освіжимось, Анґусе», — і Анґус погодився.

У готелі «Вейсайд» того вечора зупинилося кілька рибалок із Курн-Гевену. Був серед них і Фред Берден — той, що скрипаль — зі своїм шуряком Карлом Коббом. Ніч була вітряна, падав дощ зі снігом, крім рибалок із Курн-Гевену і Форт-Найлзу, в барі більше нікого не було, тож між ними зав'язалася балачка. Досить навіть дружня. Почалося все з того, що Фред Берден замовив віскі й попросив принести його Анґусові Аддамсу.

— Це тобі зміцнити сили! — гукнув зі свого столика Фред. — Ти ж цілий день обрізав наші пастки.

Перша репліка прозвучала неприязно, тому Анґус Аддамс гукнув у відповідь:

— Ліпше пошли мені цілу пляшку. Я стільки пасток за нині обрізав, що точно заробив більше, ніж одну довбану склянку.

Ця репліка теж була неприязна, але до бійки не призвела. Призвела до реготу. Чоловіки випили достатньо, щоб сміятися, але замало, щоб битися. Фред Берден і Карл Кобб пересіли ближче до своїх сусідів із Форт-Найлзу. Ясно, що вони зналися. Вони поплескали один одного по спинах, замовили ще пива й віскі і завели мову про нові човни, нового гуртовика і найновішу конструкцію пасток. Вони розмовляли про нові обмеження риболовлі, які запроваджував штат, і про нових інспекторів-ідіотів. У них все було спільне, тож вони мали про що побалакати.

Під час Корейської війни Карл Кобб дислокувався в Німеччині, й тепер він витягнув гаманця, щоб похвалитися німецькими купюрами. Потім усі подивилися на обрубок на руці Анґуса Аддамса — в тому місці, де лебідка відрізала йому палець — і попросили його розповісти історію про те, як він викинув пальця за борт і припік рану сигарою. Далі Фред Берден розповів, що туристи, які приїжджають улітку на Курн-Гевен, вирішили, що на острові дуже неспокійно, тому скинулися грошима й найняли на липень-серпень поліціянта. Поліціянтом виявився рудий підліток із Банґора. За перший же тиждень на острові його тричі побили. Туристи навіть роздобули малому поліцейський автомобіль, але шмаркач перекинувся, коли влаштував погоню островом за машиною без номерів.

— Погоню влаштував! — вигукнув Фред Берден. — На острові, де з кінця в кінець шість кілометрів! Куди ж той сопляк так гнав? Міг когось на хрін переїхати.

Закінчилося тим, продовжував Фред Берден, що очманілого поліціянтика витягнули з перевернутої машини і знов відлупили — цього разу мужик, у чий сад залетіла машина. Через три тижні юний поліціянт поїхав додому в Банґор. Поліцейський автомобіль лишився на острові. Один із Вішнеллів купив його і зремонтував — тепер його малий на ньому катається. Туристи розсердились, але Генрі Берден і всі решта сказали, що якщо їм не подобається на Курн-Гевені, то хай забираються до свого Бостона, де поліціянтів хоч греблю гати.

Єдиний плюс Форт-Найлзу в тому, що влітку там нема ніяких туристів, зауважив Дон Поммерой. Елліси володіють ледь не цілим клятим островом і не хочуть, щоб туди приїжджали чужі.

— Єдиний плюс Курн-Гевену в тому, що там нема Еллісів, — сказав Фред Берден.

Усі розреготалися. Добре сказав.

Анґус Аддамс розповів, як жилося на Форт-Найлзі, коли ще процвітала гранітодобувна промисловість. Тоді вони мали поліціянта — просто ідеального копа як для острова. По-перше, він належав до родини Аддамсів, а значить, усіх знав і розумів, як усе влаштовано. Жителів острова він не чіпав і здебільшого пильнував, щоб італійці не вилазили нікому на голову. Звали його Рой Аддамс. Його найняли Елліси — стежити за порядком. Елліси не переймалися, чим там Рой займається, — основне, щоб нікого не вбили і не пограбували. Він мав патрульний автомобіль — великий «пакард» із дерев'яними панелями, — але ніколи на ньому не їздив. У Роя була власна теорія про те, як має працювати поліція. Він сидів удома і слухав радіо, а якщо на острові щось ставалося, усі знали, де його шукати. Почувши про злочин, він ішов поговорити з порушником. Ото був хороший поліціянт для острова, сказав Анґус. Фред і його шуряк погодилися.

— У нас навіть в'язниці не було, — сказав Анґус. — Вліз у халепу — мусиш трохи посидіти у вітальні Роя.

— Непогано, — відказав Фред.

— Так і має працювати поліція на острові.

— Якщо вона взагалі там є, — зауважив Анґус.

— Ага. Якщо вона там є.

Потім Анґус розповів анекдот про біле ведмежа, яке хотіло дізнатися, чи є в його родині коаляча кров, а Фред Берден сказав, що це нагадує йому жарт про трьох ескімосів у пекарні. Дон Поммерой розказав анекдот про японця і айсберг, але вийшло не смішно, тому Анґус Аддамс мусив розповісти його ще раз, але вже як треба. Карл Кобб сказав, що чув іншу версію, і переказав її від початку до кінця, хоча вона була майже така сама. Даремно стратили час. Дон докинув жарт про католичку й жабу, що вміла розмовляти, але й цього разу вийшло не смішно.

Анґус Аддамс пішов до вбиральні, а коли вернувся, Дон Поммерой і Фред Берден уже сварилися. І то так добряче. Хтось щось сказав. Хтось щось почав. І все — того вистачило. Анґус Аддамс підійшов ближче, щоб з'ясувати, чого вони сваряться.

— Нічого в тебе не вийде! — кричав Фред Берден з червоним як буряк лицем, бризкаючи слиною. — Нічого не вийде! Він тебе приб'є!

— Я просто кажу, що зміг би, — повільно і гоноровоо промовив Дон Поммерой. — Я не кажу, що буде легко. Просто кажу, що зміг би.

— Про що він говорить? — запитав Карла Анґус.

— Дон посперечався з Фредом Берденом на сто баксів, що він поб'є півтораметрову горилу, — пояснив Карл.

— Що?

— Та ти продуєш! — кричав Фред. — Півтораметрова горила? Продуєш як має бути!

— Я вмію битися, — відповів Дон.

Ангус закотив очі на лоба й сів. Йому стало шкода Фреда Бердена. Хай Фред Берден і з Курн-Гевену, але він не заслуговує на таку дурнувату розмову з ідіотом Доном Поммероєм.

— Ти взагалі бачив хоч одну кляту горилу? — запитав Фред. — Бачив, яка вона? Та півтораметрова горила махає руками на два метри. Ти знаєш, яка вона сильна? Та ти б і півметрову горилу не побив. Вона б тебе пошматувала!

— Але ж горила не вміє битись, — сказав Дон. — У цьому й моя перевага. Бо я вмію.

— Не мели дурниць. Ми припускаємо, що горила вміє битись.

— Нічого ми не припускаємо.

— Тоді до чого та розмова? Який толк говорити про бійку з півтораметровою горилою, якщо горила битися не вміє?

— Я просто кажу, що побив би горилу, якби вона вміла битись.

Дон говорив дуже спокійно. Він був королем логіки.

— Якби півтораметрова горила вміла битись, я б її побив.

— А як же її зуби? — запитав Карл Кобб, щиро зацікавлений розмовою.

— Заткнись, Карле, — сказав його шуряк Фред.

— Хороше питання, — кивнув Дон із виглядом мудреця. — Горилі має бути заборонено кусатись.

— Тоді вона не буде битися! — крикнув Фред. — Ну бо як інакше! Ясно, що вона буде кусатися!

— Кусатися заборонено, — виніс Дон остаточний вердикт.

— То горила буде битися навкулачки? Так, по-твоєму? — не вгавав Фред Берден. — Ти хочеш сказати, що поб'єш півтораметрову горилу в боксерському поєдинку?

— Саме так, — відповів Дон.

— Але ж горила не вміє битися навкулачки, — зауважив Карл Кобб, насупивши чоло.

Дон кивнув, спокійно й задоволено.

— Саме тому я й переможу, — сказав він.

Фреду Бердену не лишилося нічого іншого, як врізати Дону. Пізніше Анґус Аддамс сказав, що сам би йому влупив, якби Дон бовкнув ще бодай одне кляте слово про боксерський поєдинок із півтораметровою мавпою, але Фред першим не стерпів і зацідив Донові у вухо. Карл Кобб мав такий здивований вигляд, що Анґус впав у нерви і вдарив Карла. Тоді Фред вдарив Анґуса. Карл теж вдарив Анґуса, але не сильно. Дон устав з підлоги й, зігнувшись і заревівши, кинувся просто Фреду в живіт, штовхнувши його на порожні барні стільці. Ті захитались і з гуркотом попадали.

Двоє мужиків — Фред і Дон — качалися на підлозі бару. Якось вийшло так, що вони опинилися валетом — голова до ніг, і ноги до голови, — а це була не найкраща поза для бійки. Вони були схожі на морську зірку, велику й незграбну — самі руки й ноги. Фред Берден опинився згори. Встромивши носака черевика у підлогу, він крутив себе й Дона по колу, намагаючись міцніше у нього вчепитися.

Карл і Анґус перестали битися. Вони й так не мали великого інтересу до бійки. Кожен дістав по разу, й того вистачило. Тепер вони стояли один біля одного, спершись об барну стійку, і спостерігали за товаришами на підлозі.

— Дай йому, Фред! — крикнув Карл і несміливо зиркнув на Анґуса.

Анґус знизав плечима. Йому було байдуже, чи Дону Поммерою дістанеться. Сам напросився, придурок. Півтораметрова горила. Господи Боже.

Фред Берден вчепився зубами за Донове підборіддя і стиснув щелепу. Дон аж завищав від несправедливості: «Не кусатися! Не кусатися!». Напевно, він так розлютився, бо перед тим чітко заявив про таке правило в бійці з горилою. Анґус Аддамс стояв біля барної стійки і спостерігав, як ті двоє вовтузяться на підлозі. Потім зітхнув, обернувся й попросив бармена порахувати, скільки з нього. Бармен — низький худорлявий чоловік зі стривоженим виразом лиця — тримав бейсбольну биту, яка сягала йому до пояса.

— Тобі того не треба, — сказав Анґус, кивнувши на биту.

Бармен із полегшенням повернув биту на місце під барною стійкою.

— Викликати поліцію?

— Не переживай, старий. Нічого страшного. Хай собі б'ються.

— А через що вони так? — запитав бармен.

— Та вони давні друзяки, — відповів Анґус, і бармен усміхнувся, так ніби це все пояснювало.

Анґус розрахувався і пройшов повз двох мужиків, які досі борюкалися і крехтіли на підлозі. Він ішов нагору спати.

— Ти куди?! — верескнув Дон Поммерой з підлоги услід Анґусові. — Куди ти в біса пішов?

Анґус пішов геть, бо думав, що то все дурниця, а виявилося, що ні.

Фред Берден був завзята шельма, а Дон — такий же впертий, як і дурний, тому ні один, ні другий не збирався відступати. Бійка тривала добрих десять хвилин після того, як Анґус пішов спати. Карл Кобб пізніше казав, що Фред і Дон кусалися, билися, мотлошили один одного, як «два пси на полі». Дон спробував розбити кілька пляшок об Фредову голову, а Фред зламав Донові декілька пальців — і то так різко, що ті хруснули на цілий бар. Бармен, чоловік недалекий, не переймався бійкою, бо ж Анґус сказав йому не перейматися.

Він не втрутився навіть тоді, коли Фред сидів верхи на Доні й, набравши повні кулаки його волосся, лупив його головою об підлогу. Лупив, поки Дон не знепритомнів, а тоді відпустив його голову й задихано відхилився. Бармен полірував попільничку рушником, коли Карл сказав: «Може, подзвони комусь». Бармен визирнув з-за барної стійки і побачив, що Дон не ворушиться, а його лице геть потовчене. Фред теж був закривавлений, а його рука якось дивно звисала. Бармен викликав поліцію.

Анґус Аддамс дізнався про все це аж уранці, коли спустився поснідати перед дорогою назад на Форт-Найлз. Йому повідомили, що Дон Поммерой у лікарні і що все погано. Він так і не прийшов до тями. Мав якісь «внутрішні пошкодження» і нібито розірвану легеню.

— Сучий син, — вилаявся Анґус, глибоко вражений.

Він і подумати не міг, що бійка закінчиться так серйозно. Поліціянти мали до Анґуса кілька питань, але відпустили його. Фреда Бердена вони тримали в себе, але йому так дісталося в бійці, що його поки ні в чому не звинувачували. Поліціянти не знали, що робити, тому що бармен — єдиний тверезий і надійний свідок — запевняв їх, що ці мужики — давні друзі й просто собі дуркували.

Анґус повернувся на острів під вечір і пішов шукати Донового брата, Айру, проте Айра вже чув новину. Йому зателефонували з роклендської поліції і повідомили, що якийсь рибалка з Курн-Гевену побив його брата у барі — і той у комі. Айра осатанів. Він метався туди-сюди, згинаючи й розгинаючи руки, кричав і махав кулаками в повітрі. Його дружина Ронда старалася його заспокоїти, але він її не чув. Він попливе на Курн-Гевен з рушницею і «наробить їм проблем». Він їм «покаже». Він їх «провчить». Айра покликав до себе кількох товаришів і під'юдив їх проти сусідів. Зрештою ніхто ніяких рушниць у човен не взяв, але напружений мир між двома островами розсипався на друзки. Четверта омарова війна з Курн-Гевеном стрімко наближалася.

Буденні деталі цієї війни неважливі — то була типова омарова війна. Зі сварками, обрізанням пасток, зазіханням на чужу територію, вандалізмом, крадіжками, агресією, звинуваченнями, параноєю, залякуваннями, жахіттями, боягузтвом і погрозами. Торгівля практично зупинилась. Рибальством і так важко заробити на життя, та ще важче, коли рибалка мусить від ранку до вечора захищати свою власність або нападати на чужу.

Рутин батько спокійно й рішуче повитягував свої пастки з води — як його батько під час першої омарової війни між Курн-Гевеном і Форт-Найлзом 1903 року. Він витягнув з води човна й затягнув його на подвір'я біля хати. «Я в таке не лізу, — сказав він сусідам. — Байдуже, хто що кому зробив». Стен Томас усе продумав. Пересидівши війну, він втратить менше грошей, ніж його сусіди. Він знав, що війна не триватиме вічно.

Війна тривала сім місяців. За той час Стен Томас підрихтував човна, зробив нові пастки, просмолив мотузки і розфарбував буї. Поки сусіди невпинно воювали й доводили себе й одне одного до злиднів, він до блиску полірував свої робочі знаряддя. Так, у нього відібрали угіддя, але він знав: вони погублять своє здоров'я і він зможе забрати те, що йому належить, — і навіть більше. Вони програють. Отож він ремонтував свої інструменти й начищав кожну мідну деталь і кожну котушку. Свіжоспечена дружина Мері завзято допомагала йому й дуже гарно підфарбувала буї. З грошима вони не мали клопотів: будинок давно виплатили, а Мері була на диво економна. Вона все життя прожила в кімнаті на три квадрати й нічого ніколи не мала. Вона ні на що не сподівалась і ні про що не просила. Вміла зварити ситне рагу з однієї морквини й курячої кістки. Мері садила город, латала чоловіків одяг і зашивала його шкарпетки. Вона звикла до такої роботи. Не така вже й велика різниця між зашиванням вовняних шкарпеток і складанням шовкових панчіх.

Мері Сміт-Елліс Томас лагідно вмовляла чоловіка найнятися на роботу в маєтку Елліса і не вертатися до рибальства, але він і чути про це не хотів. «Не буду і на крок підходити до тих ідіотів», — буркнув він. «Ти б міг працювати в конюшні, — сказала Мері. — Тоді б ти їх ніколи не бачив». Але він не мав охоти викидати лайно з-під коней, яких тримали ті ідіоти. Врешті Мері перестала його вмовляти. Вона подумки фантазувала, як її чоловік та Елліси полюблять одне одного і її знову радісно вітатимуть у маєтку. Не як слугу, а як родичку. Можливо, Вері Елліс сподобається Стен. Можливо, Вера запросить Стена й Мері на обід. Може, Вера налле Стенові чашку чаю і скаже: «Я дуже рада, що Мері вийшла заміж за такого меткого джентльмена».

Якось уночі, лежачи в ліжку біля свого новоспеченого чоловіка у своєму новому домі, Мері м'яко натякнула на цю свою фантазію.

— Може, ми б навідались до міс Вери... — почала вона, але чоловік перебив її і сказав, що він скоріше з'їсть власне лайно, ніж поїде до Вери Елліс.

— Ох, — зітхнула Мері й дала йому спокій.

Вона задіяла всю свою винахідливість на те, щоб допомогти чоловікові перебути місяці безгрошів'я під час омарової війни, і у відповідь отримувала дрібні, важливі підтвердження того, що її цінують. Стен любив сидіти у вітальні й дивитися, як вона шиє фіранки. У будинку було бездоганно чисто, а її спроби його прикрасити здавались йому зворушливими. Мері розставляла на підвіконниках польові квіти у склянках. Вона полірувала його інструменти. Це було особливо приємно.

— Ходи сюди, — кликав він її увечері й плескав по нозі.

Мері підходила й сідала йому на коліна. Він розкривав обійми.

— Ходи сюди, — казав, і вона пригорталася до його грудей.

Коли вона гарно вдягалася або по-особливому вкладала волосся, він називав її Монеткою, бо вона блистіла, як новенька монетка.

— Ходи сюди, Монетко, — казав він.

Або:

— Молодчина, Монетко, — коли дивився, як старанно вона випрасовує його сорочки.

Вони були разом кожного дня, з ранку до вечора, бо Стен не випливав у море. Удома панувало відчуття, ніби вони удвох трудяться задля спільної мети, як одна команда, незаплямована брудними сварками решти людства. Довкола них лютувала омарова війна між Курн-Гевеном і Форт-Найлзом — і нівечила всіх, крім них. Вони були містером і місіс Стен Томас. На думку Мері, вони потребували тільки одне одного. Чужі домівки хиталися, а їхній дім міцнішав.

Сім місяців війни були найщасливішим періодом їхнього шлюбу. Ті сім місяців подарували Мері Сміт-Елліс неймовірну радість і відчуття, що вона ухвалила безсумнівно правильне рішення, покинувши Веру Елліс і вийшовши заміж за Стена. Вона відчувала, що її щиро цінують. Вона давно звикла працювати, але не звикла працювати для власного майбутнього, для власного зиску. Вона мала чоловіка, і він її кохав. Вона була йому потрібна. Він сам так казав.

— Ти класна мала, Монетко.

Після семи місяців щоденного догляду рибальські снасті Стена Томаса набули взірцевого вигляду. Коли Стен оглядав свої снасті й човен, йому хотілося потирати руки, наче мільйонеру. Коли він бачив, як друзі й сусіди заганяють себе в руїну, йому хотілося реготати, наче деспоту. «Воюйте, воюйте, — подумки під'юджував він інших. — Давайте. Воюйте».

Що довше інші воюватимуть, то слабшими ставатимуть. Тільки на краще для Стена Томаса, коли той нарешті знову спустить човна на воду. Він волів, щоб війна тривала далі, проте в листопаді 1957 року четверта омарова війна між Курн-Гевеном і Форт-Найлзом закінчилась. Омарові війни зазвичай затихають узимку. Через негоду багато рибалок покидають роботу в листопаді, і то в кращому разі. Коли в морі менше рибалок, імовірність конфлікту поступово зменшується. Цілком можливо, що війна вичерпується через погоду. Обидва острови занурюються в зимову сплячку, а коли приходить весна, про старі чвари забувають. Але 1957 року сталося інакше.

Восьмого листопада молодий чоловік із Курн-Гевену на ім'я Джим Берден вирушив ловити омарів. Уранці він збирався першим ділом заправитись пальним, але не встиг дістатися до помпи, як помітив, що серед його пасток гойдаються чужі буї, розфарбовані в огидний, крикливий зелений колір. Буї належали Айрі Поммерою з острова Форт-Найлз. Джим відразу їх упізнав. І він знав, хто такий Айра Поммерой. Айра Поммерой, чоловік Ронди, батько Вебстера, Конвея, Джона і так далі. Брат Дона Поммероя. Того, що лежав у роклендській лікарні й наново вчився ходити, бо втратив цю здатність після того, як його побив Фред Берден. Батько Джима Бердена.

Айра Поммерой місяцями переслідував Фреда Бердена і юного Джима, і Джиму це вже сиділо в печінках. Джим Берден тільки вчора розставив ці пастки біля північного берега Курн-Гевену. І то так близько до острова, що бачив їх з вікна свого дому. Буї стояли там, де рибалці з Форт-Найлзу було нічого робити. Щоб розставити свої підступні пастки, Айра Поммерой мусив приплисти сюди серед ночі. Що підштовхнуло його до такого? Чи він узагалі колись спить?

Варто зауважити, що буї, які Айра Поммерой розставив на Джимовій території, були бутафоріями. До мотузок було прив'язано не пастки, а цементні блоки. Айра Поммерой не збирався відбирати у Джима Бердена омарів. Він хотів тільки розлютити Джима — і його план спрацював. Джим, сумирний дев'ятнадцятирічний юнак, якого омарова війна досить сильно лякала, в одну мить втратив усю свою сумирність і погнався за Айрою Поммероєм. Джим палав від люті. Зазвичай він не лаявся, але, женучи свій човен понад хвилями, бурмотів під носа: «Чорт, чорт, чорт. Чорт би його побрав!».

Він доплив до Форт-Найлзу й узявся розшукувати човен Айри Поммероя. Він сумнівався, чи його впізнає, але заповзявся будь-що його знайти. Джим більш-менш орієнтувався у водах біля берегів Форт-Найлзу, та все одно мало не наскочив на кілька скелястих виступів, яких не встиг вчасно помітити за деигуном. Крім того, він майже не звертав уваги на дно чи на якісь орієнтири, які б пізніше допомогли йому повернутися додому. Він узагалі не думав про дорогу додому. Він шукав бодай якийсь човен, що належав би рибалці з Форт-Найлзу.

Джим видивлявся на горизонті зграї мартинів і плив услід за ними до човнів. Помітивши човен, підпливав упритул, сповільнювався і намагався роздивитись, хто там на палубі. Він нічого не казав рибалкам, а ті нічого не казали йому. Вони переставали працювати й дивились на нього. Чого той малий хоче? І що то в біса з його лицем? Господи, та він червоний як буряк.

Джим Берден не казав ні слова. Він мчав далі в пошуках Айри Поммероя. Він не придумав, що саме з ним зробить, коли його знайде, але думки його крутилися навколо вбивства.

На жаль, Джим Берден не здогадався пошукати човна Айри Поммероя у бухті Форт-Найлзу, де той спокійно погойдувався на воді. Айра Поммерой влаштував собі вихідний. Він не мав сили після того, як цілу ніч кидав у воду біля Курн-Гевену цементні блоки, і проспав до восьмої ранку. Поки Джим Берден розсікав води Атлантики в пошуках

Айри, Айра лежав у ліжку з дружиною Рондою і робив наступного сина.

Джим Берден поплив задалеко. Він виплив значно далі у відкрите море, ніж випливали риболовецькі човни. Проминув усі можливі буї. Побачивши щось схоже на зграю мартинів, Джим поплив далеко в море, та коли підібрався ближче, мартини кудись зникли. Розчинилися в небі, як цукор в окропі. Джим Берден сповільнився і роззирнувся. Де він опинився? Удалині мерехтіло блідо-сіре марево — острів Форт-Найлз. Його злість перетворилась на роздратування, і навіть те помалу згасло, а на його місце прийшла тривога. Погода псувалась. Морем котилися високі хвилі. Небом бігли чорні хмари. Джим поняття не мав, де він.

— Чорт, — пробурмотів він. — Чорт.

А тоді в нього закінчилось пальне.

— Чорт, — знову вилаявся Джим, цього разу голосно.

Він спробував завести двигун, але марно. Нікуди він не попливе. Йому не спадало на думку, що таке може статися. Він навіть не подумав перевірити бак.

— О ні, — сказав дев'ятнадцятирічний Джим Берден.

Йому стало не тільки страшно, а й соромно. Отакий з нього рибалка. Забув перевірити бак із пальним. Ото дурень. Джим передав по радіо хрипкий сигнал про допомогу:

— Допоможіть, — сказав він. — Закінчилось пальне.

Він не знав, чи є для таких випадків якийсь спеціальний сигнал на морі. Він узагалі мало що знав про мореплавство. Джим тільки рік як почав рибалити сам. Він роками працював у батька стерновим і гадав, що знає про океан усе, але тепер зрозумів, що досі був не більш ніж пасажиром. Про все дбав його батько, а він тільки займався чорною роботою на кормі. Роками він не звертав уваги на те, що робить батько, і от тепер опинився сам-один у човні там, де дідько каже добраніч.

— Допоможіть! — знову передав по радіо. І тут нарешті згадав потрібне словс: *Мейдей!* — сказав Джим. — *Мейдей!*

Першим він почув голос Неда Вішнелла — почув і скривився. Казали, що Нед Вішнелл — найкращий рибалка у штаті Мен. З Недом Вішнеллом — та й узагалі з будь-ким із родини Вішнеллів — такого б ніколи не сталося. Десь глибоко в душі Джим сподівався, що все обійдеться без Неда.

— Це Джиммі? — прохрипів Недів голос.

— Це «Великий Джей», — відповів Джим.

Він вирішив дати своєму човну ім'я, щоб звучало по-дорослому. Але тут же засоромився того, що придумав. «Великий Джей»! Ага, точно.

— Це Джиммі? — знову прохрипів голос Неда.

— Так, Джиммі, — відповів Джим. — У мене закінчилось пальне.

— Де ти, синку?

— Я... ем.... я не знаю.

Йому було соромно це казати, соромно це визнати. Ще й перед самим Недом Вішнеллом!

— Не почув, Джиммі.

— Я не знаю! — крикнув Джим. Як принизливо! — Я не знаю, де я!

Тиша. Потім незрозумілий хрип.

— Не почув, Неде, — сказав Джим. Він намагався копіювати інтонацію старшого рибалки. Намагався зберегти бодай якусь гідність.

— Бачиш якісь орієнтири? — запитав Нед.

— Форт-Найлз десь... ем... за три кілометри на захід, — сказав Джим, але тут же зрозумів, що більше не бачить удалині острова. Найшов туман, і довкола стемніло як увечері, хоча була тільки десята ранку. Він не знав, у який бік розвернуто його човен.

— Кинь якір. Стій на місці, — сказав Нед Вішнелл і закінчив сеанс зв'язку.

Нед знайшов малого. Стратив кілька годин, але таки знайшов. Він повідомив інших рибалок, і вони гуртом шукали Джиммі. Навіть декілька рибалок із Форт-Найлзу вирушили на пошуки Джима Бердена. Погодні умови були жахливі. У звичайний день вони вернулись би на берег через негоду, але того дня всі лишалися в морі, шукаючи малого Джиммі. Навіть Анґус Аддамс шукав Джима Бердена. Так було треба. Малому всього дев'ятнадцять, і він загубився.

Але знайшов його Нед Вішнелл. Як саме — ніхто не знав. Але ж то Вішнелл, обдарований рибалка, герой на воді, тому ніхто не здивувався, коли він знайшов човника серед туману у відкритому океані, без найменшої підказки, де шукати. До мореплавних чудес у виконанні Вішнеллів усі вже звикли.

Поки Нед дістався до «Великого Джея», погода зовсім зіпсувалась і Джима Бердена — попри якірець — віднесло далеко від того місця, звідки він послав сигнал про допомогу. Та й Джим сам добре не знав, де те місце було. Він ще не бачив Вішнеллового човна, але вже почув його. Почув у тумані шум двигуна.

— Допоможіть! — крикнув він. — *Мейдей!*

Нед обплив його і з'явився з туману, вродливий і мужній, у великому блискучому човні. Нед злився. Злився і мовчав.

Йому зіпсували робочий день. Джим Берден відразу побачив, що той злий, і йому похололо в животі. Нед Вішнелл підплив упритул до «Великого Джея». Пішов дощ. Листопад видався теплий як для штату Мен, тобто паскудний, сирий і мокрий. Вітер шмагав дощем по лицю. Джимові руки обвітрились і почервоніли — і то в рукавицях, тоді як Нед Вішнелл не мав рукавиць. І шапки не мав. Побачивши це, Джим швидко зняв шапку і кинув під ноги. Йому на голову хльоснув холодний дощ, і він тут же пошкодував про свій вчинок.

— Добридень, — затинаючись, привітався він.

Нед кинув Джимові мотузку і скомандував:

— Чіпляйся.

Його голос був здавлений від роздратування.

Джим зв'язав човни — свій дешевий човник і Вішнеллового красеня. Недів човен пихкав на холостому ходу. «Великий Джей» гойдався на хвилях, німий і нікчемний.

— Ти точно знаєш, що пальне закінчилось? — запитав Нед.

— Ніби так.

— Ніби так? — пролунало обурено.

Джим нічого не відповів.

— Точно двигун не зламався?

— Не думаю, — сказав Джим.

Але в його голосі не було авторитету. Він знав, що втратив усяке право говорити так, ніби він у чомусь тямить. Нед похмуро втупився у нього.

— Ти не знаєш, чи у твого човна скінчилося пальне?

— Я... я не впевнений.

— Зараз сам гляну, — сказав Нед.

Він перехилився через поручень, щоб підтягнути «Великого Джея» ближче і вирівняти зі своїм човном. Узяв рибальський гак і різко потягнув Джимового човна. Нед був розлючений. Зазвичай він поводився з човнами напрочуд акуратно. Джим теж вихилився, щоб підтягнути човни ближче. Обидва гойдалися на неспокійних хвилях. То відпливали, то знову вдарялися один об одного. Нед уперся чоботом у поруччя і спробував перескочити на «Великого Джея». Дурний вчинок. Дуже дурний як для першокласного моряка Неда Вішнелла. Але Нед злився і тому злегковажив. І щось пішло не так. Подув вітер, здійнялася хвиля, послизнулась нога, зісковзнула рука. Щось пішло не так.

Нед Вішнелл шубовснув у воду.

Джим витріщився на нього, і першою його реакцією було здивування. Нед Вішнелл у воді! Чортівня якась. Те саме, що побачити черницю голою. Хіба таке видано? Нед промок наскрізь, впавши у воду. Виринувши на поверхню, він хапав повітря ротом, що став схожий на жалюгідне кільце. Нед у паніці вирячився на Джима Бердена — і той вираз лиця геть не пасував чоловікові з прізвищем Вішнелл. Нед Вішнелл був наляканий і в розпачі. І тут Джим Берден пережив другу реакцію — гордість. Нед Вішнелл потребував його, Джимової, допомоги.

Подумати тільки! Хіба таке видано?!

Ці дві реакції миттєво промайнули, та все ж завадили йому вдатися до блискавичних дій, які б могли врятувати Недові Вішнеллу життя. Якби Джим схопив гак і відразу кинув його Недові, якби він простягнув йому руку, коли той ішов під воду, все могло б закінчитися інакше. Але Джим просто стояв собі, і якраз у ту мить його здивування й гордості набігла хвиля й зіштовхнула два човни. І то так сильно, що мало не збила Джима з ніг. Нед Вішнелл опинився, звісно ж, між двома човнами, і коли ті розійшлися після удару, його вже не було. Нед потонув.

Його, напевно, добряче вдарило. Він мав на ногах рибальські чоботи — ті, мабуть, наповнились водою, і він не міг плисти. Хоч що там сталося, але Неда Вішнелла вже не було.

На цьому й закінчилась четверта омарова війна між островом Форт-Найлз та островом Курн-Гевен. Цей випадок поклав їй кінець. Загибель Неда Вішнелла стала трагедією для обох островів. Жителі Форт-Найлзу і Курн-Гевену відреагували на неї майже так само, як через кілька років ціла країна відреагувала на загибель Мартіна Лютера Кінґа-молодшого. Шоковані остров'яни побачили, як неможливе стало можливим, — і всі відчули, що Недова смерть їх змінила (і що вони, мабуть, всі трохи у ній винні). На обох островах відчували, що раз таке могло статися, раз чвари дійшли до того, що через них загинув такий чоловік як Нед Вішнелл, значить, щось пішло зовсім не так.

Невідомо, чи загибель якогось іншого рибалки викликала б такі думки. Нед Вішнелл був патріархом династії, що здавалася недоторканною. Він не брав участі в омаровій війні. Не те щоб Нед Вішнелл витягнув снасті з води, як Стен Томас, — просто він, мов Швейцарія, завжди був вищим за всякий конфлікт. Хіба він мав потребу лізти на чужу територію чи обрізати чужі пастки? Він знав, де водяться омари. Інші рибалки пробували пливти слідом за ним, пробували вивідати його секрети, але Недові було начхати. Він навіть не намагався їх відігнати. Він узагалі їх не помічав. Їм ніколи не вдавалося наловити стільки омарів, як йому. Нед нікого не боявся. Ні на кого не тримав зла. Він міг собі це дозволити.

Усі чулися гидко від думки про те, що Нед Вішнелл потонув, намагаючись допомогти хлопцеві, якого затягнуло в цю війну. Навіть Айра Поммерой — по суті, винуватець цієї трагедії — жахнувся. Айра почав пиячити, набагато сильніше, ніж раніше, і саме тоді перетворився зі звичайного пияка на пропащого. Через кілька тижнів після того, як потонув Нед Вішнелл, Айра Поммерой попросив дружину Ронду допомогти йому написати листа зі співчуттям місіс Нед Вішнелл. Але той лист до вдови Вішнелл не дійшов. Її більше не було на острові Курн-Гевен. Вона зникла.

Почнімо з того, що вона взагалі була не звідти. Як і всі Вішнелли, Нед одружився із красунею здалеку. Місіс Нед Вішнелл була довгоногою розумною дівчиною з рудим волоссям із родини, яку добре знали на північному сході і яка завжди проводила літо у Кеннебанкпорті, штат Мен. Вона була зовсім не схожа на дружин інших рибалок — анітрохи. Її звали Елісон, і вона познайомилася з Недом, коли плавала вздовж узбережжя на вітрильнику разом із батьками. Вона побачила цього рибалку в човні й захопилася його вродою, його заворожливою мовчазністю, його хистом. Дівчина попросила батьків попливти слідом за ним у курн-гевенську бухту й там сміливо до нього підійшла. Він дуже її схвилював; вона аж уся тремтіла. Він був зовсім не схожий на знайомих їй чоловіків, і буквально за кілька тижнів вона вийшла за нього заміж, ошелешивши свою родину. Вона любила чоловіка до нестями, але після того, як він потонув, її більше нічого не тримало на Курн-Гевені. Вона була в розпачі від війни і від цієї трагедії.

Красуня Елллісон Вішнелл дізналася подробиці чоловікової загибелі, роззирнулась довкола і здивувалась, якого дідька вона забула на цій каменюці серед океану. Жахливе відчуття. Так наче прокинулася після нічної пиятики в чужій брудній постелі. Так наче прокинулася у в'язниці на чужині. Як вона тут опинилася? Вона подивилася на своїх сусідів і подумала, що вони звірі. І чому вона живе в цьому будинку, просмердженому рибою? І чому на острові тільки одна крамниця, де не продають нічого, крім запилених консерв? І що то за гидка погода? Хто все це затіяв?

Коли її чоловік потонув, місіс Нед Вішнелл була ще дуже молода, всього двадцять з хвостиком. Відразу після похорону вона поїхала до батьків. Вона повернула собі дівоче прізвище. Знову стала Елллісон Кавано і вступила до коледжу Сміта, де вивчала мистецтвознавство і не зізналася жодній душі, що колись була дружиною рибалки. Вона все лишила в минулому. І навіть сина лишила на острові. Здається, це рішення супроводжувалось невеликими сумнівами і ще меншою травмою. Казали, що місіс Нед Вішнелл і так була не дуже прив'язана до малого, щось у ньому її лякало. Вішнелли з Курн-Гевену твердо заявили, що дитина повинна залишитися в їхній родині, й на тому все скінчилося. Вона його покинула.

Хлопця мав виховувати його дядько — молодий чоловік, який щойно повернувся додому з семінарії, молодий чоловік, який прагнув стати мандрівним пастором і служити на всіх далеких островах штату Мен. Звали дядька Тобі. Пастор Тобі Вішнелл. Він був наймолодшим братом Неда Вішнелла і мав таку ж гарну зовнішність — щоправда, трохи делікатнішу. Тобі Вішнелл першим у родині не був рибалкою. Малюк — син Неда Вішнелла — мав стати його вихованцем. Малюка звали Овні, і йому щойно виповнився один рік.

Якщо Овні Вішнелл і сумував за мамою, коли та поїхала геть, то він цього не показував. Якщо Овні Вішнелл і сумував за потонулим татом, то і цього він не показував. Він був великим і спокійним малюком з білявим волоссячком. Нікому не надокучав, хіба як його виймали з ванни. Тоді він кричав і бився — і то з дивовижною силою. Овні Вішнелл начебто хотів лише одного: весь час перебувати у воді.

Через кілька тижнів після того, як Неда Вішнелла поховали, стало очевидно, що омарова війна закінчилася, і Стен Томас знову спустив човна на воду й узявся рибалити з почуттям власної вищості. Він рибалив так цілеспрямовано, що незабаром заробив прізвисько Жаднюга номер два (як закономірний наступник Анґуса Аддамса, який ще давніше прославився як Жаднюга номер один). Недовге домашнє життя із дружиною закінчилося. Мері Сміт-Елліс Томас більше не була його партнеркою. Партнером Стена був підліток, той чи інший, який горбатився за стерном його човна.

Стен повертався до Мері надвечір, виснажений і заглиблений у себе. Він описував у щоденнику кожен день риболовлі, щоб простежити, скільки омарів водиться у певній ділянці океану. Він цілими вечорами просиджував за мапами й калькуляторами і Мері до своїх розрахунків не залучав.

— Що робиш? — питала вона. — Над чим працюєш?

— Ловлю рибу, — відповідав він.

Будь-яку роботу, псв'язану з риболовлею, Стен Томас вважав риболовлею, навіть якщо та відбувалася на суходолі. А що його дружина омарів не ловила, з її думок ніякої користі не було. Він перестав кликати її до себе на коліна, а вона не наважувалась вмоститися без запрошення. В її житті настали сумні часи. Мері усвідомила дещо неприємне про свого чоловіка. Коли він під час омарової війни витягнув з води човна і снасті, вона витлумачила його дії як вчинки доброчесного чоловіка. Її чоловік тримається осторонь від війни, думала вона, бо він людина миролюбна. Але тепер їй стало ясно, що вона грубо помилилась. Він тримався осторонь війни, щоб захистити власні інтереси і заробити шмат грошей, коли війна скінчиться і він знову візьметься рибалити. І от він почав жадібно заробляти і не міг ні на хвилину зупинитися.

Стен до самої ночі розшифровував те, що записав був на палубі човна, і складав таблиці, повні довгих, складних розрахунків. Записи велися ретельно й роками. Бували вечори, коли він гортав їх і розмірковував над винятковим уловом омарів, що трапився колись давно. Він розмовляв зі своїми записами. «Якби ж то жовтень тривав цілий рік», — казав він до колонки з цифрами.

Часом Стен розмовляв із калькулятором. Казав: «Я почув тебе, почув». Або: «Ану не дражнись!»

У грудні Мері сказала чоловікові, що завагітніла.

— Молодчина, Монетко, — відповів він, але зрадів не так сильно, як вона сподівалась.

Мері таємно написала листа Вері Елліс, розповівши про свою вагітність, але відповіді не отримала. Це її дуже пригнітило, вона без кінця плакала. Єдиною особою, яка цікавилась вагітністю Мері, була її сусідка Ронда Поммерой, яка теж — як завжди — була вагітна.

— Напевно, у мене буде хлопчик, — сп'яніло сказала Ронда.

Вона була п'яна, як завжди. Чарівно п'яна, як завжди, наче молода дівчина, яка вперше спробувала алкоголь. П'яна і весела.

— Напевно, у мене буде ще один хлопчик, Мері. Значить, ти точно народиш дівчинку. Ти відчула, що це дівчинка, коли завагітніла?

— Та ніби ні, — відповіла Мері.

— А я кожного разу відчуваю. Клац — і все! І це точно хлопець. Я знаю. А в тебе буде дівчинка. Можу побитися з тобою об заклад. Що скажеш? Виросте й вийде заміж за котрогось із моїх хлопців! І ми породичаємось!

Ронда так сильно штурхнула Мері, що та мало не впала.

— Ми вже й так родички, — сказала Мері. — Через Лена й Кітті.

— Тобі сподобається народжувати, — сказала Ронда. — Це страшно весело.

Але нічого страшно веселого в цьому не було, принаймні для Мері. Пологи застали її на острові й перетворились на суще жахіття. Стен не міг більше терпіти її криків і натовпу жінок навколо й подався рибалити, покинувши дружину народжувати без його допомоги. Він вчинив жорстоко — і то не тільки з цього ракурсу. Того тижня бушували бурі і більше жодний рибалка на острові не наважився вивести човен у море. Того дня Стен і його нажаханий стерновий вирушили рибалити одні-єдині. Виглядало так, що Стен готовий ризикувати життям, лиш би не допомагати дружині і не слухати її криків від болю. Він чекав на сина, але йому вистачило ввічливості приховати розчарування, коли він повернувся додому й побачив донечку. Він не взяв її на руки першим, бо немовля вже схопив Сенатор Саймон Аддамс.

— Ох, хіба ж то не миле дитятко? — примовляв Саймон, і жінки сміялися з його сюсюкань.

— Як ми її назвемо? — тихо запитала Мері чоловіка. — Може, Рут? Тобі як — подобається?

— Мені байдуже, як ти її назвеш, — сказав Стен Томас про свою доньку, яка з'явилась на світ усього годину тому. — Називай як хочеш, Монєтко.

— Хочеш взяти її на руки? — запитала Мері.

— Спочатку піду помиюсь, — відповів Стен. — Від мене тхне, як від торби з наживкою.

10

Що ви скажете на пропозицію прогулятися серед казкових озерець між скель, серед обплетених водоростями виступів і оздоблених самоцвітами квітників на межі з морськими садами?

«Оповідки про крабів, креветок і омарів»
Вільям Б. Лорд, 1867 р.

НА ФОРТ-НАЙЛЗ ПРИЙШОВ ЛИПЕНЬ. Була середина літа 1976 року. Місяць видався не такий цікавий, як міг би.

Двохсотліття незалежності відсвяткували без особливих веселощів. Рут подумала, що живе в єдиному місці в цілій Америці, де не вміють організувати достойного святкування. Її тато навіть поїхав рибалити в той день, хоча Робіну Поммерою з якихось патріотичних міркувань дав вихідний. Рут святкувала з місіс Поммерой та її двома сестрами. Місіс Поммерой зголосилась пошити для них усіх костюми. Їй хотілося, щоб вони вчотирьох перебралися у дам-колоністок і взяли участь у міському параді, але до ранку четвертого липня вона встигла закінчити тільки

Рутин костюм, а Рут не захотіла наряджатися сама. Тому місіс Поммерой одягнула костюм на Опал, і малий Едді тут же на нього зригнув.

— Тепер твоя сукня виглядає особливо оригінально, — сказала Рут.

— Едді їв рано пудинг, — знизала плечима Опал. — Від пудингу він завжди зригує.

Центральною вулицею пройшов короткий парад, але учасників було більше, ніж глядачів. Сенатор Саймон Аддамс продекламував із пам'яті Ґеттісбурзьку промову — хоча він завжди декламував її з пам'яті, була б нагода. Робін Поммерой запустив кілька дешевих феєрверків, які отримав від брата Честера. І так сильно обпік собі руку, що потім два тижні не міг рибалити. Рутин батько розлютився, звільнив Робіна й найняв нового стернового, десятирічного внука Дюка Кобба. Мало того, що малий був худющий і слабкий, як третьокласниця, то ще й боявся омарів. Зате працював майже даром.

— Ти б міг найняти мене, — сказала Рут батькові.

Вона трохи походила, звісивши носа, але всерйоз не розсердилась і батько це знав.

І от липень уже добігав до кінця, коли місіс Поммерой отримала дуже дивний телефонний дзвінок. Телефонували з Курн-Гевену. На дроті був пастор Тобі Вішнелл.

Пастор Вішнелл хотів дізнатися, чи місіс Поммерой має змогу провести день-другий на острові Курн-Гевен. Там начебто планувалося велике весілля, і наречена зізналася пасторові, що хвилюється через зачіску. На Курн-Гевені бракувало професійних перукарок. Наречена була немолода і хотіла мати якнайкращий вигляд.

— Я не професійна перукарка, пасторе, — сказала місіс Поммерой.

Пастор Вішнелл відповів, що нічого страшного. Наречена найняла фотографа з Рокленда — за чималі гроші, — щоб той зазнимкував весілля, і хоче гарно виглядати на фотографіях. Вона розраховує, що пастор їй допоможе. Дивне прохання до пастора, охоче визнав Тобі Вішнелл, але до нього зверталися і з дивнішими. Люди вважають, що пастори мають бути джерелом інформації з усіх можливих питань, сказав пастор Вішнелл місіс Поммерой, і ця пані не виняток. Пастор також пояснив, нібито наречена гадала, що має більше право, ніж інші, звертатися до нього з таким незвичним і особистим проханням, бо вона з родини Вішнеллів. Взагалі-то, вона троюрідна сестра пастора Вішнелла і її звуть Дороті Вішнелл, або ж Дотті. Тридцятого липня Дотті має виходити заміж за Чарлі, найстаршого сина Фреда Бердена.

Хай там як, вів далі пастор, а він сказав Дотті, що на сусідньому острові є талановита перукарка. Принаймні таке він чув від Рут Томас. Рут Томас розповідала йому, що місіс Поммерой дуже вправно дає раду з волоссям. Місіс Поммерой сказала пасторові, що ніяких особливих талантів вона не має, ніде цій справі не вчилася, і взагалі. Пастор відповів: «Ви впораєтесь. А, і ще одне...».

Отже, почувши, що місіс Поммерой така вправна у перукарській справі, Дотті запитала, чи змогла б місіс Поммерой постригти ще нареченого. І дружбу, якщо вона не проти. І дружку, і матір нареченої, і батька нареченої, і дівчаток, які розкидатимуть квіти, і деяких родичів нареченого. Якщо їй не важко. І раз уже за це зайшла мова, додав пастор Вішнелл, то і йому самому не завадило б трохи підстригтися.

— Вони хочуть мати якнайліпший вигляд, бо той професійний фотограф начебто дорогий, — продовжував пастор, — а на весіллі збереться майже цілий острів. Сюди нечасто приїжджає професійний фотограф. Наречена, звісно ж, добре вам заплатить. Вона донька Бейба Вішнелла.

— Ох, — вражено охнула місіс Поммерой.

— Ну то як — приїдете?

— Та то ціла купа стрижок, пасторе Вішнелл.

— Я можу послати Овні, щоб забрав вас «Новою надією», — запропонував пастор. — Можете бути тут стільки, скільки треба. Підзаробите трохи.

— Я ще ніколи не стригла так багато людей за раз. Навіть не знаю, чи встигну стільки за один день.

— То привезіть помічницю.

— Можна я візьму котрусь зі своїх сестер?

— Звичайно.

— Можна я візьму Рут Томас? — запитала місіс Поммерой.

Пастор замовк.

— Та напевно, — відповів після короткої паузи. — Якщо вона не зайнята.

— Рут? Зайнята? — місіс Поммерой страшенно розсмішили його слова. Вона голосно розреготалась просто пасторові на вухо.

У ту мить Рут була на Поттер-біч із Сенатором Саймоном Аддамсом. У неї псувався настрій, коли вона спускалась туди, але вона не знала, куди ще себе подіти. Тому щодня приходила на кілька годин на пляж скласти Сенаторові компанію. Крім того, вона пильнувала за Вебстером із думкою про місіс Поммерой, бо та постійно хвилювалася за свого найстаршого, найдивакуватішого сина. Рут ходила туди ще й тому, що їй було важко розмовляти з іншими людьми на острові. А біля місіс Поммерой теж не будеш крутитися з ранку до вечора.

Спостерігати, як Вебстер порпається в мулі, було вже не так весело. Це було жалюгідне й сумне видовище. Він утратив усю свою грацію. Недолуго бабрався в болоті. Він так шукав той другий бивень, буцімто вмирав від бажання його розшукати — і водночас до смерті боявся його знайти. Рут думала, що одного дня Вебстера може затягнути в болото й він більше з нього не випливе.

Вона міркувала, чи то насправді не його план. Вона міркувала, чи не задумав Вебстер Поммерой найнедолугіше у світі самогубство.

— Вебстеру потрібна якась ціль у житті, — зауважив Сенатор.

Думка про те, що Вебстер Поммерой шукає ціль у житті, засмутила Рут Томас ще більше.

— Може, ви знайдете для нього якесь інше заняття?

— Яке інше, Рут?

— Ну, може, він міг би чимось займатися для музею?

Сенатор зітхнув.

— Ми маємо для музею все, що треба, крім приміщення. І поки його не отримаємо, то нічого робити не зможемо. Порпатися в болоті, Рут, — це та справа, яка йому добре вдається.

— Вже не так добре, як колись.

— Ну так, зараз трохи гірше.

— А що ви збираєтесь робити, якщо Вебстер знайде другий бивень? Кинете в болото ще одного слона для нього?

— От знайде, тоді й подумаємо.

За останній час Вебстер не знайшов у мулі нічого цікавого. Хіба купу непотребу. Щоправда, відшукав весло, але не старе. Алюмінієве. («Чудесно! — вигукнув Сенатор, коли Вебстер приніс його з гарячковим поглядом. — Яке рідкісне весло!») Крім весла, Вебстер знайшов у болоті десятки розпарованих чобіт і рукавиць, що їх за багато років погубили рибалки. І пляшок.

Останнім часом Вебстер знаходив багато пляшок, але не старих. Пластмасових пляшок з-під прального порошку. Але за весь час, згаяний у холодному грузькому болоті, він не знайшов нічого цінного. З кожним днем він здавався все худішим і тривожнішим.

— Гадаєте, він помре? — запитала Рут Сенатора.

— Сподіваюся, що ні.

— А що як він зірветься і когось уб'є?

— Не думаю, — відповів Сенатор.

Того дня, коли пастор Вішнелл зателефонував місіс Поммерой, Рут уже пробула кілька годин на Поттер-біч у товаристві Сенатора й Вебстера. Вони з Сенатором розглядали книжку, яку Рут придбала місяць тому для Сенатора у крамниці Армії спасіння в Конкорді. Вона віддала йому книжку відразу, як повернулася від матері, але він досі її не прочитав. Сказав, що йому важко зосередитися, так він хвилюється через Вебстера.

— Я впевнений, що це прекрасна книжка, Рут, — сказав Сенатор. — Дякую, що принесла її сюди.

— Прошу, — відповіла Рут. — Я побачила, що вона лежить на вашому ґанку, й подумала, що ви, може, захочете на неї глянути. Ну, якщо знудитесь.

Книжка мала назву «Заховані скарби: як і де їх шукати. Путівник пошуковця до таємних скарбів». За нормальних обставин така книжка подарувала б Сенаторові ого-го скільки радості.

— Подобається? — запитала Рут.

— Звісно. Чудова книжка.

— Ви вже дізналися з неї щось корисне?

— Чесно кажучи, не зовсім. Я ще не дочитав. Якщо відверто, то я сподівався від авторки трохи більше інформації, — сказав Сенатор Саймон, обертаючи книжку в руках. — Сама назва обіцяє, що вона розкаже, як знайти скарби, але вона нічого про це не пише. Поки що каже, що якщо ви щось і знайшли, то це випадково. І наводить приклади людей, яким пощастило знайти скарби, коли вони їх не шукали. Така собі система.

— А ви вже багато прочитали?

— Тільки перший розділ.

— Ясно. Я подумала, що вам сподобаються гарні кольорові ілюстрації. Тут повно фотографій загублених скарбів. Бачили? А фото яєць Фаберже? Я гадала, вам сподобаються.

— Якщо є фотографії скарбів, то значить, вони не такі вже й загублені. Еге ж?

— Я розумію, про що ви, Сенаторе. Але ж це фотографії загублених скарбів, що їх знайшли прості люди, самі знайшли. Як той парубок, що знайшов кубок Пола Ревіра. Ви вже дочитали до того місця?

— Ще ні, — відповів Сенатор. Він дивився на мілину, затуливши очі дашком долоні. — По-моєму, збирається на дощ. Але надіюсь, не падатиме, бо Вебстер і в дощ не хоче йти додому. Він уже раз захворів. Чула б ти, як у нього хрипить у грудях.

Рут забрала книжку в Сенатора.

— Я бачила там один уривок — де він там? Про малого, що знайшов у Каліфорнії табличку, яку лишив сер Френсіс Дрейк. Вона була залізна, і на ній писало, що та територія належить королеві Єлизаветі. Вона пролежала там років триста.

— Це ж треба.

Рут простягнула Сенаторові жувальну гумку. Той відмовився, і вона вкинула її собі до рота.

— Авторка каже, що найбільше скарбів у цілому світі — на Кокосовому острові.

— Так написано у твоїй книжці?

— У вашій книжці, Сенаторе. Я гортала її дорогою з Конкорда і прочитала уривок про Кокосовий острів. Авторка пише, що Кокосовий острів — це золоте дно для шукачів скарбів. І що капітан Джеймс Кук завжди привозив туди свою здобич. Той самий великий мореплавець!

— Великий мореплавець.

— І пірат Беніто Боніто. І капітан Річард Девіс, і пірат Жан Лафіт. Я думала, вам буде цікаво...

— Та мені цікаво, Рут.

— А я думала, що вас знаєте що зацікавить? Ну, в тому Кокосовому острові? Він зовсім невеликий — такий, як Форт-Найлз. І як вам? Яка іронія, правда? Ви б там почувалися як удома, еге ж? Стільки скарбів можна знайти. Ви з Вебстером могли б туди поїхати й разом їх накопати. Як вам така ідея, Сенаторе?

Пішов дощ. На них упали великі, важкі краплі.

— На Кокосовому острові точно ліпша погода, ніж тут, — засміялася Рут.

— Ой, Рут, нікуди ми з Вебстером не поїдемо, — відповів Сенатор. — Ти ж сама це знаєш. Не кажи такого, навіть жартома.

Рут ужалили його слова, але вона стерпіла і сказала:

— Думаю, ви приїхали б із того Кокосового острова багаті, як королі.

Сенатор нічого не відповів.

«Нащо я далі про це торочу?» — подумала Рут. Господи, скільки в її голосі відчаю. Яка вона голодна до розмови. Хоч як це було жалюгідно, але вона сумувала за тими часами, коли годинами сиділа на березі з Сенатором і теревенила про всякі дурниці. Він ніколи її не ігнорував. Раптом їй стало заздрісно, що тепер уся його увага дістається Вебстерові. Вона відчула себе справжньою нікчемою. Рут встала, накинула на голову капюшон і запитала:

— Ви йдете?

— Як Вебстер скаже. По-моєму, він не помітив дощу.

— Це ж у вас не дощовик, правда? Принести вам?

— Усе нормально.

— Вертайтеся з Вебстером додому, поки не змокли до нитки.

— Деколи Вебстер іде додому, коли падає дощ, а деколи лишається тут і мокне. Залежно від настрою. Я лишусь тут, поки він не захоче йти геть. Рут, у мене постіль сохне на подвір'ї. Знімеш, поки не намокла, добре?

Дощ падав з неба гострими цівками.

— Гадаю, ваша постіль уже мокра, Сенаторе.

— Напевно. Забудь, що я казав.

Рут побігла до будинку місіс Поммерой під дощем, що вже перейшов у зливу. Вона застала місіс Поммерой із сестрою Кітті нагорі у великій спальні — вона виймала одяг із шафи. Кітті сиділа на ліжку, дивилася на сестру й пила каву. Рут знала, що до кави вона хлюпнула джину.

Рут закотила очі на лоба. Її починало дратувати те, що Кітті випиває.

— Треба пошити щось нове, — сказала місіс Поммерой, — але я не маю часу! — А тоді: — О, Рут прийшла. Та ти вся мокра!

— Що ви робите?

— Шукаю гарну сукенку.

— А з якого приводу?

— Мене кудись запросили.

— Куди? — запитала Рут.

Кітті Поммерой засміялася, а за нею — місіс Поммерой.

— Ти не повіриш, Рут, — сказала вона. — Ми пливемо на весілля на Курн-Гевен. Завтра!

— Скажи їй, хто нас запросив! — крикнула Кітті Поммерой.

— Пастор Вішнелл! — відповіла місіс Поммерой.

— Та йдіть.

— Скоро піду!

— То ви з Кітті пливете на Курн-Гевен?

— Саме так. І ти теж.

— Я?

— Він хоче, щоб ти приїхала. Донька Бейба Вішнелла виходить заміж, і я робитиму їй зачіску! А ви двоє мені допомагатимете. Відкриємо маленький тимчасовий салон.

— Ого, круто, — сказала Рут.

— Еге ж, — підтакнула місіс Поммерой.

Увечері Рут запитала батька, чи можна їй поїхати на Курн-Гевен на велике весілля в родині Вішнеллів. Той відповів не відразу. Останнім часом вони з батьком розмовляли все менше й менше.

— Мене запросив пастор Вішнелл, — додала Рут.

— Як хочеш, так і роби, — сказав Стен Томас. — Мені нема різниці, з ким ти проводиш час.

На другий день — у суботу — пастор Вішнелл послав по них Овні. О сьомій ранку в день весілля Дотті Вішнелл і Чарлі Бердена місіс Поммерой, Кітті Поммерой і Рут Томас прийшли на край пристані й побачили, що Овні вже на них чекає. Він відвіз Кітті й місіс Поммерой у шлюпці до «Нової надії». Рут подобалося за ним спостерігати. Він повернувся по неї. Вона злізла драбиною і застрибнула у шлюпку. Овні дивився на дно шлюпки, а не на неї, а Рут не знала, що йому сказати. Але їй подобалось дивитися на нього. Овні веслував до блискучого корабля, що належав його дядькові, а місіс Поммерой і Кітті, перехилившись через поруччя, махали їй, наче туристки під час вояжу. Кітті крикнула: «А тобі пасує, мала!».

— Як справи? — запитала Рут в Овні.

Той так здивувався, почувши її питання, що аж перестав веслувати. Весла так і лишились у воді.

— Нормально, — відповів.

Овні дивився на неї. Він не почервонів і не мав зніяковілого вигляду.

— Це добре, — сказала Рут.

Шлюпка гойдалася на місці.

— І в мене нормально, — сказала Рут.

— Ясно, — відповів Овні.

— Можеш веслувати далі, якщо хочеш.

— Добре, — сказав Овні й знову наліг на весла.

— Ти родич нареченої? — запитала Рут, і Овні перестав веслувати.

— Вона моя кузина, — відповів Овні.

Шлюпка гойдалася на воді.

— Ти можеш розмовляти зі мною і одночасно веслувати, — сказала Рут, і тепер уже Овні почервонів. Він мовчав до самого корабля.

— А він красунчик, — шепнула місіс Поммерой до Рут, коли та піднялася на борт «Нової надії».

— Кого я бачу! — залищала Кітті Поммерой, і Рут, обернувшись, побачила, що з капітанського містка спускається Кел Кулі.

Рут нажахано скрихнула — ніби для сміху, а ніби й ні.

— О Господи, — сказала вона. — Та він всюдисущий.

Кітті кинулась на шию колишньому коханцю, але той виборсався.

— Ну вже досить.

— Що ти в біса тут робиш? — запитала Рут.

— Наглядаю, — відповів Кел. — Я теж радий тебе бачити.

— Як ти сюди добрався?

— Овні привіз мене трохи раніше. Старий Кел Кулі точно сам не плив.

До Курн-Гевену було недалеко, а коли вони зійшли на берег, Овні привів їх до лимонно-жовтого «кадилака», припаркованого біля пристані.

— Чия то машина? — запитала Рут.

— Дядькова.

Автівка, як виявилося, пасувала за кольором до будинку. Пастор Вішнелл мешкав за кілька хвилин їзди від курнгевенської пристані, у гарному будинку, жовтому з лавандовою облямівкою. Будинок у вікторіанському стилі мав три поверхи, вежу і круглий ґанок. По всьому ґанку за метр один від одного висіли вазони з яскравими квітами. Алейку до будинку було викладено плиткою і засаджено ліліями. За будинком пастор мав сад — невеликий розарій, огороджений низьким цегляним муром. Дорогою до пастора Рут помітила ще кілька гарних будинків. Востаннє Рут була на Курн-Гевені ще дівчинкою — замалою, щоб помітити різницю між цим островом і Форт-Найлзом.

— А хто живе в тих великих будинках? — запитала вона на Овні.

— Туристи, — відповів замість нього Кел Кулі. — Вам пощастило, що на Форт-Найлзі їх нема. Містер Елліс їх не пускає. Ще одне добро, яке робить для вас містер Елліс. Туристи — це паразити.

Туристи володіли і вітрильниками та катерами, що стояли довкола острова. Дорогою Рут побачила, як два сріблясті катери розтинають хвилі. Вони мчали так близько один до одного, що здавалося, ніби один катер цілує другого в дупу.

Вони були подібні на двох бабок, які наздоганяють одна одну, щоб зайнятись сексом у солоному повітрі.

Пастор Вішнелл облаштував місце для місіс Поммерой у саду за будинком, просто перед білою драбинкою з рожевими трояндами. Він виніс надвір ослінчик і столик, на якому місіс Поммерой розклала ножиці та гребінці й поставила склянку з водою, куди їх вмочувати. Кітті Поммерой сіла на цегляний мур і викурила кілька цигарок. Коли їй здалося, що ніхто не дивиться, вона закопала недопалки в землю під трояндами. Овні Вішнелл сидів на сходах, що вели до заднього ґанку, у своєму на диво чистому рибальському одязі. Рут підійшла й сіла біля нього. Він тримав руки на колінах, і вона помітила на кісточках його пальців золотисті кучеряві волосинки. Такі чисті руки. Рут не звикла бачити чоловіків з чистими руками.

— Твій дядько давно тут живе? — запитала вона.

— Сто років.

— Ніколи б не сказала, що це його будинок. А ще хтось, крім нього, тут живе?

— Я.

— А ще?

— Місіс Пост.

— Що за місіс Пост?

— Вона доглядає за будинком.

— Ти хіба не маєш допомагати своїм подружкам? — почувся голос Кела Кулі.

Кел безшумно підкрався до них із-за ґанку. Він нахилився і вмостив своє високе тіло біля Рут так, що та опинилася між двома чоловіками.

— По-моєму, їм не потрібна допомога, Келе.

— Овні, твій дядько казав, щоб ти повернувся на Форт-Найлз, — сказав Кел Кулі. — Привіз містера Елліса на весілля.

— Містер Елліс буде на весіллі? — здивувалася Рут.

— Буде.

— Але ж він ніколи сюди не приїжджає.

— Ну то й що? Овні, час відчалювати. Я попливу з тобою.

— Можна я з вами? — запитала Рут Овні.

— Ні, не можна, — відповів Кел.

— Я питала не тебе, Келе. Овні, можна з тобою?

Але тут на горизонті з'явився пастор Вішнелл і Овні, побачивши його, швидко зіскочив зі сходів і сказав до дядька:

— Я йду. Вже йду.

— Поквапся, — сказав пастор, піднімаючись сходами на ґанок. Він глянув через плече й додав: — Рут, місіс Поммерой потрібна твоя допомога.

— З мене мало толку в тій справі, — відповіла Рут, але пастор і Овні вже пішли геть — у різні боки.

Кел подивився на Рут і задоволено підняв брову.

— Цікаво мені, чому ти так крутишся біля того хлопця.

— Бо він мене не вибішує.

— А я тебе вибішую, Рут?

— Ти? Ти — ні. Я не тебе мала на увазі.

— Мені сподобалось, як ми з'їздили до Конкорда. Містер Елліс мав купу питань до мене, коли я вернувся. Розпитував, як ви з мамою спілкувались і чи ти почувалась як удома. Я сказав йому, що між вами все йшло як по маслу і що ти точно чулась як удома, але я впевнений, що він хоче поговорити з тобою особисто. До речі, може, ти б написала йому записку, як матимеш час? Подякувала б за те, що оплатив тобі дорогу? Він дуже дбає, щоб між вами були добрі стосунки, бо твоя мама і бабця були близькі з родиною Ел-лісів. Крім того, Рут, він хоче, щоб ти проводила якомога більше часу подалі від Форт-Найлзу. Я сказав йому, що за-любки ще з'їжджу з тобою до Конкорда і що нам добре їха-лося разом. Мені це справді сподобалось.

Він дивився на неї з-під важких повік.

— Хоча я не можу викинути з голови думки про те, що одного дня ми опинимося вдвох у якомусь мотелі біля тра-си й займемося брудним сексом.

Рут засміялась.

— Можеш вже її викинути.

— Чому ти смієшся?

— Бо старий Кел Кулі великий жартівник, — відповіла Рут. І збрехала.

Насправді Рут сміялася через те, що вже давно вирішила — як вирішувала не раз, і часом навіть успішно: вона не підпустить до себе старого Кела Кулі. Вона цього не дозво-лить. Хай собі виливає на неї хоч тонни своїх вульгарних жартиків, вона на них не реагуватиме. Точно не сьогодні.

— Я знаю, що рано чи пізно ти займешся з кимось бруд-ним сексом, Рут. Це тільки питання часу. Все на це вказує.

— Пропоную зіграти в іншу гру, — сказала Рут. — У гру, яка називається «Дай мені спокій».

— А, і ще одне. Тримайся подалі від Овні Вішнелла, — ска-зав Кел. Він спустився з ґанку й пішов у бік саду. — Ти явно чогось хочеш від того хлопця, і це нікому не подобається.

— Нікому? — гукнула Рут йому вслід. — Та невже, Келе? Нікому?

— Ходи сюди, старий, — сказала Кітті Поммерой, побачи-вши Кела.

Кел Кулі крутнувся на місці і, мовби нічого не чув, пішов у другий бік. Він збирався назад на Форт-Найлз по містера Елліса.

Наречена, Дотті Вішнелл, була симпатичною білявкою років тридцяти п'яти. Вона вже була заміжня, але її перший чоловік помер від раку яєчок. Дотті та її шестирічна донька Кенді першими з'явилися на зачіску. Дотті Вішнелл прийшла до будинку пастора Вішнелла в халаті, з мокрим і незачесаним волоссям.

Рут подумала, що вона досить спокійна як на наречену в день весілля, і відразу собі її сподобала. Дотті була гарна на лиці, але мала втомлений вигляд. Вона ще не нафарбувалася і жувала гумку. На її чолі й довкола рота залягли глибокі зморшки.

Донька Дотті Вішнелл сиділа тихо як миша. Кенді мала бути дружкою на материному весіллі — Рут здалося, що то надто серйозне завдання як для шестилітньої дівчинки, але виглядало на те, що Кенді з ним упорається. Вона мала доросле лице — лице, яке геть не пасувало дитині.

— Ти хвилюєшся, що будеш дружкою? — запитала місіс Поммерой.

— Звісно, що ні.

Кенді міцно стискала губи, як стара королева Вікторія. Її лице мало несхвальний вираз.

— Я вже розкидала квіти на весіллі міс Дорфмен, а ми з нею навіть не родички.

— А хто така міс Дорфмен?

— Ну звісно, моя вчителька.

— Ну звісно, — повторила Рут, і місіс Поммерой із Кітті розсміялися.

Дотті теж засміялася. Кенді подивилася на чотирьох жінок так, наче розчарувалася в усьому жіноцтві.

— Ну і смійтесь, — буркнула Кенді, так мовби вже пережила один нестерпний день і не мала ні найменшої охоти пережити ще один такий. — І так усе погано.

Дотті Вішнелл попросила місіс Поммерой зачесати Кенді першою і, якщо можна, накрутити на її тонкому каштановому волоссі кучерики. Дотті Вішнелл хотіла, щоб її донька була кралечкою. Місіс Поммерой сказала, що зробити з кралечки кралечку неважко і що вона постарається всіх задовольнити.

— Можу зробити їй наймилішу в світі гривку, — сказала вона.

— Ніякої гривки, — запротестувала Кенді. — Ні, і все.

— Вона ж навіть не знає, що таке гривка, — сказала Дотті.

— Знаю, мамо, — відповіла Кенді.

Місіс Поммерой взялась укладати Кенді волосся, а Дотті стояла поруч і спостерігала. Жінки мило розмовляли, хоча тільки познайомилися.

— Добре, що Кенді не доведеться міняти прізвище, — сказала Дотті до місіс Поммерой. — Батько Кенді мав прізвище Берден, і вітчим теж має таке саме. Вірите чи ні, але мій перший чоловік і Чарлі — двоюрідні брати. Чарлі був дружбою на моєму першому весіллі, а сьогодні буде нареченим. Вчора я кажу йому: «Ніколи не знаєш, як усе складеться», — а він мені: «Ага, ніколи». Він пообіцяв удочерити Кенді.

— Я теж втратила першого чоловіка, — сказала місіс Поммерой. — Точніше, єдиного чоловіка. Я була тоді ще така молода, як ви. Правду кажете — ніколи не знаєш.

— А як ваш чоловік помер?

— Потонув.

— Як його прізвище?

— Поммерой, дорогенька.

— По-моєму, я пам'ятаю, як це сталося.

— То було шістдесят сьомого. Але давайте не будемо про це, бо ж сьогодні ваш щасливий день.

— Мені вас шкода.

— А мені вас. Не хвилюйтесь за мене, Дотті. Це сталося дуже, дуже давно. А ваш чоловік тільки рік як помер, так? Пастор Вішнелл так казав.

— Так, тільки рік, — відповіла Дотті, утупившись поглядом перед собою. Вони трохи помовчали. — Двадцятого березня сімдесят п'ятого року.

— Мій тато помер, — озвалася Кенді.

— Не конче сьогодні про це говорити, — сказала місіс Поммерой, вмочивши палець у воду й уклавши ідеального кучерика на голові Кенді. — Сьогодні щасливий день. Твоя мама виходить заміж.

— Ну так, відсьогодні в мене буде ще один чоловік, — сказала Дотті. — Новий. На острові важко жити без чоловіка. А в тебе, Кенді, буде новий тато. Правда ж?

Кенді не висловила своєї думки з цього приводу.

— На Курн-Гевені є ще дівчатка, з якими Кенді може бавитись? — запитала місіс Поммерой.

— Ні, — відповіла Дотті. — Є підлітки, але їм нецікаво бавитися з Кенді, а через рік вони переходять до школи на материку. З дітей тут самі хлопчики.

— Рут теж не мала з ким бавитись, коли була менша! Хіба з хлопцями.

— Це ваша донька? — запитала Дотті, дивлячись на Рут.

— Рут мені як донька, так, — сказала місіс Поммерой.

Ох, той її акцент...

— Вона росла між самих хлопців.

— Важко тобі було? — запитала Дотті в Рут.

— Жахливо, — відповіла Рут. — Травма на все життя.

Дотті стривожено насупила чоло. Місіс Поммерой сказала:

— Та вона жартує. Все було нормально. Рут любила бавитися з моїми хлопцями. Вони були їй як брати. З Кенді теж нічого не станеться.

— Мені здається, Кенді хочеться деколи побути такою справжньою дівчинкою і побавитися в дівчачі ігри, — сказала Дотті. — Я — єдина дівчинка, з якою вона може бавитись, а зі мною не дуже весело. Особливого того року.

— Це тому, що мій тато помер, — зауважила Кенді.

— Сьогодні не конче про це говорити, серденько, — сказала місіс Поммерой. — Сьогодні твоя мамця виходить заміж. Сьогодні щасливий день, сонечко.

— Шкода, що тут нема хлопчиків мого віку, — озвалася Кітті Поммерой.

Ніхто цього начебто не почув, хіба Рут пхикнула.

— Я завжди мріяла про дівчинку, — сказала місіс Поммерой, — але народила цілу ватагу хлопчаків. Як це — мати донечку, весело? Весело наряджати Кенді в гарні сукеночки? Мої хлопці навіть не давали мені їх торкнутися. А Рут завжди стриглася коротко — не було з чого косичок плести.

— Ви ж самі мене стригли, — зауважила Рут. — Я хотіла мати таке волосся, як у вас, але ви вічно його обрізали.

— Бо ти його ніколи не розчісувала, сонечко.

— Я вмію вдягатися сама, — сказала Кенді.

— Я в цьому не сумніваюсь, серденько.

— Ніякої гривки.

— Я пам'ятаю, — сказала місіс Поммерой. — Ми не будемо робити тобі гривки, хоч тобі дуже би пасувало.

Вона вправно обхопила оберемок кучериків на голові Кенді широкою білою стрічкою.

— Ну як — кралечка? — запитала вона Дотті.

— Кралечка, — відповіла Дотті. — Красуня. Ви чудесно впорались. Я ніколи не можу впросити її сидіти спокійно і не вмію вкладати волосся. Ну звісно. Подивіться на мене. На ліпше я не здатна.

— Все, прошу дуже. Дякую, Кенді, — місіс Поммерой нахилилась і цьомкнула дівчинку в щоку. — Ти була дуже смілива.

— Ну звісно, — сказала Кенді.

— Ну звісно, — сказала Рут.

— Тепер ваша черга, Дотті. Зачешемо наречену й відпустимо вдягатися, а потім перейдемо до ваших друзів. Хай хтось гукне їх сюди. Яку зачіску ви б хотіли?

— Не знаю. Мені просто хочеться виглядати щасливою, — сказала Дотті. — Зможете так зробити?

— Щасливу наречену не сховаєш, навіть під поганою зачіскою, — сказала місіс Поммерой. — Якщо ви щасливі, то будете красунею, коли виходитиме за свого коханого, хай навіть я замотаю вам голову рушником.

— Щасливою наречену може зробити тільки Бог, — невідомо чому промовила Кітті Поммерой дуже серйозним голосом.

Дотті задумалась і зітхнула.

— Що ж, — сказала вона й виплюнула жувальну гумку в зім'яту хустинку, яку видобула з кишені халата. — Подумайте, як мене краще зачесати. Просто зробіть якнайліпше.

Місіс Поммерой приступила до роботи над весільною зачіскою Дотті Вішнелл, а Рут покинула жінок і пішла роздивитись будинок пастора Вішнелла. Вона ніяк не могла втямити, звідки той делікатний, жіночний стиль. Рут обійшла довгий вигнутий ґанок із плетеними меблями та яскравими подушками. Напевно, це робота загадкової місіс Пост. Вона побачила хатинку-годівницю для птахів, розфарбовану у веселий червоний колір. Рут розуміла, що заходить у чужий будинок без дозволу, але цікавість узяла гору і вона увійшла всередину через засклені двері, що відчинялися з ґанку. Вона опинилася у невеликій гостьовій кімнаті. На журнальних столиках лежали книжки з яскравими обкладинками, а на спинках дивана і крісел — мереживні серветки.

Далі вона пройшла через вітальню, обклеєну шпалерами із блідо-зеленими ліліями. Біля каміна стояла керамічна статуетка персидського кота, а на спинці рожевого дивана вмостився справжній смугастий кіт. Кіт глянув на Рут і, не повівши й вусом, знову заснув. Рут торкнулася в'язаного пледа на кріслі-гойдалці. Це тут живе пастор Вішнелл? Це тут живе Овні Вішнелл? Вона пішла далі. На кухні пахнуло ваніллю, на стільниці лежав кекс. Рут помітила у другому кінці кухні сходи. Цікаво, що там нагорі? Та вона здуріла отак нишпорити по чужій хаті. Якщо хтось застане її на гарячому, їй буде важко пояснити, що вона робить на другому поверсі в будинку пастора Тобі Вішнелла. Але їй страх як кортіло побачити спальню Овні. Вона хотіла побачити, де він спить.

Рут піднялася крутими дерев'яними сходами на другий поверх і зазирнула у бездоганно чисту ванну кімнату, де у вікні висів вазон із папороттю, а в мильниці над умивальником лежав брусок лавандового мила. На стіні висіла обрамлена фотографія дівчинки і хлопчика, які цілувались. «Найкращі друзі» — було написано нижче рожевим кольором.

Рут підійшла до відчинених дверей у першу спальню. На ліжку спиралися на подушки м'які іграшки. У другій спальні стояло красиве ліжко з широким узголів'ям і була окрема ванна. У третій — односпальне ліжко, накрите покривалом у троянди. Цікаво, де спить Овні? Точно не з іграшковими ведмедиками. І не на ліжку з узголів'ям. Вона не могла такого уявити. Вона взагалі не могла уявити Овні в цьому будинку.

Але Рут шукала далі. Вона піднялася на третій поверх. Під скісним дахом було спекотно. Рут побачила прочинені двері й, звісно, штовхнула їх. І наткнулась на пастора Вішнелла.

— Ой, — вигукнула Рут.

Пастор дивився на неї з-над дошки для прасування. У чорних штанах. Без сорочки, бо її він якраз прасував. Пастор мав довгий торс, на якому не було видно ні м'язів, ні жиру, ні волосся. Він зняв сорочку з прасувальної дошки, просунув руки в накрохмалені рукави й застебнув ґудзики — повільно, знизу доверху.

— Я шукаю Овні, — сказала Рут.

— Він поїхав на Форт-Найлз по містера Елліса.

— Справді? Перепрошую.

— Ти прекрасно це знала.

— Ну так. Знала. Перепрошую.

— Це не ваш дім, міс Томас. Чому ви вирішили, що можете по ньому гуляти?

— Ну так. Перепрошую, що потурбувала вас.

Рут позадкувала на коридор.

— Е ні, міс Томас, — сказав пастор Вішнелл. — Ходіть сюди.

Рут зупинилась, потім повернулася до кімнати. «От дідько», — подумала вона й роззирнулась. Що ж, ця кімната точно належала пасторові Вішнеллу. Це була перша кімната в цілому будинку, де Рут могла його уявити. Пуста й безбарвна. Стіни і стелю пофарбовано в білий колір, навіть голу дерев'яну підлогу побілено. У кімнаті ледь тхнуло кремом для взуття. Пасторове ліжко мало вузьку мідну раму, а на постелі лежала блакитна ковдра з вовни і тонка подушка. Під ліжком стояла пара шкіряних капців. На нічному столику не було ні лампи, ні книжки, а на єдиному в кімнаті вікні висіли тільки жалюзі — без фіранки. На комоді — олов'яна тарілочка з кількома монетками. Головним об'єктом у кімнаті був великий письмовий стіл з темного дерева, що стояв біля книжкової шафи, заставленої грубими книгами. На столі — електрична друкарська машинка, стос паперу й бляшанка з-під супу з олівцями.

Над столом висіла карта узбережжя штату Мен із позначками, зробленими олівцем. Рут мимоволі знайшла Форт-Найлз. Ніякої позначки. Цікаво, що це означає. Неспасенний? Невдячний?

Пастор витягнув праску з розетки, обмотав навколо неї шнур і поставив на стіл.

— Гарний у вас будинок, — сказала Рут.

Вона запхала руки до кишень, вдаючи невимушений вигляд, так ніби її сюди запросили.

Пастор Вішнелл склав дошку для прасування і поставив її в комору.

— Тебе назвали на честь біблійної Рут? — запитав він. — Сідай.

— Я не знаю, на чию честь мене назвали.

— То ти не знаєш Біблії?

— Не дуже.

— Рут — праведниця зі Старого Завіту. Взірець жіночої відданості.

— Он як?

— Читай Біблію, Рут, тобі сподобається. Там багато прекрасних історій.

«Це точно», — подумала Рут. Історій. Пригодницьких історій. Рут була атеїсткою. Вона вирішила так рік тому, коли дізналася значення цього слова. Їй досі подобалась ця ідея. Вона нікому про це не розповідала, але від самої думки їй перехоплювало дух.

— Чому ти не допомагаєш місіс Поммерой? — запитав пастор.

— От якраз іду допомагати, — відповіла Рут і подумала собі, чи не втекти їй з кімнати.

— Сідай, Рут, — сказав пастор Вішнелл. — Можеш сісти на ліжко.

На світі не було такого ліжка, на яке Рут хотілося б сісти менше, ніж на пасторове. Вона сіла.

— Хіба тобі ніколи не набридає Форт-Найлзі? — запитав пастор.

Чотирма акуратними рухами він заправив сорочку в штани. На його волоссі виднілися сліди від зубців гребінця. Шкіра була бліда, мов льон. Він стояв, спершись на стіл і згорнувши руки на грудях, і дивився на неї.

— Я не мала можливості прожити там стільки, щоб Форт-Найлз мені набрид, — відповіла Рут.

— Через школу?

— Через те, що Ленфорд Елліс постійно мене кудись посилає, — сказала вона.

Їй здалося, що ця репліка прозвучала трохи жалюгідно, тож вона безтурботно знизала плечима — мовляв, не велика біда.

— Гадаю, містер Елліс хоче, щоб у тебе все було добре. Наскільки я знаю, він оплатив твоє навчання у школі й запропонував оплатити коледж. Він багатий, і йому явно не байдуже, ким ти виростеш. Не так вже й зле, хіба ні? Ти гідна кращого, ніж Форт-Найлз. Тобі так не здається?

Рут нічого не відповіла.

— Знаєш, Рут, я теж проводжу небагато часу на своєму острові. Я мало коли буваю на Курн-Гевені. За останні два місяці я виголосив двадцять одну проповідь, навідався до двадцяти дев'яти родин і відвідав одинадцять молитовних зібрань. А весіллям, похоронам і хрестинам я взагалі втратив лік. Для багатьох із цих людей я — їхній єдиний зв'язок із Господом. Але в мене питають і житейських порад. Просять прочитати якісь документи чи допомогти знайти нову машину. Багато різного. Ти б здивувалася. Я залагоджую сварки між людьми, які б інакше перегризли одне одному горлянки. Я — миротворець. Моє життя непросте. Часом мені дуже хочеться лишитися вдома й милуватися своїм гарним будинком.

Він показав рукою на свій гарний будинок. Але всього будинку його жест не захопив, хіба спальню, а там Рут не бачила нічого, чим можна було милуватися.

— Але я таки виходжу з дому, — продовжував пастор Вішнелл, — бо маю обов'язки. За своє життя я побував на всіх островах штату Мен. Скажу чесно: деколи вони всі зливаються мені в один острів. Але з них усіх Форт-Найлз здається мені найбільш відлюдним. І, безперечно, найменш релігійним.

«Це тому, що ми вас не любимо», — подумала Рут.

— Справді? — запитала вона.

— І дуже шкода, бо якраз відлюдники найбільше потребують товариства. Форт-Найлз — дивне місце, Рут. Тамтешні люди мали багато шансів долучитися до життя за межами свого острова. Але вони повільні й підозріливі. Не знаю, чи ти пам'ятаєш, але колись велися розмови про побудову поромного термінáлу.

— Звісно, пам'ятаю.

— Ну то ти знаєш, що все скінчилося нічим. Наразі туристи можуть добратися до цих островів хіба своїми човнами. А той, кому треба дістатися з Форт-Найлзу до Рокленда, щоразу бере свій рибальський човен. Кожен цвяшок, кожна бляшанка квасолі, кожна пара шнурівок на Форт-Найлзі припливає туди на чиємусь човні.

— Ми маємо крамницю.

— Ой, Рут, яка там крамниця. Щоразу, як якійсь пані з Форт-Найлзу треба купити продукти чи сходити до лікаря, вона мусить пливти до міста човном з кимось із рибалок.

— На Курн-Гевені те саме, — сказала Рут.

Вона вже чула пасторову позицію з цього приводу і не мала бажання знов її слухати. Яке їй до того діло? Йому явно подобалось проповідувати. «Пощастило мені», — сердито подумала Рут.

— Ну, доля Курн-Гевену тісно пов'язана з долею Форт-Найлзу. А Форт-Найлз не спішить діяти. Ваш острів приймає зміни останнім. Більшість рибалок на Форт-Найлзі досі самі виготовляють пастки, бо чомусь із підозрою ставляться до дротяних.

— Не всі.

— Знаєш, Рут, у всьому штаті Мен ловці омарів уже придивляються до човнів зі скловолокна. Це я так кажу — для прикладу. Скільки мине часу, поки такі човни доберуться до Форт-Найлзу? Без поняття. Уявляю собі, як Анґус Аддамс відреагує на таку ідею. Форт-Найлз вічно опирається. Коли штат обмежив розмір омарів, Форт-Найлз впирався сильніше за всіх. А тепер усі рибалки в штаті Мен говорять про те, щоб добровільно обмежити улов.

— Ми нізащо не обмежимо улов, — сказала Рут.

— Тоді його обмежать за вас, юна леді. Якщо ваші рибалки не зроблять цього добровільно, то ухвалять відповідний закон і по ваших човнах нишпоритимуть інспектори — як тоді, коли обмежили розмір омарів. Ось як на Форт-Найлз приходять нововведення. Їх мусять запихати у ваші вперті горлянки, поки ви не почнете давитись.

Що-що він сказав? Рут витріщилася на пастора. Той ледь усміхався. І сказав він це таким спокійним, тихим голосом. Рут обурила його маленька єхидна промова, яку він так невимушено продекламував. Усе, що сказав пастор, звісно ж, було правдою, але та його пихата манера! Рут і сама свого часу казала багато чого неприємного про Форт-Найлз, але вона мала право критикувати свій острів і своїх земляків.

Чути зневажливі слова від такої самовдоволеної і непривабливої персони було нестерпно. Вона відчула різке бажання захистити Форт-Найлз. Як він посмів!

— Світ змінюється, Рут, — продовжував тимчасом пастор. — Колись багато рибалок із Форт-Найлзу ловили хека. Тепер його в Атлантиці так мало, що хіба кошеня вистачить нагодувати. Морського окуня теж усе меншає — скоро за наживку для омарів лишиться сам оселедець. А тепер і оселедець трапляється такий поганий, що навіть мартини не хочуть його їсти. Колись тут добували граніт і всі на тому заробляли добрі гроші, але тепер і того вже нема. Як чоловіки з твого острова збираються заробляти на життя через десять чи через двадцять років? Може, вони думають, що так триватиме вічно? Що вони будуть до кінця життя тягати повні пастки омарів? Вони ловитимуть і ловитимуть тих омарів, поки лишиться один-єдиний, а потім повбивають один одного через того останнього. Ти ж сама це знаєш, Рут. Ти знаєш, що то за люди. Вони ніколи не погодяться вчинити так, як вигідно їм же самим. Думаєш, ті ду́рні оговтаються й об'єднаються в риболовецький кооператив?

— Нізащо, — сказала Рут. Ду́рні?

— Це твій батько так каже?

— Так усі кажуть.

— Що ж, може, усі й мають рацію. Колись вони запекло проти нього воювали. Твій приятель Анґус Аддамс прийшов на зібрання кооперативу на Курн-Гевені. Ще давніше, коли наш Денні Берден мало не привів свою сім'ю до банкрутства і сам не вбився, намагаючись створити кооператив між двома островами. Я там був. Бачив, як Анґус поводився. Він прийшов з пакетом попкорну. Всівся в передньому ряді і слухав, як деякі більш розвинуті особи обговорювали, як два острови могли б співпрацювати задля спільної вигоди. І от Анґус Аддамс сидів перед ними, шкірився і їв попкорн. Я запитав його, що він робить, а він мені: «Насолоджуюсь спектаклем. Це ще веселіше за кіно». Такі як Анґус Аддамс вважають, що їм вигідніше все життя працювати наодинці. Правду я кажу? Це ж так думають усі рибалки на твоєму острові?

— Не знаю, що там думають усі рибалки на моєму острові, — відповіла Рут.

— Ти розумна молода жінка, Рут. Я впевнений, що ти точно знаєш, що вони думають.

Рут закусила губу.

— Гадаю, мені варто піти допомогти місіс Поммерой, — сказала вона.

— Нащо ти марнуєш час із такими людьми? — запитав пастор Вішнелл.

— Місіс Поммерой — моя подружка.

— Я маю на увазі не місіс Поммерой. Я кажу про рибалок із Форт-Найлзу. Про Анґуса Аддамса, Саймона Аддамса...

— Сенатор Саймон не ловить омарів. Він навіть у човні ніколи не сидів.

— Я кажу про таких як Лен Томас, Дон Поммерой, Стен Томас...

— Стен Томас — мій батько, сер.

— Я чудово знаю, що Стен Томас — твій батько.

Рут встала.

— Сядь, — сказав пастор Тобі Вішнелл.

Вона сіла. Її лице палало. Рут тут же пошкодувала, що сіла. Треба було вийти геть з кімнати.

— Тобі не місце на Форт-Найлзі. Я питав людей про тебе і знаю, що ти маєш інші варіанти. Скористайся ними. Не всім так пощастило, як тобі. Овні, наприклад, не має таких можливостей, як ти. Я знаю, що тебе цікавить мій племінник.

Обличчя Рут запалало ще сильніше.

— Ну от, візьмемо Овні. Яке майбутнє на нього чекає? Це мій клопіт, а не твій, але подумаймо разом. Ти в набагато кращому становищі, ніж Овні. На острові в тебе нема майбутнього. Про це подбає кожен тупоголовий дурень, який там живе. Форт-Найлз приречений. Там нема лідера. Нема морального стержня. Господи, та ти тільки глянь на ту вашу прогнилу, занедбану церкву! Як ви до такого допустили?

«Бо ми вас ненавидимо», — подумала Рут.

— Через двадцять років на острові нікого не лишиться. Не дивуйся так, Рут. Бо так цілком може статися. Я рік за роком плаваю туди-сюди вздовж узбережжя і бачу, як громади стараються вижити. А хіба на Форт-Найлзі хоч хтось старається? У вас є бодай якась влада, якийсь чиновник, якого ви самі обрали? Хто ваш лідер? Анґус Аддамс? Той мерзотник? А з молодих хто там на горизонті? Лен Томас? Твій батько? Чи батько хоч колись зважав на чужі інтереси?

Рут відчула, що її заганяють у пастку.

— Ви нічого не знаєте про мого батька, — відповіла вона.

Рут старалась говорити так само стримано, як пастор Вішнелл, але прозвучало різкувато. Пастор Вішнелл посміхнувся.

— Згадаєш моє слово, Рут, — сказав він. — Я добре знаю твого батька. І повторю своє передбачення ще раз. Через двадцять років твій острів перетвориться на місто-привид. Твої земляки самі до цього докладуться через свою впертість і відлюдкуватість. Думаєш, двадцять років — то багато часу? Ні.

Він спокійно дивився на Рут. Вона намагалася так само спокійно дивитися на нього.

— Не думай, що якщо на Форт-Найлзі здавна жили люди, то й далі житимуть. Ці острови недовговічні, Рут. Ти чула колись про острови Шолс? На початку дев'ятнадцятого сторіччя їхнє населення скорочувалось, усі переженилися між собою і громада розпалась. Жителі спалили молитовний дім, злягалися зі своїми братами й сестрами, повісили свого єдиного пастора й займалися чаклунством. Коли преподобний Джедідая Морзе навідався туди 1820 року, то застав буквально десяток людей. Він тут же всіх повінчав, щоб завадити подальшому гріху. Більше нічого він вдіяти не міг. Через двадцять років на островах не лишилося ні душі. Таке саме може статися і з Форт-Найлзом. Тобі так не здається?

Рут не знала, що відповісти.

— І ще одне, — сказав пастор Вішнелл. — Недавно я чув таку історію. Рибалка з острова Френчмен розповів мені, що після того як влада штату обмежила розмір омарів, один рибалка — такий собі Джим — залишав собі коротких омарів і продавав їх туристам на своєму острові. Його незаконне дільце процвітало, але, як то завжди буває, розійшлися чутки і хтось поскаржився рибному інспектору. Інспектор почав стежити за Джимом, щоб упіймати його на гарячому. Він навіть кілька разів обшукував його човен. Але Джим тримав коротунів у торбі, підвісивши до неї каменюку і звісивши з корми. Тому їх і не знайшли. Але одного дня інспектор підглядав за Джимом у бінокль і побачив, як той кинув омарів у торбу, а ту спустив у воду. Інспектор погнався за ним у патрульному човні, і Джим, розуміючи, що його зараз піймають, на всіх парах помчав додому. Загнав човна аж на пляж, ухопив торбу і побіг. Інспектор кинувся за ним. Джим кинув торбу й виліз на дерево. А тепер вгадай, Рут, що побачив інспектор, відкривши торбу?

— Скунса.

— Так, скунса. Ти вже, певно, чула цю історію.

— Це сталося з Анґусом Аддамсом.

— З Анґусом Аддамсом цього не сталось. Це апокрифічна історія.

Рут і пастор свердлили одне одного поглядами.

— Ти знаєш, Рут, що означає «апокрифічна»?

— Так, я знаю, що означає «апокрифічна», — огризнулась Рут, яка саме в той момент думала, що ж воно в біса означає.

— Цю байку розповідають на всіх островах у штаті Мен. А розповідають тому, що їм дуже приємно від думки, що заядлий рибалка зміг перехитрити закон. Але я розповів її тобі не з цієї причини. Просто це хороша байка про те, що трапляється з тими, хто забагато пхає всюди свого носа. Тобі не дуже сподобалась наша розмова, правда?

Рут не збиралась на це відповідати.

— Але ти б її уникнула, якби не заходила до мого будинку. Ти сама на неї напросилася, бо пхала свого носа туди, куди тебе не просили. І якщо тепер ти почуваєшся так, ніби тебе обприскав скунс, то знаєш, хто в цьому винен. Правда ж, Рут?

— Іду допоможу місіс Поммерой, — сказала Рут.

Вона знову встала.

— Чудова ідея. Гарної забави на весіллі, Рут.

Рут хотілося вибігти геть, але не хотілося показувати пасторові Вішнеллу, як її рознервувала його «байка», тож вона неквапливо вийшла. Але як тільки опинилась на коридорі, швидко збігла сходами й кинулась через кухню, вітальню і гостьову кімнату надвір. Вона сіла у плетене крісло на ґанку. «Довбаний придурок, — подумала Рут. — Повірити не можу».

Треба було вибігти з кімнати, як тільки він почав ту свою лекцію. Якого чорта він то все плів? Вони ледве знайомі. «Я питав про тебе, Рут». Яке він має право вказувати їй, з ким спілкуватися, чи радити, щоб трималася подалі від рідного батька? Рут сиділа на ґанку й аж кипіла всередині. Вислуховувати нотації від священника було дуже принизливо. І дуже дивно було дивитися, як він одягає сорочку, і сидіти на його ліжку. Дивно було бачити його порожню кімнатку-келію і жалюгідну дошку для прасування. Якийсь ненормальний. Треба було сказати йому, що вона атеїстка.

На другому кінці саду місіс Поммерой і Кітті досі вкладали жінкам волосся. Дотті Вішнелл і Кенді вже пішли — напевно, вдягатися на весілля. На увагу місіс Поммерой чекала групка курн-гевенських жінок. Усі з вологим волоссям. Місіс Поммерой попросила помити волосся вдома, щоб мати більше часу на стрижку і зачіску. У трояндовому саду сиділо й кілька чоловіків — чекали на дружин чи, може, на свою чергу постригтися.

Кітті Поммерой розчісувала довге біляве волосся симпатичної підлітки, дівчинки років тринадцяти. На цьому острові стільки білявок! То все ті шведи, які видобували тут граніт. Пастор Вішнелл говорив про добування граніту так, ніби хтось цим ще переймався. Ну, не добувають більше граніту, то й що? Кого це хвилює? На Форт-Найлзі ніхто не вмирає з голоду через те, що там не добувають граніт. Тільки песимізму нагнав той пастор. Довбаний придурок. Бідолашний Овні. Рут спробувала уявити дитинство з таким дядьком. Похмурим, підлим, суворим.

— Де ти була? — гукнула місіс Поммерой до Рут.

— У туалеті.

— Все нормально?

— Так, — відповіла Рут.

— То ходи сюди.

Рут підійшла і сіла на цегляний мур. Вона почувалась розбитою і, мабуть, мала відповідний вигляд. Але ніхто на це не звернув уваги, навіть місіс Поммерой. Усі завзято балакали. Рут зрозуміла, що прийшла на середині пустопорожньої розмови.

— Це така гидота, — сказала дівчина-підліток, яку зачісувала Кітті. — Він наступає на всіх морських їжаків, і цілий його човен затрасканий їхніми кишками.

— А для чого він це робить? — запитала місіс Поммерой. — Мій чоловік завжди викидав морських їжаків назад у воду. Вони нікому не шкодять.

— Морські їжаки їдять наживку! — сказав один із курнгевенських рибалок у саду. — Залазять на торбу, виїдають наживку, а потім і саму торбу.

— У мене все життя пальці в голках від тих клятих їжаків, — сказав інший рибалка.

— Але нащо мій Так на них наступає? — запитала симпатична дівчинка-підліток. — Це ж гидко. Хіба відбирає час від риболовлі. Він страшно нервується. Має слабі нерви. Він їх називає курвиними яйцями.

Вона захихотіла.

— Їх усі називають курвиними яйцями, — зауважив рибалка з голками в пальцях.

— Ну так, — сказала місіс Поммерой. — Слабі нерви відбирають час від роботи. Треба бути спокійнішим.

— Я терпіти не можу рибу, яку витягають із самого дна, і вона вся роздувається від того, що її швидко дістають, — сказала підлітка. — Така риба з великими очима, знаєте? Коли я йду на рибалку з братом, ми вічно витягуємо їх цілу гору.

— Не пам'ятаю, коли я останній раз плавала в риболовному човні, — сказала місіс Поммерой.

— Вони як ропухи, — додала підлітка. — Мій Так і на них наступає.

— Для чого так жорстоко поводитися з тваринами? У цьому нема ніякої потреби, — сказала місіс Поммерой. — Зовсім ніякої.

— Колись Так піймав акулу. І побив її.

— А хто такий Так? — запитала місіс Поммерой.

— Мій брат, — відповіла підлітка. Вона подивилась на Рут. — А тебе як звати?

— Рут Томас. А тебе?

— Менді Аддамс.

— Ти родичка Саймона й Анґуса? Братів Аддамсів?

— Може. Не знаю. Вони живуть на Форт-Найлзі?

— Ага.

— А вони гарні?

Кітті Поммерой так розреготалась, що гепнулася на коліна.

— Ага, — сказала Рут. — Красунчики.

— Їм уже за сімдесят, сонечко, — сказала місіс Поммерой. — Але вони красунчики, так.

— Що з нею таке? — запитала Менді, дивлячись на Кітті.

Та витирала сльози з очей, а місіс Поммерой допомагала їй встати.

— Вона п'яна, — пояснила Рут. — Вічно валиться з ніг.

— Так, я п'яна! — крикнула Кітті. — Я п'яна, Рут! Але не треба про це розказувати наліво й направо!

Кітті опанувала себе і взялася далі розчісувати дівчині волосся.

— О Боже, по-моєму, мене вже досить розчісувати, — сказала Менді, але Кітті далі чесала, різко шарпаючи гребінцем.

— Господи, Рут, ти таке патякало. І я не валюся з ніг цілий час.

— Скільки тобі років? — запитала у Рут Менді Аддамс.

Її очі дивились на Рут, але голова постійно смикалась туди-сюди за гребінцем Кітті Поммерой.

— Вісімнадцять.

— Ти з Форт-Найлзу?

— Угу.

— Ніколи тебе не бачила.

Рут зітхнула. Їй не хотілось переповідати цій курці історію свого життя.

— Я знаю. У старших класах я вчилася у школі на материку.

— Я теж їду в старшу школу на материк. Ти де вчилась? У Рокленді?

— У Делавері.

— Це в Рокленді?

— Не зовсім, — відповіла Рут і, побачивши, що Кітті знов затрусилась від сміху, додала: — Спокійно, Кітті. День довгий. Рано тобі валитися з ніг кожних дві хвилини.

— Це в Рокленді? — простогнала Кітті й змахнула з очей сльози.

Курн-гевенські рибалки та їхні дружини, що зібралися навколо сестер Поммерой у саду Вішнеллів, теж сміялися. «От і добре, — подумала Рут. — Хай знають, що ця мала білявка тупа». Хоча, може, вони сміються з Кітті.

Рут згадала слова пастора Вішнелла про те, що через двадцять років Форт-Найлз зникне. Та він з глузду з'їхав. Омарів вистачить на цілу вічність. Омари — доісторичні тварини, вони вміють виживати. Решту океану, може, й винищать, та омарам на це начхати. Омари можуть запорпуватися в мул і жити там місяцями. Вони можуть їсти каміння. «Їм наплювати на все», — захоплено подумала Рут. Омари чудово почуватимуться, навіть якщо в морі не лишиться ніякої їжі, крім інших омарів. Якщо останній омар на світі не знайде інших харчів, то, певно, з'їсть сам себе. Нема чого через них хвилюватися. Пастор Вішнелл злетів з котушок.

— Твій брат справді побив акулу? — запитала в Менді місіс Поммерой.

— Ну так. О Боже, мене ще ніколи стільки не розчісували за один день!

— Кожен з нас колись та й ловив акулу, — озвався один із рибалок. — І кожен з нас її бив.

— Ви їх вбиваєте? — запитала місіс Поммерой.

— Ну ясно.

— Але ж у цьому нема потреби.

— Нема потреби вбивати акулу? — здивовано перепитав рибалка.

Місіс Поммерой була жінкою, ще й незнайомкою (привабливою незнайомкою), і всі чоловіки, що зібралися в саду, ставилися до неї приязно.

— Нема потреби жорстоко поводитися з тваринами, — сказала місіс Поммерой.

Вона говорила, тримаючи в роті кілька «невидимок». Місіс Поммерой зачісувала сивоголову старшу пані, яка начебто взагалі не чула їхньої розмови. Рут подумала, що то, мабуть, мати нареченої або нареченого.

— Ага, — підтакнула Кітті Поммерой. — Нас із Рондою так батько вчив. Він не був жорстоким. Ніколи пальцем нас не зачепив. Наліво ходив, але нікого в житті не вдарив.

— Знущатися з тварин — дуже жорстоко, — сказала місіс Поммерой. — Усі тварини — божі створіння, так само як і ми. Якщо хтось мучить тварину просто так, з ним явно щось не те.

— Ну, не знаю, — сказав рибалка. — Їсти їх я люблю.

— Їсти тварин — не те саме, що з них знущатися. Жорстокість до тварин непростима.

— Ага, — знову підтакнула Кітті. — Просто огидна.

Рут дивувалася з цієї розмови. На Форт-Найлзі всі так розмовляли — тупо ходили по колу й базікали ні про що. Виходить, на Курн-Гевені теж таке полюбляли.

Місіс Поммерой витягнула з рота «невидимку» й закріпила на голові літньої пані сивого кучерика.

— Хоча мушу зізнатись, що колись я запхала жабі в писок петарду й підірвала її, — сказала вона.

— І я, — сказала Кітті.

— Але я не знала, що таке станеться.

— Ну ясно, — сказав один зі здивованих рибалок. — Звідки ви могли знати?

— Деколи я кидаю змій перед газонокосаркою і переїжджаю їх, — сказала симпатична підлітка Менді Аддамс.

— А це вже дуже жорстоко, — зауважила місіс Поммерой. — Навіщо таке робити? Змії відлякують гризунів.

— Ой, і я колись таке робила, — сказала Кітті Поммерой. — Чуєш, Рондо, та ж ми разом таке робили — ти і я. Вічно рубали змій на шматки.

— Але ж ми були малі, Кітті. Ми того не розуміли.

— Ага, — сказала Кітті, — ми були малі.

— Ми не розуміли.

— Ну так, — погодилась Кітті. — А пам'ятаєш, коли ти знайшла під умивальником кубло з мишенятами і потопила їх?

— Діти не знають, як поводитися з тваринами, Кітті, — мовила місіс Поммерой.

— Ти втопила кожне мишеня в іншій чашці. І назвала це мишачим чаюванням. І ще весь час повторювала: «Ох, які ж вони гарні! Які ж вони милі!».

— З мишами в мене нема біди, — сказав один із курнгевенських рибалок. — Але знаєте з чим є? Зі щурами.

— Хто наступний? — весело запитала місіс Поммерой. — Чия черга навести красу?

На весіллі Рут Томас напилася.

Кітті Поммерой їй допомогла. Кітті подружилася з барменом, п'ятдесятирічним рибалкою з Курн-Гевену на ім'я Чакі Страчен. Чакі Страчен заслужив велику честь попрацювати барменом, бо був знатним пияком. Чакі й Кітті відразу знайшлися — так знаходяться два говіркі п'янички у жвавій юрбі — і вирішили добре повеселитися на весіллі у Вішнел-лів. Кітті призначила сама себе помічницею Чакі й пильну-вала, щоб не відставати від його клієнтів: вони чарку — і во-на чарку. Вона попросила Чакі намішати щось добре для Рут Томас — щоб її пташечка трохи розслабилась.

— Щось фруктове, — скомандувала Кітті. — Щось таке солоденьке, як вона сама.

Тож Чакі намішав для Рут велику склянку віскі з мале-сеньким шматочком льоду.

— Напій для панянки! — оголосив Чакі.

— Я мала на увазі коктейль! — сказала Кітті. — Вона таке виплюне! Рут не звикла таке пити! Вона вчилася у приват-ній школі!

— Побачимо, — сказала Рут Томас і вихлебтала все віскі — не залпом, але досить швидко.

— Дуже фруктове, — сказала вона. — Дуже солодке.

Від напою в животі розлилась приємна теплота. Губи аж наче стали пухкіші. Рут випила ще одну склянку і відчула, що її переповнює любов. Вона обійняла Кітті Поммерой — довго й міцно — і сказала:

— Ти завжди була моєю улюбленою зі всіх сестер Пом-мерой.

Це було дуже далеко від правди, зате гарно звучало.

— Надіюся, у тебе все вийде, Руті, — затинаючись, ска-зала Кітті.

— Ох, Кітті, ти така мила. Як завжди.

— Ми всі хочемо, щоб у тебе все вийшло, мала. Ми всі схрестили дух і надіємось, що все вийде.

— Схрестили дух? — поморщила лоба Рут.

— Ой, затаїли пальці, — виправилась Кітті, й вони обоє мало не попадали від сміху.

Чакі Страчен намішав Рут ще одну велику склянку.

— Ну як — класний я бармен? — запитав він.

— Так, ти круто змішуєш віскі й лід у склянці, — похвалила його Рут. — Дуже круто.

— Це моя двоюрідна сестра виходить заміж, — сказав Чакі. — Мусимо відсвяткувати! Дотті Вішнелл — моя кузина! Чекай, та ж Чарлі Берден теж мій кузен!

Чакі Страчен вискочив з-за барної стійки і згріб Кітті Поммерой в обійми. Він тицьнувся лицем у шию Кітті. Обцілував їй усе лице, точніше здорову його половину — ту, де не було шрамів від опіку. Чакі був худий, і його штани злазили все нижче й нижче з його кістлявого заду. Як тільки він хоч трохи нахилявся, відразу ставало видно його сідничне декольте. Рут намагалася туди не дивитись. Якась статечна пані у квітчастій спідниці чекала на свій напій, але Чакі її не помічав. Пані з надією усміхнулась у його бік, але Чакі ляснув Кітті Поммерой по дупі й відкрив собі пляшку пива.

— Ти одружений? — запитала Рут Чакі, коли той лизнув шию Кітті.

Той відпустив Кітті, махнув кулаком у повітрі й оголосив:

— Мене звати Кларенс Генрі Страчен, і я одружений!

— Можете мені чогось налити, будь ласка? — чемно поцікавилась статечна пані.

— Просіть бармена! — крикнув Чакі Страчен і повів Кітті на танцювальний поміст із фанери посеред весільного шатра.

Шлюбна церемонія Рут не цікавила. Вона майже не звертала на неї уваги. Її вразив розмір подвір'я, що належало батьку Дотті, вразив його гарний сад. Ті Вішнелли мали добрі гроші. Рут звикла до весіль на Форт-Найлзі, де гості приносили з собою запіканки, запечену квасолю і пироги. Після весілля завжди відбувалося велике сортування посуду. Чия то таця? Чия кавоварка?

Натомість весілля Дотті Вішнелл і Чарлі Бердена організовував фахівець із материка. Був там і професійний фотограф, як і обіцяв пастор Вішнелл. Наречена виходила заміж у білій сукні, й деякі з гостей, які були на першому весіллі Дотті, казали, що ця сукня ще гарніша за попередню. Чарлі Берден, коренастий хлоп'яга з носом пияка і підозріливим поглядом, не виглядав на щасливого нареченого. Він пригнічено стояв перед усіма й говорив те, що мав говорити. Кенді, мала донька Дотті, яка була мамі за дружку, розплакалась, а коли мама спробувала її заспокоїти, сердито буркнула: «Я не плачу!». Пастор Вішнелл далі розводився про Обов'язки і Винагороди.

А після того як усе закінчилось, Рут напилася. А після того як напилася, пішла танцювати. Вона танцювала і з Кітті Поммерой, і з місіс Поммерой, і з нареченим. Вона танцювала з Чакі Страченом, тим, що бармен, і з двома юними красунчиками в рудувато-коричневих штанах — пізніше виявилося, що вони туристи. Туристи на острівному весіллі! Подумати тільки!

Рут кілька разів станцювала з ними обома, і їй здалося, що вона чомусь із них сміялася, але потім не пам'ятала, що ж такого їм наговорила. Вона сказала чимало уїдливих реплік, але вони явно не вловили її сарказму. Рут танцювала навіть з Келом Кулі, коли той її запросив. Гурт музикантів грав кантрі.

— Це якісь тутешні? — запитала Рут Кела, а той відповів, що музиканти припливли на острів у човні Бейба Вішнелла.

— Гарно грають, — сказала Рут. Вона чомусь дозволяла Келу Кулі міцно притискати її до себе. — Шкода, що я не вмію грати на якомусь інструменті. Я б хотіла грати на скрипці. Я навіть співати не вмію. Ні грати. Навіть на радіо. Тобі весело, Келе?

— Було б значно веселіше, якби ти ковзала вгору-вниз по моїй нозі, як по змащеному пожежному стовпу.

Рут засміялась.

— Гарно виглядаєш, — сказав Кел Кулі. — Тобі варто частіше плести кіски.

— Які ще кіски? Я сьогодні ніяких кісок не заплітала.

— Я сказав — частіше пити віскі. Мені подобається, яка ти від нього стаєш. Вся аж умліваєш.

— Та я ще ніби при тямі, — відповіла Рут, вдаючи, ніби не розуміє, що він насправді має на увазі.

Кел понюхав її волосся. Вона йому дозволила. Рут відчувала, що він нюхає її волосся, бо чула його подих на шкірі голови.

Він притиснувся до її ноги, й вона відчула його ерекцію. І це вона йому дозволила. «Ну і що», — подумала вона. Він терся об неї. Помалу погойдувався разом із нею. Тримав руки на самій попереці і міцно притискав до себе. Все це вона йому дозволила. Ну і що, думала вона. Це ж старий Кел Кулі, та й відчуття досить приємне. Але потім він поцілував її в маківку, і Рут раптом пробудилась.

О Господи, та це ж Кел Кулі!

— Мені треба в туалет, — сказала вона й вирвалась від Кела, а це було не так легко, бо він не хотів її відпускати. Що вона собі думає — танцювати з Келом Кулі? Господи Боже. Рут вибралася з шатра, вибралася з подвір'я і пішла по вулиці аж до самого кінця, туди, де починався ліс. Вона зайшла за дерево, підняла сукню й попісяла на камінь, зумівши не забризкати ноги. Рут не могла повірити, що відчула пеніс Келі Кулі, який напинався в його штанах. Яка гидота. Рут пообіцяла самій собі, що зробить усе, аби забути, що вона колись відчувала пеніс Кела Кулі.

Вийшовши з лісу, Рут звернула не туди й опинилася на вулиці, що називалась Фернес-стріт. «У них навіть таблички з назвами вулиць є?» — здивувалася вона. Як і всі інші вулиці на Курн-Гевені, ця була невимощена. Темніло. Рут проминула білу хатину з ґанком.

На ґанку сиділа старша пані у фланелевій сорочці. Вона тримала пухкого жовтого птаха. Рут подивилась уважніше на птаха і на жінку. Вона відчула, що ноги її не тримають.

— Я шукаю будинок Бейба Вішнелла, — сказала Рут. — Підкажете, де він? По-моєму, я загубилася.

— Я багато років доглядала за хворим чоловіком, — відповіла жінка, — і моя пам'ять вже не така, як колись.

— Як чується ваш чоловік, мем?

— Не дуже добре.

— Сильно хворіє?

— Помер.

— Ох, — Рут почухала слід від укусу комара на нозі. — Ви знаєте, де будинок Бейба Вішнелла? Мені треба туди на весілля.

— Здається, на сусідній вулиці. Після білого дому. Зверніть наліво, — сказала жінка. — Я там дуже давно не була.

— Після Білого дому? На цьому острові є Білий дім?

— Та наче ні, дорогенька.

Рут спочатку збентежилась, але потім зрозуміла, про що йшлося.

— А, то ви хочете сказати, що я маю звернути наліво після будинку білого кольору?

— Ніби так. Але моя пам'ять вже не така, як колись.

— З вашою пам'яттю все добре.

— Яке ти миле дівча. А хто одружується?

— Донька Бейба Вішнелла.

— Та дівчинка?

— Ага. Перепрошую, мем, а то ви каченя тримаєте?

— Це курчатко, дорогенька. Таке пухкеньке.

Жінка широко усміхнулася до Рут, і Рут усміхнулася у відповідь.

— Що ж, дякую за допомогу, — подякувала Рут. Вона рушила далі в бік білого будинку і звідти знайшла дорогу до весілля.

Щойно вона зайшла до шатра, як її схопила чиясь гаряча суха рука.

— Агов! — крикнула Рут.

Це був Кел Кулі.

— Містер Елліс хоче з тобою поговорити, — сказав він і тут же повів її до містера Елліса.

Вона навіть не встигла запротестувати. Рут забула, що містер Елліс теж прибув на весілля, але ось він — сидить у своєму візку. Він усміхнувся до неї, і Рут, яка останнім часом багато усміхалась, усміхнулась у відповідь. Господи, який він худий. Важить кілограмів п'ятдесят, не більше, а колись був високим, сильним чоловіком. Його лиса голова була схожа на жовту кулю — наполіровану, як наконечник старого ціпка. Брів він не мав. Був одягнутий у древній чорний костюм із срібними ґудзиками. Рут вкотре здивувалась, як негарно він зістарівся порівняно зі своєю сестрою міс Верою. Міс Вера любила вдавати слабку, але насправді здоров'я мала міцне. Міс Вера була худенька, але міцна, як колода. Її брат зробився божою кульбабкою. Коли Рут побачила його навесні, то не могла повірити, що він того року здолав дорогу з Конкорда на Форт-Найлз. А тепер не вірила, що він дав раду приїхати з Форт-Найлзу до Курн-Гевену на весілля. Йому було дев'яносто чотири роки.

— Рада вас бачити, містере Елліс, — сказала Рут.

— Гарно виглядаєте, міс Томас, — відповів він. — Вам дуже пасує, коли волосся зібране докупи.

Він примружено глянув на неї засльозеними синіми очима. Взяв її за руку.

— Сядете біля мене?

Рут глибоко вдихнула і сіла на дерев'яний розкладний стілець, що стояв поряд. Містер Елліс відпустив її руку. Вона подумала, чи не тхне від неї віскі. Щоб почути, що каже містер Елліс, і щоб він почув її, треба було сидіти дуже близько до нього, а їй не хотілось, щоби подих її виказав.

— Моя дорога онучка! — сказав він і усміхнувся так широко, що його череп мало не тріс.

— Містере Елліс.

— Я вас не чую, міс Томас.

— Я сказала: «Добрий день, містере Елліс». Добрий день, містере Елліс.

— Ви вже давно до мене не заходили.

— Заходила. З Сенатором Саймоном і Вебстером Поммероєм.

Рут ледве вимовила слова «Сенатор» і «Саймон». Містер Елліс начебто нічого не помітив.

— Але я збиралася зайти. Просто мала справи. Я скоро прийду до маєтку Елліса й завітаю до вас.

— Повечеряємо разом.

— Дякую. Дуже мило з вашого боку, містере Елліс.

— Заходьте у четвер. Наступного четверга.

— Дякую. З радістю зайду. У четвер!

— Ви так і не розповіли мені про вашу поїздку в Конкорд.

— Усе було чудово, дякую. Спасибі за таку ідею.

— Прекрасно. Я отримав листа від сестри — вона казала те саме. Було б доречно, якби ви написали їй листа й подякували за гостинність.

— Напишу, — сказала Рут, навіть не замислившись, звідки він знає, що вона ще його не написала.

Містер Елліс завжди все знав. Ну звісно, що вона напише листа, раз він так просить. А коли напише, містер Елліс, безперечно, дізнається про це ще до того, як його сестра того листа отримає. Така вже його риса — всезнайство. Містер Елліс понишпорив у кишені піджака й витягнув носовичка. Він розгорнув його і тремтячою рукою махнув ним по носі.

— Як гадаєте, що буде з вашою матір'ю, коли моя сестра помре? — запитав він. — Я питаю тільки тому, що недавно містер Кулі завів про це мову.

Живіт Рут стиснуло мов лещатами. Що це в біса означає? Вона задумалась, а тоді сказала те, чого б нізащо не сказала, якби не пила віскі.

— Я дуже сподіваюсь, що про неї подбають, сер.

— Прошу?

Рут нічого не відповіла. Вона не сумнівалась, що містер Елліс її почув. І таки почув, бо врешті сказав:

— Дбати про людей дуже дорого.

У товаристві Ленфорда Елліса Рут завжди почувалася не в своїй тарілці. Вона ніколи не знала, чим закінчиться їхня зустріч: що він попросить її зробити, що він від неї відбере, що їй дасть. Так було, відколи вона мала вісім років і містер Елліс покликав її до свого кабінету, дав їй стос книжок і сказав:

— Прочитай ці книжки в тому порядку, як я їх склав, згори донизу. І більше не плавай у кар'єрі з братами Поммероями без купальника.

У його командах не бувало натяку на погрозу. Він просто їх давав.

Рут виконувала команди містера Елліса, бо знала, яку владу має цей чоловік над її матір'ю. Він мав над нею більше влади, ніж міс Вера, бо саме він розпоряджався сімейними грошима. Міс Вера демонструвала свій контроль над Мері Сміт-Елліс у дрібних щоденних знущаннях. Натомість містер Елліс ніколи не знущався з Рутиної матері. Рут про це знала. Але чомусь це знання завжди наповнювало її панікою, а не спокоєм. Отож восьмилітня Рут прочитала всі книжки, що їх отримала від містера Елліса. Вона зробила так, як їй було сказано. Він не перевіряв, чи вона прочитала книжки, і не просив їх повернути. Рут не купила купальника, щоб плавати в кар'єрі з братами Поммероями, — вона просто перестала з ними плавати. Напевно, це виявилось прийнятним рішенням, бо мова про це більше не заходила.

Зустрічі з містером Еллісом були значущі, бо траплялися зрідка. Містер Елліс кликав Рут до себе всього двічі-тричі на рік і кожну розмову починав з похвали. Потім дорікав їй за те, що вона не навідалась до нього з власної волі. Він називав її онучкою, сонечком, дорогенькою. Рут із самого малку знала, що вона його улюблениця, а значить, їй пощастило. Багато хто на острові Форт-Найлз — навіть дорослі чоловіки — хотіли би бодай раз зустрітися з містером Еллісом, але той їх не приймав. Наприклад, Сенатор Саймон Аддамс роками добивався зустрічі. На Форт-Найлзі не одна людина вважала, що Рут має особливий вплив на містера Елліса, хоч вона мало коли з ним бачилась. Зазвичай вона дізнавалася про його прохання, вимоги, схвалення чи несхвалення від Кела Кулі. А якщо й бачилась, то містер Елліс давав їй переважно прості й прямі вказівки.

Коли Рут виповнилося тринадцять, містер Елліс покликав її до себе і сказав, що вона вчитиметься у приватній школі в Делавері. Він не пояснив, чому так має бути і чиє то рішення. Він не питав її думки. Зате сказав, що навчання дорого коштує, але його оплатять. Сказав, що Кел Кулі відвезе її до школи на початку вересня і що різдвяні канікули вона проведе з матір'ю в Конкорді. На Форт-Найлз вона повернеться аж за рік у червні. Це були факти, а не питання до обговорення.

Коли Рут виповнилося шістнадцять, містер Елліс покликав її до себе у дрібнішій справі — повідомити, що відтепер вона має носити волосся зібраним. То була єдина його вказівка на той рік. Рут виконала її тоді й виконувала досі, збираючи волосся у кінський хвіст. Очевидно, містер Елліс це схвалював.

Містер Елліс був чи не єдиним дорослим у Рутиному житті, який жодного разу не назвав її впертою. Напевно, тому, що в його присутності вона такою і не була.

Цікаво, чи він скаже їй не пити більше сьогодні, подумала Рут. Можливо, це тому він її покликав? Чи, може, скаже, щоб вона більше не танцювала, як хвойда? Чи, може, йдеться про щось серйозніше — наприклад, що настав час вступати до коледжу? Чи перебратися до матері в Конкорд? Нічого з цього Рут не хотіла чути.

Загалом, вона наполегливо уникала містера Елліса, бо до смерті боялася його нових вимог і певності в тому, що вона їх виконає. Поки що містер Елліс не говорив із нею про плани на осінь, але Рут чула серцем, що їй скажуть поїхати з острова. Кел Кулі натякав, що містер Елліс хоче, аби вона вчилася в коледжі, а Вера Елліс згадувала про коледж для жінок, з деканом якого вона зналася. Рут не мала сумнівів, що скоро про це зайде мова. Навіть пастор Вішнелл — хто б міг подумати! — розмовляв з нею про від'їзд. Усі знаки вказували на те, що невдовзі і сам містер Елліс оголосить їй своє рішення. Зі всіх рис свого характеру Рут найдужче ненавиділа беззаперечну покору містерові Еллісу. Вона ще давніше вирішила, що надалі ігноруватиме його вимоги, але сьогодні не мала настрою відстоювати свою самостійність.

— Чим ти займалась останнім часом, Рут? — запитав містер Елліс.

Того вечора Рут не хотіла чути від нього жодних вказівок, тому вирішила змінити тему. Це була нова, зухвала тактика. Але під мухою Рут почувалася сміливішою, ніж завжди.

— Містере Елліс, — сказала Рут, — пам'ятаєте слонячий бивень, який ми вам принесли?

Він кивнув.

— Ви мали нагоду на нього подивитись?

Він знову кивнув.

— Наскільки я розумію, — сказав, — ти багато часу проводила в товаристві місіс Поммерой та її сестер.

— Містере Елліс, — сказала Рут, — давайте все-таки поговоримо про той бивень. Буквально хвилину.

Так-так. Це вона керуватиме цією розмовою. Це ж не так і важко, еге ж? З усіма іншими їй це вдавалося. Містер Елліс підняв брову. Точніше, шкіру на тому місці, де була б його брова, якби він її мав.

— Мій друг кілька років шукав той бивень, містере Елліс. Той молодий хлопець, Вебстер Поммерой, — це він його знайшов. Він наполегливо трудився. А ще я маю іншого друга — Сенатора Саймона.

Цього разу Рут вимовила його ім'я, не затинаючись. Вона почувалася тверезою мов скло.

— Сенатор Саймон Аддамс. Ви його знаєте?

Містер Елліс не відповів. Він знову видобув з кишені носовичка й махнув ним по носі. Рут говорила далі.

— Він має багато цікавих предметів, містере Елліс. Саймон Аддамс роками збирає незвичайні взірці. Він хоче відкрити музей на Форт-Найлзі. Показати свою колекцію. Він збирається назвати його Музеєм природничої історії Форт-Найлзу. На його думку, колишня крамниця граніто-добувної компанії Елліса стала б вдалим місцем для музею. Вона й так пустує. Може, ви чули про цю ідею? Мені здається, він роками просить у вас дозволу... Здається, він...

Може, ви й не вважаєте цей проєкт цікавим, але для нього то цілий світ, і він добра людина. Крім того, він просив би вас повернути йому бивень. Для його музею. Якщо він зможе його облаштувати, звісно.

Містер Елліс сидів у візку, поклавши руки на коліна. Його стегна були майже такі ж завширшки, як зап'ястя. Під костюмним піджаком він мав грубий чорний светр. Він сягнув рукою до внутрішньої кишені піджака й витягнув мідного ключика, тримаючи його між великим і вказівним пальцями. Ключик дрижав, як лоза, якою шукають джерело води. Він простягнув його Рут і сказав:

— Це ключ до крамниці гранітодобувної компанії Елліса.

Рут обережно взяла ключа. Прохолодний і гострий, він став для неї великим сюрпризом. Рут вражено охнула.

— Містер Кулі принесе вам бивень додому наступного тижня.

— Спасибі, містере Елліс. Дуже дякую. Ви не мусите...

— У четвер чекаю вас на вечерю.

— Так. Звісно. Супер. То мені сказати Саймонові Аддамсу... Ем, а що мені сказати Саймонові Аддамсу про крамницю?

Але містер Елліс уже закінчив розмову з Рут Томас. Він заплющив очі й більше не звертав на неї уваги, тож вона пішла геть.

Рут подалась у другий кінець шатра — якомога далі від містера Елліса. Вона почувалася тверезою, і її ледь нудило, тож вона на секунду зупинилась біля карткового столика, що правив за барну стійку, і попросила Чакі Страчена намішати їй ще одну велику склянку віскі з льодом. Вона пережила день дивних розмов — то з пастором Вішнеллом, то з містером Еллісом — і тепер шкодувала, що не лишилась удома з Сенатором і Вебстером Поммероєм. Рут знайшла стільчик у кутку, позаду музикантів, і сіла. Спершись ліктями на коліна й затуливши лице руками, вона відчула, як у скронях б'ється пульс. Почулися оплески — Рут підняла голову. Посеред шатра, тримаючи в руці келих шампанського, стояв чоловік за шістдесят із коротко підстриженим сивуватим волоссям і обличчям старого солдата. Бейб Вішнелл.

— Моя донька! — сказав він. — Сьогодні моя донька виходить заміж, і я б хотів сказати кілька слів!

Знову оплески. Хтось крикнув:

— Давай до діла, Бейб! — і всі засміялись.

— Моя донька виходить заміж не за найкрасивішого чоловіка на Курн-Гевені, але, з іншого боку, з рідним татом закон забороняє одружуватись! Чарлі Берден! Де Чарлі Берден?

Наречений із розпачем на лиці підвівся.

— Сьогодні ти, Чарлі, береш собі за жінку гарну дівчину з родини Вішнеллів! — проревів Бейб Вішнелл.

Ще оплески. Хтось гукнув:

— Бери її, Чарлі!

Бейб Вішнелл сердито глянув туди, звідки пролунав голос. Сміх затих.

Він зітнув плечима і сказав:

— Моя донька — скромна дівчина. Коли вона була підлітком, то так соромилась, що навіть не хотіла переходити грядку з картоплею. А знаєте чому? Бо картоплини мають очка! І можуть зазирнути їй під спідницю!

Він удав із себе дівчинку, яка делікатно піднімає спідницю. Помахав по-жіночому рукою.

Гості реготали. Наречена, тримаючи доньку на колінах, почервоніла.

— Мій новий зять нагадує мені Кейп-Код. Точніше, його ніс нагадує Кейп-Код. Чи хтось тут знає чому? Бо він так само стирчить!

Бейб Вішнелл розреготався зі свого жарту.

— Спокійно, Чарлі, я просто дражнюся з тебе. Можеш сісти. Оплески для Чарлі! Він з біса гарний парубок. А далі я скажу, що ці двоє їдуть у шлюбну подорож. На тиждень до Бостона. Сподіваюсь, вони гарно проведуть час!

Знову оплески, і знову той самий голос:

— Бери її, Чарлі!

Цього разу Бейб Вішнелл його проігнорував.

— Сподіваюсь, вони до біса гарно проведуть час. Бо вони того заслуговують. Особливо Дотті — вона пережила важкий рік, втративши чоловіка. Тому я маю надію, що ви, Чарлі й Дотті, до біса гарно проведете час!

Він підняв келих. Гості зашуміли й собі попіднімали келихи.

— Їм треба трохи розвіятись, — сказав Бейб Вішнелл. — Правда, мала лишається зі мною і з матір'ю Дотті, але що з того? Ми любимо ту малу. Привіт, мала!

Він помахав малій. Мала — Кенді — тимчасом сиділа в мами на колінах поважно й незворушно, як левиця.

— Я згадав собі, як ми з матір'ю Дотті їздили у свою шлюбну подорож.

Хтось із гостей засвистів, усі розсміялися. Бейб Вішнелл помахав пальцем — ну-ну! — і продовжив:

— Ми їздили на Ніагарський водоспад. То було ще за війни за незалежність! Та ні, жартую, у сорок п'ятому. Я тільки прийшов з війни. З Другої світової, ясне діло! Мене добряче потовкло в кораблетрощі на півдні Тихого океану. Я бачив серйозні баталії у Новій Гвінеї, але був готовий до баталій під час медового місяця! Чесно кажу! Я був готовий до деяких інших баталій!

Усі глянули на Ґледіс Вішнелл — та тільки хитала головою.

— Отож ми поїхали на Ніагарський водоспад. Зібрались поплавати на тому кораблі — на «Діві туману». Я не знав, чи Ґледіс захитує, але подумав, що вона може зімліти під самим водоспадом, бо ж той корабель, знаєте, пропливає просто під ним. Тому я пішов в аптеку й купив пляшку — як там його? Пляшку «драмбуї»? Як називається те, що п'ють від морської хвороби?

— «Драмамін»! — гукнула Рут Томас.

Бейб Вішнелл подивився через потемніле шатро на Рут. Строгим, проникливим поглядом. Він не знав, хто вона така, але відповідь прийняв.

— «Драмамін». Саме так. Я купив в аптекаря пляшку «драмаміну». Ну а раз я вже прийшов в аптеку, то й пачку гумок теж купив.

З натовпу весільних гостей почулися радісні верески й оплески. Всі подивились на Дотті Вішнелл і її матір Ґледіс — на їхніх лицях застигла кумедна гримаса невіри й жаху.

— Ну от, купив я «драмамін» і пачку гумок. Аптекар дає мені «драмамін». Дає мені гумки. Потім дивиться на мене й каже: «Якщо її від того так нудить, то нащо ви далі її мучите?».

Весільні гості заревіли зі сміху. Вони плескали й свистіли. Дотті Вішнелл з матір'ю зігнулись від сміху. Рут відчула, як хтось поклав їй руку на плече. Вона глянула вгору. Місіс Поммерой.

— Привіт, — сказала Рут.

— Можна тут сісти?

— Та ясно.

Рут поплескала по сусідньому стільчику, і місіс Поммерой сіла.

— Ховаєшся? — запитала вона Рут.

— Ага.

— Втомилась?

— Ага.

— Я знаю, що Чарлі Берден думає, нібито розбагатіє, якщо одружиться з дівчиною з родини Вішнеллів, — продовжив Бейб Вішнелл, коли сміх затих. — Я знаю, що він думає, нібито сьогодні його щасливий день. Він уже, напевно, поклав око на котрийсь із моїх човнів і снасті. Що ж, може, вони йому й дістануться. Може, з часом йому дістануться всі мої човни. Але є один корабель, якого, я надіюсь, Чарлі й Дотті ніколи не дістануть. Знаєте, як він називається? Корабель «Біда».

Всі ахнули. Ґледіс Вішнелл витерла сльози з очей.

— Мій новий зять — не найбільший розумник на острові. Я чув, що його на якийсь час призначили доглядачем маяка на Крипт-Року. Ну, нічого доброго з того не вийшло. Чарлі вимикав світло о дев'ятій вечора. Його спитали чому, а він їм: «Усі порядні люди о дев'ятій вже в ліжку». Правильно! Гаси світло, Чарлі!

Гості хором розсміялися. Чарлі Берден мав такий вигляд, ніби його от-от знудить.

— Оплески Чарлі й Дотті! Сподіваюсь, їм буде добре разом. І вони ніколи з нашого Курн-Гевену не поїдуть. Може, їм і сподобається в тому Бостоні, але особисто я не по містах. Зовсім не люблю міста́. І ніколи не любив. Хіба одне. Найкраще місто на світі Знаєте, як воно називається? Щедрість.

Юрба знову ахнула.

— Ну він і дотепник, — сказала Рут до місіс Поммерой.

— Ага, любить різне вигадувати, — погодилась та.

Місіс Поммерой взяла Рут за руку. Вони удвох слухали, як Бейб Вішнелл закінчує свій тост новими жартами і шпильками на адресу свіжоспеченого зятя.

— Він міг би купити й продати нас усіх з потрохами, — задумано сказала місіс Поммерой.

Бейб Вішнелл закінчив свій тост. Гості радісно загукали, а той театрально вклонився і сказав:

— А ще для мене велика честь, що до нас сьогодні завітав Ленфорд Елліс. Він хоче сказати кілька слів, а ми всі, гадаю, хочемо почути, що він скаже. Еге ж. Ми нечасто бачимо містера Елліса. Для мене велика честь, що він завітав на весілля моєї доньки. Ось він, он там. А тепер попрошу тиші. Містер Ленфорд Елліс. Дуже важлива персона. Скаже нам кілька слів.

Кел Кулі прикотив містера Елліса на середину шатра. Запала тиша. Кел підгорнув плед попід його ноги.

— Мені пощастило з сусідами, — почав містер Елліс. Він дуже повільно обвів поглядом усіх присутніх. Так наче рахував кожного сусіда. Чиєсь немовля розплакалось, почувся шурхіт — мати понесла його геть із шатра.

— На цьому острові — і на Форт-Найлзі теж — є одна традиція. Наполегливо працювати. Пам'ятаю, коли шведи на

Курн-Гевені виготовляли бруківку для гранітодобувної компанії Елліса. Триста міцних робітників робили по двісті каменів кожен, по п'ять центів за камінь. Моя родина завжди цінувала наполегливу працю.

— Цікавий у нього весільний тост, — шепнула Рут до місіс Поммерой.

Містер Елліс продовжував.

— Ви всі ловите омарів. Це теж добра робота. Є серед вас шведи, нащадки вікінгів. Вікінги колись називали океан Шляхом омарів. Я старий чоловік. Що трапиться з Форт-Найлзом і Курн-Гевеном, коли мене не стане? Я старий чоловік. Я люблю ці острови.

Містер Елліс замовк. Він дивився в землю. На його лиці не було жодного виразу, і хтось сторонній подумав би, що він не має поняття, де він, і взагалі забув, що говорить перед публікою. Мовчанка затягнулась. Гості почали перезиратися. Вони знизували плечима й дивилися на Кела Кулі, який стояв за кілька кроків позаду від містера Елліса. Однак Кел не переймався — на його лиці застиг звичний вираз нудьги й відрази. Хтось кашлянув. Було так тихо, що Рут чула, як шелестить вітер у деревах. Через кілька хвилин Бейб Вішнелл підвівся.

— Ми хочемо подякувати містерові Еллісу за те, що він приїхав на Курн-Гевен, — сказав він. — Правда ж, хочемо? Ми це дуже цінуємо. То що — подякуємо містеру Ленфорду Еллісу оплесками? Дякуємо вам, Ленфорде!

Гості з полегшенням заплескали. Кел Кулі повіз свого начальника до краю шатра. Містер Елліс так і дивився в землю. Заграли музиканти, якась жінка дуже голосно засміялась.

— Дивний вийшов тост, — сказала Рут.

— Знаєш, хто сидить на задньому ґанку в будинку пастора Вішнелла? Сам-один? — запитала місіс Поммерой.

— Хто?

— Овні Вішнелл.

Місіс Поммерой простягнула Рут ліхтарика.

— Чому б тобі не піти його пошукати? Можеш не спішити.

11

Від голоду до канібалізму — один крок, і хоча малькам омарів не дають скупчуватися, все одно окремі особини іноді контактують між собою і, якщо чуються голодними, користають зі своїх можливостей.

«Принципи культивації омарів»
А. Д. Мід, кандидат наук, 1908 р.

Рут, тримаючи в одній руці велику склянку віскі, а в другій — ліхтарик місіс Поммерой, знайшла дорогу до будинку пастора Вішнелла. Всередині не світилося. Вона обійшла будинок — і з другого боку, як і казала місіс Поммерой, побачила Овні. Він сидів на сходах. У сутінках від нього падала велика тінь. Рут помалу освітила його ліхтариком і побачила, що він одягнутий у сірий светр на застібку з капюшоном. Вона підійшла, сіла біля нього й вимкнула ліхтарик. Вони певний час сиділи в темряві.

— Хочеш? — запитала Рут.

Вона простягнула Овні свою склянку віскі. Той узяв і добряче надпив. Те, що в тій склянці було, начебто зовсім його не здивувало. Так мовби він якраз і чекав на віскі від Рут Томас, так мовби сидів на ґанку й чекав на нього. Він віддав склянку Рут, вона надпила і знов дала йому. Скоро всни все випили. Овні сидів так тихо, що Рут ледве чула, як він дихає. Вона поставила склянку на сходинку біля ліхтарика.

— Хочеш піти прогулятись? — запитала вона.

— Хочу, — відповів Овні й підвівся.

Він дав їй руку. Рут узяла. Міцний потиск. Овні повіз її через сад, через низький цегляний мур, повз троянди. Рут залишила ліхтарик на сходах будинку, тож вони мусили ступати обережно. Ніч була зоряна, і було видно, куди йти. Вони перейшли через сусідське подвір'я й опинилися в лісі.

Овні вивів Рут на стежку. Під гілками дерев, у затінку ялин було темно. Стежка була вузька, й Овні та Рут ішли одне за одним. Щоб не впасти, Рут поклала праву руку на його праве плече. Коли вона почала чутись упевненіше, то забрала руку з плеча, але раз у раз хапалась за Овні, шоб не втратити рівноваги.

Вони не розмовляли. Рут чула, як ухкає сова.

— Не бійся, — сказав Овні. — На острові повно звуків.

Вона знала ці звуки. Ліс був для неї добре знайомий і водночас бентежний. Усе пахнуло, виглядало і звучало як на Форт-Найлзі, але то був не Форт-Найлз. Повітря мало солодкий аромат, але то було не її повітря. Рут уявлення не мала, де вони, аж поки раптом не відчула, що праворуч відкрився простір, і зрозуміла, що вони піднялися високо, до краю спустошеного кар'єру. То був шрам від старої граніто-добувної компанії Елліса — як на Форт-Найлзі. Далі вони рухалися дуже обережно, бо Овні обрав стежку не більше як за метр від провалля. Рут знала, що деякі кар'єри мають і сотню метрів завглибшки. Вона рухалась мурашиними кроками, бо мала на ногах сандалі з гладкою підошвою. Рут відчувала, що під ногами слизько.

Вони досить довго йшли вздовж краю кар'єру, а тоді знову опинилися в лісі. Заслона з дерев, закритий простір, темрява, яка огортала зусібіч, стали полегшенням після зяючого провалля. Трохи згодом вони перейшли стару залізничну колію.

Вони заглиблювались у ліс і вже мало що бачили перед собою, а коли мовчки пройшли ще пів години, темрява раптом згустилась і Рут відразу зрозуміла чому. Ліворуч у темряві височів гранітний виступ. Стіна з добротного чорного граніту заввишки метрів з тридцять. Вона й проковтнула залишки світла. Рут підійшла і торкнулась її поверхні — стіна була волога, холодна й замшіла.

— Куди ми йдемо? — запитала Рут.

Вона ледве бачила Овні в темряві.

— На прогулянку.

Рут засміялась — її тихий, гарний сміх навіть не розлетівся ехом.

— В якесь конкретне місце? — запитала вона.

— Ні, — відповів Овні і, на її велику радість, теж розсміявся. Рут подобався звук їхнього сміху серед цього лісу.

Вони зупинилися. Рут сперлася на гранітну стіну. Та була ледь нахилена, й вона нахилилась разом із нею. Рут ледве розрізняла Овні, який стояв перед нею. Вона торкнулась його руки і провела пальцями від плеча до долоні. Гарна рука.

— Ходи сюди, Овні, — сказала Рут і знову засміялась. — Ходи сюди.

Вона притягнула його до себе, він обійняв її, і так вони стояли. За нею був холодний чорний граніт, перед нею — велике тепле тіло Овні Вішнелла. Рут притягнула його ще ближче і притулилась лицем до його грудей. Їй дуже, дуже подобалось його торкатися. Така широка спина. Навіть якщо на цьому все закінчиться — їй байдуже. Навіть якщо вони отак годинами обійматимуться й нічого більше не робитимуть — їй байдуже.

Хоча ні, таки не байдуже.

Відтепер усе зміниться, вона це знала. Рут підняла голову й поцілувала Овні в губи. Точніше, в рота. Глибокий, довгий поцілунок і — яка приємна несподіванка! — такий пухкенький, класний язик! О Боже, який в Овні чудовий язик. Такий некваапливий і солоний. Розкішний язик.

Рут, звісно, вже цілувалася з хлопцями. З багатьма то ні, бо на острові їх так багато не було. Хіба вона могла цілуватися з братами Поммероями? Ні, наразі Рут трапилося небагато підхожих хлопців, але при нагоді вона цілувалася з кількома із них. Якось на Різдво вона поцілувала незнайомого хлопця в автобусі до Конкорда, і ще цілувалася з сином кузена Дюка Кобба, який приїхав до них на тиждень із Нью-Джерсі, але цілуватися з ними було зовсім не так, як цілувати великі м'які губи Овні Вішнелла.

«Можливо, саме тому Овні завжди говорить так повільно», — подумала Рут. Його язик такий великий і м'який, що він просто не може швидко вимовляти слова. Ну і що? Вона тримала в долонях його лице, а він її, і вони шалено цілувалися. Вони міцно тримали одне одного за голову — так тримають неслухняну дитину, коли кажуть: «Слухай мене!». Вони цілувались і цілувались. Це було прекрасно.

Він так сильно притискався стегном до її міжніжжя, що мало не піднімав її над землею. Його стегно було пружне і м'язисте. «Пощастило йому, — подумала Рут. — Гарне стегно». Навіть якщо вони тільки цілуватимуться й більш нічого — їй байдуже.

Хоча ні. Не байдуже.

Вона забрала його руки зі свого лиця, обхопила його широкі зап'ястя й поклала долоні на своє тіло. Поклала їх собі на стегна, він ще сильніше втиснувся в неї — його розкішний солодкий язик рухався глибоко в її роті — і повів долонями вгору по її тілу, поки ті нарешті накрили її груди. Рут відчула, що якщо він зараз же не обхопить губами її соски, вона помре. «Точно помру», — подумала вона. Рут швидко розстебнула ґудзики на сукні, стягнула її вниз, нахилила його голову і — він був просто чудовий! Овні зворушливо застогнав. Її грудь мало не цілком опинилася в його роті. Так ніби він досягнув губами аж до її легень. Рут хотілося загарчати. Хотілося вигнутись дугою, але бракувало місця, бо позаду була скеля.

— Тут є якесь інше місце? — запитала вона.

— Яке?

— М'якше за цю скелю.

— Є, пішли, — сказав Овні, але минула ціла вічність, поки вони відчепились одне від одного.

Вийшло не за першим разом, бо вона знову притягувала його до себе, а він далі терся об неї стегнами. Це тривало без кінця. А коли вони нарешті роз'єдналися, то не пішли стежкою, а побігли. Так ніби пливли під водою — затримавши повітря й намагаючись дістатися до поверхні. Корені, каміння і слизькі сандалі Рут — усе це забулося; забулася його рука, що підтримувала її за лікоть. На обережність не було часу, бо вони поспішали. Рут не знала, куди саме вони біжать, але знала, що там вони зможуть продовжити, і це знання гнало їх уперед. Вони мали важливу справу. Заради неї вони бігли. Ніяких балачок.

Врешті вони вибігли з лісу на невеликий пляж. Рут побачила вогники по той бік затоки і зрозуміла, що перед ними Форт-Найлз, тобто вони на другому кінці Курн-Гевену, далеко від того місця, де грали весілля. Добре. Що далі, то краще. На скелі над піском стояв сарайчик без дверей — вони увійшли туди. У кутку лежала купа старих пасток. На підлозі — весло. Дитяча парта зі стільчиком. Вікно, затулене вовняною ковдрою, яку Овні Вішнелл тут же стягнув. Він струсив порох з ковдри, копнув подалі старого скляного буя, що стояв посеред сарайчика, і постелив ковдру на підлогу. З незатуленого вікна лилося місячне світло.

Рут Томас і Овні Вішнелл скинули з себе одяг, так наче домовились про це заздалегідь. Рут впоралась швидше, бо мала на собі тільки сукенку — і то майже до кінця розстебнуту. Зняла її, потім блакитні трусики і сандалі — все, вона готова! Овні роздягався цілу вічність. Він мусив зняти светра і фланелеву сорочку на споді (поморочившись із запонками), а потім ще й майку. Мусив зняти пояс, розв'язати шнурівки на високих чоботах і скинути шкарпетки. Далі він зняв джинси і — це все тривало сто років! — біле спідне, й на тому з одягом було покінчено.

Вони не так вхопили, як згребли одне одного в обійми, і відразу зрозуміли, що на підлозі буде набагато зручніше, тож і це відбулося досить швидко. Рут лежала на спині, Озні стояв на колінах. Він підсунув її коліна до грудей і, вхопивши за литки, розсунув ноги. Рут подумала про всіх людей, які збісились би, якби про це дізналися — про матір, батька, Анґуса Аддамса (якби ж він тільки знав, що вона лежить гола з хлопцем на прізвище Вішнелл!), пастора Вішнелла (страшно навіть уявити його реакцію), Кела Кулі (той би з котушок злетів), Веру Елліс, Ленфорда Елліса (той би її вбив! та він би їх обох прикінчив!), — усміхнулась, простягнула руку, взяла його прутень і допомогла йому запхати його в себе. Ось так.

Просто неймовірно, що можуть робити люди, навіть якщо ніколи не робили цього раніше.

Останні кілька років Рут часто уявляла, як це — займатися сексом. Але їй ніколи не спадало на думку, що секс може бути таким легким і відразу таким гарячим. Вона вважала, що в цій справі доведеться довго розбиратися і багато про неї розмовляти. Їй ніколи не вдавалось уявити секс від початку до кінця, бо Рут не могла уявити, з ким саме вона в тій справі розбиратиметься. Вона вважала, що її партнер мусить бути набагато старшим за неї, мусить знати, що́ він робить, має поводитися з нею терпеливо і має навчити її, як то все робиться. Це йде сюди; ні, не так; спробуй ще раз, і ще. Вона вважала, що спочатку займатися сексом буде важко — як вчитися водити автомобіль. Вона вважала, що секс сподобається їй не відразу, а після довгої неприємної практики, і що на початках дуже болітиме.

Так, справді неймовірно, що можуть робити люди, навіть якщо ніколи не робили цього раніше.

Рут і Овні кохалися як профі — з першого ж разу. На брудній ковдрі у сарайчику вони витворяли одне з одним непристойні, страшенно приємні штуки. Витворяли таке, до чого інші коханці йшли місяцями. Вона верхи на ньому; він — на ній. Не було такої частини тіла, яку б він чи вона не хотіли взяти до рота. Вона сиділа на його лиці. Він сперся об парту, а вона стала навкслішки перед ним і відсмоктувала йому, а він вчепився їй у волосся. Вона лежала на боці, розставивши ноги, як бігунка на півкроці, а він задовольняв її пальцем. Він устромляв пальці в її слизькі тугі щілини і облизував їх. Потім знову устромляв пальці в її слизькі тугі щілини і клав уже їй до рота, щоб вона відчула свій смак на його руках.

— Давай, давай, трахай мене, трахай, трахай, — Рут повірити не могла, що це каже.

Він перезертав її на живіт, піднімав її стегна у повітря і — так, так! — трахав її, трахав, трахав.

Рут і Овні заснули, а коли прокинулись, надворі було вітряно й зимно. Вони швидко одяглись і повернулись непростою стежкою через ліс, мимо кар'єру до міста. Небо посвітлішало, і тепер Рут краще роздивилася кар'єр. Величезна діра, більша за всі на Форт-Найлзі. Напевно, з того граніту набудували цілі собори.

Вони вийшли з лісу на подвір'я сусіда Овні, переступили через цегляний мур і увійшли до трояндового саду пастора Вішнелла. На сходах ґанку на них чекав пастор. В одній руці він тримав порожню склянку з-під віскі, яку лишила Рут. У другій — ліхтарик місіс Поммерой. Помітивши їх, він посвітив на них ліхтариком, хоча в тому не було потреби. Надворі вже розвиднилося, і він прекрасно бачив, хто там іде. Але він усе одно посвітив на них ліхтариком.

Овні відпустив її руку. Рут тут же запхала її в кишеню своєї жовтої сукенки й міцно стиснула ключа — ключа до крамниці гранітодобувної компанії Елліса, ключа, якого кілька годин тому їй дав містер Ленфорд Елліс. Вона забула про той ключ, відколи пішла до лісу з Овні, але тепер дуже важливо було тримати його в руці, впевнившись у тому, що він не загубиться. Рут так міцно вчепилась у ключ, що той колов її долоню. Пастор Вішнелл спустився з ґанку й рушив у їхній бік. Вона вчепилась у ключ. Вона не змогла б пояснити чому.

12

У холодні зими омари втікають у глибші води або — коли живуть у гавані — шукають захисту, запорпуючись у мул, якщо він є.

«Американський омар:
дослідження його звичок і розвитку»
Френсіс Гобарт Геррік, кандидат наук, 1895 р.

МАЙЖЕ ВСЮ ОСІНЬ 1976 РОКУ Рут переховувалась. Батько не вигнав її з дому, але після інциденту ставився до неї непривітно. Інцидентом було не те, що пастор Вішнелл піймав Рут і Овні на гарячому, коли вони вийшли з курн-гевенського лісу на світанку після весілля Дотті Вішнелл. Це була неприємна подія, але справжній інцидент стався через чотири дні, коли Рут запитала батька за вечерею:

— Хіба тобі взагалі не цікаво, що я робила в лісі з Овні Вішнеллом?

Рут і її батько вже кілька днів обходили одне одного стороною, не розмовляли і якимось чином уникали спільних трапез. Того вечора Рут запекла курча й, коли батько повернувся з риболовлі, поставила його на стіл.

— Про мене не хвилюйся, — сказав батько, побачивши, що Рут накриває на двох. — Я повечеряю в Анґуса.

Рут відповіла:

— Ні, тату, давай повечеряємо вдома удвох, ти і я.

За вечерею вони мало що говорили.

— Смачне вийшло курча, правда? — запитала Рут, і батько відповів, що так, звісно, дуже смачне. Вона поцікавилась, як ідуть справи з Робіном Поммероєм, якого батько знову найняв за стернового, і Стен відповів, що малий такий самий дурень, як і раніше, чого від нього сподіватись? І так далі. Вечерю вони закінчили мовчки.

Коли Стен Томас узяв тарілку й поніс до мийки, Рут запитала:

— Тату, хіба тобі взагалі не цікаво, що я робила в лісі з Овні Вішнеллом?

— Ні.

— Ні?

— Скільки разів тобі повторювати? Мені байдуже, з ким ти проводиш час, Рут, і що ти з ким робиш.

Стен Томас помив тарілку, повернувся до столу й узяв Рутину тарілку, не спитавши, чи вона вже доїла, і навіть не глянувши на неї. Він помив її тарілку, налив собі склянку молока і врізав шматок чорничного пирога, що його спекла місіс Поммерой. Пиріг стояв на стільниці під вологим шатром харчової плівки. Він їв пирога руками, схилившись над мийкою. Потім струснув крихти з джинсів і знову накрив пирога плівкою.

— Я пішов до Анґуса, — сказав він.

— Тату, — мовила Рут, — я б хотіла тобі щось сказати.

Вона так і сиділа у кріслі.

— Мені здається, ти б мусив мати про це якусь думку.

— Ну, я її не маю, — відповів батько.

— А мав би мати. Знаєш чому? Бо ми займалися сексом.

Батько зняв зі спинки крісла куртку, одягнув її і пішов до дверей.

— Куди ти йдеш? — запитала Рут.

— До Анґуса. Я вже казав.

— І це все, що ти скажеш? Оце така твоя думка?

— Я не маю ніякої думки.

— Тоді я скажу тобі ще дещо, тату. Тут відбувається багато чого, про що ти мусив би мати свою думку.

— Ну а я її не маю, — відповів він.

— Брехун, — сказала Рут.

Він подивився на неї.

— Не смій так розмовляти з батьком.

— Чому це? Ти брехун.

— Не смій так ні з ким розмовляти.

— Просто я вже трохи втомилась від того, що ти кажеш, ніби тобі байдуже до всього, що тут відбувається. Я думаю, що це до біса слабка позиція.

— А яка мені користь перейматися тим, що тут відбувається?

— Тобі байдуже, поїду я до Конкорда чи лишусь тут, — сказала Рут. — Тобі байдуже, чи дає мені містер Елліс гроші. Тобі байдуже, чи я все життя ловитиму рибу — чи мене відправлять до коледжу. Тобі байдуже, чи я цілу ніч займаюся сексом з Вішнеллом. Справді, тату? Тобі до всього цього байдуже?

— Байдуже.

— Не вірю. Ну ти і брехун.

— Перестань так казати.

— Я можу казати все, що мені хочеться.

— Яка різниця, байдуже мені чи ні, Рут? Все, що відбувається з тобою і з твоєю матір'ю, ніяк мене не стосується. Повір. Мені до того нема взагалі ніякого діла. Я вже давно це зрозумів.

— Зі мною і з моєю матір'ю?

— Так. Я не маю слова в будь-яких рішеннях, які стосуються тебе чи твоєї матері. Тому якого чорта мені перейматись?

— Моєї матері? Ти жартуєш? Та якби ти захотів, то крутив би мамою на всі боки. Вона за все життя сама нічого не вирішила, тату.

— Їй начхати на мою думку.

— А на чию не начхати?

— Ти знаєш, на чию.

Рут і батько довго дивились одне на одного.

— Ти б міг виступити проти Еллісів, якби хотів, тату.

— Ні, не міг би, Рут. І ти б не могла.

— Брехун.

— Я вже просив тебе так не розмовляти зі мною.

— Сцикун, — сказала Рут, сама зі себе здивувавшись.

— Як не будеш пильнувати за своїм писком... — сказав Рутин батько і на цьому пішов геть.

Ото й був інцидент.

Рут прибрала на кухні й пішла до місіс Поммерой. Вона годину плакала на її ліжку, а місіс Поммерой гладила її волосся.

— Може, розкажеш мені, що сталося? — запитала вона.

— Він такий сцикун, — відповіла Рут.

— Де ти почула таке слово, сонечко?

— Клятий боягуз. Він просто жалюгідний. Чому він не такий, як Анґус Аддамс? Чому він не може за себе постояти?

— Але ти б не дуже хотіла, щоб Анґус Аддамс був твоїм батьком, — правда ж, Рут?

Рут розплакалася ще сильніше, і місіс Поммерой сказала:

— Ох, люба. Важкий тобі випав рік.

До кімнати зайшов Робін і запитав:

— Що за галас? Хто там реве?

— Виженіть його звідси! — крикнула Рут.

— Я тут, курва, живу!

— Ви двоє як брат і сестра, — сказала місіс Поммерой.

Рут перестала плакати.

— Довбане місце.

— Яке-яке місце? — запитала місіс Поммерой. — Яке місце, сонечко?

Рут жила в Поммероїв цілий липень і серпень, аж до початку вересня. Іноді вона ходила додому, до батька, коли знала, що він рибалить, і брала чисту блузку чи нову книжку або пробувала вгадати, що батько їв. Їй не було чим зайнятись. Роботи вона не мала. Рут навіть перестала вдавати, що хоче працювати стерновою, а її планами більше ніхто не цікавився. Їй ніколи не запропонують роботи на човні — це було очевидно. А іншої роботи для тих, хто не працював на човні, на Форт-Найлзі 1976 року не було.

Рут не мала до чого вчепитися. Місіс Поммерой могла принаймні плести гачком. Кітті Поммерой мала пляшку за компаньйонку. Вебстер Поммерой мав мул, у якому міг копирсатися, а Сенатор Саймон — мрію про музей природничої історії. Рут не мала нічого. Інколи їй здавалося, що вона схожа на найстаріших мешканців Форт-Найлзу: на божих кульбабок, які сиділи біля вікна й у тих рідкісних випадках, коли хтось ішов мимо їхнього будинку, розтуляли фіранки, щоб подивитися, що там діється. Рут жила в будинку місіс Поммерой разом із Вебстером, Робіном, Тімоті Поммероями, товстою дружиною Робіна, Опал, і їхнім пухким малюком Едді. А ще — з Кітті Поммерой, яку Лен Томас, Рутин дядько, вигнав з дому. З усіх відчайдушних жінок Лен зійшовся з Флоридою Кобб. Флорида Кобб, доросла донька Расса й Айві Коббів, яка майже нічого не говорила і ціле життя тільки те й робила, що товстіла й розмальовувала пласких морських їжаків, тепер жила з Леном Томасом. Через це Кітті ходила в поганому настрої. Вона погрожувала Лену рушницею, але той відібрав її і вистрілив у духовку.

— Я думала, що Флорида Кобб — моя подружка, чорт би її побрав, — казала Кітті, хоча Флорида Кобб ніколи ні з ким не дружила.

Кітті розповіла місіс Поммерой сумну історію про її останню ніч удома з Леном Томасом. Рут чула, як вони розмовляли у спальні місіс Поммерой за зачиненими дверима. Вона чула, як Кітті безутішно схлипувала. Коли місіс Поммерой нарешті вийшла, Рут запитала:

— Що вона розповідала? Що там за історія?

— Я не хочу чути її двічі, — відповіла місіс Поммерой.

— Двічі?

— Не хочу чути її спочатку від неї, а потім від себе. Забудь. Віднині вона житиме тут.

Рут стала помічати, що кожного ранку Кітті Поммерой прокидається така п'яна, як більшість людей не напиваються за все життя. Увечері вона плакала і плакала, аж поки місіс Поммерой і Рут вкладали її до ліжка. Вони тягнули її по сходах, а вона лупила їх кулаками. І так майже щодня. Одного разу Кітті вдарила Рут у лице, так що з носа пішла кров. Опал ніколи не допомагала їм дати раду з Кітті. Вона боялась дістати від неї, тому, поки місіс Поммерой і Рут вовтузилися з нею, сиділа в кутку і плакала.

— Я не хочу, щоб моя дитина росла серед цих писків і криків, — нарікала Опал.

— То забирайся до себе додому, — казала Рут.

— Це ти забирайся до себе додому! — кричав Робін Поммерой до Рут.

— Ви поводитесь як брати з сестрами, — казала місіс Поммерой. — Вічно дражнитесь.

Рут не могла бачитися з Овні. Вона не бачилася з ним ще з весілля. За цим пильнував пастор Вішнелл. Пастор вирішив влаштувати великий осінній тур островами штату Мен і взяти Овні за капітана. Він запливав на «Новій надії» у кожну гавань в Атлантиці, від Портсмута до Нової Шотландії, і проповідував, проповідував, проповідував.

Овні жодного разу не зателефонував Рут, та й як він міг? Він не мав її номера і не знав, що вона живе з місіс Поммерой. У принципі, Рут не ображалася, що він їй не дзвонить. Вони й так не мали б що дуже казати одне одному телефоном. Овні не любив розмовляти навіть віч-на-віч, і Рут важко було уявити, як би вони годинами висіли на дроті. Та й не те щоб вони мали особливо про що розмовляти. Зрештою, Рут не хотіла говорити з Овні. Вона не мала охоти обговорювати з ним місцеві чутки, але це не означало, що вона не сумувала за ним, чи, точніше, не жадала його. Вона хотіла бути з ним. Хотіла, щоб він був у кімнаті разом з нею і вона знову відчувала його приємне на дотик тіло і його мовчанку. Вона знову хотіла божевільно кохатися з ним. Хотіла бути оголеною з Овні, і думки про це забирали в неї чимало часу. Рут думала про нього, коли лежала у ванні та в ліжку. Вона не раз і не два розповідала місіс Поммерой про той єдиний раз, коли вона кохалася з Овні. Місіс Поммерой хотіла почути про все, що вони робили удвох, усі подробиці — схоже, вона це схвалювала.

Рут спала на горішньому поверсі великого будинку Поммероїв, у спальні, яку місіс Поммерой пробувала їй віддати, коли їй було дев'ять, — у тій, де на стінах проступали іржаві плями від крові, де багато років тому дядько Поммерой покінчив з життям, вистріливши собі в рота з рушниці.

— Якщо це тебе не хвилює, звісно, — сказала місіс Поммерой.

— Анітрохи, — відповіла Рут.

На підлозі був вентиляційний отвір, і, притуливши до нього голову, Рут чула розмови в цілому будинку. Підслуховування її заспокоювало. Вона могла ховатися і при цьому все знати. Зрештою, тієї осені ховання були основним заняттям Рут. Вона ховалася від батька — це було просто, бо він її не шукав. Вона ховалася від Анґуса Аддамса — це вже було трохи складніше, бо Анґус переходив на другий бік вулиці, коли її бачив, і обзивав її брудною курвою, бо вона волочилася з Вішнеллом, пащекувала батькові й розгулювала по місту.

— Ага, я все чув, — казав він. — Усе. Не думай, ніби я ні чорта не знаю.

— Дайте мені спокій, — казала Рут. — Це не ваше діло.

— Ти розпущена мала курва.

— Він просто дражниться з тебе, — казала місіс Поммерой, якщо в той момент була поруч і чула, як Анґус ображає Рут; тоді і Рут, і Анґус обурювалися.

— То це, по-вашому, називається дражнитися? — перепитувала Рут.

— Ні хріна я не дражнюся, — з таким самим обуренням відказував Анґус.

Місіс Поммерой намагалася не сердитись і казала:

— Ну ясно, що дражнишся, Анґусе. Це ж твоя улюблена справа.

— Знаєш, що нам треба зробити? — знову й знову казала місіс Поммерой до Рут. — Треба зачекати, поки все вляжеться. Тут тебе люблять, просто всі трохи знервувались.

Серпневі хованки Рут найбільше стосувалися містера Елліса, тому вона ховалася від Кела Кулі. Їй зовсім не хотілось бачитися з містером Еллісом, і вона знала, що одного дня Кел схопить її і приведе до маєтку Елліса. Вона знала, що Ленфорд Елліс придумає для неї план дій, і не хотіла брати в ньому участі. Ховатися від Кела їй допомагали місіс Поммерой і Сенатор Саймон. Коли Кел приходив до будинку Поммероїв і питав за Рут, місіс Поммерой казала, що вона в Сенатора Саймона, а коли Кел ішов до Сенатора й там питав за неї, йому відповідали, що Рут у місіс Поммерой. Однак острів мав усього шість кілометрів завдовжки — рано чи пізно гра мала скінчитись. Рут знала, що Кел піймає її, якщо дуже захоче. І він таки піймав — одного ранку наприкінці серпня в колишній крамниці гранітодобувної компанії Елліса, де Рут допомагала Сенаторові складати вітрини для його музею.

Усередині крамниці було темно й неприємно. Крамницю зачинили майже п'ятдесят років тому, і звідти все забрали — лишилося порожнє приміщення з вікнами, забитими дошками. Та все одно Сенатор Саймон радів як дитина, коли після весілля у Вішнеллів Рут несподівано подарувала йому ключ до замка, що стільки років не давав йому увійти до цього місця. Він не міг повірити своєму щастю. Сенатор так втішився, що нарешті створить музей, аж на якийсь час навіть покинув Вебстера Поммероя самого. Він лишив Вебстера одного на Поттер-біч — далі порпатися в мулі у пошуках останнього бивня. У ті дні він більше не мав сили хвилюватися за Вебстера. Вся його енергія пішла у ремонт приміщення.

— Це буде прекрасний музей, Рут.

— Не сумніваюся.

— Містер Елліс точно сказав, що тут можна облаштувати музей?

— Так багато слів він не сказав, але коли я йому розповіла про ваші плани, він дав мені ключ.

— То, значить, він не проти.

— Побачимо.

— Він дуже зрадіє, коли побачить музей, — сказав Сенатор Саймон. — Почуватиметься меценатом.

Рут зрозуміла, що добру половину Сенаторового музею займатиме його чимала книгозбірня, яка більше не вміщалася у нього вдома. Книжок Сенатор мав більше, ніж артефактів. Отож Сенаторові довелося змайструвати книжкові полиці. Він уже все розпланував. Мала бути окрема секція для книжок про кораблебудування, окрема — для книжок про піратство, окрема — для книжок про мореплавство. Весь перший поверх мав відійти під музей. Вікна крамниці мали стати такою собі галереєю, в якій регулярно мінятимуть експонати. У колишніх конторських і складських приміщеннях він планував розмістити книжки й постійну експозицію. У підвалі облаштувати сховище. («Архіви», — казав Сенатор.) На другий поверх будівлі — покинуте трикімнатне помешкання, де колись жив із сім'єю завідувач крамниці — він не мав ніяких планів. А от на першому розпланував усе. Сенатор збирався виділити окрему кімнату на «виставку й обговорення» географічних мап. Рут бачила, що сама виставка ще зовсім не готова. А от обговорення вже далеко зайшло.

— Я би все віддав, аби лиш побачити оригінал мапи Меркатора-Гондіуса, — сказав Сенатор Саймон того серпневого дня.

Він показав їй репродукцію цієї мапи у книзі, яку придбав багато років тому в букініста у Сієтлі. Підготовка до відкриття музею затягувалась, бо Сенатор мусив показати Рут кожну книжку, яку брав до рук, і обговорити кожну цікаву ілюстрацію.

— Тисяча шістсот тридцять третій. Як бачиш, тут є Фарерські острови й Ґренландія. Але що це таке? Ох, люди добрі. Що ж то за такий масив суходолу? Ти не знаєш, Рут?

— Ісландія?

— Ні-ні. Ось це — Ісландія. Там, де вона й має бути. А це міфічний острів Фрисланд. Він є на всіх стародавніх мапах. Насправді такого острова не існує. Дивно, правда? Він намальований так чітко, ніби картографи не сумнівалися, що він є. Скоріше за все, якийсь моряк помилився, коли розповідав про свою подорож. Бо ж тоді картографи брали всю інформацію від моряків. Вони нікуди не їздили. Ось що цікаво, Рут. Вони були такі самі, як я.

Сенатор торкнувся свого носа.

— Але часом вони помилялися. Як бачиш, Герард Меркатор усе ще вірить, що існує Північно-східний прохід. Він поняття не мав про арктичний лід! Ти вважаєш картографів героями, Рут? Бо я вважаю.

— Ну звісно, Сенаторе.

— Як на мене, вони справжні герої. Подивись, як вони зобразили контури материка. Наприклад, на картах шістнадцятого століття Північна Африка має правильні контури. Ті португальці знали, як наносити на карту африканські узбережжя. Але вони не знали, що відбувається всередині материка і який він завбільшки. Того вони точно не знали, Рут.

— Ага, не знали. Може, ми б познімали дошки з вікон, що скажете?

— Я не хочу, щоб хтось бачив, чим ми тут займаємося. Закінчимо — і влаштуємо для всіх сюрприз.

— А чим ми тут таким займаємося, Сенаторе?

— Робимо стенд для виставки.

Сенатор гортав ще один альбом з картами.

— Ох, заради всіх мілин на світі — тут вони ого як помилилися. Мексиканська затока просто величезна, — сказав він із лагідним, сповненим любові лицем.

Рут подивилася через його плече на репродукцію вбогої стародавньої мапи, але не змогла розібрати тексту на сторінці.

— Тут бракує світла. І взагалі — може, почнемо помалу прибирати, Сенаторе?

— Я люблю історії про те, як вони помилялися. От як Кабрал. Педру Кабрал. Поплив на Захід 1520 року в пошуках Індії, а натрапив на Бразилію! Джон Кабот шукав Японію, а опинився на Ньюфаундленді. Верразано шукав прохід до островів Прянощів, а виплив у Нью-Йоркській бухті. Він думав, що то морський шлях. Ох, як вони ризикували! Як старалися!

Сенатор упав в екстаз першого ступеня. Рут узялась розпаковувати коробку, на якій писало: «Кораблетрощі: фото/буклети III». Це була одна з багатьох коробок, у якій лежали експонати для майбутнього стенду, що його Сенатор планував назвати «Помста Нептуна» або «Ми покарані», — стенду, повністю присвяченого нещасним випадкам у морі. Першою Рут витягнула з коробки папку з написом «Медичне», що був виведений чудовим старомодним почерком Сенатора Саймона. Вона точно знала, що там усередині. Рут пам'ятала, як вона малою переглядала фото в цій папці — моторошні зображення людей, вцілілих у кораблетрощах, а Сенатор Саймон розповідав їй про кожного вцілілого і про кожну оказію.

— Тебе теж таке може спіткати, — казав він. — Та й будь-кого, хто плаває в човні.

Рут розгорнула папку й переглянула добре знайомі жахіття: заражений укус луфаря; виразка на нозі завбільшки з тарілку; чоловік, чиї сідниці згнили після того, як він три тижні просидів на мокрій котушці канату; нариви від морської води; почорнілі опіки від сонця; розпухлі від води ноги; ампутовані кінцівки; муміфікований труп у рятувальній шлюпці.

— Яка гарна гравюра! — сказав Сенатор Саймон.

Він переглядав вміст іншої коробки з наліпкою «Кораблетрощі: фото/буклети VI». З папки з написом «Герої» Сенатор витягнув гравюру жінки на березі моря. Вона недбало зав'язала волосся в гульку, а через плече перекинула важкий відріз мотузки.

— Місіс Вайт, — з любов'ю сказав Сенатор. — Здоровенькі були, місіс Вайт. Шотландка. Коли на скелях неподалік від її дому розбився корабель, вона гукнула морякам, щоб ті кинули їй мотузку. Потім уперлася п'ятами в пісок і по черзі повитягувала моряків на берег. Міцна жінка, еге ж?

Рут погодилась, що місіс Вайт — жінка міцна, і далі нишпорила в папці «Медичне». Вона знайшла каталожні картки з короткими написами Саймоновим почерком.

На одній картці писало: «Симптоми: дрижаки, головний біль, важкість руху, запаморочення, оніміння, смерть».

На іншій: «Спрага: пити сечу, кров, рідину з власних пухирів, спиртову рідину з компаса».

Ще на одній: «Груд. 1710 р. "Ноттінґем" розбився біля острова Буна. Команда з'їла суднового теслю».

І ще: «Місіс Роджерс, стюардеса на "Стеллі". Допомогла жінкам сісти у шлюпку, віддала власний жилет. Померла! Затонула разом із кораблем!».

Рут простягнула останню картку Сенаторові Саймону і сказала:

— По-моєму, їй місце в папці «Герої».

Той примружено глянув на картку і сказав:

— Ну звісно, Рут. Цікаво, як місіс Роджерс опинилася в папці «Медичне»? І дивись, що я тільки-но знайшов у папці «Герої». Її тут явно не має бути.

Він дав Рут картку з написом: «"Авґуста М. Ґотт", пере-
кинулась, Ґольфстрім, 1868 р. Всі проголосували за те, щоб
з'їсти Еразмуса Казінса (з Бруксвілла, штат Мен!). Врятувала
поява човна рятувальників. Е. Казінс до кінця життя сильно
заїкався. Е. Казінс більше ніколи не плавав!».

— А папку про канібалізм маєте? — запитала Рут.

— Усе поскладано зовсім не так ретельно, як я думав, —
зажурено сказав Сенатор Саймон.

Саме в ту хвилину у двері колишньої крамниці граніто-
добувної компанії Елліса увійшов не постукавши Кел Кулі.

— Ось де моя Рут, — сказав він.

— Чорт, — лайнулася Рут.

Того дня Кел Кулі надовго затримався у крамниці гра-
нітодобувної компанії Елліса. Він нишпорив у речах Сена-
тора Саймона, виймав то одне, то друге, і клав не туди, де
брав. Сенатор Саймон схвильовано дивився, як той грубо
поводиться з деякими артефактами. Рут старалася не роз-
туляти рота. Їй розболівся живіт. Вона намагалась сидіти
тихо й триматися подалі від Кела, щоб він нічого до неї не
говорив, але втекти від Кела Кулі, який мав перед собою
ціль, було неможливо. Понадокучавши їм із годину, Кел
сказав:

— Ти так і не прийшла на вечерю до містера Елліса в лип-
ні, коли він тебе запрошував.

— Мені шкода.

— Сумніваюсь.

— Я забула. Передай йому мої вибачення.

— Сама йому скажеш. Він хоче тебе бачити.

Сенатор Саймон повеселіло вигукнув:

— Рут! Може, відразу запитаєш містера Елліса про підвал?

Сенатор Саймон недавно знайшов у підвалі крамниці ряди замкнутих шафок на папери. Він не сумнівався, що в них лежить повно прецікавих документів гранітодобувної компанії Елліса, і тому хотів отримати дозвіл перебрати їх і, можливо, виставити кілька обраних у музеї. Він ще давніше написав містерові Еллісу листа з проханням про дозвіл, але відповіді не отримав.

— Сьогодні я не зможу, Келе, — сказала Рут.

— Ну то завтра прийдеш.

— І завтра не зможу.

— Він хоче поговорити з тобою. Має щось тобі сказати.

— Мені не цікаво.

— Думаю, тобі варто до нього зайти — задля твого ж добра. Я можу тебе підвезти, якщо так буде простіше.

— Я нікуди не піду, — сказала Рут.

— Але чому ти не хочеш зустрітися з ним? — запитав Сенатор Саймон. — Ти б могла запитати його про підвал. Може, я міг би піти з тобою...

— А на цих вихідних? — запитав Кел. — Може, прийдеш повечеряти у п'ятницю? Або поснідати в суботу?

— Нікуди я не піду.

— А наступної неділі вранці? Чи через два тижні?

Рут задумалась.

— Через два тижні містера Елліса вже тут не буде.

— Чому ти так думаєш?

— Бо він завжди їде з Форт-Найлзу у другу суботу вересня. Через два тижні він уже повернеться до Конкорда.

— Ні, не повернеться. Він чітко мені сказав, що не поїде звідси, поки не побачиться з тобою.

Рут не знала, що на це відповісти.

— О люди добрі, — приголомшено вигукнув Сенатор Саймон. — Містер Елліс не планує ж тут зимувати, правда?

— Думаю, це залежить від Рут, — сказав Кел Кулі.

— Але ж це буде неймовірно, — мовив Сенатор Саймон. — Нечувано! Він ніколи не лишався тут на зиму.

Сенатор Саймон розпачливо глянув на Рут.

— Що б це могло означати? — запитав він. — О Боже, Рут. Що ти збираєшся робити?

Рут не мала відповіді на це питання, та й не потребувала її, бо кінець їхній розмові раптом поклав Вебстер Поммерой. Він увірвався до крамниці гранітодобувної компанії Елліса, тримаючи в руках щось гидке. Вебстер вимастився від грудей до п'ят у болоті й так скривився, аж Рут подумала, що він знайшов другого бивня. Але ні, він приніс не бивня. Вебстер тримав округлий брудний предмет, який тут же кинув Сенаторові. Минуло кілька секунд, поки Рут зрозуміла, що то таке, а коли зрозуміла, її тіло похололо. Навіть Кел Кулі побілів, роздивившись, що Вебстер Поммерой приніс людський череп.

Сенатор крутив і крутив його у своїх м'яких, наче тісто, руках. Знахідка повністю вціліла. У щелепі досі були зуби, а сам череп прикривала гумова поморщена шкіра, з якої звисало довге, замащене болотом волосся. Жахіття. Вебстер люто трусився.

— Що це? — запитав Кел Кулі, і цього разу в його голосі не прозвучав сарказм. — Чий то в біса череп?

— Без поняття, — відповів Сенатор.

Але, як виявилося, поняття він таки мав. Через кілька днів — після того як роклендська поліція припливла у шлюпці берегової охорони, обстежила череп і забрала його на судово-медичну експертизу — стурбований Сенатор Сай-мон поділився з нажаханою Рут Томас своїм припущенням.

— Руті, — мовив він, — можу закластись на будь-яку суму на світі, що це череп твоєї бабці, Джейн Сміт-Елліс. Ось що вони скажуть, якщо скажуть узагалі хоч щось. Інші її рештки, певно, досі там, на мілині. Гниють, відколи хвиля забрала твою бабцю 1927 року.

Він на диво міцно схопив Рут за плечі.

— Тільки нізащо не говори мамі, що я таке сказав. Вона дуже засмутиться.

— То нащо ви розповіли це мені? — розлютилася Рут.

— Бо ти сильна дівчина, — відповів Сенатор. — І витримаєш таку новину. Крім того, ти завжди хочеш знати, що відбувається.

Рут розплакалася. Сльози набігли раптово і цілим потоком.

— Дайте мені всі спокій! — крикнула вона.

Сенатор мав геть прибитий вигляд. Він не хотів її засмутити. І хто то такі — всі? Він спробував утішити Рут, але та не далась. Останнім часом його засмучувала й бентежила її поведінка. Вона постійно ходила роздратована. Він не впізнавав Рут Томас. Не міг зрозуміти, чого вона хоче, але вигляд у неї був зовсім нещасний.

Осінь випала тяжка. Холоди настали швидко й заскочили всіх зненацька. Дні невпинно коротшали й тримали цілий острів у стані дратівливості й пригнічення.

Як і передбачав Кел Кулі, друга субота вересня минула, а містер Елліс не рипнувся з місця. «Каменяр» так і стояв у бухті, погойдуючись у всіх на виду, і незабаром островом розповзлися чутки, що містер Елліс не планує нікуди їхати і що це якось пов'язано з Рут Томас. До кінця вересня «Каменяр» перетворився на гнітюче видовище. Було дуже дивно бачити корабель Еллісів у бухті в такий пізній час. Неначе природну аномалію — повне затемнення Сонця, червоний приплив, омара-альбіноса. Люди хотіли почути відповіді. Скільки ще містер Елліс сидітиме на острові? Чого він хоче? Чому Рут не може з'ясувати з ним усе, щоб на тому скінчилося? Яких наслідків чекати?

Наприкінці жовтня Кел Кулі найняв кількох місцевих рибалок, щоб ті витягнули «Каменяра» з води, помили й поставили на суходолі. Очевидно, Ленфорд Елліс нікуди не збирався їхати. Кел Кулі більше не шукав Рут Томас. Вона знала умову. Знала, що її запрошено і що містер Елліс чекає на неї. Весь острів це знав. Тепер «Каменяр» стояв на березі на дерев'яній платформі й кожен рибалка бачив його щоранку, коли спускався на пристань рибалити. Чоловіки не зупинялися біля корабля, але відчували його присутність, ідучи мимо. Громіздку, чудну присутність. Вона їх лякала — так лякається кінь, коли бачить щось нове на добре знайомій стежці.

У середині жовтня випав перший сніг. Зима настала рано. Рибалки повитягували пастки з води значно раніше, ніж хотіли б, але виходити в море і змерзлими руками тягати обледенілі снасті ставало все важче. Дерева скинули листя, й тепер усі добре бачили маєток Елліса на вершині пагорба. Уночі в горішніх кімнатах світилося.

У середині листопада Рутин батько прийшов до будинку місіс Поммерой. Була четверта по обіді, надворі вже стемніло. На кухні сиділа Кітті Поммерой, п'яна як чіп, і витріщалася на купу пазлів на столі. Малий Едді, син Робіна й Опал, який недавно навчився ходити, стояв серед кухні в мокрому підгузку.

В одній руці він тримав відкриту банку з арахісовою пастою, а в другій — велику дерев'яну ложку, яку запихав спочатку до банки, а тоді до рота. Його лице було вимащене арахісовою пастою і слиною. Малий мав на собі Рутину футболку — вона була йому як сукня, — з написом «Універ». Рут і місіс Поммерой пекли булочки, і ядучо-зелена кухня пашіла теплом і пахнула випічкою, пивом і мокрим підгузком.

— Ну от послухай, — сказала Кітті. — Я стільки років була одружена з тим мужиком. І ні разу йому не відмовила. Ось що ніяк до мене не дійде, Рондо. Чому Лен мене зрадив? Чого він такого хотів, що я не могла йому дати?

— Я знаю, Кітті, — мовила місіс Поммерой. — Знаю, люба.

Едді запхав ложку в арахісову пасту й, запищавши, кинув її на підлогу. Ложка покотилася під стіл.

— Господи, Едді, — сказала Кітті.

Вона підняла скатертину, шукаючи ложку.

— Я дістану, — сказала Рут і, ставши навколішки, полізла під стіл.

Позаду зашурхотіла, спустившись, скатертина. Рут знайшла ложку, всю в арахісовій пасті й котячій шерсті, і ще пачку цигарок — мабуть, Кітті загубила.

— Агов, Кітті, — гукнула Рут і тут же замовкла, бо почула батьків голос — він вітався з місіс Поммерой.

Таки прийшов! Батько місяцями сюди не заходив. Рут сіла під столом, спершись об ніжку, і притихла.

— О, Стен, — сказала місіс Поммерой. — Рада тебе бачити.

— Ну нарешті, курва, прийшов побачити свою рідну, бляха-муха, дочку, — сказала Кітті Поммерой.

— Здоров була, Кітті, — сказав Стен. — Рут десь тут є?

— Десь є, — відповіла місіс Поммерой. — Вона завжди десь є. Рада тебе бачити, Стене. Скільки літ, скільки зим. Хочеш свіжу булочку?

— Давай.

— Витягував пастки сьогодні рано?

— Хіба перевірив.

— Якісь лишив у воді?

— Я-то лишив. Але всі інші, по-моєму, повитягували все, що мали. А я, певно, лишу на зиму. Побачимо, скільки наловлю. А як у вас тут?

Повисла напружена мовчанка. Кітті кашлянула в кулак. Рут ще сильніше скоцюрбилась під великим дубовим столом.

— Шкода, що ти тепер не заходиш на вечерю, — сказала місіс Поммерой. — Ти останнім часом із Ангусом Аддамсом вечеряєш?

— Або сам.

— У нас завжди є що перекусити. Заходь, коли хочеш, Стене.

— Дякую, Рондо. Ти така люб'язна. Я заскучив за твоїми стравами, — відповів він. — Взагалі-то, я хотів запитати, чи ти не в курсі, які в Руті плани.

«Руті». У Рут защеміло на серці, коли вона це почула.

— Думаю, тобі варто самому з нею про це поговорити.

— А тобі вона щось казала? Може, про коледж згадувала?

— Тобі ліпше самому з нею поговорити, Стене.

— Люди питають, — сказав Стен. — І я отримав листа від її матері.

Рут була здивована. Ба навіть вражена.

— Та невже? Листа? Довгенько ж вона його писала.

— Ага. Вона пише, що Рут не давалась чути. І що вони з міс Верою засмучені, що Рут нічого не вирішила щодо коледжу. Не знаєш, чи вона щось вирішила?

— Я не можу тобі цього сказати, Стене.

— На цей рік уже, звісно, пізно. Але її мати пише, що, може, вона б могла приступити до навчання після Різдва. Або наступної осені. Ну, то вже Рут вирішувати, мабуть. Може, вона має якісь інші плани?

— Мені вийти? — запитала Кітті. — Чи ти не збираєшся йому розказати?

— Що розказати?

Рут занудило.

— Кітті, прошу тебе, — сказала місіс Поммерой.

— Він же не в курсі, правда? Ти хочеш поговорити з ним сам на сам? Хто йому скаже? Вона чи ти?

— Все нормально, Кітті.

— Що скаже? — перепитав Стен Томас. — Про що поговорити сам на сам?

— Стене, — сказала місіс Поммерой. — Рут має тобі дещо сказати. Це тобі не сподобається. Мусиш з нею поговорити якомога скоріше.

Едді придибуляв до кухонного столу, підняв кутик скатертини й зиркнув на Рут — та сиділа під столом, підтягнувши коліна до грудей. Малий присів над своїм розбухлим підгузком і здивовано подивився на неї. Вона подивилась на нього. Він явно збентежився.

— Що мені не сподобається? — запитав Стен.

— Насправді це Рут має тобі сказати, Стене. Кітті й так наговорила зайвого.

— Про що сказати?

— Ну то я сама скажу, — втрутилася Кітті. — Бо що тут такого? Нам здається, що Рут вагітна.

— Кітті! — вигукнула місіс Поммерой.

— Що? Не кричи на мене. Господи, Рондо, та Рут побоїться йому сказати. Покінчи з тим раз і назавжди. Подивись на того бідаку — не може ніяк допетрати, що тут в біса робиться.

Стен Томас мовчав. Рут слухала. Він мовчав.

— Вона нікому не казала, крім нас, — мовила місіс Поммерой. — Про це ніхто не знає, Стене.

— Нічого, скоро дізнаються, — сказала Кітті. — Вона товстіє як дурна.

— Але чому? — спантеличено запитав Стен Томас. — Чому вам здається, що моя донька вагітна?

Едді заліз під стіл. Рут дала йому брудну ложку з арахісовою пастою. Малюк усміхнувся від вуха до вуха.

— Бо в неї вже четвертий місяць нема місячних і вона товстіє! — сказала Кітті.

— Я знаю, що це прикро, Стене, — сказала місіс Поммерой. — Я знаю, що це нелегко.

Кітті презирливо пхикнула.

— Та не переживайте ви так за Рут! — голосно крикнула вона. — Подумаєш!

У кухні повисла тиша.

— Ну а що? Ну, народить дитину — що тут такого? — продовжувала Кітті. — Скажи йому, Рондо! У тебе тих дітей двадцять штук! Раз плюнути! Всі, хто має чисті руки й клепку в голові, таке можуть!

Едді запхав ложку до рота, витягнув і радісно запищав. Кітті підняла скатертину й заглянула під стіл. Вона розсміялася.

— А я й не знала, що ти там, Рут! — вигукнула Кітті. — Я взагалі забула про тебе!

Епілог

Гіганти трапляються серед усіх вищих звірів. Вони цікавлять нас не лише своїм розміром, а й тим, що показують, до якої міри окремі особини можуть перевершити середні розміри представників свого роду. Питання полягає в тому, чи омарів, які важать 9–11 кілограмів, вважати гігантами у технічному розумінні чи просто здоровими, жвавими особинами, які у життєвій боротьбі завжди мають на своєму боці фортуну. Я схильний до цього другого варіанту і вважаю гігантського омара улюбленцем природи, який є більшим за своїх родичів, бо їх перевершує. Везіння ніколи його не покидало.

«Американський омар:
дослідження його звичок і розвитку»
ФРЕНСІС ГОБАРТ ГЕРРІК, КАНДИДАТ НАУК, 1895 Р.

Улітку 1982 року рибальський кооператив округу Скіллет служив добру службу трьом десяткам рибалок із островів Форт-Найлз і Курн-Гевен, котрі до нього вступили. Контора кооперативу містилася в сонячному приміщенні, де колись була крамниця гранітодобувної компанії Елліса, а тепер діяв острівний музей-меморіал природничої історії. Засновницею і керівницею кооперативу була здібна молода жінка на ім'я Рут Томас-Вішнелл. За останні п'ять років Рут погрозами і вмовляннями схилила родичів і майже всіх сусідів приєднатися до делікатної мережі довірливих взаємин, що забезпечила успіх кооперативу.

Простіше кажучи, це було дуже непросто.

Ідея створити кооператив спала на думку Рут, коли та вперше побачила свого батька й Бейба Вішнелла, дядька Овні, разом в одній кімнаті. Це сталося на початку червня 1977 року на хрещенні Девіда, сина Рут і Овні. Хрестили малюка у вітальні в будинку місіс Поммерой. Церемонію провів безрадісний пастор Тобі Вішнелл і засвідчила жменька понурих жителів з обох островів. Буквально за хвилину до початку крихітка Девід обблював стародавню сорочку, позичену на хрестини, і Рут забрала його нагору переодягнути у щось не таке елегантне, зате чисте. Поки вона його переодягала, малюк розплакався, тож вона дала йому грудь і ще трохи посиділа у спальні місіс Поммерой.

Повернувшись через п'ятнадцять хвилин до вітальні, Рут побачила, що її батько і Бейб Вішнелл — які за цілий ранок навіть не глянули один на одного і сиділи, насупившись, у протилежних кутках кімнати — витягнули звідкись кожен свій записник. Обидва щось писали однаковими огризками олівців, з головою поринувши в писанину, насуплені й мовчазні.

Рут точно знала, чим займається її батько, адже бачила його за цим ділом мільйон разів, і тому відразу здогадалася, що робить Бейб Вішнелл. Вони сиділи за розрахунками.

Підраховували улов. Тасували цифри, порівнювали ціни, планували, де ставити пастки, підбивали витрати, заробляли гроші. Вона приглядала за ними під час короткої, стриманої церемонії — ні той, ні другий не підвели голови від цифр.

Рут задумалась.

І задумалась ще сильніше через кілька місяців, коли до музею природничої історії, де тепер мешкали Рут, Озні і Девід, без попередження прийшов Кел Кулі. Кел піднявся крутими сходами до помешкання, розташованого над величезною і безладною колекцією Сенатора Саймона, і постукав у двері. Він мав нещасний вигляд. Кел сказав Рут, що прийшов за дорученням містера Елліса, який начебто мав для неї якусь пропозицію. Містер Елліс хотів подарувати Рут наполіровану до блиску лінзу Френеля з маяка Ґоутз-Рок. Кел Кулі мало не розплакався, коли це сказав. Рут дістала від цього неабияке задоволення. Кел стратив невідомо скільки місяців на те, щоб відполірувати кожен сантиметр міді та скла на цій дорогоцінній лінзі, але містер Елліс твердо стояв на своєму. Він хотів, щоб лінзу отримала Рут. Кел поняття не мав чому. Містер Елліс ще й спеціально попросив Кела передати Рут, що вона може робити з нею, що завгодно. Хоча Кел здогадувався, що містер Елліс хотів би, аби лінза Френеля стала головним експонатом у новому музеї.

— Я її заберу, — сказала Рут і відразу попросила Кела піти.

— До речі, Рут, — додав Кел, — містер Елліс досі чекає на тебе.

— Добре, — відповіла Рут. — Дякую, Келе. А тепер до побачення.

Після того як Кел пішов, Рут задумалась над подарунком, який щойно отримала. Задумалась, до чого це все. Ні, вона досі не бачилась із містером Еллісом, який цілу зиму просидів на Форт-Найлзі. Якщо він намагається в такий спосіб заманити її до маєтку Елліса, то хай забуде про це, подумала вона. Нікуди вона не піде. Хоча їй не дуже подобалось, що містер Елліс досі сидить на острові й чекає, коли вона прийде. Вона знала, що образ містера Елліса як постійного жителя Форт-Найлзу псує атмосферу на острові, і знала, що її сусіди розуміють: ця ситуація якось пов'язана з Рут. Але вона туди не піде. Вона не має що йому сказати, і їй не цікаво, що він хоче сказати їй. Однак лінзу Френеля вона забере. І — так! — вона зробить з нею, що захоче.

Того вечора Рут мала довгу розмову з батьком, Сенатором Саймоном і Анґусом Аддамсом. Вона розповіла їм про подарунок, і вони спробували припустити, скільки той коштує. Але не мали навіть приблизного поняття. Наступного дня Рут взялась обдзвонювати аукціонні доми в Нью-Йорку — це вимагало певної дослідницької роботи і кмітливості, але Рут упоралась. Через три місяці, після складних перемовин, якийсь багатій із Північної Кароліни став новим власником лінзи Френеля з маяка на Ґоутз-Рок, а в руках Рут Томас-Вішнелл опинився чек на двадцять дві тисячі доларів.

Вона мала ще одну довгу розмову.

Цього разу з батьком, Сенатором Саймоном, Анґусом Аддамсом і Бейбом Вішнеллом. Бейба Вішнелла з Курн-Гевену вона заманила обіцянкою розкішної недільної вечері, яку врешті довелося зготувати місіс Поммерой. Бейб Вішнелл не палав бажанням їхати на Форт-Найлз, але вже не мав як відмовитися від запрошення молодої жінки, до того ж його родички. Рут сказала йому: «Я так повеселилась на весіллі вашої доньки, що тепер мушу подякувати вам смачною вечерею». Він не зміг сказати «ні».

Вечерю важко було назвати невимушеною, але без місіс Поммерой, яка всіх вихваляла й усім догоджала, було б набагато гірше. Після вечері місіс Поммерой подавала гарячий ром. Рут сиділа за столом і, гойдаючи сина на колінах, розповідала про свою ідею Бейбові Вішнеллу, братам Аддамсам і батькові. Вона сказала, що хоче торгувати наживкою. Сказала, що дасть гроші на побудову приміщення на пристані Форт-Найлзу і купить ваги й холодильники, а ще човен, щоб кожні кілька тижнів перевозити наживку з Рокленда на острів. Вона показала їм цифри, які вираховувала тижнями. Вона все розпланувала. Від батька, Анґуса Аддамса й Бейба Вішнелла потрібна була тільки обіцянка купувати в неї наживку за хорошу, невисоку ціну, яку вона їм запропонує. Вона заощадить їм десять центів на бушелі. Вони більше не муситимуть щотижня тягати наживку з Рокленда.

— Серед усіх рибалок на Форт-Найлзі й Курн-Гевені вас трьох поважають найбільше, — сказала Рут, легенько проводячи пальцем по синових яснах, щоб перевірити, чи не виліз новий зуб. — Якщо інші побачать, що ви купуєте в мене, то не сумніватимуться, що це вигідно.

— Та ти здуріла, — сказав Анґус Аддамс.

— Забирай гроші й переїжджай до Небраски, — сказав Сенатор Саймон.

— Я за, — сказав Бейб Вішнелл без найменших вагань.

— Я теж за, — сказав Рутин батько, й обидва першокласні рибалки з розумінням перезирнулися. Вони вловили її ідею. Вони відразу зрозуміли концепцію. Цифри сходилися. Вони були не дурні.

Через пів року, коли стало ясно, що торгувати наживкою дуже прибутково, Рут заснувала кооператив. Вона призначила керівником Бейба Вішнелла, але контору лишила на Форт-Найлзі, що всіх задовольнило. Рут самостійно підібрала раду директорів, до якої увійшли найрозсудливіші чоловіки з Форт-Найлзу і Курн-Гевену.

Кожен учасник кооперативу округу Скіллет отримував знижку на наживку й міг продавати свій улов омарів Рут Томас-Вішнелл просто на пристані Форт-Найлзу. Вагами завідував Вебстер Поммерой. Він був такий простодушний, що ніхто ніколи не звинувачував його в шахрайстві. Батькові Рут довірила встановлювати щоденні ціни на омарів — ціни він визначав, поторгувавшись спочатку телефоном із перекупниками зі самого Мангеттену. Завідувати загатою, де перед відправкою до Рокленда тримали омарів, Рут найняла цілком незаангажовану людину — розважливого юнака із Фрипорта.

Кожен учасник кооперативу отримував добрі виплати, і рибалки більше не мусили марнувати кілька тижнів на рік на те, щоб доправити улов до Рокленда. Без саботажу, звичайно, не обійшлося. Рутиному батьку кидали каміння у вікна, Рут ловила на собі холодні погляди на вулиці, а одного разу хтось пригрозив спалити музей природничої історії. Анґус Аддамс два роки не розмовляв із Рут та її батьком, але врешті-решт навіть він вступив у кооператив. Зрештою, обидва острови були островами наслідувачів, тож коли до кооперативу вступили лідери, решта учасників потягнулися самі. Система запрацювала. Все йшло як треба. Канцелярськими справами в конторі кооперативу займалася місіс Поммерой. Терпелива й організована, вона добре давала з ними раду. Крім того, місіс Поммерой уміла швидко заспокоювати рибалок, коли ті починали дратуватися, підозрювати в чомусь інших чи пробувати всіх переплюнути. Якщо рибалка вривався до контори з криком, що Рут здирає з нього останню шкуру чи хтось лізе до його пасток, то виходив він звідти задоволений і спокійний — ще й з гарною стрижкою.

Рутин чоловік і батько ловили омарів удвох і заробляли грубі гроші. Овні два роки працював стерновим у Стена, а потім купив власний човен (зі склопластику, перший такого типу на обох островах — це Рут його вмовила), але й далі ділив прибутки зі Стеном. Вони створили спілку. Стен Томас і Овні Вішнелл стали чудовими напарниками. Рибалками-чарівниками. Їм бракувало дня, щоб витягнути з океану весь улов. Овні був обдарованим рибалкою, вродженим рибалкою. Кожного пообіддя він повертався до Рут і аж світився, гудів, бринів від задоволення й успіху. Кожного пообіддя він повертався додому задоволений, гордий і спраглий найбруднішого сексу — і Рут це подобалося. Дуже подобалося.

Рут також була задоволена. Задоволена й страшенно горда за себе. Вона перевершила саму себе. Рут любила свого чоловіка і маленького сина, але найбільше вона любила свою справу. Любила загату для омарів і торгівлю наживкою, а ще дуже раділа, що зуміла заснувати кооператив і переконати тих силачів-рибалок у нього вступити. Тих мужиків, які за все життя не сказали одне про одного доброго слова! Вона запропонувала їм щось таке розумне й дієве, що навіть вони зрозуміли: воно того варте. До того ж справи йшли чудово. Рут задумалась над тим, щоб встановити на пристанях обох островів паливні насоси. Обійдеться дорого, але скоро окупиться — Рут у цьому не сумнівалась. І вона могла собі це дозволити. Рут добре заробляла. І пишалася цим. Вона міркувала — з немалим задоволенням, — ким стали її незграбні однокласниці з тієї дурнуватої школи в Делавері. Напевно, якраз позакінчували коледжі й заручаються з якимись розбалуваними ідіотами. Хто його зна. Та кому це цікаво?

Але найсильніше Рут пишалася собою, коли думала про матір і Еллісів, які так старалися вигнати її з острова. Вони наполягали на тому, що на Форт-Найлзі не було майбутнього для Рут, тоді як виявилося, що майбутнім тут була сама Рут.

На початку зими 1982 року, у свої двадцять чотири, Рут завагітніла вдруге. П'ятирічний Девід ріс тихим хлопчиком і мусив цілий час пильнувати, щоб його не натовк Едді, син-богатир Опал і Робіна.

— Доведеться виїхати з цієї квартири, — сказала Рут чоловікові, коли дізналася, що вагітна. — І я не хочу жити в халабуді біля бухти. Набридло постійно мерзнути. Давай збудуємо свій будинок. Гарний, великий дім.

Вона точно знала, де б хотіла його збудувати. Рут хотіла жити на самому пагорбі Елліса, на вершині острова, над кар'єрами, звідки видно канал Ворзі й острів Курн-Гевен. Вона хотіла мати розкішний будинок і не соромилась це визнати. Хотіла мати краєвид і привілей ним милуватися. Ті землі належали, звісно ж, містерові Еллісу. Він володів майже всіма хорошими ділянками на Форт-Найлзі, тому

Рут — якщо вона була серйозно налаштована будувати дім на пагорбі — мусила з ним поговорити. А вона таки була серйозно налаштована. З кожним місяцем вагітності помешкання здавалося все меншим та меншим і Рут ставилась до свого наміру все серйозніше.

Ось чому одного дня у червні 1982 року, на сьомому місяці вагітності, Рут Томас-Вішнелл, прихопивши малого сина, виїхала батьковим пікапом аж у кінець Елліс-роуд, щоб нарешті зустрітися з містером Ленфордом Еллісом

Ленфорду Еллісу недавно виповнилося сто років. Його здоров'я важко було назвати міцним. Він жив сам-один у маєтку Елліса, у тій масивній будівлі з чорного граніту, що годилась на мавзолей. Він не виїжджав із Форт-Найлзу шість років. Цілими днями він сидів у спальні біля каміна, закутавши ноги пледом, у кріслі, що належало його батькові, лікарю Джулзові Еллісу.

Щоранку Кел Кулі ставив біля крісла містера Елліса столик для гри в карти і приносив йому альбоми з марками, яскраву лампу й сильне збільшувальне скло. Деякі марки в альбомі були дуже старі й цінні — їх зібрав лікар Джулз Елліс власною персоною. Щоранку, в будь-яку пору року, Кел розпалював у каміні вогонь, бо містер Елліс вічно мерз. Саме в цю кімнату, де просиджував свої дні містер Елліс, Кел Кулі і привів Рут.

— Доброго дня, містере Елліс, — привіталася Рут. — Рада вас бачити.

Кел провів її до оббитого оксамитом крісла, поворушив дрова в каміні й вийшов. Рут посадила малого на коліна, що було непросто, бо те місце займав її великий живіт. Вона подивилася на старого. Вона не вірила, що він досі живий. Він здавався мертвим. Очі заплющені. Руки посиніли.

— Онучка! — сказав містер Елліс. Його очі різко розплющилися, по-чудному збільшені за величезними окулярами, схожими на очі комахи.

Рутин син здригнувся, хоч він не був боягузом. Рут витягнула з торби льодяника, розгорнула його і поклала Девідові до рота. Цукровий дурник. «Навіщо я привела сина до цього привида?» — пошкодувала Рут. Не варто було, хоч вона й звикла всюди брати Девіда з собою. Він був таким чемним хлопчиком, ніколи не скиглив. Щось вона не подумала. Та вже пізно.

— Рут, ти мала прийти на вечерю в четвер, — сказав старий.

— У четвер?

— У четвер в липні сімдесят шостого.

Він лукаво вишкірився.

— Я мала справи, — сказала Рут і чарівно — принаймні вона так сподівалась — усміхнулася.

— Ти постриглася, дівчино.

— Так.

— Погладшала.

Містер Елліс увесь час погойдував головою.

— Ну, я маю поважну причину. Я чекаю на другу дитину.

— Я ще не бачив твоєї першої.

— Знайомтеся, містере Елліс, це Девід. Девід Томас-Вішнелл.

— Приємно познайомитись, юначе, — містер Елліс простягнув синові Рут тремтячу руку. Девід налякано притиснувся до матері. Льодяник випав йому з рота. Рут підняла його і запхала назад. Містер Елліс забрав руку.

— Я хочу поговорити з вами про купівлю ділянки, — сказала Рут. Найбільше за все їй хотілось якомога скоріше покінчити з цією розмовою. — Ми з чоловіком хотіли би збудувати будинок на пагорбі недалеко звідси. Я можу заплатити вам адекватну суму...

Рут не договорила, бо злякалась. Містер Елліс раптом зайшовся задушливим кашлем. Він задиха́вся, його лице побагровіло.

Рут не знала, що робити. Покликати Кела Кулі? В її голові промайнула прагматична думка: я не хочу, щоб Ленфорд Елліс помер, поки ми не домовимось про ділянку.

— Містере Елліс?

Рут спробувала встати з крісла.

Тремтяча рука знову витягнулась і махнула на неї.

— Сідай, — сказав містер Елліс.

Він глибоко вдихнув і знову закашлявся. Та ні, зрозуміла Рут, він не кашляє. Він сміється. Жах якийсь.

Нарешті він перестав сміятися і витер очі. Похитав старою черепашачою головою і сказав:

— Бачу, ти мене більше не боїшся, Рут.

— Я ніколи вас не боялася.

— Неправда. Боялася до смерті.

З його губ вилетіла біла краплина слини і впала на альбом із марками.

— Але більше не боїшся. І це добре. Чесно кажучи, Рут, я тобою задоволений. Я горджусь усім тим, чого ти досягла тут, на Форт-Найлзі. Я спостерігав за твоєю діяльністю з великим інтересом.

Останнє слово він вимовив, навмисно розтягуючи кожен склад.

— Ем-м, дякую, — сказала Рут.

Несподіваний поворот.

— Я знаю, що ти ніколи не збиралась лишатися тут, на Форт-Найлзі...

— Та ні, саме це я й збиралася зробити.

Рут дивилася на нього не кліпаючи.

— Я завжди сподівався, що ти лишишся і подбаєш про ці острови. Зробиш тут щось розумне. І ти це зробила. Бачу, ти здивована.

Рут справді здивувалась. Хоча, може, й ні. Вона згадувала минуле.

Думки сповільнились.

Вона ретельно шукала пояснення, придивляючись до подробиць свого життя. Рут пригадала давні розмови, давні зустрічі з містером Еллісом. Чого саме він чекав від неї? Які плани мав на ті часи, коли вона повинна була закінчити навчання? Він ніколи їх не озвучував.

— Я завжди думала, що ви хочете, щоб я поїхала геть з цього острова і вчилася в коледжі.

У великій кімнаті Рутин голос звучав спокійно. Та й вона сама була спокійна. Тепер вона щиро зацікавилась розмовою.

— Я такого не казав, Рут. Хіба ми з тобою колись говорили про коледж? Хіба я колись казав, що хочу, щоб ти жила деінде?

Звісно, не казав, усвідомила Рут. Це казала Вера, це казала її мати, це казав Кел Кулі. Навіть пастор Вішнелл це казав. Але не містер Елліс. То ж треба.

— Я б хотіла дещо спитати, раз ми розмовляємо так відверто, — сказала Рут. — Чому ви послали мене до школи в Делавер?

— То була прекрасна школа, і я розраховував на те, що ти її зненавидиш.

Рут чекала продовження, але він більше нічого не пояснив.

— Що ж, тепер усе зрозуміло, — сказала вона. — Дякую.

Містер Елліс хрипко зітхнув.

— Знаючи твій розум і твою впертість, я подумав, що та школа задовольнить дві мети. По-перше, дасть тобі освіту, а по-друге, змусить тебе повернутися на Форт-Найлз. Ти б сама мала це зрозуміти, Рут, без моїх пояснень.

Рут кивнула. Це справді все пояснювало.

— Ти сердишся?

Вона зітнула плечима. Як не дивно, вона не сердилась. «Ну й що», — подумала вона. Ну, маніпулював він нею все її життя. Та він маніпулював життями всіх, на кого мав вплив. Нічого дивного, справді. Навпаки, дуже повчально. Ну а, зрештою, що тут такого? Рут дійшла цього висновку швидко і легко. Вона зраділа, що нарешті зрозуміла, що відбувалося всі ці роки. У житті людини бувають моменти, коли раптово настає прозріння, і для Рут Томас-Вішнелл настав якраз такий момент.

Містер Елліс знову заговорив:

— Навряд чи ти знайшла б собі ліпшого чоловіка, Рут.

— Оце так, — сказала вона. Несподіванка за несподіванкою! — Ну і як вам?

— Вішнелл і Томас у парі? О, мені це дуже до вподоби. Ти, юна леді, заснувала династію.

— Та ну, справді?

— Справді. Крім того, мій батько дістав би величезне задоволення, якби побачив, чого ти досягла за останні кілька років зі своїм кооперативом. З місцевих більше ніхто б такого не подужав.

— Ні в кого з місцевих нема такого капіталу, містере Елліс.

— Що ж, тобі вистачило розуму той капітал здобути. І ти мудро ним розпорядилась. Мій батько пишався б і радів успіху твоєї справи. Він завжди переймався майбутнім цих островів. Батько дуже їх любив. І я теж люблю. І ціла родина Еллісів. Після того як усі мої родичі вклали гроші в ці острови, я не хочу, щоб Форт-Найлз і Курн-Гевен пішли на дно через брак достойного лідера.

— Я хочу вам дещо сказати, містере Елліс, — мовила Рут і чомусь не змогла стримати усмішки. — Я ніколи не ставила собі за ціль потішити вашу родину. Повірте. Мене ніколи не цікавило служіння родині Еллісів.

— Це не має значення.

— Ну так, напевно, — Рут почувалася дивно і легко. Їй наче на світ розвиднилось. — Це не має значення.

— Але ти прийшла в якійсь справі.

— Так.

— Ти маєш гроші.

— Маю.

— І ти хочеш, щоб я продав тобі землю.

Рут завагалася.

— Ні-і-і, — протягнула вона. — Не зовсім. Я не хочу, щоб ви продали мені землю, містере Елліс. Я хочу, щоб ви мені її дали.

Тепер містер Елліс перестав кліпати. Рут схилила голову набік і подивилась просто йому в очі.

— Розумієте? — запитала вона. Він нічого не відповів. Вона дала йому час обдумати її слова, а тоді терпляче пояснила: — Ваша родина у великому боргу перед моєю родиною. Я вважаю, що ваша родина повинна виплатити якусь компенсацію моїй сім'ї за життя моєї мами й бабці. І за моє життя теж. Ви ж це розумієте?

Рут сподобалось це слово — «компенсація». Дуже влучне. Містер Елліс трохи подумав і сказав:

— Ви ж не погрожуєте мені судом — правда, міс Томас?

— Місіс Томас-Вішнелл, — виправила його Рут. — Не кажіть дурниць. Нікому я не погрожую.

— Ну я думаю.

— Я тільки намагаюсь пояснити, що ви, містере Елліс, маєте нагоду виправити кривду, яку ваша родина завдавала моїй протягом багатьох років.

Містер Елліс не відповів.

— Якщо вам колись хотілося трохи очистити своє сумління, то маєте хороший шанс.

Містер Елліс далі мовчав.

— Ви б самі мали це зрозуміти, містере Елліс, без моїх пояснень.

— Так, — він знову зітхнув, зняв окуляри і склав їх. — Мав би.

— То ви розумієте, про що я?

Він кивнув і обернувся до вогню в каміні.

— Добре, — сказала Рут.

Вони сиділи й мовчали. Девід заснув — його тіло залишило теплий, вологий відтиск на тілі Рут. Він був важкий.

Але Рут почувалася зручно. Вона вважала, що ця коротка відверта розмова з містером Еллісом — важлива і правильна. І правдива. Вона минула добре. Компенсація. Так. Настав час. Вона почувалася спокійно.

Рут дивилась на містера Елліса, а той дивився на вогонь. Вона не сердилась і не сумувала. Він начебто теж. Вона не тримала на нього образи.

«Гарний вогонь», — подумала Рут. Дивно, але так приємно дивитися на такий великий різдвяний вогонь у середині червня. Вікна було заштореко, у кімнаті пахнуло димом — так і не скажеш, що за вікном сонячний день. Чудовий камін, окраса кімнати. З важкого темного дерева — можливо, з червоного. Оздоблений німфами, виноградом і дельфінами. Камін увінчувала мармурова поличка зеленкуватого відтінку. Рут милувалась майстерністю, з якою його було зроблено.

— Будинок я теж заберу собі, — врешті сказала вона.

— Звичайно, — відповів містер Елліс. Він поклав руки на столик перед собою. Його поцятковані руки з тонкою, мов папір, шкірою більше не тремтіли.

— Гаразд.

— Добре.

— Ви мене чуєте?

— Так.

— То ви розумієте, що це все означає, містере Елліс? Це значить, що вам доведеться покинути Форт-Найлз.

Рут сказала це не зі зла. Вона просто сказала правду.

— Ви з Келом мусите повернутися до Конкорда. Ви так не гадаєте?

Містер Елліс кивнув. Він далі дивився на вогонь.

— Коли буде добра погода і можна буде підняти вітрила на «Каменярі», — сказав він.

— Можете не поспішати. Не мусите їхати вже сьогодні. Просто я не хочу, щоб ви померли в цьому будинку, розумієте? І не хочу, щоб ви померли на цьому острові. Так не годиться, і всі дуже засмутяться. Я не хочу мати з тим справу. Тому ви мусите поїхати. Але без поспіху. За наступні кілька тижнів ми допоможемо вам зібратися і виїхати звідси. Думаю, впораємось.

— Містер Кулі може цим зайнятись.

— Звісно, — відповіла Рут і усміхнулась. — Ідеальне завдання для Кела.

Вони сиділи й мовчали. Вогонь потріскував і мерехтів. Містер Елліс узяв скуляри й начепив на лице. Він подивився на Рут.

— Твій хлопчик хоче спати, — сказав він.

— По-моєму, він уже спить. Треба відвезти його додому до тата. Він любить бути з татом по обіді. Чекає на нього, знаєте, поки той вернеться з рибалки.

— Гарний хлопчина.

— Ми теж так думаємо. Ми дуже його любимо.

— Ну звичайно. Він ваш син.

Рут випростала спину.

— Мені час повертатися у гавань, містере Елліс, — сказала вона.

— Ти не вип'єш чаю зі мною?

— Ні. Але ми з вами про все домовились, так?

— Я дуже пишаюся тобою, Рут.

— Що ж, — вона широко усміхнулась і кумедно махнула лівою рукою. — Це все частина моєї служби, містере Елліс.

Рут натужно підвелася з крісла, тримаючи Девіда на руках. Малий пхинькнув на знак протесту, і вона трохи посунула його набік, намагаючись тримати так, щоб було зручно їм обом. Рут не мала б носити його на руках на такому пізньому терміні, але їй це подобалось. Подобалось тримати Девіда, та й вона розуміла, що мине якихось кілька років — і він виросте, стане самостійний і вже не захоче, щоб вона брала його на руки. Рут пригладила його біляве волосся і взяла торбу з робочими паперами й перекусом для Девіда. Рушила було до дверей, а тоді передумала.

Вона обернулась перевірити свій здогад. Рут подивилася на містера Елліса й побачила, що той шкіриться від вуха до вуха — як вона і сподівалася. Він навіть не спробував приховати від неї усмішки. Навпаки, усміхнувся ще ширше. Побачивши це, Рут відчула дуже дивну й зовсім незрозумілу симпатію до цього чоловіка. Тому вона не пішла геть. Поки що. Рут підійшла до крісла, в якому сидів містер Елліс, і, незграбно нахилившись понад сонним сином і вагітним животом, поцілувала старого змія в чоло.

Подяки

Хочу подякувати Нью-йоркській публічній бібліотеці за те, що надала мені залу Аллена, такий необхідний для мене притулок. Також висловлюю щиру подяку працівникам Історичної спілки Віналгевена за те, що допомогли мені ознайомитися із захопливою історією свого острова. Працюючи над книжкою, я користувалася багатьма джерелами, та найбільше мені стали у пригоді «Банди омарів зі штату Мен» *(The Lobster Gangs of Maine)*; «Ловля омарів і узбережжя штату Мен» *(Lobstering and the Maine Coast)*; «Морські небезпеки» *(Perils of the Sea)*; «Риб'яча луска й осколки каменів» *(Fish Scales and Stone Chips)*; зібрання праць Едвіна Мітчелла; неопубліковані, але дуже ґрунтовні «Оповідки острова Матінікус» *(Tales of Matinicus Island)*; і бентежна книжка 1943 року під назвою «Вцілілі в кораблетрощах: медичне дослідження» *(Shipwreck Survivors: A Medical Study)*.

Дякую Вейдові Шуману за те, що подав мені ідею книжки; Сарі Чалфент — за те, що спонукала мене писати; Ден Сеферіан — за те, що прийняла її; Джанет Сілвер — за те, що простежила за процесом від початку до кінця; і Франсес Епт — за те, що привела її до ладу. Глибоко вдячна мешканцям островів Матінікус, Віналгевен і Лонг-Айленд, що запросили мене до своїх домівок і у свої човни. Особлива подяка Еду й Нен Мітчеллам, Барбарі й Девіду Ремзі, Айрі Воррену, Стенові МакВейну, Банкі МакВейну, Донні МакВейн, Кеті Мерфі, Ренді Вуду, Петті Річ, Ерлові Джонсону, Енді Крілмену, Гаролду Пулу, Полі Гопкінс, Ларрі Еймсу, Бебі Розен, Джонові Бекмену й легендарній Банні Бекмен. Дякую, тату, що обрав для навчання Мічиганський університет і стільки років підтримував контакт зі своїми друзями. Дякую вам, Джоне Годжмене, що знайшли час після роботи й допомогли мені на фінальному етапі роботи з книжкою. Дякую вам, Деборо Лупніц, що омар за омаром пройшли зі мною весь цей шлях від самого початку. І хай благословить Бог музикантів із *The Fat Kids*.

Зміст

Літературно-художнє видання

елізабет ґілберт
СУВОРІ ЧОЛОВІКИ

Переклад з англійської *Ганни Лелів*

Головна редакторка *Мар'яна Савка*
Обкладинка *Тетяна Омельченко*
Відповідальна редакторка *Ольга Ренн*
Літературна редакторка *Марія Дзеса-Думанська*
Художній редактор *Іван Шкоропад*
Технічний редактор *Дмитро Подолянчук*
Макетування *Альона Олійник*
Коректорка *Ольга Горба*

Підписано до друку 27.01.2023. Формат 84×108/32
Гарнітура «Diaria Pro». Друк офсетний. Умовн. друк. арк. 22,26
Наклад 3000 прим. Зам. № 23-49.

ВИДАВНИЦТВО
СТАРОГО ЛЕВА

Свідоцтво про внесення до Державного реєстру видавців
ДК № 4708 від 09.04.2014 р.

Адреса для листування: а/с 879, м. Львів, 79008

Книжки «Видавництва Старого Лева»
Ви можете замовити на сайті *starylev.com.ua*
📞 0(800) 501 508   ✉ spilnota@starlev.com.ua

Партнер видавництва

Віддруковано на ПрАТ «Білоцерківська книжкова фабрика»
Свідоцтво серія ДК № 5454 від 14.08.2017 р.
09117, м. Біла Церква, вул. Леся Курбаса, 4.
Тел./Факс (0456) 39-17-40
E-mail: bc-book@ukr.net; сайт: http://www.bc-book.com.ua